A. Alvarez

Die Nacht

Von Dunkelheit, Träumen
und Nachtschwärmern

Aus dem Englischen
von Olga Rinne-Goedke

Hoffmann und Campe

Die in ihren deutschen Übertragungen abgedruckten Gedichte
von Robert Frost (S. 7 und S. 161), Robert Graves (S. 76)
und D. H. Lawrence (S. 143) werden im Anhang in ihren
Originalfassungen wiedergegeben.

Die Deutsche Bibliothek – CIP-Einheitsaufnahme
Alvarez, A.:
Die Nacht : Von Dunkelheit, Träumen und Nachtschwärmern /
A. Alvarez. Aus dem Englischen von Olga Rinne-Goedke.
– 1. Aufl. – Hamburg : Hoffmann und Campe, 1997
Einheitssacht.: Night <dt.>
ISBN 3-455-11098-3

Die Originalausgabe erschien 1995 unter dem Titel
Night im Verlag Jonathan Cape, London
Copyright © 1995 by A. Alvarez
Für die deutsche Ausgabe
Copyright © 1997 by Hoffmann und Campe Verlag, Hamburg
Schutzumschlaggestaltung: Büro Hamburg
unter Verwendung einer Fotomontage von Pierre Boucher
Redaktion: Jens Dehning
Satz: Utesch GmbH, Hamburg
Druck und Bindung: Clausen & Bosse, Leck
Printed in Germany

Für Alfred und Irene Brendel

Ich war so einer, mit der Nacht bekannt.
Im Regen irrte ich umher, im Regen,
weit aus dem Lichterkreis der Stadt verbannt.

Vom Gassenelend ließ ich mich bewegen.
Ich ging am Wachmann scheuen Blicks vorbei
und war nicht willens, ein Gespräch zu pflegen.

Den Schritt verhielt ich, hallte fern ein Schrei,
aus einer andern Häuserflucht verschlagen,
doch nicht, als ob er ausgestoßen sei,

mir noch ein letztes Lebewohl zu sagen;
und ferner sah ich hell zum Himmelsrand
unirdisch eine Uhr emporgetragen,

die weder falsch noch recht die Zeit genannt.
Ich war so einer, mit der Nacht bekannt.

    Robert Frost, Acquainted with the Night

Inhalt

Vorwort

Dies ist ein Buch über die vielen Gesichter der Nacht: die Nacht um uns und die Nacht in uns, die buchstäbliche und die metaphorische, die dunkle Seite des Mondes und die dunkle Nacht der Seele. Es erzählt von der Welt, in der wir leben, wenn die Sonne untergegangen ist und die künstlichen Lichter aufflackern, und von der Welt, in der wir leben, wenn wir schlafen. Es berichtet über Schlafforschung und die Physiologie des Träumens, über Traumdeutung und die verschiedenen Formen, in denen Träume in unserem wachen Leben und unserer kreativen Arbeit wiedererscheinen. Es erzählt auch von Leuten, die für uns Nachtwache halten und ein Nachtleben überhaupt möglich machen. Das Buch zeigt, wie wir die Nacht illuminieren, mit ihr leben und sie schließlich ignorieren.

Wenn Filmregisseure eine Nachtszene mit starken Filtern am Tag drehen, nennen sie diesen Vorgang »day for night«. Wir halten es mittlerweile für selbstverständlich, daß wir durch elektrisches Licht die Nacht zum Tag machen können, daß die Arbeitswelt nahtlos vom Tag in die Nacht übergeht und daß wir nichts weiter tun müssen, als unsere innere Uhr ein wenig umzustellen, um von einem Tagmenschen zu einem Nachtmenschen zu werden. Die Erfindungen, die das möglich machten, sind jedoch kaum älter als hundert Jahre, und Nachtarbeit hat immer noch etwas Merkwürdiges – oder sogar leicht Verrücktes.

Noch etwas ist merkwürdig am Nachtleben: Es hat etwas Düsteres, in mehrfachem Sinn. Auch wenn das künstliche Licht den Unterschied zwischen Tag und Nacht effektiv aufhebt, kann es den uralten Verdacht, daß Nachtmenschen nichts Gutes im Schilde führen, doch nie gänzlich zerstreuen. Sie arbeiten im Schutz der Dunkelheit, weil das, was sie tun, das helle Tageslicht nicht erträgt. Bei Nacht sind Polizisten auf eine andere Weise wachsam als am Tag und reagieren auf andere Signale. Die Gesamtszenerie interessiert sie weniger als die Details. Sie spähen in die Dunkelheit, um irgend etwas aufzuspüren, das fehl am Platz oder ungewöhnlich erscheint, und wenn sie jemanden sehen, der in den tiefen Nachtstunden unterwegs ist, dann ist ihr erster Gedanke: »Warum ist dieser Mensch hier? Was hat er vor?« Bestenfalls gehen sie davon aus, daß sich niemand ohne bestimmte Absichten mitten in der Nacht herumtreibt – Absichten, in aller Regel, die er oder sie bei Tag nicht offenbaren würde.

Selbst Las Vegas ist gegen diesen grundsätzlichen Verdacht nicht immun, obwohl es eine Lichterstadt ist, im wörtlichen Sinn – eine Stadt der Neonreklamen und unbarmherzig grell erleuchteten Innenräume –, wo alles getan wird, um den Unterschied zwischen Tag und Nacht aufzuheben: keine Fenster, keine Uhren und, nach Mitternacht, regelmäßige Zufuhr reinen Sauerstoffs, der durch die Klimaanlagen gepumpt wird, um die Spieler aufzupuschen, wenn sie anfangen zu erschlaffen. Die Kasinobesitzer bezahlen bereitwillig astronomische Stromrechnungen, um sicherzustellen, daß ihre Kunden sich durch nichts vom ernsthaften Geschäft des Geldverlierens ablenken lassen. Dahinter steckt aber auch, daß man die düsteren Aspekte der Nacht eliminieren und den Spielern ihre tiefsitzenden Schuldgefühle darüber nehmen will, daß sie zu einer Zeit an den Spieltischen sitzen, in der sie eigentlich schlafen sollten. Ganz

gleich, wie strahlend hell wir die Nacht auch erleuchten –
das moralische Problem der Dunkelheit wird dadurch nicht
aufgehoben.

Mein persönliches Interesse an dem Thema hat drei Wur-
zeln. Als Kind hatte ich eine übermächtige Angst vor der
Dunkelheit – im Rückblick sehr erstaunlich. Dann, im mittleren Lebensalter, wurde ich regelrecht süchtig nach den
Wonnen des Schlafes. Die Engländer des Viktorianischen
Zeitalters hatten ein Sprichwort zum Schlaf: »Sechs Stunden
für einen Mann, sieben für eine Frau, acht für einen Narren.«
Nach ihren Maßstäben war ich mehr als ein Narr. Aber neben meiner Leidenschaft für den Schlaf habe ich auch eine
Leidenschaft für Poker, und Pokerspiele nehmen gewöhnlich kein Ende, selbst in Clubs, in denen niemand »nur noch
eine einzige Runde für die Verlierer« verlangt. Folglich bin
ich in regelmäßigen Abständen immer noch auf den Beinen,
wenn die meisten anständigen Bürger warm in ihren Betten
liegen, und in den tiefen Nachtstunden verändern große
Städte ihren Charakter auf überraschende Weise. So fing ich
also mit der Absicht an, diese drei Mysterien zu erforschen:
das Geheimnis der Furcht vor der Dunkelheit und die völlig
andersgearteten Mysterien des menschlichen Schlafes und
der schlafenden Städte.
Materialien über ein so großes Thema wie die Nacht zu sammeln ist, als wenn man das Taschentuch eines Zauberkünst-
lers herauszieht: Eines führt zum anderen, in einer endlosen,
abstrusen Kette. Der offensichtlich simple Vorgang, die Augen zu schließen und einzuschlafen, führt zu dem komplexen
Feld der Schlafforschung, und das wiederum zur Hirnforschung, die letztlich die Frage des Bewußtseins aufwirft.
Das Bewußtsein führt zur Auseinandersetzung mit dem Unbewußten, zu Träumen und ihrer Deutung und zur Psycho-

analyse. Und die Sprache der Träume brachte ein Wiedersehen mit meiner ersten Liebe: der Literatur.

Diese lange Reise bildet den eigentlichen Kern des Buches. Was dem voransteht und folgt, sind meine Reflexionen über die Nacht und darüber, wie wir sie erleben: Was geschieht, wenn die Sonne untergeht? Wie fühlt die Dunkelheit sich an? Wie erleuchten wir die Nacht? Was können wir tun, damit wir uns in ihr sicher fühlen?

Sehr viele Menschen haben mir geholfen. Mein besonderer Dank gilt Sharon Borrow und ihren Kollegen im Schlaflabor des Atkinson Morley's Hospital, den Polizeibeamten des neunten und zehnten Reviers des New York Police Department, insbesondere Captain Vincent Rosiello, den Lieutenants Kevin Gilmartin, Michael Sneed und Michael Herer, den Officers Luis Cabrera, Michael Grullon und Dean McManus sowie den Polizeibeamten der Reviere Brixton und Kentish Town der Metropolitan Police in London, insbesondere den Police Constables John Cruttingden, Howard Potter, Mick Cooper und Michael Blakeley. Ein humpelnder älterer Mann mit einem Notizbuch und einem unter dem Jackett versteckten Tonbandgerät ist nicht unbedingt die Art von Gesellschaft, die Polizisten sich wünschen, wenn sie nachts Streife fahren. Dennoch bleiben sie stets freundlich und voller Humor, und ich habe die Zeit mit ihnen sehr genossen.

Während des Entstehungsprozesses haben verschiedene Leute verschiedene Teile dieses Buches gelesen und kommentiert. Besonders zu danken habe ich Tony und Cindy Holden, Priscilla Roth, Morton Schatzman, Mary Sue Moore und Luke Alvarez, Tina Brown und Pat Crow vom *New Yorker*, meinem Lektor bei Norton, Starling Lawrence, Frances Coady, Pascal Cariss und Dan Franklin bei Cape, meinem

leidgeprüften Agenten Gillon Aitken und Michael Feld-
mann, der mich zum Nachdenken brachte. Vor allem aber
danke ich meiner Frau Anne, die es nicht nur während der
vier langen Jahre der Recherchen und der Arbeit an diesem
Buch mit mir aushielt, sondern es immer wieder las, geduldig, wohlwollend und mit dem unfehlbaren Glänzen im
Auge.

1 Einleitung:
Es werde Licht

Oktober 1802. Hartley bei Mr. Clarkson ließ eine Kerze bringen – der Schein machte ihn elend – was meinst du, Liebste! – Der Schein – der Schein – was zu sein scheint und nicht ist – Männer und Gesichter und ich weiß nicht, was, häßlich und manchmal hübsch und dann häßlich werdend, und sie scheinen, wenn meine Augen offen sind, und schlimmer, wenn sie geschlossen sind – und die Kerze heilt das SCHEINEN.

Coleridge, Notebooks

Licht, ohne Zunge
kann nur sehen.

John Donne, Break of Day

In den letzten hundert Jahren haben wir den Kontakt zur Nacht verloren. Vielleicht kennt der Fötus im Mutterleib sie noch, aber selbst die Nacht im Schoß wird periodisch durch das rötliche Glühen erhellt, das den Leib der Mutter durchdringt, wenn sie sich entkleidet. Wahre Dunkelheit – wie man sie in unterirdischen Gängen vorfindet oder in einem völlig abgeschlossenen Raum oder in der künstlichen Lichtlosigkeit eines Experiments, das die Versuchsperson aller Sinnenreize beraubt – ist etwas ganz anderes, und für den Menschen des zwanzigsten Jahrhunderts, der die Dunkelheit durch die Betätigung eines Lichtschalters eliminieren kann, ist sie meistens eine Quelle nackter Angst:

Am hellichten Tag versuchst du nicht, Menschen Angst einzujagen. Du wartest. Denn die Dunkelheit preßt dich zusammen, in dein eigenes Inneres hinein; du wirst von der Außenwelt abgeschnitten, und deine Phantasie treibt Blüten. Das ist eine psychologische Grundregel. Ich habe oft genug Nachtwache geschoben, um zu wissen, wie der Angstfaktor sich vervielfacht, wenn man Stunde um Stunde dasitzt, mit niemandem reden kann, nichts zu tun hat, als in das große schwarze Loch der eigenen traurigen Seele hineinzustarren. Die Stunden vergehen, und dein Kreiselkompaß kommt dir abhanden; dein Geist fängt an zu wandern. Du denkst an dunkle Kammern, Mörder, Irre unter dem Bett, alle diese

Kindheitsängste. Kobolde und Trolle und Riesen. Du versuchst, das abzuschalten, aber du kannst es nicht. Du siehst Geister … Geister, die eine ganze Marineeinheit in zwanzig Sekunden auslöschen. Totengeister, die aufstehen. Geister hinter dir und vor dir und in dir. Nach einer Weile, wenn die tiefen Nachtstunden anbrechen, spürst du ein merkwürdiges Summen in den Ohren. Winzige Geräusche werden verstärkt und verzerrt. Die Grillen sprechen eine codierte Sprache; ein unheimliches elektronisches Schwirren erfüllt die Nacht. Du hältst die Luft an. Du ziehst die Knie an die Brust, spannst die Muskeln an und horchst, mit harten Knöcheln und im Kopf tickenden Puls im Schädel. Du hörst die Gespenster lachen. Kein Witz: lachen. Du fährst hoch, du erstarrst, du kneifst die Augen zusammen und spähst ins Dunkel. Da ist aber nichts. Du stellst deine Waffe auf vollautomatisch ein. Du duckst dich tiefer und zählst deine Handgranaten und achtest darauf, daß die Stifte umgelegt sind, damit du gleich werfen kannst, und holst tief Luft und horchst und versuchst, nicht durchzudrehen. Und dann später, wenn genug Zeit vergangen ist, wird es allmählich schlimm.

Vietnam, wie Tim O'Brien es in »The Things They Carried« schildert, war eine Zeitreise, eine Rückkehr in die Steinzeit und zu archaischen Ängsten; die Schrecken des Krieges wurden durch seinen Schauplatz selbst verstärkt, durch seine völlige Ferne von der modernen Welt und den Annehmlichkeiten, die wir als selbstverständlich hinnehmen.

Solch tiefe Finsternis, vereint mit einem bewölkten Himmel und dem undurchdringlichen Laubdach des Regenwaldes, trifft man selten. Weiter nördlich ist das Dunkel der Nacht selbst draußen in der Wildnis und fern von der Zivilisation nie absolut. Das mußte ich vor langer Zeit in den Bergen am eigenen Leib schmerzlich erfahren. Zwei Nächte lang, wenn

auch in verschiedenen Jahren, war ich gezwungen, auf demselben Gipfel der italienischen Dolomiten im Freien zu kampieren. Das erste Biwak, auf einem breiten Felssims unmittelbar unterhalb des Gipfels, war sehr angenehm. Es war
kein Mond zu sehen, aber die Luft war warm, und der Himmel war von Sternen übersät. Die Nacht war klar und friedlich, von der Art, die der walisische Dichter und Mystiker
Henry Vaughan Gottes »dunkles Zelt, still und ungetrübt«
nannte, und weil die Erde sich dreht und die Sternbilder
wandern, besang er sie auch als

Gottes stillen, forschenden Flug,
wenn das Haupt meines Herrn voller Tau ist, und alle
seine Locken feucht sind von den klaren Tropfen der
Nacht.

Die Sterne als Tautropfen in Gottes Haar – das ist ein Bild
von eigenartiger Schönheit, aber in dieser Nacht auf dem
Cima Grande di Lavaredo erschien es völlig angemessen.
Das sommerliche Sternenlicht war gedämpft und mild und
tröstlich und auch überraschend hell. Mein Weggefährte und
ich schliefen gut, eingelullt durch den Klang von Ziegen-
glocken aus dem Tal tief unten.

Das zweite Biwak war sehr viel beschwerlicher. Es lag auf
einem sehr schmalen Sims in der Mitte der großen überhän-
genden Nordwand, und wir waren beide bis auf die Haut
durchnäßt, ohne Nahrungsvorräte oder Kleidung zum Wechseln. In dieser Nacht war Vollmond, aber bevor der Mond
aufging, hatte sich die Nacht zusätzlich durch Sturmwolken
verfinstert – es war ein Schneesturm, der uns aufgehalten
und zum Biwakieren gezwungen hatte –, und wir waren zu
sehr mit der praktischen Aufgabe beschäftigt, unsere Ausrüstung auszupacken und uns auf dem schmalen Felssims

zu sichern, um die Finsternis nicht als unangenehm zu empfinden. Dann wurde der Himmel allmählich klar, und der
Mond ging auf; er tauchte die fernen Gipfel in kaltes blaues
Licht und verwandelte das Tal in ein Meer von Dunkelheit.
Ohne das Mondlicht wären wir besser dran gewesen. Je heller es leuchtete, desto stärker fühlten wir uns isoliert und von
allem fern. Es war wie die Blendlaterne eines Inquisitors, die
unverwandt auf uns gerichtet war und uns daran erinnerte,
wie unbesonnen und verwundbar wir waren. Als der Mond
endlich unterging, waren wir so sehr damit beschäftigt, nicht
zu erfrieren – wir bliesen auf unsere Finger und trommelten
mit den Fäusten aufeinander ein, um die Durchblutung in
Gang zu halten –, daß wir die Dunkelheit kaum wahrnah-
men. Sie war wie unser Hunger, einfach noch eine Prüfung,
die wir zu erdulden hatten, und längst nicht so schwer zu
ertragen wie die Kälte.
Ich lernte sehr viel in dieser Nacht, vor allem über mich
selbst. Ich lernte auch etwas über die Bedeutung des Feuers.
Wir rauchten beide, und sogar lebhafter als an die Kälte
erinnere ich mich an das Gefühl von Wärme und Trost, das
jedesmal aufkam, wenn wir uns eine Zigarette anzündeten.
Diese kleinen Lichttümpel in der hohlen Hand halfen uns,
die Nacht durchzustehen. Sie waren unser Rettungsanker,
unsere Verbindung zum Tageslicht, und sie ließen mich begreifen, warum menschliches Überleben, ebenso wie die Zivilisation, mit dem Feuer beginnt.

Niemand weiß mit Sicherheit, wann die Menschen lernten,
mit mechanischen Mitteln Feuer zu entfachen. Archäologen
sind der Ansicht, daß in China vor 350000 Jahren Menschen lebten, die Feuer machen konnten, in Afrika und
Westasien vor 50000 bis 100000 Jahren, und in Europa gibt
es um 250000 v. Chr. die ersten Anzeichen dafür. William T.

O'Dea, der das Standardwerk über dieses Thema schrieb, hat festgestellt, daß das Entzünden von Feuerschwamm durch Funkenschlagen aus Feuersteinen oder Pyriten der anderen archaischen Methode vorausging, nämlich Hartholz auf Weichholz zu reiben (das Hartholz pulverisiert das Weichholz, so daß Zunder entsteht, und die Reibung zwischen beiden erzeugt Hitze), weil das letztere »ein verhältnismäßig fortgeschrittenes Stadium des Werkzeuggebrauchs impliziert«.[1] Dennoch ist klar, daß bis vor etwa hundert Jahren Feuer die einzige künstliche Lichtquelle war: Jahrtausende des Feuers, Flammenfünkchen in der Dunkelheit der Prähistorie, empfindlich, leicht verlöschend, unendlich tröstlich. Für den archaischen Menschen, dessen Nächte voller Angst und Schrecken waren, war Gottes erster Triumph immer ein Sieg über die Finsternis:

Und die Erde war wüst und leer, und es war finster auf der Tiefe; und der Geist Gottes schwebte auf dem Wasser.
Und Gott sprach: Es werde Licht! Und es ward Licht.
Und Gott sah, daß das Licht gut war. Da schied Gott das Licht von der Finsternis
und nannte das Licht Tag und die Finsternis Nacht. Da ward aus Abend und Morgen der erste Tag.

Vor der Schöpfung war nur das ursprüngliche Chaos – formlos, leer und finster. Als Gott durch seine ersten Worte das Licht schuf, schuf er auch sich selbst, denn das Licht brachte Ordnung aus dem Chaos hervor, Wissen aus Verwirrung und Unwissenheit. Die Eroberung der Finsternis war ebenso ein Akt der Selbstdefinition Gottes wie der Beweis seiner göttlichen Allmacht.

»Es werde Licht!« war ein Gebot, das in seiner Abstraktheit der eigenartigen und revolutionären hebräischen Vorstellung von einem einzigen, abstrakten Schöpfer vollkommen entsprach. Die Griechen hatten eine lebendige, konkretere Vorstellung von ihren Göttern und statteten sie mit allen menschlichen Schwächen aus: Sie waren streitsüchtig, lüstern, neidisch und kleinlich, genau wie jede zänkische menschliche Familie. Dennoch dachten die alten Griechen genauso wie die alten Hebräer – das Göttliche war gleich Licht und gleich Ordnung, das Chaos war gleich Dunkelheit und gleich Furcht:

Um das fünfte und sechste Jahrhundert v. Chr. hatten sich die Fähigkeit des Sehens und die Attribute des Wissens in dem griechischen Wort theorein *vereint, das sowohl »sehen« als auch »wissen« bedeutet. Wissen wurde fortan dem Bereich des Sehens zugerechnet. Unwissenheit wird daher zu einem Mangel an Wissen, bezogen auf Objekte, die nicht sichtbar sind, also ist Dunkelheit gleich Unwissenheit. Die Finsternis wiederum wird zu einer Quelle der Furcht, so als wäre das Wissen um sichtbare Objekte die einzige Verteidigung gegen Angst und Schrecken.*[2]

Was man sieht, glaubt man zu wissen, was aber nur gehört oder gefühlt oder gerochen werden kann, macht angst, weil es formlos ist. Nur auf zwei Weisen kann man die Nacht erträglich machen: durch künstliche Beleuchtung oder durch den Schlaf, der die Sinne ausschaltet.

Dieser Glaube an das Licht als das absolut Gute taucht immer wieder auf, in den Mythen und in der Sonnenanbetung. Die größten Götter des sumerischen und des ägyptischen Pantheons waren Sonnengötter, Shamash und Ra; die Azteken beteten die Sonne an, und die Brahmanen des alten Indien hatten einen Feuergott, den siebenarmigen Agni. Selbst die Juden, die Götzenbildern abgeschworen hatten, feierten zur

Wintersonnenwende ein Lichterfest, Chanukka, und verwendeten einen symbolischen siebenarmigen Leuchter, der damals das Nonplusultra in der Kunst der Beleuchtung dargestellt haben muß. In der griechischen Mythologie lenkte Apollo, der schönste der Götter, den Sonnenwagen; mit jedem Sonnenaufgang wurde die Welt in der apollinischen Ordnung wiedererschaffen, mit jeden Sonnenuntergang stieg sie wieder ins Chaos hinab. Im christlichen Mythos war die Gottheit, in Dantes Version, das »höchste Licht«, das »ewige Licht«; Christus war *Lux mundi*, das Licht der Welt, und Satan, einst der strahlendste aller Engel, war der Fürst der Finsternis, der Regent der unheimlichen Regionen, für die Milton im schlechtbeleuchteten siebzehnten Jahrhundert die paradoxe Bezeichnung des »sichtbaren Dunkels« fand. Für die Griechen ebenso wie für die Christen waren Tag und Nacht Ausdruck der ewigen Gegensätze: Gut und Böse, Ordnung und Chaos, männlich und weiblich, Vernunft und Instinkt, das Apollinische und das Dionysische, Gott und Teufel.

Entsprechend waren das Feuer und das durch das Feuer geschaffene Licht, im konkreten wie im metaphorischen Sinn, göttliche Geschenke, durch die sich die Menschheit von den anderen Stufen der Schöpfung abhob. In einigen Zweigen der griechischen Mythologie ist es Prometheus, der weiseste der Titanen – sein Name bedeutet »Weitblick« –, der die Menschen nach dem Bild der Götter aus Lehm formte. Er schenkte seinen Geschöpfen das Feuer und lehrte sie die Wissenschaften – Architektur, Astronomie, Mathematik, Navigation, Medizin, Metallurgie und andere nützliche Künste. Für diese Überhebung, vor allem aber für das Geschenk des Feuers, verurteilte der eifersüchtige Zeus ihn zu ewigen Folterqualen. Dem altskandinavischen Mythos nach mußte Loki, der ebenfalls den Göttern das Feuer stahl, als Strafe für sein Sakrileg ähnlich schreckliche Qualen erdulden.

Vermutlich begriffen die Götter, daß die Gabe des Feuers der erste Schritt einer Entwicklung war, die sie schließlich alle überflüssig machen sollte. Das Feuer war die große Antriebskraft, die Quelle aller praktischen Wissenschaften und auch die Grundlage der Gesellschaft. Das ursprüngliche soziale Zentrum war der Herd, ein Ort der Sicherheit in der gefährlichen Finsternis. Den Menschen, die sich um die Feuerstelle zusammenkauerten, bot das Feuer Licht, bei dem man sehen konnte, Hitze zum Kochen und behagliche, tröstliche Wärme. Es war ein entscheidender Wendepunkt in der Frühgeschichte, als irgend jemand ein brennendes Holzscheit von der Feuerstelle nahm, um zu sehen, was in einem anderen Teil der Höhle vor sich ging. Später stellte wieder jemand fest, daß bestimmte Holzarten – nämlich jene, die Harz enthielten – länger und heller brannten als andere. Noch später vollzog ein Mensch den kreativen Gedankensprung vom Feuer zur Beleuchtung und erfand eine technische Innovation: Er tauchte ein Holzscheit in Harz oder Pech und brannte statt des Holzes den klebrigen Klumpen ab. Das so behandelte Holzscheit war nun kein Brennmaterial mehr, sondern wurde zu einem Lichtträger, zu einem Mittel, Licht zu transportieren.

Die andere große prähistorische Erfindung kam zustande, als einem unorthodox denkenden paläolithischen Genie auffiel, daß ein Zweig, der in das Fett des über dem Feuer röstenden Beutetieres fiel, über seine normale Spanne hinaus weiterbrannte. Allmählich, Schritt für Schritt, entwickelte sich aus dieser Beobachtung die Idee der Fettlampe; zuerst ein in Fett getauchter Docht, dann ein tragbarer Behälter für das Fett. Diese Lampe war vor mindestens 15 000 Jahren bereits perfektioniert, denn die Wandgemälde in den Höhlen von Lascaux in der Dordogne wurden durch hundert oder mehr solcher Fettlampen illuminiert. An der Decke der

Feuersteinminen in Sussex findet man geschwärzte Stellen, die zeigen, wo die neolithischen Bergleute vor 4000 Jahren ihre Fettlampen abstellten; als Behälter für das Fett verwendeten sie ausgehöhlte Kalkbrocken. Und laut O'Dea sind im Louvre schalenförmige Tonlampen zu sehen, die unversehrt aus dem Grab von Deir el Medineh in Ägypten geborgen wurden; sie stammen aus der Ära des Neuen Reiches. Diese Lampen, die wahrscheinlich 2500 Jahre alt sind, enthalten immer noch ihr Fett und Leinendochte.[3]

In Europa benutzten sehr arme Leute mindestens bis zum achtzehnten Jahrhundert immer noch Fettlampen; im fernen Osten waren sie noch bis in unser Jahrhundert hinein in Gebrauch. Aber Fett stinkt, wenn es brennt, und Fettlampen erzeugen ein unstetes Licht. Um 2600 v. Chr. verwendeten die Sumerer, die auch das Rad erfanden, Öl – vermutlich aus Sickerstellen von Erdöldepots – für ihre Lampen. (Die frühesten Öllampen wurden in den königlichen Gräbern der chaldäischen Stadt Ur entdeckt.) Mineralöle wie Petroleum und Kerosin waren in aller Regel schwer zu finden, schwer umzuwandeln und schwer handhabbar, und vor dem neunzehnten Jahrhundert wurden sie nicht in großem Maßstab genutzt. Aber es gab viele andere Alternativen: Man verwendete Pflanzenöle wie Olivenöl (das biblische Buch Exodus legt fest, daß die Lampen vor der Bundeslade nur reines Olivenöl enthalten durften), Rapsöl, Kokosöl, Erdnußöl, Teebaumöl; außerdem nahm man auch Fischtran, insbesondere von Pottwalen und Riesenhaien, aber manche rohen Fischöle rochen so schlecht, daß sie in England 1710 durch einen Parlamentsbeschluß verboten wurden; wer gegen dieses Verbot verstieß, hatte mit einer hohen Geldstrafe zu rechnen.

In einigen primitiven Gemeinschaften machten die Menschen sich nicht die Mühe, Lampen herzustellen; sie trockneten einfach ölige Fische, steckten sie in gespaltene Stöcke und zündeten sie an. Die in der Region von Vancouver Island lebenden Indianer machten das mit dem Kerzenfisch, die Penobscot-Indianer benutzten den Saugfisch, die Neuseeland-Maoris den Hammelfisch, die Neufundland-Indianer den kleinen Dornhai. Ölige Vögel erfuhren dieselbe Behandlung: bis zum späten neunzehnten Jahrhundert erlegten die Bewohner der Shetlandinseln Sturmvögel, fädelten sie auf einen Faserdocht, steckten die Füße in einen Lehmklumpen und benutzten sie als Lampen. Viel früher hatten die Dänen dasselbe mit dem großen Alk gemacht; als Docht verwendeten sie Moos, das in den öligen Bauch des erlegten Vogels gesteckt wurde. Die simpelste aller natürlichen Lampen war das Glühwürmchen. Die Bewohner der westindischen Inseln pflegten sie in hölzernen Käfigen zu halten oder sie sogar mit Gummiharz an ihren großen Zehen festzukleben, um bei Nacht zu sehen, ob sich Schlangen auf ihrem Pfad befanden. Was tut man nicht alles für ein Licht.

Fettlampen, Öllampen, Pechfackeln, Wachsleuchter, Binsenlichter, Kerzen – der Trieb, die Nacht erträglich zu machen, ist universell und uralt. Archäologische Funde beweisen, daß es seit etwa 3000 v. Chr. in Häusern – zumindest den Häusern hochgestellter Persönlichkeiten – Beleuchtung gab: hängende irdene oder tönerne Lampen, solche, die in Gängen oder an engen Treppenwindungen in Wandnischen standen, Alabaster- und Goldlampen, die in der chaldäischen Stadt Ur ausgegraben wurden und auf etwa 2600 v. Chr. zu datieren sind, Kupferlampen aus derselben Periode, die im Grab von Izi in Ägypten gefunden wurden. Lampen, die aus der Zeit um 1500 v. Chr. stammen, wurden in der Nähe von Troja gefunden, und um 800 v. Chr. erwähnt Homer in der *Odyssee* die Beleuchtung der Wohnräume durch Lampen. In der klassischen Periode Athens war die Beleuchtung von Wohnhäusern bereits allgemein verbreitet – es wurden Fragmente von mehr als zehntausend Lampen gefunden, die aus der Zeit zwischen dem fünften und dem dritten Jahrhundert v. Chr. stammen –, und die Römer waren auf künstliches Licht fast so versessen, wie wir es heute sind. Sie errichteten Manufakturen, die Tonlampen in großen Mengen herstellten, sowohl im Mutterland als auch in den anderen Teilen ihres Imperiums. Sogar Sklaven hatten Lampen. Sie benutzten die Gehäuse großer Seeschnecken als Ölbehälter und Dochte aus Werg. Die Römer erfanden auch die Kerze – eine weitere geniale Innovation: Der feste ölige Brennstoff statt des flüssigen machte das Licht wirklich transportabel, und darüber hinaus war der Behälter entbehrlich.

Im Lauf der Jahrhunderte schritt die Zivilisation der Nacht allmählich immer weiter fort; jeder neue Schritt war eine Differenzierung des vorangegangenen und die Lichtquellen immer stärker, sauberer und handlicher. Nach modernen Maßstäben war jedoch keine von ihnen besonders effektiv, aus einem einfachen Grund: Von der Prähistorie bis zum späten neunzehnten Jahrhundert war Feuer in der einen oder anderen Form die einzige Quelle des Lichts – Lagerfeuer, flammende Fackeln, Öllampen, Kerzen, Binsenlichter, Gaslampen. Auf ihre jeweils eigene Weise verbreiteten sie alle ein mildes, dämmriges, geselliges Licht, zum Lesen nicht sehr gut geeignet, aber ausreichend, um die Monstren in Schach zu halten. Feuer, woraus es sich auch immer speist, produziert jedoch auch Rauch und Gerüche; in geschlossenen Räumen verzehrt es den Sauerstoff, es hinterläßt Ruß auf Simsen und Möbeln und Kleidungsstücken, es muß ständig versorgt werden – der Docht geschnupft, der Ölvorrat aufgefüllt –, es verlöscht leicht und ist, wenn man unvorsichtig damit umgeht, furchtbar gefährlich. Außerdem ist es eine Plage, es neu anzufachen. Streichhölzer, die zuverlässig zün-

deten und die man gefahrlos mit sich herumtragen konnte,
gab es erst um 1820, und selbst dann war es noch ein Rie-
senaufwand, der Stunden in Anspruch nahm, Hunderte von
Kerzen, die bei großen formellen Anlässen benutzt wurden,
anzuzünden. Vor der Erfindung der Streichhölzer war das
Feuerschlagen mit Feuerstein und Zunder ein verzwickter
und oft aufreibender Vorgang. In einer Nacht im Jahr 1763
zum Beispiel entschloß sich James Boswell, lange aufzublei-
ben und zu schreiben.

*Gegen zwei Uhr morgens löschte ich versehentlich meine Ker-
ze aus, und da mein Feuer schon lange vorher schwarz und
kalt geworden war, befand ich mich in einem großen Dilem-
ma, wie ich nun weiter vorgehen sollte. So begab ich mich
also still und leise nach unten in die Küche. Aber weh mir,
dort gab es so wenig Feuer wie auf den eisigen Bergen Grön-
lands. Mit einer Zunderbüchse wird jeden Morgen ein Licht
angezündet, um das Feuer zu entfachen, das am Abend aus-
gemacht wird. Aber diese Zunderbüchse konnte ich nicht sehen und wußte auch nicht, wo sie zu finden ist. Ich war nun
von düsteren Vorstellungen über die Schrecken der Nacht erfüllt. Ich war auch in Sorge, daß mein Hauswirt, der immer
zwei geladene Pistolen bei sich führt, mich als Dieb erschie-
ßen könnte. Ich ging hinauf in mein Zimmer und saß still
da, bis ich den Nachtwächter »drei Uhr vorbei« rufen hörte.
Ich rief ihm dann zu, er möge an die Tür des Hauses klopfen,
in dem ich wohnte. Das tat er, und ich öffnete ihm und bekam meine Kerze gefahrlos wieder angezündet. So wurde ich
erlöst und fuhr geschäftig weiter fort bis acht am nächsten
Tag.*[4]

Vor der Nutzbarmachung der Elektrizität war künstliches
Licht teuer, und nur die müßigen Reichen konnten sich den

Luxus leisten, während der Nachtstunden auf und beschäftigt zu sein. Die Armen richteten sich nach der Sonne. »Arbeitende Menschen zünden an den langen Tagen keine Kerze an«, schrieb Gilbert White 1789 in *The Natural History of Selbourne*, »denn mit dem Tageslicht stehen sie auf und gehen zu Bett.« Sie konnten sich auch keine teuren Bienenwachskerzen leisten, sondern mußten sich mit Talgkerzen behelfen, die stanken und die Augen reizten. (Einen Vorteil hatten Talgkerzen allerdings gegenüber Bienenwachskerzen: Sie waren eßbar. Britische Leuchtturmwärter benutzten sie regelmäßig, um ihre mageren Rationen zu ergänzen, und noch um die Mitte der sechziger Jahre führten zwei moderne Abenteurer und Survival-Experten, Bill Tillman und Eric Shipton, bei ihrer Expedition zur arktischen Südspitze Patagoniens Talgkerzen mit für den Fall, daß ihnen die Nahrungsvorräte ausgehen sollten.) Wie ein Sozialhistoriker berichtet, galten Talgkerzen aber »noch zu Beginn des neunzehnten Jahrhunderts als zu kostspielig für die meisten Arbeiterfamilien; ihre Häuser blieben dunkel, wie sie es seit dem Mittelalter gewesen waren«.[5] Bestenfalls gab es eine einzige Kerze, die abends eine oder zwei Stunden lang brannte, und die Familie versammelte sich um dieses Licht, jeder nach seinen Bedürfnissen: Der Lichtquelle am nächsten saßen jene, die versuchten, zu nähen, zu lesen oder Karten zu spielen, weiter davon entfernt, im Schatten, die anderen, die nur Gesellschaft haben oder den Augenblick des Schlafengehens hinausschieben wollten, eine »Lagerfeuersituation«, wie Rayner Banham es nannte.[6] Es waren Szenerien wie diese, in der Figuren, die um eine einzige Lichtquelle versammelt sind, sich aus der Dunkelheit herauskristallisieren, die Maler wie Caravaggio und de la Tour zu ihren Bildern inspirierten. Für uns geht es in ihren Gemälden um das Schauspiel, das die Nacht in früheren Zeiten bot: geheimnisvoll, gefährlich, verschlingend. O'Dea meint jedoch, daß Künstler Nachtszenen aus ästhetischen Gründen übertrieben darstellten; »sie wurden bei schlechtem Licht gemalt und bei ebenso schlechtem Licht betrachtet«. Als Michelangelo die Sixtinische Kapelle ausmalte, auf einem wackligen Gerüst auf dem Rücken liegend, entwickelte er eine Art Stirnband, in dem eine brennende Kerze steckte, damit er sehen konnte, was er tat.

Die Armen zogen es gewöhnlich vor, kein Geld für Beleuchtung zu verschwenden, nicht einmal für eine einzige Talgkerze. Licht zum Lesen war nicht ihr Problem, da die meisten von ihnen Analphabeten waren; der Schein des Feuers genügte ihnen. (*Curfew,* das englische Wort für Sperrstunde, entwickelte sich aus dem normannisch-französischen *couvre-le-feu,* das Feuer zudecken.) Der Luxus der Innenbeleuchtung von Häusern – mit Ausnahme der Schlösser und Kirchen der herrschenden Schicht – verschwand, wie es scheint, mit dem Zusammenbruch des römischen Reiches. Das Mittelalter war sowohl im übertragenen wie im wörtlichen Sinn »finster«; während des gesamten Mittelalters und in der Zeit der Renaissance wurde die Nacht für gewöhnliche Menschen nur bei feierlichen Anlässen illuminiert, zuerst durch lodernde Feuer und dann durch Feuerwerk, um große Siege zu feiern, oder bei besonderen jahreszeitlichen Festen wie der Sommersonnenwende. Die Illumination selbst war ein Fest; im Französischen hieß *feu d'artifice* – Feuerwerk – ursprünglich *feu de joie* – Freudenfeuer.

Im siebzehnten Jahrhundert wurden Lichterfeste in die höfische Kultur des Barock eingeführt. Sie begannen nach Einbruch der Dunkelheit und dauerten bis zur Morgendämmerung an, und die Tatsache, daß die Höflinge schlafen gingen, wenn die Handwerker und Bürger ihr Tagewerk begannen, gab den höfischen Vergnügungen eine besondere Würze.

Man mußte Geld haben, um mit einem Luxus wie künstlicher Beleuchtung verschwenderisch umgehen zu können; das Nachtleben zu genießen war ein Merkmal sozialer Privilegien, Kennzeichen einer aufwendigen Lebensführung. Nächtliche Lustgärten wie Vauxhall und Ranelagh in London, die ein Jahrhundert später entstanden, waren kommerzielle Nachahmungen höfischer Festlichkeiten: Illumination, Feuerwerk, Musik und Tanz, alles zum Preis einer Eintrittskarte zu haben. Jetzt konnte die bürgerliche Mittelschicht sich durch die Verschwendung von künstlichem Licht, durch unnatürlich spätes Aufstehen und Zubettgehen von den Schlechtergestellten abheben.

Das Nachtleben als Option, die jeder und jedem nach dem demokratischen Prinzip der freien Wahl offensteht, als Zeit, in der gewöhnliche Menschen ihren normalen Tätigkeiten mehr oder minder uneingeschränkt nachgehen können, ist eine relativ moderne Erfindung. Bis vor weniger als zweihundert Jahren war die Nacht noch eine Zeit der Schrecken, der bösen Vorzeichen und der Gewalt, eine Tabuzone, in der die Kriminellen, die Unholde und all die anderen Kräfte der Finsternis regierten, eine Zeit, zu der rechtschaffene Menschen ihre Türen verriegelten, sich um das Feuer drängten und beim Schein einer Kerze zu Bett gingen.

Shakespeares Theaterstücke sind voll von »dunklen Taten«. *Othello* beginnt mit dem wilden nächtlichen Lärmen Rodrigos und Jagos, die Brabantio die tödliche Nachricht von der Hochzeit seiner Tochter Desdemona mit dem Mohren überbringen; das Stück endet bei Nacht, mit dem Mord an Desdemona bei Kerzenlicht (»Tu aus das Licht, und dann – tu aus das Licht«) und Othellos Selbstmord. Es ist Nacht, wenn der Geist von Hamlets Vater erscheint, König Lear dem Wahnsinn verfällt, Clarence und Polonius ermordet werden, die schlafende Imogen verraten wird. Für Shakespeare und

seine Zeitgenossen lag nicht Abwegiges oder Abergläubi-
sches darin, die Nacht mit dem Bösen zu assoziieren; im
Gegenteil: Das zeigte einmal mehr, wie der Dichter dem Leben den Spiegel vorhält. Die mörderische Dunkelheit von
Macbeths Schloß war für das elisabethanische Publikum
vermutlich etwas völlig Vertrautes, denn etwas sehr Ähnliches erwartete die Zuschauer draußen, wenn sie das Theater
verließen. (Die unbeschwerte Heiterkeit, die das Stück *Ein
Mittsommernachtstraum* kennzeichnet, erklärt sich vielleicht aus der Tatsache, daß die Handlung in der kürzesten
Nacht des Jahres spielt.) Auch die Fluchten und Verwechs-
lungen in *Don Giovanni*, die jetzt so unglaubwürdig erscheinen und auf der Bühne so schwer darzustellen sind, müssen
Mozarts zeitgenössischem Publikum selbst ein paar Jahrhunderte später völlig glaubhaft vorgekommen sein, denn
die Theater waren nur mit Lampen und Kerzen erleuchtet,
und wenn die Zuschauer sich auf den Heimweg machten,
gingen ihnen Fackelträger voraus. Don Giovanni war wie die
Räuber, die die Straßen unsicher machten – ein Geschöpf
der Nacht, ein Raubtier, Bewohner eines fremden Elements;
das Dunkle war Teil seiner bösen Natur. (Christopher Mar-
lowe und seine Gefährten, die in Atheismus, Sodomie und
Spionage dilettierten, wurden »die Schule der Nacht« genannt.)
Nächtliche Wanderer hatten elementare Formen von Beleuchtung, brennende Fackeln oder Laternen mit Fenstern
aus Horn, das auf besondere Weise verarbeitet und so dünn
geschnitten war, daß Kerzenlicht durchscheinen konnte.
Aber Lichter dieser Art verstärkten eigentlich nur die umgebende Dunkelheit. Aus unserer heutigen Sicht können wir
uns kaum vorstellen, wie die Menschen die Nacht erlebten,
bevor die Elektrizität allgemein nutzbar gemacht wurde, obwohl wir in Wäldern oder Landschaften, die so weit abgele-

gen sind, daß nicht einmal ein Schimmer des Großstadtlichts am Horizont glüht, manchmal einen Eindruck davon bekommen, wie prekär es gewesen sein muß, schlicht und einfach nach Haus zu gehen. Oder vielmehr: nicht zu gehen, sondern auf holprigen, schlammigen Pfaden dahinzustolpern, den Weg zu ertasten durch Schattierungen der Dunkelheit, in der jedes kleinste Geräusch plötzlich eine Bedeutung bekommt. Ist es ein Zeichen von Leben, die Präsenz von etwas Unbekanntem? Ein Mensch oder ein Tier? Harmlos oder bedrohlich? Der Mond wird wieder so wichtig, wie er es traditionell immer war; er ist kein leuchtendes Ornament, keine Dekoration am Nachthimmel, sondern eine segensreiche Lichtquelle, ein Helfer. (Auf alten Uhren sind neben den Stunden auch die Mondphasen markiert, nicht um der dekorativen Wirkung willen, sondern um Nachtwanderern die Planung ihrer Reisen zu erleichtern.) Als Tennyson seine Prinzessin als »in die lange Nacht ihres dichten Haares gewandet« beschrieb, baute er auf die jahrhundertelange Vertrautheit mit wirklicher Dunkelheit, um den Eindruck einer gefährlichen, geheimnisvollen Erotik zu verstärken.

Bevor die Nacht kolonisiert und für rechtschaffene Bürger sicher gemacht werden konnte, bedurfte es zweier Neuerungen: der Straßenbeleuchtung und der Polizei. Ohne sie war die Nacht wie das uranfängliche Chaos, aus dem Gott die Welt erschuf: wüst und leer. Im Mittelalter bereiteten die Bürger sich auf den Einbruch der Nacht vor wie Seeleute auf einen heraufziehenden Sturm: Man machte die Luken dicht. Zuerst wurden die Stadttore verriegelt, dann die Häuser abgeschlossen; die Schlüssel deponierte man beim Magistrat. In ordentlichen Städten wurden Sperrstunden durchgesetzt, und bis zu den Zähnen bewaffnete Wächter, die Fackeln trugen – mehr, um sich selbst zu identifizieren, als um ihren Weg zu beleuchten –, patrouillierten durch die Straßen. Bürger, die so kühn waren, sich in die Nacht hinauszuwagen, mußten ebenfalls Fackeln tragen, um ihre lauteren Absichten kundzutun; wer das versäumte, mußte mit Verhaftung rechnen. Ein Erlaß Edwards I. (1272–1307) besagte:

Keiner sei so kühn, daß er auf den Straßen der Stadt gehend oder umherwandernd angetroffen werde, nachdem die Glokke von Martins-le-Grand die Nachtstunde geschlagen hat, mit Schwert oder Schild oder anderen Waffen, um Unrecht zu tun oder was üblen Verdacht erwecken möchte, oder in irgendeiner anderen Weise, es sei denn, er wäre ein großer Mann oder eine andere rechtschaffene Person von gutem Ruf oder deren verbürgte Boten, die ihre Vollmacht haben, vom einen zum anderen zu gehen, mit der Laterne in der Hand.[7]

Die ersten primitiven Versuche einer Straßenbeleuchtung wurden im fünfzehnten Jahrhundert unternommen; man verlangte von reichen Hausbesitzern, Laternen an ihren Fenstern aufzuhängen. Diese schwachen Lichter konnten die Straßen natürlich nicht illuminieren, aber zumindest machten sie einige der Häuser sichtbar. Sie stellten weniger eine Straßenbeleuchtung dar als eine urbane Kartographie, Bezugspunkte in der umgebenden Dunkelheit, wie Navigationslichter auf See; sie halfen dem von der Nacht überraschten Wanderer, seinen Weg zu finden. Sie gaben der Stadt eine elementare Struktur und zwangen dem sonst unkartographierten Chaos der Nacht eine gewisse Ordnung auf.[8]
In Athen, Rom und Jerusalem hatte man in der Antike nachts an Wegkreuzungen Feuer entzündet, aber die ersten organisierten Versuche, Straßen zu beleuchten, begannen erst 1662, als ein gewiefter Pariser Geistlicher, der Abbé Laudati, das Vorrecht erhielt, auf den nächtlichen Straßen in je dreihundert Schritt Entfernung Wachen zu postieren und

Laternenträger anzustellen, die Nachtwanderer gegen ein Entgelt eskortierten. Fünf Jahre später erließ Louis XIV. auf Drängen seines Polizeichefs ein Dekret mit der Anordnung, die Lichter, die willkürlich an den Außenwänden einiger Häuser hingen, durch Glaslaternen zu ersetzen, die, an gespannten Seilen hängend, über der Mitte jeder Straße angebracht werden sollten. Das Gewicht der Kerzen – drei auf ein Pfund – war so bemessen, daß sie in den fünf Wintermonaten bis nach Mitternacht brannten. Vor dem Ende des Jahrhunderts gab es allein in Paris 6500 Laternen, die jede Nacht insgesamt 1625 Pfund Kerzen verzehrten.

Auch in London kam die erste Straßenbeleuchtung durch Privatinitiative zustande. 1694 erhielt ein gewisser Edward Heming die Genehmigung, in der Zeit zwischen dem Michaelistag und Mariä Verkündigung von sechs Uhr abends bis Mitternacht an jedem zehnten Haus ein Licht anzubringen und den Hausbesitzern sechs Shilling pro Jahr für das Privileg relativer Sicherheit zu berechnen. Aber Heming, der mit Öllampen experimentierte, brachte die Gilde der Talgkerzenzieher gegen sich auf; seine Lizenz wurde 1716 zurückgezogen, und London war nachts wieder das Reich der Straßenräuber und Taschendiebe, bis 1736 die Stadt selbst fünftausend Öllampen in den Straßen installierte. Innerhalb von zwei Jahren hatte diese Zahl sich verdreifacht – trotz der Talgkerzenzieher –, und es hieß, daß es allein in der Oxford Street mehr Lampen gab als in ganz Paris. Dennoch waren nicht alle Straßen beleuchtet und auch nicht die ganze Nacht; die Fackelträger mit ihren flammenden Fackeln und ihren dubiosen Verbindungen machten immer noch gute Geschäfte. (In London steckten sie oft mit Diebesbanden unter einer Decke; in Paris waren sie Polizeispitzel.)

Erst nach der Einführung des Gaslichts im frühen neunzehnten Jahrhundert wurden die Städte regelmäßig, zuverlässig und in großem Maßstab beleuchtet. In London wurden 1807 Gaslaternen in den Straßen installiert, in Baltimore 1816, in Paris 1819, in Berlin 1826. (Die Bewohner von Köln erhoben 1816 Einwände gegen Gaslaternen mit der Begründung, das Gaslicht würde die Pferde scheu machen.) Fünfzig Jahre später kam das elektrische Licht, aber zunächst nur in Form von Lichtbogenleuchten. Diese Lampen wurden an hohen Eisenpfosten und manchmal an Masten von rund acht Meter Höhe angebracht; sie warfen ein brutal grelles Licht, das mehr Schatten schuf, als es eliminierte, und schienen mit ihrem unbarmherzigen Glanz alles Unnatürliche der industriellen Revolution zu verkörpern. Im Vergleich dazu war das Licht der Kohlenstoff-Glühfadenlampe sanft, anpassungsfähig und außerdem billig, effizient und sauber. Swan und Edison lösten das Problem der Glühlampe fast gleichzeitig und auf ganz ähnliche Weise – ihr Rechtsstreit um die Patentierung endete mit einem Vergleich, und sie gründeten eine Gesellschaft, um den britischen Markt gemeinsam auszubeuten –, aber es war Edison, der das komplette System zur Versorgung der Lampen mit kommerziell profitabler Elektrizität erfand und zusammenstellte. Als im Januar 1882 jemand den Schalter für die ersten nach dieser großen Erfindung konstruierten Straßenlampen betätigte, sollte sich unsere Wahrnehmung der Welt für immer verändern.[9] Rayner Banham nannte dieses Ereignis »die größte Umwelt-Revolution in der Menschheitsgeschichte seit der Domestizierung des Feuers«.

Die Maler, insbesondere die vom Licht faszinierten Impressionisten, begriffen die Transformation der Nacht als das, was sie wirklich war: eine Art Wunder. »Bei Nacht sind die Warenhäuser Paläste«, schrieb Whistler, »und die ganze Stadt schwebt in den Wolken, und das Märchenland liegt vor uns«.[10] Wir nehmen das Wunder jetzt als etwas Selbstverständliches hin, aber in Städten, die speziell dem Vergnügen gewidmet sind, ist das alte Staunen über das Feierliche und Festliche der nächtlichen Illumination immer noch lebendig. Las Vegas zum Beispiel ist eine Lichtstadt im buchstäblichen Sinn, mit illuminierten Zeichen und Bildern anstelle von Architektur. Bei Tag sind die meisten Gebäude auf dem Strip so schäbig und funktional wie Flugzeughangars – bloße Rahmen für Neonröhren. Aber bei Nacht wirken sie durch die endlosen Lichtkaskaden in leuchtenden Farben in jeder Hinsicht brillant. Sie sind dazu bestimmt, bei Dunkelheit gesehen zu werden; sie sind durch Licht definiert, sie gehören zur lebhaft sprühenden Phantasiewelt der Feste und Vergnügungen.

Dem Soziologen Murray Melbin zufolge ist die Nacht das letzte Grenzgebiet, und seit der Erfindung des künstlichen Lichts haben wir es in ähnlicher Weise und aus ähnlichen Motiven heraus kolonisiert, wie die Amerikaner im neunzehnten Jahrhundert den Westen in Besitz nahmen.[11] Die Zeit ist eine Dimension wie der Raum, sagt Melbin, und in dem Maß, wie die Stunden des Tages zu gedrängt und zu voll wurden, haben die Menschen sich in den Bereich der Nacht vorgewagt. Die ersten Nachtmenschen waren wie die Fallensteller, Jäger und Abenteurer, die vor den Pionieren nach Westen zogen: Einzelgänger, Außenseiter, Kriminelle, Menschen, die sich – aus welchen Gründen auch immer – in der normalen, ordentlichen Welt unbehaglich fühlten und die nichts zu verlieren hatten. Dann kamen die Geschäftsleute, die Ausbeuter, die erkannten, daß teure Maschinen mit dem Aufkommen des Gaslichts nicht mehr acht von vierundzwanzig Stunden stillstehen mußten und daß Fabriken rund um die Uhr produzieren konnten. Im Gefolge der Schichtarbeit wurden weitere Arbeitsbereiche nachtaktiv: Verkehrsmittel, Restaurants, Kneipen und Lebensmittelläden. In dem Maß, wie die Beleuchtung verbessert wurde, dehnten die nächtlichen Dienstleistungen und Aktivitäten sich allmählich weiter aus, bis zum jetzigen Stand; eine ganze Welt wird nach Dienstschluß aktiv – Abendschulen, Haftrichter, Supermärkte, Discos, Massagesalons und, nicht zu vergessen, eine Armee von Wartungspersonal, das die Tageswelt in Ordnung bringt und repariert, während ihre Bewohner schlafen. Schutz und Abwehrtruppen, Finanzmärkte, Rundfunk, Personen- und Güterverkehr, Post- und Kommunikationsdienste arbeiten jetzt vierundzwanzig Stunden am Tag. Aus Melbins Sicht werden Tag und Nacht bald völlig austauschbar sein; so wie wir unsere Umwelt verändert haben, verändern wir auch uns selbst – physisch, sozial und psychisch –, um uns dem neuen Vierundzwanzig-Stunden-Arbeitszyklus anzupassen.

Aber dadurch, daß wir die Nacht kolonisierten, sind wir nicht auch in ihre Mysterien eingedrungen. Das Entscheidende für alle, die ein Nachtleben führen – von Schichtarbeitern bis hin zu Prostituierten –, ist die Tatsache, daß die zuverlässige künstliche Beleuchtung die Nacht praktisch zum Tage gemacht hat. Nachtarbeiter gehen mit ihrem wachen Tagesbewußtsein an ihre Arbeit heran und bleiben in ihrer sonnenlosen Welt analytisch und rational.

Diese Klarheit – im wörtlichen wie im metaphorischen Sinn – war für die Menschen, die sich mit einer flackernden Kerze oder trüben Öllampe begnügen mußten, nicht leicht zu erreichen. Der Glühstrumpf einer Gaslampe produzierte soviel Licht wie ein Dutzend Kerzen, eine einzige elektrische Glühlampe leuchtete mit der Helligkeit von hundert Kerzen.[12]

Vor der Nutzbarmachung der Elektrizität war jede Stunde, die der Nacht abgewonnen werden konnte, ein auf feindlichem Territorium errungener Sieg. Für den jungen Milton hatte das Arbeiten bei Nacht – ein Weg, der schließlich in der Blindheit enden sollte – die Bedeutung des Sichabhebens von der Masse; er war etwas Besonderes, ein Denker, Il Pensero, und er legte Wert darauf, daß auch seine Leserschaft ihn so sah:

Let my lamp, at midnight hour,
Be seen in some high lonely tower.

Man zeigte mit Stolz, daß man nachts arbeitete, und diese Tatsache schien ebenso wichtig zu sein wie die Arbeit selbst. Drei Jahrhunderte später lernt der jugendliche Billy Bathgate in E. L. Doctorows Roman bei seiner Initiation in die Welt des Mobs von New York die umgekehrte Lektion:

Als erstes lernst du, daß es die üblichen Regeln von Tag und Nacht nicht gibt; es gibt nur unterschiedliche Arten von Licht, winzige Gradabstufungen, und daher keinen Grund, zu einer Zeit mehr oder weniger zu tun zu haben als zu einer anderen. Die schwärzeste, stillste Stunde war nur eine Art von Licht.

Sobald das Problem, die Nacht zu erleuchten, gelöst war und die Schichtarbeiter ihre Körperuhren auf einen anderen Zirkadianrhythmus umgestellt hatten, konnte auch das Verbrechen im Vierundzwanzig-Stunden-Rhythmus arbeiten, wie jeder andere Geschäftszweig.
Aber obwohl die Nacht nun kolonisiert war, verschwand die andere Art von Dunkelheit nicht; sie wechselte nur auf ein anderes Territorium über. Die Nacht war immer eine Zeit der Furcht. Raubtiere gehen im Schutz der Dunkelheit auf Beute aus, und alle Tiere, der Mensch eingeschlossen, sind ihren Feinden am stärksten ausgeliefert, wenn sie schlafen. Sie

sind auch ihren Träumen ausgeliefert, diesen geheimnisvollen Besuchern, die aus einer anderen Welt emporsteigen und geheime Ängste und Wünsche an die Oberfläche tragen. Auch nach der Erfindung des elektrischen Lichts blieb die unbekannte dunkle Seite der Psyche so machtvoll wie eh und je. Ebenso machtvoll blieb der Drang, diese unbekannte Welt zu erforschen, und die Nutzbarmachung der Elektrizität war der notwendige erste Schritt zu ihrer Erschließung. Die Domestizierung der Elektrizität brachte nicht nur künstliches Licht hervor, sondern auch Instrumente, mit denen man unter anderem die elektrischen Aktivitäten des Gehirns messen kann. Nach der physischen Eroberung der Nacht ging die Expedition weiter, in die innere Dunkelheit hinein, in das Dunkel der Seele. Freud definierte das Ziel der Psychoanalyse mit den Worten »Wo Es war, soll Ich werden« und wiederholte damit auf seine eigene Weise Gottes erstes Edikt: »Es werde Licht!«

2 Das Dunkel am oberen Ende der Treppe

Was würde das Dunkel verrichten,
wenn es nicht Abgründe verschlänge.
Sylvia Plath, The Jailer

Angst leerte wie ein Glas mein Herz
von Lebensblut.
Coleridge, The Rime of the
Ancient Mariner

Gesichter der Nacht

Als Kind hatte ich panische Angst vor der Dunkelheit. Ich habe diese Angst als etwas tatsächlich Erlebtes in Erinnerung, aber sie ist schon lange verblaßt, und jetzt gibt es Augenblicke, in denen ich ihr Verschwinden als Verlust empfinde, so als hätte ich ein Stück Lebendigkeit eingebüßt. »Helligkeit fällt aus der Luft«, schrieb Thomas Nashe zu einer Zeit, als die Pest in Europa wütete. Wenn man älter wird, fallen auch Ängste aus der Luft und vergehen wieder, und das ist nicht unbedingt nur segensreich. Die andere Dunkelheit, das Dunkel am Ende des Tunnels, das Nashe beschwor – »Ich bin krank, ich muß sterben – Herr, sei uns gnädig!« –, hat mich nie sehr beunruhigt, vielleicht weil ich den Tod immer nur als ein Erlöschen, einen endgültigen Endpunkt betrachtet habe. Aber die Dunkelheit, die mich als Kind ängstigte, hatte nicht den Charakter des Leblosen oder des Erlöschens. Im Gegenteil: Sie wimmelte nur so von Möglichkeiten, die alle gleichermaßen unerfreulich waren. Fangen wir mit dem Haus an. Es war ein schön proportioniertes Doppelhaus, kurz vor oder kurz nach dem ersten Weltkrieg erbaut, mit roten Ziegelmauern und zwei düsteren Lorbeerbäumen in Kübeln, die die Eingangstür flankierten, innen solide und geräumig, mit Buntglasfenstern in der Eingangshalle, schönen, gewundenen Treppengeländern und schweren Türen. Alles war auf Haltbarkeit angelegt; man hatte keine Kosten gescheut. Meine Eltern zogen dort 1930 ein, als ich sechs Monate alt war, und sie blieben in dem Haus, bis sie starben, mein Vater 1965 und meine Mutter 1982.

Zuletzt waren meine Mutter und ihre alte Haushälterin und Freundin die einzigen Bewohnerinnen. Das Haus war heruntergekommen; das oberste Stockwerk wurde nicht mehr benutzt, Trockenfäule war in den Fensterrahmen und Schwamm in den Kellern. Aber in meiner Kindheit summte das Haus wie ein Bienenstock von Menschen, die jetzt alle tot sind: Meine Eltern und meine beiden Schwestern, eine Kinderfrau, eine Köchin und zwei Hausmädchen, eine Krankenpflegerin, die ein Jahr lang bei uns blieb, als eine meiner Schwestern krank war, und der Chauffeur meines Vaters, der nicht im Haus wohnte, aber ständig ein und aus ging.

Es war ein dreistöckiges Haus, und jede Ebene war eine Welt für sich, mit klaren Demarkationslinien. Das Erdgeschoß – zwei miteinander verbundene L-förmige Gebäudeteile mit je drei Räumen – war strikt den Erwachsenen vorbehalten. Das vordere L – Eßzimmer, Wohnzimmer und Wintergarten – gehörte meinen Eltern. Das hintere L war der Dienstbotentrakt: ein Anrichteraum, in dem das Porzellan, die Gläser und das Silber aufbewahrt wurden und wo die Hausmädchen Geschirr spülten, eine Küche, in der die Dienstboten ihre Mahlzeiten einnahmen und sich ausruhten (es war der einzige Raum im Haus, der immer warm war, denn er beherbergte den Koksboiler, der das Wassersystem beheizte), und eine Spülküche, in der gekocht wurde – mit rotem Steinfußboden, zwei Gasherden, einem Spülbecken, so groß, daß man ein Schaf darin hätte ertränken können, einem großen emaillierten Metalltisch mit einem riesigen Steinguttopf voll Salz und einer langen, schmalen, begehbaren Speisekammer. Das war Minnies Reich – Minnie war die Köchin –; meine Mutter war dort nicht willkommen, mein Vater hielt sich strikt davon fern, und wir Kinder durften es nur mit Minnies Erlaubnis betreten, die selten, unter Vorbehalt und als besondere Vergünstigung gewährt wurde.

Wir lebten im ersten Stock in unserem Kinderzimmer, einem sonnigen Raum, dessen Fenster auf den Garten hinausgingen, mit eingebauten Regalen, kleinen Sesseln, einem freundlichen Gasfeuer und einem großen Eichentisch, der vom ständigen Schrubben silbrig glänzte und an dem wir unter dem wachsamen Blick der Nanny aßen. Zur Straßenseite hin lagen das Schlafzimmer meiner Eltern, der Ankleideraum meines Vaters und ein großer Raum, in dem meine Schwestern schliefen. Im obersten Stockwerk war das andere Kinderzimmer, das ich mit der Nanny teilte, ein Raum, der sich wie das Schlafzimmer meiner Schwestern über die ganze Länge des Hauses erstreckte, mit Fenstern sowohl zur Straßen- als auch zur Gartenseite hinaus. Auf der anderen Seite des Treppenabsatzes lagen Minnies Schlafzimmer und die winzige Kammer, in der die beiden Hausmädchen schliefen. Außerdem gab es hier ein Badezimmer für die Kinder und die Dienstboten; meine Eltern hatten ihr eigenes Bad im ersten Stock.

Heute erscheint es natürlich unvorstellbar, daß eine jüdische Mittelschichtfamilie in einem solchen Stil und mit einer solchen hierarchischen Ordnung lebte. Die häuslichen Klassenschranken und sorgfältig markierten Einflußsphären (die »Kein Zutritt«- und »Nur für autorisiertes Personal«- Schilder waren unsichtbar, wurden aber dennoch gewissenhaft beachtet), die strikte Unterscheidung zwischen *ihnen* und *uns*, das Formelle, das all dem anhaftete, erscheinen heute mehr als unwahrscheinlich, unwirklich, ja, geradezu exotisch, wie der vergangene Glanz eines märchenhaften Palastes oder der Hof des Sonnenkönigs. Heutzutage müßte man Millionär sein, um ein Haus voller Dienstboten zu unterhalten und das Leben zu führen, das damit einherging. Aber in der Zeit zwischen den beiden Weltkriegen, als die Löhne niedrig waren und ein aufwendiger Lebensstil weniger kostete, konnte die bürgerliche Mittelschicht noch einiges von der Prachtentfaltung aufrechterhalten, die für ihre viktorianische Elterngeneration etwas Selbstverständliches war. (Ich habe irgendwo gelesen, daß Hausangestellte in den dreißiger Jahren etwa ein Drittel der britischen Bevölkerung ausmachten.) Nach modernen Maßstäben waren die Beziehungen in einem solchen Haushalt für ein Kind vermutlich etwas distanziert, aber zum Ausgleich dafür war das Leben im allgemeinen ruhig, sicher und wohlgeordnet. Mit anderen Worten: Auf dieser Ebene lief alles seinen geordneten Gang; es gab keinen offensichtlichen Grund für Ängste, die den Puls zum Rasen brachten.

Ich war ganz sicher kein Christopher Robin. Ich war ein gräßliches kleines Kind: der einzige Sohn, viel jünger als meine Schwestern, verwöhnt, launisch, zu Trotzausbrüchen neigend und kränklich. Als Säugling hatte ich eine lymphatische Geschwulst am Fuß, die chirurgisch entfernt werden mußte. Aber die Operation war nicht erfolgreich; die Geschwulst blieb und verursachte Probleme, und hin und wieder spielte mein Lymphsystem verrückt, was zu hohem Fieber, großen Schmerzen und einem unleidlichen Temperament führte. Ich nehme an, daß die Operation selbst ein Trauma hinterlassen hatte, einen kleinen Horrorladen, dessen Inventar ich nur gelegentlich und undeutlich wahrnahm. Ein Kind wie ich würde heute als gestört klassifiziert und entsprechend behandelt werden, aber in den frühen dreißiger Jahren regelte man die Dinge anders. Angst vor der Dunkelheit war nur eines meiner Symptome.

Es gab noch andere Konflikte im Haus, die dicht unter der Oberfläche brodelten, und meine eigenen Probleme müssen als Verstärker gewirkt haben. Zunächst gab es da die häusliche Regionalpolitik. Wir Kinder wurden als Mittel zum Zweck in einem permanenten Machtkampf zwischen Kindertrakt und Küche eingesetzt, zwischen der Nanny, die mich vorzog, und der Köchin, die meine beiden Schwestern favorisierte. Wie alle kleinlichen Tyrannen folgten die Nanny und die Köchin dem Prinzip »teile und herrsche«. Sie hetzten uns auf, so daß wir uns kleiner Vergünstigungen wegen an die Gurgel gingen, was dazu führte, daß wir drei einander in jenen Tagen nicht ausstehen konnten. (Erst viel später, als wir alle das Haus verlassen hatten und ein unabhängiges Leben führten, entwickelte sich Zuneigung zwischen uns.) Die Nanny war streng, aber nicht zu mir, weil ich klein und zart war, weil ich *ihr* Baby war. (Sie war unmittelbar nach meiner Geburt ins Haus gekommen, und als ich operiert wurde, blieb sie die ganze Zeit bei mir im Krankenhaus, was damals sehr ungewöhnlich war.) Nanny machte meinen Schwestern das Leben zur Hölle, aber Minnie verwöhnte sie; ich dagegen zitterte vor Minnie. Sie hatte einen bösartigen Charakter und ein künstlerisches Temperament – sie war eine begnadete Köchin –, und da sie taub war, sprach sie mit einer flüsternden, zischelnden Stimme. Außerdem fehlte ihr an einer Hand ein Finger – eine Eigenart, die mir Furcht einflößte. Ich hatte sie als riesig und bedrohlich in Erinnerung, bis ich sie viele Jahre später wiedertraf; in Wirklichkeit war sie klein, fast zerbrechlich, und die flüsternde Stimme erweckte den Eindruck unüberwindlicher Schüchternheit. In meiner Kindheit war sie jedoch wie die Köchin in *Alice im Wunderland*: Sie war die absolute Herrscherin, sie duldete keinen Widerspruch und keine Einmischung, und meine Mutter und die Hausmädchen hatten genausoviel Angst vor ihr wie ich.

Von unseren Eltern bekamen wir nicht viel zu sehen. Ebenso

wie Minnie die Küche betrachtete Nanny die Kindererzie-
hung und die Aufenthaltsräume der Kinder als ihre Domäne
und war äußerst geschickt darin, meine Mutter davon fernzuhalten. Meine Mutter, die von ihrem Vater und ihrer eigenen Nanny tyrannisiert worden war, nahm an, daß die Welt
nun einmal so geordnet war, und beschränkte sich brav auf
ihr Territorium im Erdgeschoß, wo sie unzählige Tassen Le-
mon Tea trank und mit ihren Cousinen schwatzte. Gelegentlich wurde ich nach unten gebracht, so daß sie mich inspi-
zieren konnten, und am Abend wurde ich meistens abermals
hinuntergeführt, in Pyjama und Schlafrock, gebadet und gekämmt, um meinem Vater gute Nacht zu sagen. Bevor der
Zweite Weltkrieg ausbrach, einen Monat nach meinem zehnten Geburtstag, als wir uns plötzlich direkt miteinander konfrontiert vorfanden, ohne eine Pufferzone von Dienstboten,
waren meine Eltern distanzierte Gestalten, die nur am Ran-
de mit meinem Leben verbunden zu sein schienen.

Aber ich hörte sie aus der Distanz. Der Machtkampf zwischen Kinderzimmer und Küche fand bei Tag statt. Nachts
herrschte eine andere Realität, die weder mit Territorial-
kämpfen noch mit bürgerlicher Wohlanständigkeit zu tun
hatte. Das Haus war von den Unglückslauten der Erwachsenen erfüllt. Oder vielmehr waren es zwei besondere aku-
stische Signale, die sich zu diesem Eindruck vereinten:
erbitterter Ehestreit und klassische Musik. Unabhängig
voneinander waren meine Eltern liebenswerte Menschen,
humorvoll, großzügig und voller Wärme. Aber sie waren auf
ihre je eigene Weise hoch neurotisch und völlig konträr.
Mein Vater war ein Romantiker, ein begeisterter Leser von
Reisebeschreibungen, ein Charmeur, ein wirklicher Kenner
der klassischen Musik und leidenschaftlicher Musikliebha-
ber. Meine Mutter liebte gutes Essen und Hunde, aber sie
war unmusikalisch und am gedruckten Wort völlig uninter-

essiert. Ihre Lebenseinstellung war durch und durch realistisch, und sie verbarg ihre scharfsinnige, sarkastische Einschätzung menschlicher Verschlagenheit hinter einer exzentrischen Fassade. Meine Eltern standen beide unter der Fuchtel ihrer dominierenden Väter, und beide mußten warten, bis ihre Väter starben, bevor sie ihr eigenes Leben führen konnten, ohne das spannungsvolle Gefühl, permanent beobachtet zu werden. Sie mußten lange warten; mein väterlicher Großvater wurde sechsundachtzig Jahre alt und der Vater meiner Mutter nahm die Herausforderung an und wurde dreiundneunzig. Bevor die beiden Patriarchen von der Bühne abtraten, ließen meine Eltern ihre Frustrationen aneinander aus und investierten ihre liebevollen Gefühle anderswo – meine Mutter in eine Reihe von übellaunigen Terriern und Spanieln, mein Vater in diverse Freundinnen und in die Musik.

Als Kind wußte ich allerdings nur von seinen musikalischen Neigungen. Mein Vater hatte eine große Plattensammlung, und nach dem Abendessen spielte er seine Platten sehr laut – teils zum Vergnügen und zur Entspannung, teils um meine Mutter zu übertönen. An den meisten Abenden rauschte der Klang seiner Musik im Haus empor, vermischt mit den Lauten des ehelichen Unglücks: undeutliche Stimmen, die gegeneinander anschrien, Weinen, Beschuldigungen und einmal – nur ein einziges Mal, soweit ich mich erinnere – das Geräusch eines Schlages, gefolgt von einer Explosion von Klagelauten. Ich kroch heimlich aus dem Bett und lauschte ihrer Verzweiflung, die verworren durch das Treppenhaus empordrang. Immer bei Nacht.

Die Nacht, folgerte ich, war also die Zeit, in der die Erwachsenen ihren wahren Charakter zeigten – worüber ein Kind eigentlich lieber nichts wissen will. Darüber hinaus – und das war nur die Erweiterung dieser ersten Entdeckung in anderen Begriffen – war die Nacht auch die Zeit, in der Monstren umgingen: Unholde, Gespenster, Spukgestalten, die im Dunkeln polterten. Ich habe selbst Kinder, und sie erzählten mir von den Erscheinungen, die in ihren Nächten für Unruhe sorgten. An der Wand neben dem Bett meiner Tochter waren Unebenheiten, die sich im Dunkeln in das Gesicht eines Geistes verwandelten – so grauenerregend, daß sie nur mit dem Rücken zur Wand einschlafen konnte. Sie und ihr älterer Bruder schliefen zusammen in einem Zimmer, als sie klein waren. In einer Zimmerecke war ein kleiner Kamin. Er war nicht mehr in Betrieb; man hatte den Schornstein vermauert, aber der schmiedeeiserne viktorianische Kaminvorsatz und der Sims waren immer noch da, und der Raum dazwischen, die eigentliche Feuerstelle, die sich früher zum Schornstein hin geöffnet hatte, war tintenschwarz. Das Loch war nicht viel größer als ein Schuhkarton, aber mein Sohn hatte als Kind offenbar panische Angst davor. Er starrte es oft mit weit aufgerissenen Augen an, so als befürchtete er, daß es ihn aufsaugen und für immer verschlingen könnte. Jahrelang glaubte ich, daß es die Schwärze selbst sei, die ihm angst machte – daß er sich vor der Nacht in seinem eigenen Inneren ebenso fürchtete wie vor der Nacht außen. Dem war aber durchaus nicht so, wie er mir später erzählte. Seine Angst hatte eine spezielle Form: geduckte, zottige Monstren, die von elektrisch knisternden schwarzen Kringelhaaren bedeckt waren. Er hatte regelmäßig Alpträume, in denen die Monstren ihm erschienen, und der Kamin erfüllte ihn mit höllischer Angst, weil er glaubte, daß dies der Ort sei, wo die unheimlichen Wesen wohnten.

Er hatte auch Angst vor Dingen, die er später verächtlich als »den üblichen Mist« bezeichnete – vor Schlangen und anderen ekligen Viechern, die unter dem Bett auf der Lauer lagen, um nach seinen Zehen zu schnappen, wenn sie unter der Decke hervorschauten. Mit ähnlichen Schreckbildern bevölkerten meine kleine Tochter und ihre Freundinnen die Dunkelheit, wenn sie sich gruseln oder gegenseitig angst machen wollten; sie flüsterten von Vampiren und solchen Kreaturen mit schwarzen Umhängen oder Fledermausflügeln, die in der Nacht plötzlich Gestalt annehmen, ihnen scharfe Fangzähne in die zarten Hälse schlagen und ihr Blut aussaugen könnten. Vermutlich gab es auch noch andere Horrorgestalten, andere Ängste, aber es waren immer Kreaturen, die eine Form und bestimmte Attribute hatten – Reißzähne, Klauen, ledrige Flügel –, die Art von Phantasiewesen, über die Bram Stoker geschrieben und die Hieronymus Bosch gemalt haben könnte.

Als Kind muß ich die Dunkelheit in derselben Weise bevölkert haben – mit Hexen, die zischelten wie Minnie, Einbrechern unter dem Bett, Mördern mit gezückten Messern im halbgeöffneten Wandschrank. Aber ich kann mich an nichts von all dem erinnern, nicht an ein einziges finsteres Gesicht oder eine wabernde Form. Meine Furcht vor der Dunkelheit war vor allem die Angst vor dunklen Orten – dem höhlenartigen Wäscheschrank auf dem Treppenabsatz neben meinem Kinderzimmer, dem Dachboden mit seinem kleinen, schrägen Fenster, das nie geöffnet wurde, der Falltür in der Mädchenkammer, von der aus vier Stufen nach unten führten, in einen finsteren, engen Abstellraum voller staubiger Truhen und alter Koffer. Am meisten Angst hatte ich aber vor den Kellerräumen. Es gab drei, am Fuß einer hölzernen Treppe, hinter einer schmalen Tür in der Eingangshalle. Im Hauptkeller standen ein alter hölzerner Eisschrank und eine große Marmorplatte unter einem mit Maschendraht verschlossenen Schacht, der nach oben zu einem winzigen vergitterten Fenster führte, das auf den Garten hinausging. Eine Tür neben der Marmorplatte führte in den Weinkeller, in dem nie

Weinflaschen lagerten, weil meine Eltern selten tranken. Durch diesen Raum gelangte man in den Kohlenkeller; die Säcke voller Kohle und Koks, die sich dort stapelten, wurden über eine Rutsche im Vorgarten hinabgeworfen.

Die Dunkelheit der Keller ängstigte mich, aber die Spinnen, die in dieser Dunkelheit hausten, ängstigten mich weitaus mehr. Meine Angst vor Spinnen war phobisch – überwältigend und unkontrollierbar –, und sie überdauerte meine Furcht vor der Dunkelheit um mehrere Jahrzehnte. Für mich waren Spinnen Kreaturen, die in ihrer lauernden, huschenden Art alles Böse, Heimtückische, Giftige und Unentrinnbare verkörperten. Sie waren Ausfluß der Finsternis selbst, und erst als ich in den mittleren Jahren war, wandelte sich meine Phobie zu bloßem Unbehagen.

Als das Haus voller Dienstboten war, wurde der Hauptkeller regelmäßig gefegt und abgestaubt. Trotzdem gab es in den Ecken oben an der Decke immer Spinnweben, und der unbenutzte Weinkeller war voll davon. Aus naheliegenden Gründen wurde der Kohlenkeller niemals gefegt, und seine Finsternis war von Girlanden von Spinnweben durchzogen. Meine Mutter benutzte den alten Koksboiler noch, als alle Welt längst Zentralheizung installiert hatte, und selbst als erwachsener Mann fühlte ich jedesmal, wenn ich in den Keller ging, um ihr einen Eimer Koks heraufzuholen, wie sich meine Bauchmuskeln anspannten. Ich zog den Kopf ein, duckte mich und schaute starr geradeaus, um nicht sehen zu müssen, was ich nicht sehen wollte.

Spinnen, Keller, Dachböden, alle diesen dunklen, geheimen Winkel – ein Psychoanalytiker der alten Schule hätte sich die Hände gerieben. Angst vor dem Weiblichen, nehme ich an, mit allen dazugehörigen Phantasien des Kastriert- und Verschlungenwerdens. Die moderne Psychoanalyse ist subtiler, weniger schematisch und reduktionistisch, aber bei ge-

gebenem Anlaß würde sie sicherlich ähnliche Ängste atte-
stieren. Warum auch nicht? Das Haus war voller Frauen. Als
ich klein war, bekam ich meinen Vater kaum zu sehen. Während meine Schwestern und ich oben im Kinderzimmer früh-
stückten, nahm mein Vater sein Frühstück stilvoll allein im
Eßzimmer ein. Abends ließ er sich manchmal oben blicken,
bevor wir schlafen gingen, aber meistens wurden wir zu ihm
nach unten gebracht – für einen Augenblick. Und da das
Leben mit meiner Mutter nicht so war, wie er es sich erhofft
hatte, wirkte er immer gezwungen und unruhig, wie ein Zug-
vogel, der sich danach sehnt, zu interessanteren und ange-
nehmeren Gestaden aufzubrechen.

So war ich also ständig von Frauen umgeben – sieben Frau-
en, genau gesagt, die alle, meine Schwestern eingeschlossen,
viel älter waren als ich. Ich war buchstäblich die Ausnahme
von der Regel. Außerdem war ich ein gestörtes, schwieriges
und forderndes Kind. Meine Schwestern, Minnie und die
Hausmädchen fanden mich unerträglich und anstrengend,
und meine Mutter – das entdeckte ich, als meine eigenen
Kinder geboren wurden – konnte mit Kleinkindern nie gut
umgehen; Nanny gab ihr allerdings auch nicht die mindeste
Chance, sich darin zu üben. Von diesen sieben Frauen war
Nanny die einzige, die ich liebte und der ich völlig vertraute.
Die anderen waren sonderbar, verwirrend und verhohlen
feindselig und daher zweifellos auch auf eine leicht bedroh-
liche Weise faszinierend. Unter diesen Umständen erscheint
es begreiflich, daß dunkle Orte mir Angst einflößten. Ich
konnte es kaum erwarten, in die männliche Welt hinauszu-
gelangen, und in meiner Erinnerung begann eine Art von
glücklicher Unbeschwertheit in dem Moment, als ich endlich auf ein strenges Internat geschickt wurde.

Den Frauen im Haus die Schuld zu geben ist eine billige
Erklärung unter vielen anderen. Noch eine ebenso simple ist

die, daß meine eigene Bosheit mich ängstigte, die in der Dunkelheit ihren Widerhall fand. Aber ich frage mich, ob das nicht nur Ausflüchte sind, wie die Vampire und Einbrecher, Trivialisierungen einer Furcht, die viel archaischer, tiefer verwurzelt und allumfassender ist. Kinder geben ihrer Furcht vor der Dunkelheit Gesichter und Formen, die vermutlich voll von individueller Bedeutung sind, denn sie entstammen »dem tiefen Brunnen des unbewußten Denkens«, wie Henry James es nannte. Aber die reale Furcht ist die vor der Dunkelheit selbst, und vielleicht ist sie instinktiv. Das heißt, vielleicht tragen Kinder Spuren der Furcht des primitiven Menschen vor der Nacht und vor den Schrecken, die in ihr lauerten, von Geburt an in sich, genauso wie ein gerade geschlüpfter Singvogel sich instinktiv im Laub verbirgt, wenn der Schatten oder der simulierte Schatten eines Raubvogels über ihn hinweggeht. Je mehr die Zivilisation mit ihren Annehmlichkeiten und auch ihren Unannehmlichkeiten allmählich unser Leben bestimmt, desto eher verblaßt die Furcht, und die Monstren verschwinden.

Abgesehen von den Spinnen, kann ich mich nicht mehr erinnern, wie ich als Kind die Dunkelheit bevölkerte, was mir nachts den Angstschweiß aus den Poren trieb, als ich klein war. Aber ich erinnere mich an die Angst selbst, vor allem an meine Angst vor der Dunkelheit, die das oberste Stockwerk einhüllte, wo ich schlief – vor dem Dunkel am oberen Ende der Treppe. Wenn ich auf dem Treppenabsatz vor dem Ankleidezimmer meines Vaters stand, erschien mir das oberste Stockwerk sogar am hellichten Tag von Dunkelheit erfüllt, einer Dunkelheit, die wie Nebel über die Treppe nach unten wallte. Am Fuß dieser Treppe gab es drei Lichtschalter: für die Beleuchtung der Eingangshalle und der Treppenabsätze im ersten und im zweiten Stock. Sobald ich groß genug war, um an die Lichtschalter heranzukommen, schaltete ich grundsätzlich die Beleuchtung im obersten Stockwerk ein, bevor ich hinaufging, sogar an sonnigen Tagen. Die Treppe nach oben machte auf etwa zwei Drittel ihrer Höhe eine Wendung um neunzig Grad und hatte an dieser Stelle einen kleinen Absatz. Dort legte ich immer eine Pause ein, um Mut zu fassen, und nahm dann die letzten sechs Stufen im Laufschritt. Ich fühlte mich erst sicher, wenn ich den Treppenabsatz überquert und die Tür des Kinderzimmers fest hinter mir geschlossen hatte. Später, als ich zur Schule ging und Angst davor hatte, daß jemand meine Angst bemerken könnte, schaffte ich es, meine Panik zu verbergen, meinen Schritt zu verlangsamen und gelassen und – wie ich hoffte – resolut die Treppe zum obersten Stockwerk hinaufzugehen, so als könnte mich nichts in der Welt aus der Ruhe bringen. Aber das war alles nur Fassade.

Die Wahrheit ist, daß die Nacht all das enthält, was man in sie hineinlegt, und da man nichts sehen kann oder nur sehr wenig, bietet sie der Phantasie unbegrenzten Spielraum. Der Psychoanalytiker W. R. Bion verwendet den Begriff »namenlose Furcht«, um die sinnlose Angst zu beschreiben, die ein Kind überwältigt, wenn es der Mutter nicht gelingt, die Ängste des Kindes zu bändigen und ihnen eine Bedeutung zu geben.

Der Patient fühlt sich nicht von realen Objekten umgeben, von Dingen-an-sich, sondern von bizarren Objekten, die nur insofern real sind, als sie Restbestände von Gedanken und Vorstellungen sind, die ihrer Bedeutung entkleidet und verworfen wurden.[1]

Daher die Unholde und Gespenster, die bizarren Objekte und mißgestalteten Kreaturen der Alpträume. Die Erfinder der besten Gruselgeschichten wissen, daß die Angst bei Nacht sich selbständig macht und sich an alles heften kann, was sich anbietet. In M. R. James' Novelle »Oh Whistle and I'll Come to You My Lad« verkörpert die Kreatur, deren »einzige Macht darin lag, Schrecken zu erregen«, sich in dem Laken eines unbenutzten Bettes und tritt dem Opfer »mit einem Gesicht aus zerknittertem Leinen« entgegen. In »The Treasure of Abbot Thomas« setzt eine große schimmlige Ledertasche sich in Bewegung und attackiert den Erzähler:

Ich nahm einen gräßlichen Modergestank wahr und ein kaltes Gesicht, das sich gegen das meine preßte und sich langsam darüber hinwegbewegte, und mehrere – ich weiß nicht, wie viele – Beine oder Arme oder Tentakel oder irgend etwas, das sich um meinen Körper schlang.

Nichts Definitives, nichts genau Faßbares. Das Böse ist eine frei flottierende Kraft, die sich in den alltäglichsten Objekten verkörpern kann. Furcht vor der Dunkelheit ist im wesentlichen unspezifisch; wie die Dunkelheit selbst ist sie formlos, verschlingend, bedrohlich, mörderisch. Der Rest ist reine Spielerei: die Dämonen zu benennen (Satan, Beelzebub, Hekate, Luzifer) und die Details hinzuzufügen (Fangzähne, Klauen, Fledermausflügel, Ziegenhörner, Krötenwarzen, Echsenschwänze) sind Taktiken, die dazu dienen, die namenlose Furcht zu zügeln, das Ungreifbare greifbar zu machen. In Horrorfilmen, sogar in jenen, die mit einer brillanten Tricktechnik aufwarten, ist der Augenblick, in dem das Monstrum schließlich enthüllt wird, grundsätzlich eine Enttäuschung. Mit dem Ungeheuer aus der schwarzen Lagune, dem Leichenschauhaus, der Gruft oder dem Weltraum, kann man – bei aller Gefahr – besser leben als mit den nebulösen Bedrohungen, die der ungehemmten Phantasie entspringen. Sobald man dem Bösen ein Gesicht geben kann, wird es, wie Hannah Arendt sagte, banal.

Foto: Roger Parry, ohne Titel

Jetzt, da wir dem Licht befehlen können, indem wir einen Schalter betätigen, sind wir zu Gourmets geworden, die das nächtliche Grauen goutieren und es ständig auf Lager haben, in Form von Unterhaltung – Horrorfilmen, Schundromanen, Gruselcomics für alle Altersstufen. Es tummelt sich auch jede Nacht draußen auf den Straßen, in Gestalt von Ausgeflippten, Straßenräubern und Drogensüchtigen, von Ufo-Visionären, Satanisten, religiösen Fundamentalisten, politischen Fanatikern, Terroristen, Nekrophilen und Perversen. Die große nächtliche *passeggiata* der modernen Metropolen ist die wandelnde Bestätigung unserer instinktiven Überzeugung, daß die Nacht die Zeit ist, in der die Dinge aus dem Ruder laufen und die Verhältnisse nicht mehr stimmen, die Zeit der umgestülpten Werte, in der die Regeln des Tageslichts nicht mehr gelten.

Ein Teil der primitiven Furcht vor der Dunkelheit bezieht sich auf das, was mit uns geschieht, wenn wir schlafen. Wir sind nicht nur Eindringlingen und räuberischen Kreaturen schutzlos ausgeliefert, sondern auch unseren Träumen – ihrer hartnäckigen Absurdität, der Irrationalität, die dem Träumenden in diesem Augenblick normal, ja, geradezu zwingend logisch erscheint, den übermächtigen Gefühlen von Angst, Trauer, Wut und Triumph, von denen unser waches Tagesbewußtsein gar nicht ahnte, daß wir sie in uns tragen. Und in der Schicht darunter liegen noch andere, tief verborgene Ängste.

Bruce Chatwin zufolge gibt es einen konkreten historischen Grund dafür, daß die Dunkelheit und das Böse im menschlichen Geist unentwirrbar miteinander verknüpft sind. Die Furcht der gejagten und belagerten Frühmenschen vor den üblichen Schrecken der Nacht – Verletzlichkeit, Einsamkeit und Kälte – steigerte sich, wie Chatwin meint, durch die Anwesenheit eines bösartigen Raubtiers mit speziellem

Appetit auf Menschenfleisch. In seinem Roman *Traumpfade* zitiert Chatwin Robert Brains Hypothese aus *The Hunters or the Hunted?*, daß es ein auf die Tötung von Primaten spezialisiertes Raubtier gab: Dinofelis oder den falschen Säbelzahntiger. Chatwin schreibt:

Der Dinofelis war eine weniger geschmeidige Wildkatze als der Leopard oder Gepard, aber sehr viel kräftiger gebaut. Er hatte gerade, dolchartige Killerzähne, der Form nach zwischen den Zähnen eines Säbelzahntigers und eines heutigen Tigers. Sein Unterkiefer konnte sich abrupt schließen, und weil er wegen seiner etwas plumpen Gestalt heimlich auf die Jagd gegangen sein muß, hat er wahrscheinlich nachts gejagt. Er mag gefleckt gewesen sein. Er mag gestreift gewesen sein. Er mag, wie ein Panther, schwarz gewesen sein.

Seine Knochen sind vom Transvaal bis nach Äthiopien ausgegraben worden – das heißt, im urzeitlichen Verbreitungsgebiet des Menschen. (...)

Könnte es sein, so möchte man fragen, daß der Dinofelis unser »wildes Tier« war? Ein wildes Tier, das sich von allen anderen Inkarnationen der Hölle unterschied? Das Tier aus der Apokalypse, der Erzfeind, der uns heimlich und hinterlistig folgte, wohin immer wir gingen? Den wir am Ende jedoch zu Fall brachten?

Im König Lear heißt es: »Der Fürst der Finsternis ist ein Edelmann.« Verführerisch an einem spezialisierten räuberischen Lebewesen ist der Gedanke an die Nähe zwischen uns und dem wilden Tier. Denn wenn es ursprünglich ein besonderes Tier war, haben wir es dann nicht so faszinieren wollen, wie es uns faszinierte? Haben wir es nicht bezaubern wollen, wie die Engel die Löwen in Daniels Grube bezauberten?

Die Schlangen, Skorpione und anderen bedrohlichen Kreaturen der Savanne – die sich neben ihrer zoologischen Realität

einer zweiten Existenz in den Höllen der Mystiker erfreuten –
hätten unser Leben als solches nie bedrohn, hätten nie das
Ende unserer Welt verkünden können. Ein spezialisierter Kil-
ler dagegen konnte es – und deshalb müssen wir ihn trotz der
unsicheren Beweislage ernst nehmen.
»Bob« Brains Leistung besteht in meinen Augen darin – ei-
nerlei, ob wir uns eine große Raubkatze, mehrere Wildkatzen
oder ein Scheusal wie die Jägerhyäne vorzustellen haben –,
eine Gestalt neu eingeführt zu haben, deren Erscheinung seit
dem Ende des Mittelalters immer mehr verblaßte: den Für-
sten der Finsternis in all seiner düsteren Herrlichkeit.[2]

In seiner eleganten Weise setzt Chatwin den falschen Säbelzahntiger genauso ein wie Peter Benchley den weißen Riesenhai in *Jaws*; er benutzt ihn, um den verborgenen Ängsten,
die jeder in sich trägt, Gestalt und furchterregende Präsenz
zu verleihen. Der Todbringer, der bei Nacht Primaten jagte,
und der menschenfressende Hai sind Verkörperungen einer
archaischen Todesangst. Diese Todesangst klingt in der instinktiven Furcht des Kindes vor der Dunkelheit und den
bösen Mächten, die in ihr wohnen, nach. Wenn das Kind
älter wird, verblaßt die panische Angst, unter anderem weil
es lernt, sie zu manipulieren, indem es ohne wirkliche Gefahr grausige Spiele mit ihr spielt – im Kino, zu Haus mit
einem Buch oder Video –, indem es sie in eine Quelle des
Nervenkitzels und des perversen Vergnügens verwandelt.
Die andere Form der Manipulation und Kontrolle, die Chatwin anzudeuten scheint, ist die Abstraktion. Dinofelis starb
aus, aber der Mensch, mit seiner Sprachbegabung, transfor-
mierte die Erinnerung an die Todesangst, die das Raubtier
ihm einst einflößte, allmählich zum Begriff des Bösen, verwandelte das Tier, das bei Nacht tötete, in den Fürsten der
Finsternis und erschuf aus der Furcht die Moral.

Vom wissenschaftlichen Standpunkt aus ist Chatwins Theorie zweifellos weit hergeholt; es gibt keine eindeutigen Beweise dafür, daß der falsche Säbelzahntiger ein spezialisierter Menschenfresser war. Aber auf der poetischen Ebene ergibt sie Sinn, als Beschreibung der Ätiologie von Gut und Böse. Mit anderen Worten: Hätte das Tier nie existiert, hätten wir es wohl erfinden müssen, denn es entspricht machtvollen Kräften in der menschlichen Seele. Kräften wie dieser zum Beispiel:

[Es] ruft die innere Wahrnehmung hervor, von Augen, denen nichts entgeht, beobachtet zu werden. Diese Augen sind grausam, durchdringend, unmenschlich und unermüdlich. Sie zeichnen alles auf, ohne Gnade, Mitleid oder Erbarmen. Sie sind unablässig präsent und urteilen mit unbeugsamer Härte. Flucht ist unmöglich, denn es gibt keinen Ort, an dem man sich verbergen kann. Ihr Erinnerungsvermögen ist unendlich und ihre Drohung ist namenlos. Die Strafe kommt schnell, wenn sie verhängt wird; sie ist heimtückisch und skrupellos. [...] Zu dieser Wahrnehmung des permanenten Beobachtet- und Bedrohtseins gesellt sich außerdem noch das Gefühl, daß man von scharfen Ohren belauscht und daß man beschnüffelt wird, sogar, daß die eigenen Gedanken gelesen werden, was einen Eindruck von der Höllenangst und der Hoffnungslosigkeit, die sich einstellen, vermittelt. Diese Empfindungen erzeugen in dem Subjekt ihrer unerbittlichen Überprüfung das Gefühl, von unbezwingbaren Kräften umgeben zu sein, die es von allen Seiten umschließen, wie die eiserne Jungfrau der mittelalterlichen Folter oder die Kammer mit den ständig näherrückenden Wänden in Poes »Die Grube und das Pendel«.

Das klingt wie der schlimmste Alptraum, den ein Mensch haben kann, unter welchem Namen er auch immer auftritt:

Big Brother oder falscher Säbelzahntiger oder weißer Riesenhai – ein Tier, nebenbei bemerkt, das nie seine Augen
schließt und nie schläft und das Blut in den Wassern des
Ozeans auf Meilen Entfernung wahrnehmen kann. Der oben
wiedergegebene Text stammt übrigens von einem Psychoanalytiker und ist eine Beschreibung des Über-Ich in seiner
ungehemmtesten und sadistischsten Form.[3]

In demselben Artikel schreibt dieser Analytiker jedoch
auch:

*Der aufrechte Gang und die Entwicklung der Sprache sowie
die Präsenz des Über-Ich [gehören zu] den Eigenschaften
des Menschen, die ihn über das Tierreich hinausführten.
Diese Struktur ist für sein Gewissen, seine Moral, seine
Ethik, seine Religion und seine Ästhetik verantwortlich. Sie
ist die Quelle aller seiner spirituellen Ambitionen und Be-
strebungen.*

Mit anderen Worten: Das Über-Ich bildet nicht nur die Basis
des Gewissens, sondern aller übergeordneten Wertvorstel-
lungen der Menschheit. Wie Freud es 1923 zuerst in *Das Ich
und das Es* definierte, war das Über-Ich ein Erbe des Ödipuskomplexes: ein internalisiertes Bild der Eltern im Bewußtsein des Kindes, das Kontrolle ausübte und mit Bestrafung
drohte. Zehn Jahre später griff Melanie Klein diese Idee auf
und differenzierte sie durch die These, daß das Kind diesem
ursprünglichen inneren Bild ständig Elemente hinzufügt, indem es seine eigenen gewalttätigen Phantasien darauf projiziert.[4] Auf diese Weise wird das Über-Ich zu einer zusammengesetzten Kraft, die zum Teil auf der äußeren Realität
basiert – auf den Elternfiguren oder den Phantasien, die das
Kind über sie hat – und zum Teil auf den furchterregenden
oder unannehmbaren seelischen Impulsen des Kindes selbst.

Der Prozeß, den Klein schildert, ist kompliziert, aber der entscheidende Punkt ist relativ einfach: Die Strenge des Über-Ich liegt nicht unbedingt in der äußeren Realität begründet und entsteht nicht allein deshalb, weil die Eltern hart sind oder weil das verzerrte Bild, das das Kind sich von ihnen macht, sie so erscheinen läßt oder, wie Freud auch annahm, weil sich im Über-Ich die ferne Erinnerung an den rachsüchtigen Vater der prähistorischen Urhorde spiegelt; seine Strenge und Härte entsteht auch, weil es mit Anteilen aus dem eigenen Selbst des Kindes aufgefüllt wird. Das heißt, das Kind kann seine eigenen sadistischen, verschlingenden, erstickenden Phantasien nicht ertragen, also projiziert es sie auf die Außenwelt.* Sobald sie jedoch nach außen projiziert sind, werden sie so überwältigend, daß das Kind sie wieder in das Über-Ich reintrojiziert, um sie unter Kontrolle zu bringen, aber nun terrorisieren und verfolgen sie es von innen her. Panische Angst wirkt jedoch in zwei Richtungen. Lange bevor das Kind fähig ist, die objektiven Gefahren und die Bosheit, die in der Außenwelt lauern, zu erkennen und zu verstehen, kann es durch die Gewalttätigkeit seiner eigenen Impulse und Phantasien zu Tode geängstigt sein. Die Psychoanalytikerin Susan Isaacs schrieb:

Ein kleines Mädchen von einem Jahr und acht Monaten, das in seiner Sprachentwicklung gehemmt war, sah einen Schuh der Mutter, dessen Sohle sich gelöst hatte und locker herabhing. Die Kleine war zu Tode erschrocken und schrie vor

---

* Psychoanalytiker unterscheiden zwischen »Phantasie« im landläufigen Sinn des Wortes, also bewußten Tagträumen, Einfällen und Fiktionen, und »Phantasien« in der Bedeutung von unbewußten seelischen Inhalten, die bewußt werden können, zum Teil aber auch unbewußt bleiben.

*Angst. Etwa eine Woche lang schreckte sie zurück und schrie,
wenn sie ihre Mutter überhaupt Schuhe tragen sah, und eine
Zeitlang waren ein Paar bunte Hausschuhe der Mutter das
einzige, was sie tolerieren konnte. Das besonders anstoßerregende Paar Schuhe wurde mehrere Monate lang nicht getra-
gen. Allmählich vergaß die Kleine jedoch ihre Angst und ließ
die Mutter jede Art von Schuhen anziehen. Aber mit zwei Jahren und elf Monaten (fünfzehn Monate später) fragte sie ihre
Mutter plötzlich mit ängstlicher Stimme: »Wo sind Mamis
kaputte Schuhe?« Die Mutter, die einen erneuten Angstanfall
befürchtete, erklärte eilig, sie habe sie weggeworfen, worauf
das Kind sagte: »Vielleicht hätten sie mich einfach aufge-
fressen.«*

*Das Kind sah den Schuh also als ein bedrohliches, offenste-
hendes Maul und reagierte im Alter von einem Jahr und acht
Monaten entsprechend darauf, obwohl es die Phantasien erst
mehr als ein Jahr später in Worte fassen konnte. Hier haben
wir also den eindeutigen Beweis dafür, daß Phantasien gefühlt und als real empfunden werden können, lange bevor es
möglich ist, sie in Worten auszudrücken.*[5]

Was die seelische Angst angeht, die solche Phantasien ein-
flößen können, macht es keinen großen Unterschied, ob sie
die Gestalt von Dinofelis, dem weißen Riesenhai oder einem alten Schuh mit flappender Sohle annehmen. In der
einen oder anderen Weise sind sie alle verschlingende
Mäuler, und, wie der Fall des verängstigten kleinen Mäd-
chens zeigt, ist es nicht unbedingt notwendig, ein verschlin-
gendes Maul gesehen zu haben oder es beschreiben zu können, um die panische Angst zu empfinden. Die Phantasien
und das Entsetzen, die sie hervorrufen, gehen der Realität
voraus.

Sie gehen auch praktisch allem anderen voraus, denn

Phantasien dieser Art entstammen, wie Klein erklärt, in aller Regel den frühesten Erfahrungen des Säuglings an der Mutterbrust. Sie verblassen, sie wechseln, sie wandeln sich mit der Zeit, aber auf irgendeiner fundamentalen Ebene bleiben sie in die Struktur der Psyche eingebettet. In der voll ausgebildeten Psychose brechen sie manchmal mit Macht und in ihren primitivsten Formen durch, aber in Ansätzen zeigen sie sich auch bei weniger gestörten Patienten und, so nebelhaft wie der Geist von Dinofelis, in den flüchtigen Phantasien völlig normaler Menschen.

Verfasser von Geistergeschichten, selbst jene, die nach außen hin völlig vernünftig wirken, stehen durch einen permanent verfügbaren »heißen Draht« mit diesen primitiven Phantasien in Verbindung. Um die Jahrhundertwende schrieb M. R. James, ein Grande der Ära König Edwards VII. und Vorsteher von Eton, eine Geschichte, in der ein Zauberlehrling, den ein Feind mit seiner Magie verfolgt, unter sein Kissen greift, um seine Uhr hervorzuholen:

Was er berührte, war, seiner Schilderung nach, ein von dichter Behaarung umgebener Mund mit Zähnen und, wie er erklärt, nicht der Mund eines menschlichen Wesens.

Rund neunzig Jahre später erzählte ein verstörter kleiner Junge, der in einer Londoner Klinik in Behandlung war und noch nicht lesen konnte, seinem Therapeuten einen schrecklichen Alptraum: Das Kissen, auf dem er schlief, fraß seinen Kopf. Eine gewisse seelische Verfassung vorausgesetzt, sind primitive Phantasien, höllische Angst und bizarre Objekte unwandelbar und jedem demokratisch zugänglich, ohne Ansehen des Alters, des Bildungsstandes und des sozialen Status.

Der hellichte Tag mit seinen Gewohnheiten und seiner Geschäftigkeit hält diese Phantasien gewöhnlich in Schach. Aber bei Nacht, wenn die Außenwelt verborgen ist, verliert der wache Verstand seinen Bezugsrahmen, und weniger willfährige Gestalten finden Raum, um ihre Anwesenheit fühlbar zu machen. Wie jeder Verfasser von Geistergeschichten weiß – der Autor von *Hamlet* eingeschlossen –, gehen ruhelose Geister nur bei Nacht um und verblassen beim ersten Hahnenschrei.

Folgt daraus, daß man ein strafendes Über-Ich und ein hochentwickeltes Gespür für das Böse haben muß, um sich auch als Erwachsener noch vor der Dunkelheit zu fürchten? Oder braucht man dazu nur ein hochentwickeltes Gewahrsein der Kräfte der Finsternis in der eigenen Psyche? Oder sind es die Schatten der Vergangenheit, die auf der Seele lasten und dafür sorgen, daß der feste Boden der Realität zu wanken beginnt? John Cheever schrieb in seinen Journalen:

B. erzählt mir, daß Fred [Cheevers Bruder] unter etwas leidet, das vor seiner Adoleszenz mit ihm geschah, und ich denke, vielleicht war es meine Geburt. Ich habe jahrelang versucht, herauszufinden, was der Wendepunkt in seinem Leben war, aber darauf bin ich nie gekommen. Es ist eine klinische oder quasiwissenschaftliche Erklärung, aber sie erscheint mir so fruchtbar wie irgendeine Enthüllung anderer Art. Ich kann mir das alles sehr gut vorstellen. Er war fröhlich, zufrieden und wurde geliebt, und als er im Alter von sieben Jahren gesagt bekam, daß er sein Universum künftig mit einem Bruder teilen müsse, wird er über diese Aussichten natürlich zutiefst verbittert gewesen sein. Vermutlich wurde diese Haltung durch die unerhörten Umstände meiner Geburt noch verstärkt. Ich wurde versehentlich empfangen, nach einem Geschäftsbankett. Meine Mutter trug mich widerwillig aus, und

*Fred muß gehört haben, wie mein Vater sagte, er könne für
ein weiteres Kind keine Liebe aufbringen. Diese heftigen Sze-
nen müssen seine eigenen Konflikte vertieft und intensiviert
haben. Seine Gefühle für mich waren immer heftig und ambivalent – Haß und Liebe –, und in einer tieferen Schicht
darunter muß er die Empfindung gehabt haben, daß ich ihn
auf einem Gebiet herausforderte, auf dem er glänzte: auf dem
Gebiet der Zuneigung seiner Eltern. Ich hatte lange Zeit das
Gefühl, daß er ganz bewußt den Drang verspürte, mich zu
zerstören. Ich hatte das Gefühl, daß sich hinter seiner Trunkenheit eine schreckliche Heimtücke verbarg.*

*Hier haben wir also drei Welten: Nacht, Tag und die Nacht
innerhalb der Nacht. Hier haben wir die Leidenschaften und
Ambitionen der Toten, die sich in ihrer Feindseligkeit und
Macht frei unter uns bewegen. Hier ist eine Welt der offenen
Gräber. Hier ist eine Welt, in der unsere Metaphorik zusam-
menbricht. Wir haben keine Bezeichnungen, keine Formen,
kein Licht, keine Farben, mit denen wir diese Mächte ausge-
stalten könnten, und dennoch sind sie so überzeugend wie die
Lebenden. Von seinem Fenster aus kann er die Stadt sehen,
wie sie im hellen Licht des Tages glänzt, und er liebt diesen
Anblick, aber seine Wahrnehmung wird ihn weniger umtrei-
ben als seine Erinnerung an einen Schrei in einem dunklen
Treppenhaus, den er vor fünfzig Jahren hörte. Sie scheint ihn
zu zerstören und ihm zu raten, mich zu zerstören. Wir scheinen einander erbittert zu bekämpfen. Wir hören das Peitschen
eines Drachenschwanzes in den welken Blättern, den herzzerreißenden Schrei eines Kindes, dem eine Hexe die Augen
ausreißt; wir riechen den Moder der Schlangengrube.*[6]

Die Nacht innerhalb der Nacht und die bizarren Objekte, von
denen sie erfüllt ist, treten in allen erdenklichen Formen auf.
Eine Frau, die sich vor der Dunkelheit fürchtete, erzählte mir

einen Alptraum, den sie als achtjähriges Mädchen hatte. Im Haus ihrer Familie gab es ein unbewohntes Zimmer, in dem sie manchmal mit ihren Freundinnen spielte. In ihrem Traum betrat sie dieses Zimmer, zog die oberste Schublade einer Kommode auf und fand darin die Hand eines Mannes. Die Hand hatte nichts Grauenerregendes – es gab kein Blut, keine Krallen, keine unnatürliche Behaarung, kein Anzeichen dafür, daß sie abgeschlagen worden war. Der Anblick war nur deshalb so schrecklich und beängstigend, weil er so völlig unerwartet war. Sie wachte schreiend auf, und monatelang konnte niemand sie dazu bringen, das Zimmer wieder zu betreten, nicht einmal in Begleitung und am hellichten Tag. Das war gegen Ende des zweiten Weltkriegs geschehen; ihr Vater war fort, in der Armee, und ihr mürrischer Großvater, ein Alkoholiker, war der einzige Mann im Haus. Jahre später fragte sie sich, ob ihr Großvater je versucht hatte, sie zu befummeln, wenn er betrunken war. Falls das je geschehen war, konnte sie sich an den Vorfall nicht erinnern.

Die Frau ist jetzt eine erfolgreiche Rechtsanwältin in den mittleren Jahren, attraktiv, vital, glücklich verheiratet – und sie hat immer noch Angst vor der Dunkelheit. Wenn sie nachts allein ist, schließt sie alle Fenster, sogar im Hochsommer, kontrolliert öfter als wirklich notwendig, ob alle Türen verschlossen sind, und läßt in allen Räumen das Licht an. Sie macht die Nachttischlampe aus, wenn sie sich hinlegt, läßt aber die Schlafzimmertür zum hellerleuchteten Flur hin offen. Da sie eine praktische Frau mit klarem, wachem Verstand ist, glaubt sie nicht an Geister. Es ist nicht das Übernatürliche, das ihr angst macht, erklärt sie, sondern es sind die Monster aus Fleisch und Blut, die draußen auf den Straßen umgehen, die Psychopathen, Einbrecher und Triebtäter, die darauf aus sind, die Schwäche und Unaufmerksamkeit anderer Leute auszunutzen.

»Wir haben eine elektronische Alarmanlage installieren lassen«, sagt sie. »Jetzt bin ich längst nicht mehr so beunruhigt.« – »Machst du nun das Licht aus, wenn du schlafen
gehst?« Ein Achselzucken. Ein verlegenes Lächeln. »Nicht
überall.«

Was mich selbst angeht, so wünschte ich, ich könnte mich
an meine kindlichen Alpträume erinnern. Vielleicht wäre
das ein Weg, etwas Wertvolles wiederzufinden, einen ganzen
Komplex von Gefühlen, die ich offenbar verlegt habe. Aber
mir fällt nur ein einziges Bild ein, aus einem alten Film:
Spencer Tracys Gesicht in der ersten Verwandlungsszene
von *Dr. Jekyll und Mr. Hyde.* Die Gesichtszüge schmelzen
wie Wachs, die Lippen ziehen sich zurück und entblößen
scharfe, gefährliche Zähne; der respektable Doktor verwandelt sich in ein Monster. Der Film kam 1941 heraus, also
muß ich elf oder zwölf Jahre alt gewesen sein, als ich ihn sah,
– das heißt, ich war in der Vorpubertät und für kindliche
Ängste bereits zu alt. Dennoch hatte ich monate- oder sogar
jahrelang danach Alpträume, aus denen ich schreiend erwachte. Auf irgendeiner tiefen Ebene, nehme ich an, muß
ich den Prozeß, wenn nicht gar das Gesicht, wiedererkannt
haben. Der sadistische, destruktive Mr. Hyde stand zu einem
obskuren Teil meiner Innenwelt in Beziehung, zu Impulsen,
die mich beängstigten und die ich mir lieber nicht einge-
stehen wollte.

Die Tatsache, daß Dr. Jekyll Arzt war, spielte ebenfalls eine
Rolle. Meine Eltern hatten ein Talent dafür, sich Hausärzte
mit sadistischen Neigungen auszusuchen. Von der Sorte, die
Spaß daran hatte, infizierte Wunden zu öffnen, ohne sich
vorher um eine Betäubung zu kümmern. Dazu kam die Operation an meinem Knöchel, die vermutlich mit starken
Schmerzen verbunden war. Nicht, daß ich mich dessen entsinnen konnte, aber ich erinnerte mich klar und deutlich an

ein medizinisches Erlebnis, das ich im Alter von fünf oder sechs Jahren hatte. Ich war gerade in die Grundschule gekommen und verlangte lautstark, daß man mir erlaubte, Fußball zu spielen. Die Ärzte hatten es verboten mit der Begründung, daß mein Knöchel zu zart und zu angegriffen sei, also brachte meine Mutter mich zu einem berühmten Spezialisten in der Harley Street. Dr. Cumberbach war eine leutseliger Mann, der den Pickwick Papers entstiegen zu sein schien, dick und vertrauenerweckend, mit einem rosigen Gesicht und grauen Locken. In einem Behandlungszimmer, das von schimmernden medizinischen Apparaten angefüllt war, setzte er mich auf einen hohen gepolsterten Hocker und untersuchte mein Bein lange und sorgfältig. Dann sagte er mit sanfter Stimme: »Du kannst natürlich Fußball spielen, wenn du unbedingt willst, aber wenn du einen kräftigen Tritt gegen diesen Knöchel bekommst, muß dir vielleicht dein Bein abgenommen werden.« Wahrscheinlich war ich entsetzt, aber ich war auch empört, und seine Warnung hatte letztlich den Effekt, daß ich mich auf dem Sportplatz unverhältnismäßig tollkühn gebärdete. Sie provozierte in mir auch eine Angst und ein tiefes Mißtrauen Ärzten gegenüber, die ich bis heute nicht vollständig überwunden habe. Wie angenehm und effizient sie auch erscheinen mögen – ich warte immer darauf, daß Mr. Hyde seine häßliche Fratze zeigt.

Das Jekyll-und-Hyde-Jahr war auch das Jahr der deutschen Luftangriffe auf London, und die Nacht war von anderen, offensichtlicheren Gefahren erfüllt – von heulenden Luftschutzsirenen, vom an- und abschwellenden Motorenlärm der Bomber (die Nachrichtensprecher im Radio sprachen von »Bomberwellen«, und genauso hörte es sich an), vom pfeifenden Geräusch der Bomben (nach dem Pfeifton konnte man mit großer Präzison voraussagen, wie nahe sie waren), vom Donnern der Abwehrgeschütze auf Primrose Hill.

Flugzeuge hoben sich im Gitterwerk der Suchscheinwerfer gegen den Nachthimmel ab, und in der Nacht, als London Feuer fing, lag ein unheimliches Glühen über der Stadt. (Ich beobachtete es vom Fenster meines Zimmers aus, bis meine verzweifelte Mutter mich fand und mich eilends nach unten brachte.) Als wir uns eines Tages nach einem besonders mörderischen nächtlichen Bombenangriff in der Schule zur Morgenandacht versammelten, regte der Rektor an, wir sollten den Choral »Oh Father, for another night of quiet sleep and rest« (Etwa: O Herr, laß uns auch die nächste Nacht in Frieden und Ruhe schlafen) mit den Worten »Oh Father, for *just one* night ...« (O Herr, laß uns nur eine einzige Nacht ...) singen. Normalerweise war er kein besonders einfühlsamer Mann und auch nicht sehr witzig, aber dieses eine Mal hatte er die Stimmung des Augenblicks und seiner Zuhörer klar erfaßt.

Einige Monate lang war London trotz der anhaltenden Bombenangriffe ein guter Platz zum Leben. Es gab einen Cockney-Witz, der so populär wurde, daß er in Brandmalerei auf den polierten Holzscheiben erschien, die in Seebädern wie Margate neben Postkarten und Felsstückchen als Souvenir verkauft wurden. Er lautete: »›Cheer up‹, they said, ›things could be worse.‹ So I did and they were.« (»›Kopf hoch‹, sagte man mir, ›es könnte schlimmer kommen.‹ Das tat ich, und es kam schlimmer.«) Dieses Bonmot brachte all die Eigenarten, die London normalerweise für Außenseiter so anstrengend machen, auf den Punkt – die Resignation, die Trägheit, den Trübsinn. Aber unter dem Druck des Bombenkrieges wandelten sie sich zu sarkastischem Humor und einem stoischen Gleichmut, der sich sogar auf die Kinder übertrug. Es war, als wären wir Kinder in eine locker organisierte erwachsene Armee aufgenommen worden, in der nur zwei Regeln galten: keine Panik und keine Klagen. Wir sammelten Granatsplitter, wir verglichen Notizen darüber, wie nahe die letzten Bombeneinschläge unserem Wohnviertel gekommen waren, wir lehnten es naserümpfend ab, Luftschutzkeller aufzusuchen, wir durchkämmten die Ruinen ausgebombter Häuser und brachten uns unter dem Vorwand, nach Schätzen zu suchen, absichtlich in Gefahr. Und wenn es dabei Opfer gab, drang uns diese Tatsache nicht wirklich ins Bewußtsein, denn die meisten Kinder haben keine Vorstellung davon, was Tod und Sterben bedeuten.

Die Erwachsenen erlebten es offensichtlich anders, und vielleicht wäre es auch für uns anders gewesen, wenn mehr Bomben auf Nordwest-London gefallen wären oder wenn die Luftangriffe in einer späteren Phase des Krieges stattgefunden hätten, als die Technologie des Terrors verbessert worden war. Aber so wie die Dinge lagen, war *the blitz* eine Periode wilder Erregung. Chaos, Schutt, Schmutz und permanenter Mangel an Nahrungsmitteln – hundertzwanzig Gramm Butter und dreißig Gramm Käse pro Woche und alle vierzehn Tage ein Ei – interessierten halbwüchsige Jungen weitaus weniger als die nächtliche Ration Gefahr. Keine eingebildete, sondern echte, reale Gefahr. Für mich ist diese Erregung in einem Bild fixiert: in dem feuersprühenden Ballett, das die Spitfires, Hurricanes, Messerschmitts und Heinkels bei Luftangriffen, die tagsüber stattfanden, am Himmel aufführten. Es war mehr als aufregend, es war auch schön, und es machte mich für immer süchtig nach dem Adrenalinrausch.

Außerdem heilten diese Erfahrungen mich von meiner Furcht vor der Dunkelheit. Bruno Bettelheim, der die Konzentrationslager Dachau und Buchenwald überlebte, wies darauf hin, daß schwer gestörte Menschen, insbesondere Paranoide, in den Konzentrationslagern ihre Symptome abzulegen schienen und die Situation sogar verhältnismäßig gut bewältigten, weil das Grauenerregende, das sich dort täglich abspielte, die alptraumhaften Schrecken ihrer Innenwelt bei weitem übertraf. In sehr viel weniger dramatischer Form galt das vielleicht auch für mich. Als jede Nacht Gewalt und tödliche Gefahr mit sich brachte, ohne jedes Eingreifen von meiner Seite, hatte ich keinen Anlaß mehr, mich vor der Nacht in meiner eigenen Seele zu fürchten.

Aus welchem Grund auch immer – jetzt mag ich die Dunkelheit. Ich genieße es, im Dunkeln im Haus umherzuwandern und die vertrauten Formen der in Schatten gehüllten Möbel wahrzunehmen; die roten Augen der Alarmanlage blinken, wenn ich vorübergehe, ich höre, wie in der Küche ein Wasserhahn tropft oder Regentropfen gegen die Fensterscheiben prasseln, ich betrachte die verschlungenen Schatten, die das Licht der Straßenlaternen auf die Zimmerdecke wirft. Ich mag die Abgeschiedenheit, das Gefühl, ungesehen und allein zu sein, obwohl ich weiß, daß meine Frau und meine Kinder im oberen Stockwerk friedlich schlafen.

Wallace Stevens schrieb ein Gedicht über das einsame Lesen bei Nacht, das mit den Versen beginnt:

Das Haus war ruhig, und die Welt war still.
Der Leser wurde das Buch; die Sommernacht war
Wie das bewußte Sein des Buches.
Das Haus war ruhig, und die Welt war still.

Als ich das zum ersten Mal las, dachte ich, es ginge um Verbundenheit oder den stillen Dialog, darum, wie die Nacht die Stille und Versunkenheit beim Akt des Lesens verstärkt. Die neutralen Schatten am Rand des Lampenlichts bilden eine Art Cordon sanitaire, der den Leser und sein Buch von der Außenwelt trennt und sie in ihrem isolierten Lichtkreis eins werden läßt. Jetzt sehe ich, daß die Nacht selbst in

Stevens' Welt Teil dieser heiteren Gelassenheit ist, eine genauso bedeutsame, tröstliche dritte Präsenz.

Es gab eine Zeit, in der ich nie auf den Gedanken gekommen wäre, daß Stevens recht haben könnte, daß die panischen Ängste meiner Kindheit verschwinden würden und daß die Nacht tröstlicher und weitaus friedlicher sein würde als der Tag. Ich möchte diese Ängste nicht zurückhaben, aber manchmal vermisse ich sie.

*

Sein Erscheinen ist unberechenbar,
Seine Stärke schrecklich,
Ich kenne seinen Namen nicht.
Nachdenklich kauernd, Woche um Woche, gibt er
Nur willkürlich Lebenszeichen, etwa
Schlagartige unheimliche Koinzidenzen.
Herzhaft zu essen, sich warm zu kleiden, behaglich
zu liegen
Und Respekt zu erlangen als angesehener Bürger,
Dem man in allen Läden und Wirtshäusern langen Kredit
gewährt –
Wie gefährlich! Ich hatte befürchtet, dieser zottige Dämon
Würde mit meiner Konformität nicht konform gehn
Und in einem schlankeren Bauch sein Lager aufschlagen.
Aber nun im Traum hockt er mir plötzlich rittlings
auf der Brust
»Alles gut«, stöhne ich und taste nach einem Licht,
Die Stirn in Schweiß gebadet, mit klopfendem Herzen.

                              Robert Graves, Gratitude for a Nightmare

Der Schlaf

Meine Kindheitsangst vor der Dunkelheit beschäftigte mich noch lange, auch als sie schon längst der Vergangenheit angehörte. Früher glaubte ich, sie wäre eines der vielen Probleme, die ich von meiner Mutter geerbt hatte. Sie war eine große Schönheit, als sie jung war – dunkles Haar, schwarze Augen, ausdrucksvoller Mund –, auf ihre eigene Weise spektakulär, obwohl sie selbst sich dieser Tatsache nie klar bewußt war. Andere reagierten jedoch sehr wohl darauf. Als sie gegen Ende des ersten Weltkriegs als Freiwillige im American Officer's Club in London arbeitete, war ein amerikanischer Armeefotograf von ihrem hübschen Gesicht und ihrer schüchternen Grazie so hingerissen, daß er ihr anbot, sie mit nach Hollywood zu nehmen und sie, wie er sagte, zu einer zweiten Mary Pickford zu machen. (Mein Großvater untersagte ihr, je wieder ein Wort mit diesem Mann zu wechseln.) Aber sogar in ihrer Jugendblüte war das Leben, das sie führte, bereits durch irrationale Ängste und Phobien eingeengt, und es wurde noch beengter und exzentrischer, als die Jahre vergingen.

Sie hatte Angst vor Pferden und Zügen. Sie fuhr nie mit der U-Bahn, weil sie in unterirdischen Gängen Klaustrophobie bekam und weil der Lärm der Züge sie in Panik versetzte. Flugzeuge kamen natürlich überhaupt nicht in Frage. Sie hatte sogar Angst vor der Oper. Mein Vater überredete sie ein einziges Mal, ihn zu begleiten, aber unglücklicherweise zu einer *Turandot*-Aufführung. Er hatte diese Wahl getroffen, weil es Puccini war und weil ihr Teile von *La Bohème* gefallen hatten, als er die Platte zu Haus abspielte. Aber der dramatische Auftritt der Prinzessin in der Exekutionsszene im ersten Akt regte sie so sehr auf, daß sie ihn drängte, sie in der Pause nach Haus zu bringen. Das war im Jahr 1929, und obwohl sie ihre Bestürzung darauf zurückführte, daß sie schwanger war, ging sie nie wieder in die Oper.

Hinter all diesen täglichen Schrecken lag, wie ich vermute, eine andere, sehr viel tiefer verwurzelte Furcht: Sie lebte in einer Todesangst vor ihrem Vater. Für die Außenwelt war er eine elegante Erscheinung, ein Dandy, ein Bonvivant, ein Liebhaber von Rennpferden und ein Frauenheld, lebhaft, witzig und von seinen hochgestellten Freunden sehr bewundert. Aber in seiner Familie war er ein harter Zuchtmeister, ein viktorianischer Tyrann, der den gesamten Haushalt terrorisierte. Seine Frau war geduldig und fand sich mit ihm ab, die Dienstboten hatten keine Wahl, und seine zwei älteren Kinder lernten beizeiten, sich gegen ihn zur Wehr zu setzen. Aber meine Mutter, die Jüngste, hatte am wenigsten Selbstvertrauen, und er machte ihr das Leben zur Hölle. Sie erzählte mir einmal von einem Erlebnis, das zu ihren frühesten Erinnerungen gehörte: Sie beugte sich aus dem Fenster des Kinderzimmers im obersten Stockwerk ihres hohen Hauses am Tavistock Square und hörte die Zeitungsjungen unten in den nebligen Straßen ausrufen:»Crippen verhaftet! Crippen verhaftet!« Crippen war ein berüchtigter Mörder, eine Horrorgestalt für kleine Kinder zu jener Zeit, und dieses Ereignis spielte sich zur Schlafengehenszeit ab. Aber was sie fühlte, war keine Aufregung, sagte sie mir, ja, erstaunlicherweise nicht einmal Angst; sie war vielmehr von tiefer Erleichterung erfüllt: ein Monstrum weniger in der Welt!

Sie war so sehr von ihrem privaten Grauen absorbiert, daß

gewöhnliche Ängste sie nicht berührten. Sie ignorierte Krankheiten, weigerte sich, Ärzte aufzusuchen, und nahm nie Medikamente. Wenn sie sich schnitt oder verbrannte, was ständig passierte, als sie älter wurde, verband sie die Wunde schlecht und recht und vergaß die Angelegenheit. Wenn sie stürzte, stand sie wieder auf und tat so, als sei nichts geschehen. Dunkelheit ließ sie völlig kalt. In den Jahren nach dem Tod meines Vaters und vor dem Beginn ihrer Krankheit – einer besonders bösartigen Form von Arthritis, die sie schließlich zum Krüppel machen sollte – lebte sie allein mit ihren mürrischen Hunden in dem großen, leeren Haus und bosselte vergnügt vor sich hin, völlig gleichgültig gegenüber den unbenutzten, verhüllten Zimmern und den unheimlichen Kellerräumen.

Statt meine Mutter für meine Kindheitsangst vor der Dunkelheit verantwortlich zu machen, sollte ich ihr also lieber dankbar sein, weil sie mir durch ihr Beispiel zeigte, daß es nichts gab, wovor man sich fürchten mußte, und daß die Nacht selbst etwas Schönes sein konnte. Aber als ich klein war, sah ich nicht viel von meiner Mutter, und wenn sie da war, schien sie für ein kleines Kind nie eine Zuflucht zu sein. Nanny dagegen war wie ein Fels in der Brandung – solide, tröstlich und immer präsent. Sie war eine gutaussehende, vitale Frau mit strahlend blauen Augen und einem festen, ausdrucksvollen Gesicht, das sich überraschend weich anfühlte. Wie andere Nannies ihrer Generation hatte sie ihr Leben den Kindern anderer Leute geweiht – mit aller Konsequenz; als sie selbst von einem ihrer vielen Verehrer ein uneheliches Kind bekam, gab sie es gleich nach der Geburt zur Adoption frei und sah es nie wieder. Aus meiner Sicht war sie alles, was meine launischen Eltern nicht waren: manchmal streng, aber immer vernünftig, ordentlich, vital und unverwüstlich. (Als sie die Neunzig überschritten hatte, bekam sie ein künstliches Hüftgelenk eingesetzt. Einige Wochen, nachdem sie aus dem Krankenhaus entlassen worden war, kam sie mich und meine Familie besuchen. Ich fragte sie, wie es ihr ginge. »Alles in bester Ordnung«, sagte sie und tanzte eine Gigue, um es unter Beweis zu stellen.)

Aufgrund meiner Furcht vor der Dunkelheit schlief ich unruhig, wachte leicht auf und wurde von Träumen gequält, die eine unangenehme Neigung hatten, sich in Alpträume zu verwandeln. Ich weiß nicht, was zuerst da war, die Angst vor der Dunkelheit oder die schlechten Träume, aber eines nährte das andere, genauso wie es bei den Frühmenschen in ihren Höhlen der Fall gewesen sein muß, und die Folge war, daß ich das Schlafen haßte.

Das ist natürlich nichts Ungewöhnliches. Die meisten Kinder versuchen, das Schlafengehen hinauszuzögern, solange die Erwachsenen noch wach und munter sind. Auch ich verabscheute es, ausgeschlossen zu werden, aber die Aussicht, mich zu fürchten, verabscheute ich noch weitaus mehr. Das Kinderzimmer, in dem ich schlief, war ein großer Raum voller Schatten, oben unter dem Dach. Einbauschränke füllten die Wand aus, die meinem Bett gegenüber lag; die Schranktüren, die der Dachschräge angepaßt waren und merkwürdige Winkel hatten, schienen eigene Schatten zu werfen. Die hohen Pappeln vor dem Fenster zum Garten waren ständig in Bewegung und fügten den Schatten weitere Schatten hinzu. Nur die Anwesenheit meiner geliebten Nanny ließ mich die Nächte überstehen. Wenn ich mitten in der Nacht erwachte, hörte ich sie in ihrem Bett auf der anderen Seite des Zimmers leise schnarchen. Wenn ich früher aufwachte, in den Abendstunden, war das, was ich sah, wie ein Gedicht von Wallace Stevens: Das Zimmer war in das warme, orangefarbene Leuchten des Gasfeuers getaucht, und Nanny saß in ihrem Lehnstuhl neben dem Kamin, in einem Kreis von Lampen-

licht, und strickte und las. Sie hatte eine Leidenschaft für
sentimentale viktorianische Erzählungen und Balladen, und
ihre Rezitationen waren bei den geselligen Zusammen-
künften der baptistischen Kirche, der sie angehörte, ein
großer Erfolg. Gelegentlich, als Belohnung für Wohlverhal-
ten, rezitierte sie Balladen für mich und ließ die Verse mit
klingender Stimme hervorrollen. Es war wie der Klang der
klassischen Musik, der aus dem unteren Stockwerk empor-
sprudelte, wenn mein Vater seine Platten hörte – geheimnisvoll, grandios und seltsam anrührend –, und vielleicht war
die Verbindung beider Eindrücke der Beginn meiner Liebe
zur Poesie. Später, auf dem Internat, als ein hervorragender
Englischlehrer namens Hugo Caudwell mich mit Donne und
den Romantikern und A. E. Housman bekannt machte, hatte
ich das Gefühl, endlich nach Haus gefunden zu haben.
Wohin zurückgefunden? Zur Nacht und zum Kinderzimmer
und einer beruhigenden Präsenz? Ich glaube nicht. Eher zur
Ordnung, zu einer Form, all diesen Verwirrungen, unter denen die Furcht vor der Dunkelheit nur ein Element war, Sinn
zu entnehmen.
Zu der Zeit, als ich ins Internat kam, hatte ich meine nächtlichen Ängste völlig vergessen. Vielleicht sind sie wie Wordsworths Andeutungen von Unendlichkeit – ein Schimmern,
Erinnerungen, schwache, flüchtige Spuren einer früheren
Existenz, wenn auch nicht in Wordsworths Himmel, sondern
in der urzeitlichen Höhle mit unseren primitiven Vorfahren.
Aber wie dem auch sein mag, in jenem Alter gingen mir andere Dinge durch den Kopf. Wie der Rest der Gattung Mensch
dachte ich während meiner Adoleszenz und meiner frühen
Erwachsenenjahre – trotz aller meiner nominellen Interessen
und Ambitionen – eigentlich nur an Sex. (Das war in den
fünfziger Jahren, als die Sexualmoral weitaus strenger war als
jetzt. Vielleicht ist Sex nach der Pubertät für heutige Jugend-

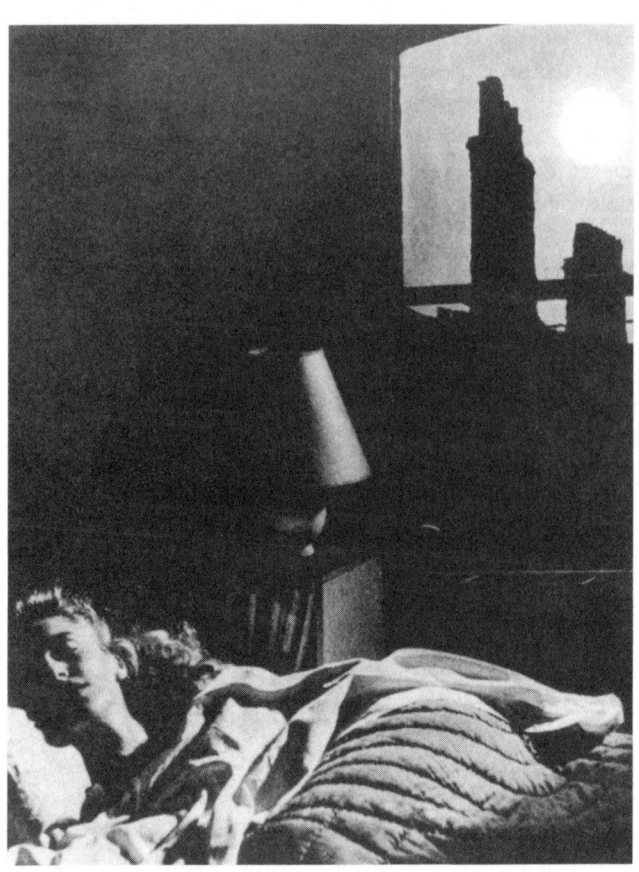

Foto: Bill Brandt, Nightwalk, 1941

liche etwas Selbstverständliches, und der neue Übergangsritus in die Welt der Erwachsenen ist nicht mehr der Verlust der kindlichen Unschuld, sondern – zumindest in einigen Teilen der waffenversessenen Vereinigten Staaten – das Töten eines Menschen.) Irgendwann in meinen frühen Dreißigern, als mein Liebesleben mehr oder minder in Ordnung war, wich die Sexbesessenheit und machte einer neuen Obsession Platz, deren Inhalt das Essen war. Im London der *swinging sixties* war ein gutes Restaurant schwerer zu finden als die Frau fürs Leben, und genauso, wie ich als Jugendlicher mit Feuereifer Romane durchkämmt hatte, wühlte ich nun in Kochbüchern, immer auf der Suche nach den saftigen Bissen, nur diesmal im wörtlichen Sinn. Die Freßsucht regierte mein Leben vielleicht zehn oder zwölf Jahre lang und wurde dann wieder durch eine neue Obsession abgelöst: den Schlaf. Acht ungestörte Stunden des völligen Vergessens wurden zum höchsten, unerreichbaren Genußerlebnis.

Diese sprunghafte Evolution von einer Art der Lust zur anderen gehört vielleicht zu meinen ganz persönlichen Eigenarten, aber im Grunde glaube ich das nicht. Was die Freuden des Schlafes angeht, habe ich die Literatur auf meiner Seite:

Der König, der wie ein erschöpfter Nudelkoch aussah, setzte sich. »*Wir finden*«, *sagte er,* »*daß wir für heute genug angestarrt worden sind!*« – »*Noch eine kleine Verbeugung, Willie*«, *bat die Königin,* »*das wird dich doch nicht umbringen.*« – »*Wir würden vollkommene Welten dafür geben*«, *fuhr der König fort,* »*höchstselbst zu Bett zu gehen.*«

Dieser treffende Dialog stammt aus Ronald Firbanks *The Flower Beneath the Foot*. Eine ähnliche Äußerung, die ebenfalls aus tiefstem Herzen kommt, gibt Lawrence Sterne in *Tristram Shandy* wieder:

... mein Vater (...) grübelte über die Beschwernisse des Ehe-
standes, als meine Mutter das Schweigen brach.
»Mein Bruder Toby«, sprach sie, »wird sich mit Mrs. Wad-
man verheiraten.«
»Dann wird er«, sprach mein Vater, »sein Leben lang nicht
mehr diagonal *im Bett liegen können.«*

Höchstselbst zu Bett gehen und sich diagonal darin ausbrei-
ten – die pure Sinnlichkeit des Schläfrigwerdens ist ein Geheimnis, das die Alten den Jungen vorenthalten. Schlaf und
Sex haben das Bett und die Dunkelheit gemeinsam und lösen, je nach Altersgruppe, ein eigenartig ähnliches Verlangen aus. Die gehetzten Menschen im mittleren Lebensalter
sind in derselben Weise in den Schlaf verliebt wie die Jungen
in die Liebe; Enthaltsamkeit ist die Qual der Jugend, Schlaflosigkeit die des Alters, und es scheint in keinem Lebens-
stadium möglich zu sein, von dem, wonach einen verlangt, je
genug zu bekommen.
Es gibt weitere Parallelen:

So konnte Cromwell, der Ruhelose, sich nicht begnügen
Mit den unrühmlichen Künsten des Friedens,
Sondern trieb voran, durch abenteuerlichen Krieg
Seinen tätigen Stern ...
Wahnsinn ist's, zu widerstehen oder zu grollen
Der Kraft der zornigen Himmelsflamme;
Und, wenn wir offen sprechen,
Ist vieles, was den Mann ausmacht ...

Als Marvell dem »fleißigen Heldenmut« und der politischen
Notwendigkeit in seiner »Horatian Ode« widerstrebend Tribut zollte, drückte er die Mischung von Bewunderung, Ärger
und Geringschätzung aus, mit der die genußliebende Mehr-

heit insgeheim jenen wenigen, von brennendem Ehrgeiz Getriebenen gegenübersteht, die viel herumkommen und Dinge ins Rollen bringen und offenbar keine Ruhe nötig haben. Die Trägen und Zaghaften trösten sich mit der Beobachtung, daß die Berühmtheiten, die für ihre Verachtung des Schlafs bekannt sind – Napoleon, Edison, Churchill, Thatcher –, alle so aussehen, als kämen sie auch mit sehr wenig Lust jeder Art aus, abgesehen von Machtgelüsten und Ambitionen. Ebenso wie die Reichen sind auch die Leistungsbesessenen anders als wir; sie ziehen ihre Lust aus der Selbstverleugnung. Edison schrieb:

Die meisten Leute essen hundert Prozent mehr als nötig und schlafen hundert Prozent mehr, als sie brauchen. Diese hundert Prozent mehr machen sie ungesund und ineffizient. Der Mensch, der jede Nacht acht oder zehn Stunden schläft, ist nie völlig dem Schlaf anheimgegeben und nie völlig wach.

Dieses Credo hat etwas ungewöhnlich Abstoßendes; es zeugt natürlich von Arroganz, aber auch von unerschütterlicher Selbstzufriedenheit und ist von der tiefen Befriedigung durchtränkt, die der Abstinenzler daraus bezieht, sich den Genüssen zu verweigern, die den Rest der Menschheit vor dem Irrewerden bewahren.

Genuß in seinen unterschiedlichen Formen ist aber eines der großen Themen dieses Jahrhunderts, und nicht nur deshalb, weil die Verbreitung des Wohlstands und der arbeitsersparenden Technologien den Menschen in den industrialisierten Ländern mehr Muße gegeben hat sowie eine ganze Industrie, die sich dieser Muße annimmt. Edison selbst war eine Schlüsselfigur dieses großen sozialen Wandels. Es war eine seiner Erfindungen, die es möglich machte, die Nacht zu erleuchten, und die indirekt dazu beitrug, daß ihre beiden Hauptgenüsse, Sex und Schlaf, der Beobachtung und Analyse unterzogen werden konnten.

Das Jahrhundert begann mit der Veröffentlichung von Freuds *Traumdeutung*, und von da an wurden Lustprinzip und Wunscherfüllung, die Welt des Traums und die vielgestaltige Allgegenwart der Sexualität zu Gegenständen ernsthafter intellektueller Auseinandersetzung. Fünfzig Jahre später kam die Schlafforschung und etablierte sich als Wissenschaft. Sie begann mit der Entdeckung der REM (Rapid Eye Movement)-Phase im Schlaf; etwa zur gleichen Zeit wurde der erste Vorstoß unternommen, den Weltraum zu erforschen. Während der ersten Welle der optimistischen Aufbruchstimmung wurden für beide Wissenschaften ähnlich grandiose Ansprüche formuliert:

In den Upanishaden *des alten Indien steht geschrieben, daß die Existenz drei Formen annimmt: eine hier, in dieser Welt, eine weitere in der jenseitigen Welt und eine dritte in der Welt des Traums. Als die zweite Hälfte des zwanzigsten Jahrhunderts anbrach, hatten die Naturwissenschaften über die jenseitige Welt nichts zu sagen, und sie schwiegen, von der einzigen und daher höchst verdächtigen Ausnahme der Psychiatrie abgesehen, auch über die Welt des Traums. Wenn unsere Ära als die Zeit der ersten Erforschung des Weltraums ins Gedächtnis der Geschichte eingehen wird, dann könnte es genauso wichtig sein, daß sie auch die erste konzertierte Aktion hervorbrachte, die geheimen Tätigkeiten des Gehirns zu entschlüsseln, von denen unsere innere Welt der nächtlichen Visionen herstammt. (...) Die physiologischen Charakteristika [des Träumens] sind so unverwechselbar, daß ich an einen dritten Zustand der irdischen Existenz denke, den Rapid-Eye-Movement- oder REM-Zustand, der sich*

*vom Schlafen und Wachen zumindest so sehr unterscheidet
wie das eine vom anderen.*[7]

Es sollte sich herausstellen, daß der dritte Zustand der irdischen Existenz noch weitaus rätselhafter war, als es anfangs
schien, nicht weil er sich vom ersten unterschied, sondern
weil die Welten des Schlafens und des Wachens sich in einer
Weise überlappten, die niemand je vorausgeahnt hätte.

Professor Snyders Tonfall ist jedoch typisch für viele der
Flügelkämpfe, die bald folgen sollten: Auf der einen Seite
stand die »exakte« Wissenschaft der Schlafforschung, die
Sonden in den inneren Raum aussandte, auf der anderen
Seite standen die »dubiosen« Disziplinen Psychiatrie und
Psychoanalyse mit ihren »unwissenschaftlichen« Methoden
und »spekulativen« Schlußfolgerungen. In der Praxis sind
beide untrennbar miteinander verbunden. Die Schlaffor-
schung ist eine Untersektion der Forschung, die sich mit der
Neurophysiologie des Hirns befaßt, und diese dreht sich
letztendlich um das Problem »Was ist Bewußtsein?«. Das
Problem des Bewußtseins ruft das »Unbewußte« auf den
Plan, und dieses wiederum ist mit den Problemen des Denkens, des Träumens und der Kreativität verknüpft.

Kurzum, worum es geht, ist das Nachtleben im individuel-
len, privaten Sinn: das Leben, das sich entfaltet, wenn das
Licht gelöscht ist und die Augen geschlossen sind, die Nacht
innerhalb der Nacht. Das ist ein komplexes Thema, und es
hat ein enormes Spektrum von Fachliteratur hervorgebracht.
Aber Fachliteratur wendet sich an Fachleute, und weder die
Naturwissenschaftler noch die Psychoanalytiker scheinen
sonderlich daran interessiert zu sein, was sich im Feld der
jeweils anderen Fraktion tut. Die meisten Naturwissenschaftler gehen davon aus, daß die Psychoanalyse sich nicht
wesentlich verändert hat, seit Freud seine frühen Schriften

verfaßte, und die meisten Analytiker scheinen sich nicht
darüber im klaren zu sein, daß Freuds Modell vom menschlichen Hirn und den Hirnaktivitäten mittlerweile hoffnungslos veraltet ist. So gehen sie also getrennte Wege und sind
für die Subtilitäten der jeweils anderen Seite unempfänglich.
Aus der Sicht des Außenstehenden gehen ihre Subtilitäten
jedoch ineinander über, und was ein Forschungsbereich neu
entdeckt, führt auch im anderen zu neuen Erkenntnissen.

Der nun folgende Teil ist eine streng nichtwissenschaftliche
magische Reise durch die Nacht innerhalb der Nacht. Wi-
dersinnigerweise beginnt sie im dicht begrünten und vor-
nehmen Vorort Wimbledon, nicht weit vom All England
Tennis Club.

3 *Das Schlaflabor*

Der eine schläft, der andere wacht,
Das ist der Lauf der Welt.

        William Shakespeare, Hamlet

O Schlaf! Das ist ein zärtlich Ding,
Geliebt in jedem Land.
Die Heilige Jungfrau mußt' ich loben,
Die sanften Schlaf vom Himmel oben
Mir in das Herz gesandt!

        Coleridge, The Rime of the
        Ancient Mariner

Atkinson Morley's Hospital ist ein weitläufiges, verschachteltes Herrenhaus aus graugelbem Klinkerstein. Es ist das Schwesterhospital von St. George's in Tooting und auf neurochirurgische, neurologische und psychiatrische Fälle spezialisiert. Außerdem beherbergt es – unter der Schirmherrschaft von Professor A. H. Crisp, dem Chefarzt der Psychiatrie von St. George's – eines der letzten noch existierenden Schlaflabors des National Health Service.

Das Atkinson Morley's Hospital wurde im grandiosen Stil der Viktorianischen Ära erbaut, und die geräumigen Stationen strahlen noch etwas von diesem alten Glanz aus. Die Büros und Sprechzimmer entstanden jedoch durch die Unterteilung großer Hallen mit hohen Decken, was dazu führte, daß manche von ihnen wie Schächte wirken. Auch das Zimmer, in dem die Patienten des Schlaflabors die Nacht verbringen, erscheint dadurch seltsam falsch proportioniert; das Fenster ist unnatürlich hoch, die Wände sind unnatürlich nahe, die Zimmerdecke ist voller Schatten. Der Raum ist schlicht eingerichtet: ein Bett mit verstellbarer Leselampe, ein kleiner Kleiderschrank, ein mit Plastik bezogener, unbequem wirkender Sessel, ein abgenutzter Schreibtisch mit einem Stuhl davor. Ein ganz gewöhnliches Schlafzimmer also, abgesehen davon, daß oben an der Wand über dem Schreibtisch eine Videokamera installiert ist, daß ein Mikrophon genau in der Mitte des Zimmers von der Decke herabhängt und daß sich hinter dem Bett eine Steckleiste für die Elektroden, die den Patienten angeheftet werden, befindet. Über dem Kopfende des Bettes ist eine große elektronische Uhr angebracht und seitlich davon eine kegelförmige Infrarotlampe, die zur Zimmerdecke weist und wie eine riesige Fackel aussieht. Das Schlafzimmer ist vom Hauptkorridor durch einen engen Raum, in dem sich ausrangierte medizinische Geräte stapeln, isoliert. Nebenan ist der Beobachtungsraum des Schlaflabors, doppelt so groß wie das Schlafzimmer und vollgestopft mit Apparaturen. Ein Polygraph nimmt den größten Teil der Wand unter dem hohen Fenster ein. Auf der gegenüberliegenden Seite sieht man ein stählernes Abwaschbecken, ein Abtropfbrett und ein Regiment von Teebechern (Teetrinken gehört zum Ritual der Schlafbeobachtung). Hüfthohe Schrankelemente ziehen sich an den Seitenwänden entlang; auf ihren Arbeitsplatten stapeln sich neben einem Computer und einem Drucker Bücher, Kopien von wissenschaftlichen Aufsätzen und Akten, die größtenteils den Vermerk »vertraulich« tragen. Von einem Gestell an der Wand hängen Bündel von Elektroden in kräftigen Farben herab. Der Rest der Einrichtung ist einfach: ein Schreibtisch, ein Aktenschrank, zwei Stahlrohrsessel, ein kleiner Teetisch, ein Hocker, ein durchgesessener Polstersessel ohne Armlehnen. Mitten im Raum stehen ein großes Fernsehgerät und ein Videorecorder, beide alt und schäbig. Sharon Borrow, die Leiterin des Labors, ist eine kleine, dünne, vogelartige Frau mit großen, erstaunten Augen und einer zaghaften Stimme. Sie sah bleich und müde aus und hatte dunkle Ringe unter den Augen – verständlich, bei ihrer Art von Arbeit. Anfangs wirkte sie auch besonders schüchtern, aber als die Nacht voranschritt, schien diese Schüchternheit mit etwas anderem zu verschmelzen, das mit ihrem Beruf zusammenhängt. Sie empfindet Unbehagen dabei, Fremde im Schlaf zu beobachten; es erscheint ihr wie ein Eindringen in ihre Privatsphäre, und um dem entgegenzuwirken, ist sie intensiv darum bemüht, den Menschen, mit denen sie zu tun hat, die Ängste und Spannungen zu nehmen, sie zu beruhigen und ihnen das Gefühl zu geben, daß sie gut aufgehoben sind.

An diesem Abend im Juli war sie vor allem um ihren Patienten besorgt, einen sportlichen jungen Mann von Mitte Zwanzig. Er hatte ein rundes Gesicht, einen großen Mund, drahtige, kurzgeschnittene Haare und trug eine unauffällige Brille. Wie jeder, der schließlich im Schlaflabor landet, war der Patient – ich nenne ihn Max – von seinem Hausarzt an Dr. Crisp und sein Team im St. George's Hospital überwiesen worden, wo er sich einer zweistündigen Anamnese und einer Reihe von psychologischen Tests unterzog. Max litt nicht an einer primären Schlafstörung wie Schlaflosigkeit oder Narkolepsie (Schlafsucht), sondern an einer sogenannten Parasomnia, deren Symptome der *Enzyklopädie des Schlafs und der Schlafstörungen* zufolge Erregung, Unruhe und Dämmerzustände zwischen den Schlafphasen sind, in denen es unter anderem zu Phänomenen wie Schlafwandeln kommen kann. Max' spezielle Parasomnia war jedoch anderer Art. Sie war eine Störung, die bei Kleinkindern ziemlich häufig, bei Erwachsenen jedoch sehr selten auftritt: Vom frühen Kindesalter an, bevor er sich erinnern konnte, hatte Max im Schlaf Schaukelbewegungen ausgeführt. Manchmal wiegte er sich bewußt hin und her, um einschlafen zu können. »Es ist sehr beruhigend«, erklärte er, »als wenn man ein Baby wäre. Und weil es so behaglich ist, assoziiere ich es mit Zuhause. In einem fremden Bett würde ich es nicht tun.« Meistens aber schaukelte er im Schlaf, manchmal sanft, manchmal heftig. Das machte ihm angst, sagte er, denn es bedeutete, daß mit ihm etwas nicht in Ordnung war. Außerdem störte es jede

Person, mit der er sein Bett teilte – so sehr, daß er es zu der Zeit, als er im Schlaflabor ankam, gewöhnlich vorzog, allein zu schlafen. »Wenn ich allein bin«, sagte er, »weiß ich, daß ich schaukeln kann, ohne daß sich jemand darüber aufregt.« Max war ein hochintelligenter junger Mann, der sich gut artikulieren konnte und mit großer Offenheit über seine Probleme sprach, von denen es eine Menge zu geben schien. Als Kleinkind hatte er die Neigung, den Kopf rhythmisch hin- und herzuwerfen, so daß er am Kopfteil des Bettes anschlug – »so heftig, daß mein Bruder im Nebenzimmer davon aufwachte« –, und er hatte immer Angst vor der Dunkelheit gehabt. Er hatte länger, als er zugeben wollte, mit einem Nachtlicht neben dem Bett geschlafen, und er konnte immer noch nicht bei geschlossenen Fenstern oder zugezogenen Vorhängen schlafen. Er schilderte seine Probleme so eindringlich und ausführlich, daß es trotz seines nüchternsachlichen Auftretens so schien, als spielte sich zwischen den Zeilen etwas anderes ab: Er wollte begreifen, was mit ihm vorging, er wollte Hilfe, er wollte von seinem furchterregenden Nacht-Selbst erlöst werden.

Vielleicht würde man ihm zu gegebener Zeit vorschlagen, sich in Psychotherapie zu begeben. Aber das war nicht Sharon Borrows Sache. Ihre Aufgabe war, ihn an den Polygraphen anzuschließen und seine physiologischen Aktivitätsmuster aufzuzeichnen, während er schlief. Diese Informationen – von Sharon adäquat aufbereitet – würden dann in einen Computer eingegeben werden, der sie statistisch auswerten, die Ergebnisse ausdrucken und außerdem ein hübsch koloriertes graphisches Bild seines Schlafs produzieren würde – der Zeit, die er in den fünf Schlafstadien verbracht hatte, die Traumphase im sogenannten REM-Schlaf und die intervallartigen Wachzustände eingeschlossen. »Wir sind nicht dazu da, Schlafstörungen zu heilen«, sagte Sharon. »Wir untersuchen nur. Wir können eine Diagnose bestätigen, die klinischen Eindrücke des behandelnden Arztes gegen die polygraphischen Ergebnisse abwägen. Wir können Dinge ausschließen, ein Problem differenzieren und es deutlicher machen. Dann muß der Psychiater entscheiden, was zu tun ist.«

Max ließ sich in dem durchgesessenen Polstersessel nieder und legte den Kopf vorsichtig zurück, wie für eine Rasur. Sharon schnitt neun Streifen Klebeband ab und und legte sie nebeneinander auf den Rand des Waschbeckens. Dann nahm sie ein Bündel Elektrokabel von dem Gestell an der Wand und entwirrte ihre Enden. Die Kabel waren kräftig rosa, und jedes hatte einen Stecker an einem Ende und einen kleinen Napf aus Silberchlorid am anderen Ende. Mit einem Gerät, das wie eine Veterinärspritze aussah, gab sie ein salzhaltiges Gel in die Näpfchen und befestigte sie dann mit Klebeband an Max' Kopf – zwei unter dem Kinn, eins über und eins unter jedem Auge, eins hinter jedem Ohr und eins auf der Mitte der Stirn. Während sie das tat, redete sie beruhigend auf Max ein, erklärte jeden einzelnen Schritt und fragte ihn, ob er sich wohl fühle. Er gab liebenswürdig Antwort und bemühte sich, gelassen zu erscheinen, aber jedesmal, wenn sie aus seinem Gesichtskreis verschwand, rollte er wild mit den Augen wie ein erschrecktes Pferd.

Alles in allem waren es elf Elektroden; die letzten beiden mußten an seinem Hinterkopf befestigt werden, was durchaus nicht einfach war, denn sein Haar war zwar kurz, aber dick und elastisch. Sharon tauchte einen Gazestreifen in einen physiologischen Kleber auf Ätherbasis, scheitelte sein Haar mit einem Kamm, drückte eine Elektrode gegen seine Kopfhaut, legte den klebrigen Gazestreifen darüber und trocknete ihn mit kalter Luft aus einem kleinen Kompressor. Als sie endlich auch die letzte Elektrode angebracht hatte, stank das ganze Labor nach Äther, und Max sah aus, als trüge er zwei dünne Betonstreifen auf dem Hinterkopf.

Um elf Uhr fünfzehn marschierten wir alle in den Schlafraum, und Max, mit seinem Medusenhaupt aus Elektrokabeln, legte sich vorsichtig ins Bett. Sharon verband die Kabel mit dem Paneel hinter dem Bett, schüttelte seine Kissen auf und zeigte ihm eine Klingel, die er betätigen konnte, um sie zu rufen, zog die Vorhänge beiseite und öffnete das Fenster einen Spalt, löschte das Deckenlicht und ging in den Beobachtungsraum zurück, um die Geräte zu überprüfen. Als sie sicher war, daß der Polygraph, die Videoanlage und die Klingel richtig funktionierten, schaltete sie die Geräte aus, kehrte sie in den Schlafraum zurück und sagte Max, er solle lesen, bis er schläfrig sei, und ihr dann ein Klingelzeichen geben.

Jeder Patient verbringt zwei Nächte im Schlaflabor; die erste soll ihn mit dem fremden Bett und dem seltsamen Kopfputz vertraut machen, in der zweiten werden seine Schlafmuster aufgezeichnet. Parasomniafälle sind aber launisch und unberechenbar; manchmal treten die Symptome auf und manchmal nicht. In Max' Fall würde der Polygraph also in beiden Nächten eingeschaltet sein.

Um halb eins klingelte er, und wir gingen wieder hinein, um gute Nacht zu sagen. Sharon lief im Zimmer umher wie eine Glucke, schaute, ob die Klingel am richtigen Platz war, ob das Wasserglas gefüllt war, ob das Bett, das Fenster und die Vorhänge so waren, wie er sie haben wollte. Inzwischen schien Max sich mit den elektronischen Schlangen in seinem Haar ganz wohl zu fühlen und seine Augenlider waren schwer. An der Tür drehte Sharon sich noch einmal um. »Von jetzt an werden Sie nicht allein sein«, sagte sie in entschuldigendem Tonfall.

Im Beobachtungsraum schaltete sie die Geräte wieder ein. Das Bild auf dem Videomonitor war wolkig und unscharf.

Max, der trübsinnig auf dem Rücken lag, war in dem infraroten Licht leicht zu erkennen, aber die Uhr über seinem Kopf konnte man nur ablesen, indem man sie mit ihrem Zwilling über dem Polygraphen verglich.

Der Polygraph selbst, ein Apparat, der sehr kompliziert aussah, war etwa einen Meter lang und wie ein Tisch geformt. Reihen von Knöpfen und Schaltern nahmen eine Seite ein, aus einem Schlitz etwa in der Mitte schob sich ein breites Band Endlospapier, und darüber sah man eine Reihe von zwölf horizontal angebrachten Stiften, von denen nur die hinteren sechs in Aktion waren. Das erste Paar, das Elektrookulogramm (EOG), zeichnete Max' Augenbewegungen auf, das mittlere Paar, das Elektroenzephalogramm (EEG), registrierte elektrische Aktivitäten in seinem Hirn, und das dritte Paar, das Elektromyogramm (EMG), gab die Botschaften der Elektroden unter seinem Kinn über Muskelaktivitäten wieder. Das Papier des Polygraphen wurde aus einem großen Kasten unter der Maschine durch den Schlitz eingezogen und glitt über den Tisch und die Tischkante in ein mobiles Metalltablett, wo es sich leise selbst zusammenfaltete. So würde es weitergehen, bis Sharon überzeugt war, daß der Patient tief schlief. Dann würde sie einem Tonbandgerät die Überwachung überlassen und selbst versuchen, etwas zu schlafen. In einer durchschnittlichen Nacht hinterließen die Nadeln ihre zarten, nervösen Markierungen auf drei- bis vierhundert Meter Endlospapier.

Die Muster des menschlichen Schlafs sind mehr oder minder universell. Als Max sich entspannte, aber noch wach war, registrierte das EEG sogenannte Alpha-Wellen, die durch niedrige Spannung und eine hohe Schwingungszahl (acht bis dreizehn Zyklen pro Sekunde) charakterisiert sind; er blinzelte in regelmäßigen Abständen, was das EOG zum Hüpfen brachte. Die Nadeln des EMG kratzten in wilden Zickzacklinien über das Papier, wenn er sich bewegte. Kaum zehn Minuten später verlangsamten sich die Hirnstromwellen; an die Stelle des Blinzelns traten langsame, rollende Bewegungen der Augen, die Ausschläge des EMG wurden flacher, und Max glitt in die erste Schlafphase hinüber. Diese, die Einschlafphase, ist ein nebelhafter Zwischenzustand, der ebenso leicht wieder in den Wachzustand übergehen kann wie in den Schlaf. Der wirkliche Schlaf, die zweite Phase, beginnt entweder mit der ersten einer Folge von Schlafspindeln oder mit einem K-Komplex. Schlafspindeln sind kurze Ausbrüche von schneller EEG-Aktivität; sie erhielten ihren Namen durch die Form, die sie auf der graphischen Aufzeichnung annehmen: gezackt und dicht gebündelt. Auch ein K-Komplex hat eine charakteristische EEG-Signatur: eine scharfe negative Hirnstromwelle von hoher Spannung, gefolgt von einer langsamen, positiven Welle. Die EEG-Wellen werden allmählich größer und langsamer, die Augenbewegungen hören auf, das EMG zeigt kaum noch Ausschläge. Wenn diese großen, langsamen Wellen – die sogenannten Delta-Wellen – auf einer Seite der graphischen Aufzeichnung zwanzig Prozent ausmachen, ist die Person in die dritte Schlafphase eingetreten, und wenn sie mehr als fünfzig Prozent der Seite einnehmen, ist sie in der vierten Schlafphase, der tiefsten von allen. Dies ist die Phase, in der es zu Phänomenen wie Schlafwandeln oder nächtlichen Ängsten – Parasomnia – kommen kann, und sie dauert gewöhnlich mindestens fünfundvierzig Minuten an, oft auch länger.

Einschlafen ist wie Tiefseetauchen; es geht hinab, tiefer und tiefer, in immer tieferen Schlaf, von Phase eins bis Phase vier, während die Hirnstromwellen expandieren, sich verlangsamen und ihre Spannung erhöhen, von Alpha- zu Delta-Wellen. Dann plötzlich, ohne Vorwarnung, schnellt der Schläfer, wie eine Robbe, die Luft holen muß, wieder an die Oberfläche empor; der Blutdruck verändert sich, Herzrhythmus und Atem werden schneller, der Sauerstoffverbrauch des Hirns steigt, seine Neuronen sind so geschäftig wie während des Wachzustands, und das EEG registriert schnelle Hirnstromwellen von niedriger Spannung. Obwohl der Körper immer noch schläft, verhält sich das Hirn fast so, als ob er wach sei.

Es gibt zwei wesentliche Unterschiede zwischen dieser Art von Schlaf und dem Wachzustand. Der erste und merkwürdigste besteht darin, daß die Augen, obwohl der Körper in einer fast totenähnlichen Ruhe daliegt, sich unter den geschlossenen Lidern wild bewegen. Aus diesem Grund wird die Phase Rapid-Eye-Movement- (schnelle Augenbewegungen) oder REM-Phase genannt. Alle Säugetiere, von einigen unverständlichen Ausnahmen wie dem Ameisenbär und dem Schnabeltier abgesehen, durchlaufen im Schlaf regelmäßig REM-Phasen, und für einige Vögel und Reptilien trifft dasselbe zu. Dieses eigenartige physiologische Phänomen, von dem niemand etwas geahnt hatte, wurde in den frühen fünfziger Jahren entdeckt, und das war eine Revolution in der Schlafforschung. Der zweite große Unterschied liegt darin, daß das EMG, wenn der Patient im Wachzustand ist, aussieht wie der Himalaya, aber in der REM-Phase ist es flach wie ein Brett – was zeigt, daß die Skelettmuskeln paralysiert sind und daß Bewegung unmöglich ist. Eine zweite, präzisere Bezeichnung für diesen Zustand ist »paradoxer Schlaf«. Das Hirn ist wach, aber der Körper schläft. Es ist wie bei einem Auto ohne Kupplung; der Motor läuft auf Hochtouren, aber die Räder bewegen sich nicht. Statt auf die Signale des Hirns anzusprechen, statt aufzustehen und aktiv zu werden, träumt der Schläfer.

In einer normalen Nacht treten vier oder fünf REM-Phasen von je zehn bis dreißig Minuten Dauer auf. Die erste REM-Phase ist gewöhnlich kurz – etwa fünfzehn Minuten bei Erwachsenen –, aber wenn die Nacht voranschreitet, werden die Traumphasen länger und häufiger. Ein normaler Schläfer träumt in einer gewöhnlichen Nacht im Durchschnitt eineinhalb oder zwei Stunden lang. Wenn er seine statistische Lebenserwartung von siebzig Jahren auslebt, verbringt er davon insgesamt etwa dreiundzwanzig Jahre im Schlaf und, unabhängig davon, wieviel oder wie wenig er davon erinnert, fünf bis sechs Jahre in lebhaften Träumen.

Das Papier schob sich langsam und stetig durch die Öffnung des Polygraphen. Gegen ein Uhr zehn waren die EEG-Wellen weit und langsam, und Max befand sich in der vierten, der Tiefschlafphase. Sharon beugte sich über die graphische Aufzeichnung, studierte sie lange und sorgfältig, wobei sie die Nadeln überprüfte, und wertete Max' Fortschritte aus, laut, damit ich verstand, was vor sich ging. Hin und wieder vollführten die EEG-Nadeln hektische Zickzackbewegungen, in einer Weise, die mit der friedlich schlafenden Gestalt auf dem Monitor nicht in Zusammenhang zu stehen schien. »Störquellen«, sagte Sharon. »Vielleicht hat jemand irgendwo im Gebäude das Licht eingeschaltet. Es ist nicht physiologisch, glauben Sie mir!«

An diesem Abend hatte ich vom Oberarzt der Station, Dr. Tony Katz, erfahren, daß der Polygraph ein tückisches Instrument ist, berüchtigt dafür, daß seine Aufzeichnungen schwer zu interpretieren sind, und daß Sharon eine der wenigen ist, die ihn präzise ablesen können. Es schien, als bestätigte sie seine hohe Meinung von ihrer Kompetenz.

Während wir auf den Monitor schauten, bewegte Max sich und kam an die Grenze zum Wachsein. Für einen Augenblick spielten die Schreiber, die das EMG aufzeichneten, verrückt. Dann lag er wieder ganz still, aber das EMG zeigte immer noch unruhige Zuckungen. »Muskelkontraktionen«, sagte Sharon.

Zehn Minuten später wurde Max halb wach. Er nahm einen Schluck aus dem Wasserglas, richtete seine Kissen, rollte sich auf den Bauch, glitt in eine Art Halbschlaf hinein und kam wieder an die Oberfläche. Er zog die Bettdecke hoch, schlug sie wieder zurück, warf sich unruhig hin und her. All diese Muskelaktivitäten provozierten die EMG-Nadeln zu einem wahnsinnigen Trommelwirbel. Schließlich legte er sich auf die Seite, ein Bein angezogen, das andere ausgestreckt, und schien zu schlafen.

Sharon holte eine Schaumstoffmatte, Laken, Kissen und Decke und bereitete sich darauf vor, im Beobachtungsraum zu kampieren, wenn und falls Max je zur Ruhe kommen sollte.

Um zwei Uhr fünfzehn schien er friedlich zu schlafen, aber Sharon, die immer wieder auf die Aufzeichnung des Polygraphen schaute, war nicht überzeugt. Aber in welchem Zustand er auch immer war, es schien nicht viel zu passieren; also sagte ich mir, daß es für diese Nacht reichte, und zog mich in das dem Labor gegenüberliegende Schlafzimmer zurück, das man mir zur Verfügung gestellt hatte. Zuvor nahm ich Sharon das Versprechen ab, mich zu wecken, falls er anfinge zu schaukeln. Die Nachtschwester, die im Korridor saß, die Beine auf einen Stuhl gelegt und eine Decke über den Knien, schaute von ihrem dicken Nevil-Shute-Taschenbuch auf und lächelte matt. Ich stieg ins Bett und schlief sofort ein.

Fast unmittelbar darauf klopfte Sharon an die Tür und sagte drängend: »Es geht los!«

Ich schaute auf meine Uhr: zwei Uhr dreißig. Als ich wieder über den Korridor taumelte, winkte die Nachtschwester mir ironisch zu.

Max lag auf der Seite und schaukelte schnell und rhythmisch, hin und her, hin und her. Die Nadeln des Polygraphen kratzten und zitterten. Während ich auf den Videomonitor schaute, brütete Sharon über der Aufzeichnung. »Er schläft«, erklärte sie, aber sie konnte noch nicht sagen, in welcher Schlafphase er sich befand, und würde es auch nicht mit Sicherheit wissen, bevor sie die Graphik am Morgen in allen Einzelheiten studiert hatte. Sie sah auf die Uhr und schrieb rasch eine kurze Notiz an den Rand der Aufzeichnung; dann standen wir beide vor dem Monitor und beobachteten fasziniert, was vor sich ging.

Die Gegenwart eines Schlafenden hat immer etwas Mysteriöses – er ist präsent und abwesend zugleich, scheinbar friedlich, aber in Wahrheit oft in wilde Abenteuer in seltsamen Landschaften verstrickt. Aber hier lag der Fall anders. Max träumte nicht. Soviel zumindest wußten wir durch den Polygraphen. Irgendein archaischer Rhythmus hatte ihn ergriffen, hin und her, eine Strategie, die er vermutlich als Kleinkind entwickelt hatte, um seine Ängste zu beschwichtigen und sich selbst in den Schlaf zu wiegen. »Der Übergang vom Hin- und Herwerfen des Kopfes zum Schaukeln ist als solcher ein Triumph der Anpassung«, erklärte Sharon. Aber diese Anpassungsstrategie hatte im Lauf der Zeit eine Eigendynamik entwickelt und ergriff nun Besitz von ihm, wenn seine bewußten Widerstände außer Kraft gesetzt waren. Verständlich, daß diese Vorgänge ihm angst machten.

Verständlich war auch, daß Sharon bei ihrer Arbeit Unbehagen empfand. Ich hatte selbst das Gefühl, daß ich eigentlich nicht hier sein, beobachten, kommentieren und Notizen machen sollte. Wir waren Zeugen eines gänzlich intimen, privaten Geschehens – so intim und privat, daß sogar Max selbst nichts davon wußte. Es war, als beobachteten wir seinen Doppelgänger, sein geheimes, verborgenes Nacht-Selbst.

Fünf Minuten lang setzte er sein automatisches, rhythmisches Schaukeln fort, hin und her, hin und her. Dann war es vorbei, so plötzlich, wie es begonnen hatte. Er seufzte tief und schlief ruhig weiter. Die heftigen Zickzackbewegungen der Polygraphennadeln flauten ab.

Max lag in tiefem Schlaf, als ich früh um sieben aufstand. Um neun Uhr dreißig schlief er immer noch und sah so aus, als sei er entschlossen, bis Mittag durchzuschlafen. Ich ließ Sharon mit ihm allein.

Am zweiten Abend hatte Sharon vorsorglich darauf geachtet, daß Max sich seine Kissen selbst aussuchen konnte – er bevorzugte weiche Kissen –, aber die vorangegangene Nacht der Akklimatisierung hatte ihre Funktion offenbar erfüllt. Max wirkte ruhig und entspannt. Er war Schwimmen gegangen und hatte einen langen Spaziergang gemacht, sagte er, und er fühlte sich gut. Kurz nach Mitternacht war er bereit, zu Bett zu gehen.

Sharon hatte die Videokamera neu eingestellt; das Bild war klarer und schärfer als in der letzten Nacht. Max lag auf dem Rücken, die Hände sittsam über dem Bauch gefaltet. Die Elektroden unter seinem Kinn sahen aus wie ein ornamentaler Bart. Innerhalb von Minuten war er eingeschlafen, ohne sich noch einmal zu bewegen.

»Es sind die Kissen«, sagte Sharon. »Beruhigend und auch bequem.«

Dasselbe Endlospapier wand sich durch den Polygraphen, aber diesmal waren die vorderen sechs Stifte in Aktion; die Aufzeichnung würde einen Vergleich der Schlafmuster beider Nächte ermöglichen. Die Unterschiede waren frappierend, insbesondere beim EMG, das fast keine Ausschläge zeigte. Die erste Nacht der Eingewöhnung hatte eindeutig etwas bewirkt; Unruhe und Nervosität waren verschwunden; Max schlief ruhig und entspannt und schien sich sehr wohl zu fühlen.

Nach etwa einer Stunde drehte er sich auf die Seite und drückte seinen Kopf gegen das Kissen wie ein Baby, das sich an seine Mutter anschmiegt. Dann fiel er wieder in tiefen Schlaf. Die Nacht war heiß; im Beobachtungsraum waren die Vorhänge zugezogen. Ein kleiner Ventilator brachte etwas Kühlung, aber nicht genug. Wir tranken Tee, Sharon las, ich sah zu, wie das Papier sich langsam durch den Polygraphen wand und die Nadeln geräuschlos arbeiteten. Die einzigen Geräusche waren das Surren des Ventilators und Max' tiefe, langsame Atemzüge, die der Lautsprecher der Anlage übertrug.

Um ein Uhr dreißig erwachte Max, trank einen Schluck Wasser, streckte sich, drehte sich auf den Bauch, dann auf den Rücken und schließlich auf die Seite, wo er zur Ruhe kam, mit einem angezogenen Bein und darunter verschränkten Händen. Sharon kontrollierte die Aufzeichnung des Polygraphen und beobachtete Max dann aufmerksam auf dem Monitor. Ihr Gesichtsausdruck spiegelte mütterliche Besorgnis. Als eine Motte durch das offene Fenster in den Schlafraum hineinflog, sagte sie in beunruhigtem Ton: »Er hat Angst vor Motten.« Aber obwohl das Insekt für uns in dem infraroten Licht sichtbar war, hätte Max es natürlich nicht sehen können, auch wenn er wach gewesen wäre.

»Die Nacht kann sehr furchterregend sein«, sagte Sharon. »Nachts um zwei erscheinen die Dinge größer und bedrohlicher als mitten am hellichten Tag.«

Ich teilte ihr meine Beobachtung mit, daß Max viel ruhiger und friedlicher wirkte als in der Nacht zuvor.

»Ich habe Leute sagen hören, daß das Schlaflabor selbst die Heilung ist«, antwortete Sharon. »Und warum auch nicht? Sie werden beobachtet, alle Vorgänge werden aufgezeichnet. Sie fühlen sich aufgehoben und ernst genommen.«

Gegen zwei Uhr waren wir beide schläfrig. Sharon holte ihre

Matratze herein und rollte sie aus.»Ich glaube nicht, daß noch irgend etwas passiert«, sagte sie.

Aber diesmal war sie im Irrtum. Zehn Minuten später wurde Max halb wach, gähnte gewaltig und fing dann sofort an zu schaukeln. Die Nadeln des Polygraphen zuckten und kratzten wild über das Papier. Max wiegte sich entrückt und in einem stetigen Rhythmus hin und her. Die Bewegungen waren unheimlich, intensiv, rituell und gänzlich privat.

Als ich Sharon ansah, schüttelte sie den Kopf und sagte: »Nach all den Jahren habe ich immer noch das Gefühl, mich in etwas einzumischen, das mich nichts angeht.«

Das Schaukeln dauerte fünf Minuten, die wie eine lange Zeitspanne wirkten. Als es begann, war Max – technisch gesehen – wach. Als es aufhörte, war er bereits wieder tief eingeschlafen. Zehn Minuten später erwachte er erneut, trank etwas Wasser, schneuzte sich laut, gähnte mehrmals und warf sich im Bett herum. Er schien keine bequeme Lage zu finden, und um zwei Uhr achtundzwanzig fing er wieder an zu schaukeln. Den Aufzeichnungen des Polygraphen nach war er diesmal völlig wach, aber der Rhythmus seiner Bewegungen war gleichmäßig, infantil, primitiv. Es dauerte nur eine Minute. Dann seufzte er tief und glitt in die zweite Schlafphase hinüber.

Sharon sah erleichtert aus. »Ich weiß nicht, warum er schaukelt, aber offensichtlich erfüllt es seinen Zweck. Sehen Sie nur, wie friedlich er schläft!«

Am nächsten Morgen war Max um acht Uhr auf den Beinen, guter Dinge und sehr mit sich zufrieden. »Ich habe geschlafen wie ein Säugling«, erklärte er. »Ich fühle mich wunderbar.«

Als Sharon ihm sagte, ja, er habe geschaukelt und es sei alles auf dem Videoband und der graphischen Aufzeichnung, schien er doppelt erfreut.

»Wir werden das Material analysieren und uns bei Ihnen melden«, sagte sie. »In ein paar Wochen sehen wir uns dann zu einem Kontrollinterview.«

Auch Sharon schien erfreut, daß ihr Patient an diesem schönen Sommermorgen in so guter Verfassung war, und zufrieden, daß die Parasomnia sich manifestiert hatte und daß ihr das Material, das sie brauchte, zur Verfügung stand.

Ich bot Max an, ihn im Auto mitzunehmen, und wir fuhren im dichten morgendlichen Berufsverkehr zurück in die Stadt. Er war entspannt und gesprächig, aber er sprach über das Thema, das junge Menschen in diesen harten Zeiten am meisten beschäftigt: über die Schwierigkeit, einen Job zu finden, selbst wenn man die besten Qualifikationen mitbringt. Er erwähnte seine Schlafprobleme mit keinem Wort, und als ich beiläufig fragte, ob er glaube, daß Dr. Katz ihm Psychotherapie empfehlen werde, zuckte er mit den Achseln und sagte leichthin: »Das Schaukeln macht mir nicht wirklich etwas aus. Eigentlich mag ich es sogar. Es ist beruhigend; es bringt mich zum Einschlafen. Es sind die anderen, die etwas dagegen haben.«

»Warum haben Sie dann den Test im Schlaflabor gemacht?«

Ein weiteres lässiges Achselzucken. »Ich wollte es wissen; ich wollte sicher sein. In jedem Fall ist es ein sehr seltener Verhaltenstypus, sagten sie mir. Vielleicht hat es irgendeinen Nutzen für sie, es auf Band zu haben.«

Als ich ihn in der Stadt absetzte, ging er mit schnellem Schritt die Marylebone Road hinunter, voller Entschlossenheit, wie es schien – ein Mann, der erfrischt und erleichtert und, für den Augenblick, von seinen Problemen befreit war. Vielleicht hatte Sharon recht: Das Schlaflabor selbst war die Heilung.

Ich habe nie herausgefunden, was weiter mit Max geschah. Als ich drei Wochen später ins Atkinson Morley's Hospital zurückkehrte, waren seine Unterlagen, wie alle anderen, in einem Aktenordner mit den Vermerk »vertraulich« verschwunden. In der Schlafforschung, ebenso wie in der Psychoanalyse, ist Vertraulichkeit eine Grundbedingung des Vertrages zwischen Arzt und Patient, die nicht verletzt werden darf. Ich erfuhr nur ein Detail, und das hatte mit der Schlafforschung zu tun – nicht mit Max. Parasomnia manifestiert sich gewöhnlich in der vierten Schlafphase. »Schlafwandler gehen vom Tiefschlaf in den Wachzustand über, ohne sich dessen auf der kognitiven Ebene bewußt zu sein«, sagte Sharon. »Sie werden durch einen inneren Vorgang geweckt.« Max schaukelte jedoch, wenn er wach war, und er schaukelte auch in der ersten und zweiten Schlafphase. Er schaukelte sogar in der REM-Phase, was theoretisch unmöglich ist, weil die Skelettmuskeln im REM-Schlaf paralysiert sind. Aber in der dritten oder vierten Schlafphase trat das Schaukeln bei ihm nie auf. »Vom wissenschaftlichen Standpunkt aus ist das sehr interessant«, sagte Sharon.

Ich war wieder ins Schlaflabor zurückgekehrt, weil ich herausfinden wollte, wie es mir erginge, wenn mein Schlaf überwacht würde. Schlaf ist die intimste, privateste aller Erfahrungen, selbst wenn man mit einem anderen Menschen im Bett liegt. Im Traum sieht man vielleicht viele Menschen und Orte und erlebt verrückte Ereignisse, aber niemand außer einem selbst nimmt daran teil – zumindest während man träumt. Und die Aktivitäten im Schlaf – das Herumwälzen und Schnarchen, die halbwachen Zustände, das Murmeln von Wörtern oder Halbsätzen – finden alle statt, ohne daß man das mindeste davon bemerkt. Im Prinzip erscheint es also höchst unnatürlich, wenn eine Person oder eine Maschine diesen Prozeß, der für einen selbst ein undurchdringli-

ches Mysterium ist, beobachtet, aufzeichnet und analysiert.
Aber das Wissen, daß diese Invasion in den privatesten Bereich Sharon nach jahrelanger Arbeitserfahrung immer noch peinlich war, machte es leichter.

Ich saß in dem abgenutzten Polstersessel, während sie die Elektroden befestigte, wobei sie mit den beiden unter dem Kinn begann. Zuerst rieb sie die Haut mit Alkohol ab, um den Kontakt zu verbessern, wie sie sagte. Die Lösung fühlte sich an wie ein scharfes Aftershave. Dann wurden die anderen Elektroden angesetzt, über und unter den Augen, in der Mitte der Stirn und hinter den Ohren. Sie fühlten sich ganz leicht an und waren durchaus nicht unbequem. Dann gab es eine kleine Pause; Äthergeruch breitete sich im Raum aus. Sharon teilte das wenige auf meinem Hinterkopf verbliebene Haar mit einem Kamm und drückte erst die eine, dann die andere Elektrode mit einem Finger sanft gegen die Kopfhaut. Die klebergetränkten Gazestreifen fühlten sich zuerst eiskalt an und dann, als sie trockneten, hart wie Holz. Sie schienen zusammen mit der Elektrode auf meiner Stirn einen Ring zu bilden, wie ein Hut, der eine Nummer zu klein ist, aber nach wenigen Minuten ließ das Gefühl der Beengung nach, und die Elektroden störten mich nicht mehr.

Sharon wand die rosa Kabel zu einem ordentlichen Strang zusammen und gab ihn mir in die Hand. Während wir zum Schlafraum hinübergingen, fragte sie mich fürsorglich, ob ich mich wohl fühle, ob ich noch etwas brauche, ob sie irgend etwas vergessen habe. Während sie die Geräte überprüfte, die Kissen aufschüttelte und das Glas an einem Waschbecken in dem mit Gerümpel vollgestellten Vorraum mit Wasser füllte, schaute ich aus dem übergroßen Fenster auf die verstreuten Lichter der Schlafstädte im Süden. Ich sah Autos auf der Umgehungsstraße A3 entlangfahren und die hellerleuchteten Fenster eines Zuges kurz zwischen zwei massigen Schatten aufblitzen. Aber in der unmittelbaren Umgebung des Krankenhauses war nur tiefschwarze Nacht. Eine sanfte Brise wehte durchs Fenster hinein und bewegte die Vorhänge.

Ich stieg vorsichtig ins Bett und bemühte mich, die Kabel nicht durcheinanderzubringen, während Sharon sie in das Paneel hinter dem Bett einstöpselte. Sie ging nach nebenan, um die Apparate zu testen, kam zurück, nahm eine der Elektroden unter meinem Kinn wieder ab, gab noch einmal Gel darauf, klebte sie wieder fest und überprüfte sie an einer rotgrünen Skala auf dem Paneel. »Wir haben ein Problem mit Kontakt und Widerstand«, sagte sie. Ich drehte mich um und sah ihr zu. Wie sehr sie sich auch mit dem Kontakt abmühte – die Nadel auf der kleinen Skala wollte sich einfach nicht vom roten Feld in das grüne hineinbewegen.

»Ich glaube, es ist die Skala, die nicht funktioniert«, sagte sie schließlich. »Der Polygraph wird es schon richtig aufzeichnen.«

Ich fragte, was mit den Elektroden geschehen würde, wenn ich mich herumrollte oder im Schlaf auf die andere Seite drehte. »Gar nichts«, sagte sie. »In ein paar Minuten werden Sie nicht mehr spüren, daß sie überhaupt da sind.«

Und sie hatte recht. Mit Elektroden am Kopf schlafen zu gehen und zu wissen, daß sie, während man schläft, Vorgänge registrieren werden, von denen man selbst nichts weiß – physiologische Vorgänge innerhalb des Gehirns, Muskelaktivitäten, Augenbewegungen –, erscheint wie eine hundertprozentig sichere Methode, sich eine schlaflose Nacht zu bereiten. Der elektronische Kopfputz fühlte sich anfangs tatsächlich unbehaglich an. Wenn ich mich bewegte, verhedderte ich mich in den Kabeln; sie brachten mich dazu, mit steifem Nacken dazuliegen, wie eine Figur auf einem mittelalterlichen Sarkophag. Aber Technologie ist für uns mittlerweile

etwas Selbstverständliches; sich selbst auf einem Fernseh-
schirm zu sehen, die eigene Stimme von einem Tonbandgerät
zurückgespielt zu hören, die Daten des eigenen Lebens auf
einem Computerausdruck zu lesen sind Bestandteile des natürlichen Entwicklungsprozesses geworden. Innerhalb von
Minuten hatte ich die Elektroden völlig vergessen. Trotzdem
war ich froh, daß ich mich nur einer Routineaufzeichnung
unterzog, von der Art, wie man sie bei Menschen macht, die
unter Schlaflosigkeit leiden – anders als bei Fällen von Parasomnia –, denn das bedeutete, daß die Videokamera und
das Mikrophon nicht eingeschaltet wurden. Niemand würde
mich wirklich beobachten, wenn ich schlief; niemand würde
mich schnarchen hören.

Sharon sagte gute Nacht und machte das Licht aus. Die Vorhänge waren offen, wie ich es gewünscht hatte, und ein
schwacher natrium-orangefarbener Lichtschein, der vom
Fenster herkam, betonte die seltsamen Proportionen des
Zimmers: lang und schmal und absurd hoch. Die Tapeten
gingen bis zu einer Höhe, die an sich schon beträchtlich war
– zwei Meter siebzig oder zwei Meter achtzig –, aber darüber
ragte der untapezierte, gestrichene Teil der Wände noch weitere ein Meter achtzig hoch auf. Der Raum war merkwürdig
mißgestaltet, in einer Art, der man häufiger in Träumen begegnet als im Wachzustand.

Ich lag da und betrachtete die Schatten und die Streifen
orangefarbenen Lichts an der fernen Zimmerdecke. Ich hörte das Summen des Autoverkehrs auf der Umgehungsstraße
und das schwache, aber durchdringende mechanische Wim-
mern eines Generators aus irgendeinem anderen Flügel des
Gebäudes. Ich stellte mir vor, wie die Nadeln des Polygraphen im Nachbarzimmer vor sich hin kratzten und dachte
mit vagem schlechtem Gewissen daran, daß auch ich eigentlich alles aufschreiben sollte.

Das nächste, was ich wahrnahm, war, daß helles Morgenlicht das Zimmer erfüllte. Ich drehte mich um und schaute auf meine Uhr; es war sechs Uhr morgens. Ich konnte mich nicht an Träume erinnern, das Wasserglas neben dem Bett war unberührt, die Elektroden an meinem Kopf waren alle noch an ihrem Platz. Ich war dankbar für den tiefen, erfrischenden Schlaf, aber ich hatte auch das Gefühl, daß mir das Wesentliche meines Hierseins entgangen war.

Sharon hatte mir gesagt, daß sie immer um sieben Uhr früh aufwachte, unabhängig davon, wann sie zu Bett ging, und ich sah keinen Grund, sie zu stören. Ich drehte mich vom Fenster weg, und als ich das nächste Mal erwachte, war es sieben. Sharon, die frisch und gut gelaunt aussah, kam herein, als ich klingelte, und entfernte die Elektroden sorgfältig von meinem Kopf. Als ich ihr sagte, daß ich herrlich geschlafen hätte, schien sie erleichtert und erfreut zu sein.

Der Tag war warm und sonnig, und ich ging zum Fenster, um die frische Morgenluft zu schnuppern. Das Schlafzimmer lag auf der Rückseite des Gebäudes. Dahinter war ein kleines Feld mit einem Zelt und einem roten Windsack. (Atkinson Morley's ist das regionale Hauptquartier für neurochirurgische Verletzungen, und das Feld ist der Landeplatz für Rettungshubschrauber.) Während ich am Fenster stand, landete ein Falke in einem der Bäume, die das Feld umgaben, und ließ sich nieder, um sein Frühstück zu verzehren. Weiter entfernt sah ich einen Gasometer, ein kurzes Stück der Umgehungsstraße, verstreute Häuser und Bäume und dann die sanften Hügel von Surrey.

Ich duschte, zog mich an und ging dann zu Sharon in den Beobachtungsraum hinüber, wo wir Kaffee tranken und Cornflakes aßen. Sie sagte, es würde mindestens einen Monat dauern, bis der Computer die Aufzeichnungen des Polygraphen analysiert und ein graphisches Bild meiner

Schlafmuster erstellt hätte. Sie zog einen Stapel gefalteten Endlospapiers aus dem Metalltablett am Fuß des Geräts hervor und breitete es aus. Die Gipfel und Täler und das nervöse Gekritzel schienen mit meinem tiefen, traumlosen Schlaf nichts zu tun zu haben, aber sie studierte sie sorgfältig und schien zufrieden zu sein.

»Schauen Sie, hier!« Sie zeigte auf eine Sequenz von Kurven auf dem EOG, die wie die Wellen aussahen, von denen ein Surfer träumt. »Das ist eine wirklich klassische rollende Augenbewegung.« An der Art, wie sie das sagte, erkannte ich, daß sie mir ein Kompliment machte. Warum auch nicht? dachte ich. Ich habe alles getan, was ein Bilderbuchpatient tun sollte. Ich habe geschlafen wie ein Baby.

Aber nicht dem Computer zufolge, der schließlich einen Ausdruck, eine statistische Analyse der verschiedenen Phasen meines Schlafs und eine farbige Graphik produzierte. Ich hatte das Gefühl gehabt, lange und tief geschlafen zu haben, aber mein Schlaf hatte in Wahrheit kaum mehr als sechseinhalb Stunden angedauert, und in diesem Zeitraum war ich dreiundzwanzigmal erwacht und wieder in den Schlaf zurückgesunken, bevor ich endgültig aufwachte. Die meisten dieser wachen Momente waren so kurz, daß sie auf der horizontalen Zeitskala der Graphik kaum registriert waren, aber ein Intervall hatte volle zehn Minuten angedauert, und die Gesamtsumme für die Nacht belief sich auf dreiundvierzig Minuten. Und doch konnte ich mich nur an das eine Mal erinnern, als ich um sechs Uhr aufgewacht war und mich umgedreht hatte, um auf die Uhr zu schauen. Ich dachte, daß ich danach sofort wieder eingeschlafen wäre, aber der Aufzeichnung des Polygraphen zufolge war ich volle fünf Minuten lang wach gewesen. Ich war mehrfach für kurze Momente aus der vierten Schlafphase erwacht und fünfmal aus der REM-Phase; alle anderen Intervalle von Wachheit hatten

sich in der zweiten Schlafphase ereignet. Die zweite Schlafphase gilt nicht als wirklich tiefer, aber immerhin doch als
echter Schlaf, anders als die Einschlafphase; also lag es vielleicht daran, daß ich über diese Episoden von Wachheit
nichts mehr wußte.

Ich erinnerte mich auch überhaupt nicht an Träume, obwohl
ich die fünf Standard-REM-Phasen durchlaufen hatte – zwei
davon durch kurzes Erwachen und Wiedereintauchen in die
zweite Schlafphase unterbrochen. Unmittelbar bevor ich um
sechs Uhr erwachte, hatte ich zehn Minuten lang geträumt,
und eine gute Stunde später erwachte ich aus einem weiteren
fragmentarischen Traum. Aber keiner der Träume hatte eine
Spur hinterlassen.

Mit anderen Worten: Die wissenschaftlich gemessene Realität meines Schlafs in dieser Nacht stimmte mit meiner subjektiven Erfahrung nicht im mindesten überein. Ich war mit
dem Eindruck erwacht, eine lange Nacht in tiefem, traumlo-
sem Schlaf und ungestörter Ruhe verbracht zu haben. In
Wahrheit waren von meinem ersten Eindösen bis zu meinem
endgültigen Erwachen nur sechs Stunden und zweiunddreißig Minuten vergangen, und während dieser Zeitspanne
hatte ich nur fünf Stunden und neunundvierzig Minuten
wirklich geschlafen, inklusive fünfundsechzig Minuten
REM-Phase. Dem Computer zufolge lag meine »Schlafeffizienz« danach bei neunundachtzig Prozent.

Statistisch gesehen entsprach das etwa dem Richtwert für
meine Altersgruppe, deren Schlafeffizienz im Durchschnitt
bei neunzig Prozent liegt. Ich war länger wach als der
Durchschnitt (elf Prozent der Zeit statt acht Prozent), verbrachte weniger als die durchschnittliche Zeitspanne in der
ersten Schlafphase (zwei Prozent statt zehn), etwa die
Durchschnittszeit in der zweiten Schlafphase (sechsund-
fünfzig Prozent), weitaus länger als die meisten in den Tief-

schlafphasen drei und vier (fünfzehn Prozent statt drei), und lag mit meinen REM-Phasen etwas unter dem Durchschnitt (siebzehn Prozent anstelle von dreiundzwanzig). Es gab nur eine einzige kurze Episode »Bewegungszeit« und acht winzige Intervalle von »schwacher Erregung«, die kaum mehr sind als ein Muskelzucken. (Technisch wird »schwache Erregung« als ein Ausbruch muskulärer Aktivität definiert, der mindestens zwanzig Prozent einer »Epoche« oder Seite auf der Polygraphenaufzeichnung einnimmt; bei fünfzig Prozent oder mehr spricht man von »Bewegungszeit«.) Zusammengenommen machten sie weniger als eine Minute aus. (Jede Seite entspricht einer Drittelminute.) Das bedeutete, daß der Computer die Bewegungszeit und ihren prozentualen Anteil an der Gesamtzeit als null einstufte. So war zumindest mein Eindruck, ruhig geschlafen zu haben, gerechtfertigt.

Selbst wenn ich mich nicht unruhig hin- und hergeworfen hatte, so hatte ich doch andererseits auch nicht viel geschlafen. Ich war entsetzt darüber, daß ich so oft wach gewesen war, und äußerte Sharon gegenüber die Vermutung, daß die Aufzeichnung eines Menschen, der unter Schlaflosigkeit leidet, sich wohl nicht grundlegend von der meinen unterscheiden würde. Falsch, sagte sie. Es war nur eine Frage des Alters. Wenn man älter wird, braucht man weniger Schlaf; man ist zunehmend häufiger wach, verbringt mehr Zeit in leichtem Schlaf und weniger Zeit im Tiefschlaf und in REM-Phasen. Aber so hatte es sich nicht angefühlt, und ich habe in meinem Leben genügend unruhige Nächte verbracht, um den Unterschied zu kennen.

Als ich jung war, schlief ich schlecht, wachte oft auf und war über meine Träume beunruhigt. Dann, als ich um die dreißig war und mein Lebensgebäude in Trümmer zu fallen schien, hatte ich eine kurze Phase, in der ich keine Nacht mehr als drei oder vier Stunden schlief. Aber das ist ein klassisches Symptom der Depression, und dreißig Jahre später war ich nicht mehr depressiv. Oder vielmehr: nicht mehr klinisch depressiv. Als ich älter wurde, glaubte ich festzustellen, daß ich besser schlief, tiefer und jede Nacht mit einem größeren Gefühl der Dankbarkeit. Als ich das Alter von Mitte Fünfzig erreichte, konnte ich es abends kaum erwarten, endlich zu Bett zu gehen, und fand es am nächsten Morgen oft schwierig, einen guten Grund zu finden, warum ich aufstehen sollte. Vielleicht war auch das ein depressives Symptom. Wenn das zutrifft, handelte es sich jedenfalls um eine andere Art von Depression als die frühere, eine, mit der ich wesentlich besser leben konnte. Jetzt, mit über sechzig, stelle ich fest, daß sich das, was vielleicht früher einmal ein Symptom war, in eine Gewohnheit verwandelt hat, und ich habe es aufgegeben, meine Vorliebe für den Schlaf mit Vorwänden zu entschuldigen. Tatsache ist, daß ich schlafsüchtig bin, in derselben Weise, wie ich kaffeesüchtig bin, und ich nehme mit, was ich kriegen kann: Acht Stunden sind in Ordnung, sieben bei weitem nicht genug. Ich schlafe schnell ein und kann mich gewöhnlich an nichts erinnern – nicht einmal an meine Träume –, wenn morgens der Wecker klingelt. Natürlich wache ich nicht wie neugeboren auf. Von einem gewissen Alter an, so heißt es, weiß man, wenn man ohne jedes Ziepen und Reißen aufwacht, daß man tot ist. Aber zumindest fühle ich mich nicht betrogen. Genau das fühlte ich aber, als ich durch den Computerausdruck erfuhr, daß meine erholsame, lange Nachtruhe tatsächlich eineinhalb Stunden kürzer gewesen war als gewöhnlich und daß ich elf Prozent der Zeit, verblüffende dreiundvierzig Minuten lang, wach gewesen war.

Meine erste Reaktion war ungläubiger Zweifel. Ich hatte den Eindruck, gut geschlafen zu haben; der Computer sagte, daß dem nicht so war. Einer von uns mußte sich irren. Oder vielleicht bezogen wir – der Computer und ich – uns mit unseren durchaus korrekten Beobachtungen auf zwei unterschiedliche Phänomene, und das Problem mit der Schlafforschung war dasselbe wie das Problem mit den meisten literarischen Biographien: Unabhängig davon, wie korrekt die Fakten und gewissenhaft die Methoden sind – alle Überlebenden interviewt, alle Quellen doppelt geprüft, Fußnoten von atemberaubender Länge –, die Ergebnisse sind immer merkwürdig verdreht. All das, was die Arbeit des Schriftstellers zu seiner unverwechselbar eigenen macht, fehlt: der permanent wechselnde Austausch zwischen ihm und den anderen Menschen in seinem Leben, verbunden mit dem spezifischen Zeitklima und Duktus eines bestimmten Ortes zu einer bestimmten Zeit – Paris in den zwanziger Jahren, London in den Sechzigern. Mit anderen Worten: Was fehlt, ist, wie es sich anfühlte, diese Person in dieser Welt zu sein; bei allem guten Willen und aller Korrektheit bei den Recherchen sind die Feinheiten und die Untertöne für jemanden, der nicht dort war und den notwendigen Imaginationssprung nicht vollziehen kann, einfach nicht greifbar.

Dasselbe galt auch für das Schlaflabor: Bei einem Phänomen, das so subjektiv ist wie der Schlaf, konnten die Aufzeichnungen des Polygraphen und die computergenerierten Informationen nur eine Teilwahrheit wiedergeben, und Imaginationssprünge waren von elektronischen Aufzeichnungen, Computerausdrucken und statistischen Analysen schwerlich zu erwarten.

Mein Gefühl eines tiefen, erholsamen Schlafs beruhte dennoch nicht auf Einbildung. Wie Sharon erklärte, ist Schlaf unter anderem deshalb erholsam, weil während der Schlafphasen, in denen die Hirnstromwellen groß und langsam sind, massive Dosen anabolischer Hormone ausgeschüttet werden, die Gewebesynthese und Regeneration unterstützen

– und als ich erwachte, hatte ich mich wiederhergestellt gefühlt. Als ich Sharon erzählte, daß ich mich wahrscheinlich
lausig gefühlt hätte, wenn ich gewußt hätte, daß ich so wenig
Schlaf bekommen hatte, sagte sie: »Wir sind nachts alle öfter
wach, als wir glauben.«
Diese Antwort machte die Vorgänge noch mysteriöser, statt
das Rätsel zu lösen. Schließlich sind es seltsame Wachzustände, die auftreten können, ohne daß man sich ihrer bewußt ist. Sharon und ich schienen dieselben alltäglichen
Wörter in völlig unterschiedlicher Bedeutung zu benutzen.
Also sah ich in der *Enzyklopädie des Schlafs und der Schlafstörungen* unter »Wachzustand« nach:

*Ein Zustand des Gehirns, der beim gesunden Menschen in
der Abwesenheit von Schlaf auftritt. Charakteristisch für den
Wachzustand sind EEG-Wellenmuster, die vom Alpha-Rhyth-
mus dominiert sind, oder elektrokortikale Aktivität zwischen
8 Hz und dreizehn Hz. Diese Alpha-Aktivität ist am stärksten
ausgeprägt, wenn die Augen geschlossen sind und die Person
entspannt ist. (...)*
*Neben der charakteristischen Alpha-Aktivität gibt es im
Wachzustand auch Beta-Rhythmen, die insbesondere bei ge-
steigerter Aufmerksamkeit, motorischer Aktivität und als Reaktion auf Umwelt-Stimuli auftreten. Beim Wachzustand
wird oft zwischen ruhiger Wachheit, in der ein Individuum in
entspanntem Zustand ruht, und aktiver Wachheit, in der die
Person lebhafter reagiert und vielleicht spricht oder moto-
risch aktiv ist, unterschieden.*

Nun wußte ich es also. In Sharons Begriffen waren die meisten meiner wachen Intervalle, die der Polygraph aufgezeichnet hatte, auf der subjektiven Ebene nicht real; das Wachsein
war hier vielmehr in einem rein technischen Sinn zu verste-

hen, als bloßer Wechsel der Hirnstromrhythmen, als neuro-
logisches Phänomen von so kurzer Dauer, daß es auf der
Computergraphik nur als doppelte vertikale Linie erschien.
Für den Laien ist die Art von Erwachen, die die Nadeln des
Polygraphen zum Rütteln bringt, genauso »paradox«, wie es
der REM-Schlaf war, als er zuerst entdeckt wurde.

Diese Tatsache als solche war allerdings keine Überra-
schung. Es ist einer der Gemeinplätze der Schlafforschung,
daß Leute, die unter Schlaflosigkeit leiden, nach einem Test
im Schlaflabor schwören, die ganze Nacht kein Auge zugetan
zu haben, obwohl der Polygraph eine nahezu normale Nachtruhe registriert. Es stimmt auch, daß das Gehirn im Schlaf
fast so aktiv bleibt wie im Wachzustand. Zu Beginn dieses
Jahrhunderts nahmen Physiologen wie Sherrington und
Pawlow an, der Schlaf habe für das Gehirn eine ähnliche
Funktion wie für den Körper, nämlich die des Ausruhens
und der Regeneration. Das hat sich mittlerweile als Irrtum
erwiesen. In seiner brillanten Studie *The Dreaming Brain*
schreibt Professor J. Allan Hobson:

*Als man Mikroelektroden in den zerebralen Kortex einsetzte,
(...) beobachteten Forscher, daß während des Schlafs ebenso
viele Neuronen in Erregung versetzt wie inaktiv wurden und
daß nahezu alle Hirnzellen während der REM-Phase in
spektakulärer Weise aktiv waren. Zweifellos kann eine allgemeine Theorie der neuralen Ruhe während des Schlafs nur
teilweise korrekt sein und wird auch besonders kontrovers
diskutiert.*[1]

Mit anderen Worten: Der Schlaf als solcher ist ein paradoxes
Phänomen, ein Zustand, in dem die Regeln des Wachseins
– unsere Vorstellungen von Wachheit inbegriffen – keine
Gültigkeit haben. Erwachen, Träumen und all die anderen

Hirnaktivitäten, die stattfinden, während wir schlafen, hinterlassen allenfalls eine flüchtige Spur im Gedächtnis – eine Spur, die gewöhnlich verschwindet, wenn man das Erlebte nicht sofort niederschreibt.[2] Die mentalen Prozesse setzen sich ungebrochen fort, in Reinkultur, ohne jede Verbindung zu den Sinnesorganen. Oft sind sie stark emotional eingefärbt, aber auch das geschieht in Reinkultur; der Zusammenhang mit den eigenen Erfahrungen im Wachzustand wird erst später hergestellt, wenn man darüber nachdenkt – wenn man bewußt versucht, die Spuren zu entschlüsseln.

Und eben dies ist der Bereich, der bis jetzt noch nicht im Labor erforscht werden kann. Die Schlafforschung ist ein verhältnismäßig neues wissenschaftliches Feld; sie ist von einer komplexen Technologie abhängig, die erst in jüngster Zeit entwickelt wurde und noch in der Entwicklung begriffen ist. Hirnforscher verfügen inzwischen über hochdifferenzierte Techniken, mit deren Hilfe sie die Prozesse, die sich im wachen und im schlafenden Gehirn abspielen, registrieren können, aber es gibt nach wie vor keine präzisen Methoden, um subjektive Erfahrungen zu messen. Und solange es die nicht gibt, werden Wissenschaftler und Laien Schwierigkeiten haben, einander zu verstehen. »Wer von seinem unruhigen Schlaf nichts weiß«, schrieb Francis Bacon, »der schläft gut.« Wir Laien definieren den Wachzustand im Sinn des Bewußtseins – der wachen Wahrnehmung der Tatsache, daß wir wach sind. Sharon und ihre Kollegen definieren den Wachzustand als etwas völlig anderes.

Aus meinen Erfahrungen im Schlaflabor schloß ich, daß dieses andere etwas Hochtechnologisches ist, etwas in Mikrovolt Gemessenes, das sich auf Polygraphenpapier und Computerausdrucken manifestiert. Aber als ich Sharon fragte: »Sie meinen, daß der Schlaf etwas völlig anderes ist, als wir uns vorstellen?«, sagte sie nur: »Es ist alles sehr subjektiv.«

4 *Träumen*

Ich träumte, ich hätte L. E. verführt, und glauben Sie mir, es kostete einige Mühe, und die sprunghafte Lüsternheit des schlafenden Bewußtseins ist mir unbegreiflich.

John Cheever, Journals

Der Geist, jedermanns Geist, ist ewig rastlos, ist eine kontinuierliche Unruhe, wie das Licht, sogar im Schlaf, wenn das Licht innen ist und nicht außerhalb des Schädels.

Harold Brodkey, Dying: An Update

Der Schlaf der Vernunft gebiert Monstren.

Francisco de Goya

Die Physiologie

»Ich habe lediglich ein nacktes Funktionswissen vom menschlichen Gehirn, aber es reicht aus, um mich stolz darauf zu machen, Amerikanerin zu sein. Ihr Gehirn hat eine Billion Neuronen, und jedes Neuron hat zehntausend kleine Dendriten. Das System der Interkommunikation ist ehrfurchteinflößend. Es ist wie eine Galaxis, die Sie in der Hand halten können, nur noch komplexer, mysteriöser.«
»Warum macht Sie das stolz darauf, Amerikanerin zu sein?«
»Das kindliche Gehirn entwickelt sich in Reaktion auf Stimuli. Wir sind immer noch die führende Nation für Stimuli in der Welt.«

Don DeLillo, White Noise

1. Die Entdeckung des REM-Schlafs
»Es ist alles sehr subjektiv« ist eine Variation der philosophischen Weisheit, die zuerst von Heraklit formuliert wurde: »Die Erwachten haben eine und eine gemeinsame Welt; bei den Schlafenden aber wendet sich jeder seiner eigenen zu.« In den nächsten zweieinhalbtausend Jahren blieb die Auffassung der Menschheit von der Welt des Schlafes bei Heraklit stehen: Der Schlaf war der Zwillingsbruder des Todes, ein undurchdringliches Mysterium, dem man sich nur durch die Traumdeutung annähern konnte, und das Deuten von Träumen war immer, zumindest seit den Anfängen der Literatur, ein Thema von allgemeinem Interesse. (Das erste bedeutende literarische Werk, das uns überliefert ist, das im dritten Jahrtausend v. Chr. auf assyrisch verfaßte Gilgamesch-Epos, ist von symbolträchtigen Träumen durchsetzt,

die die Handlung vorantreiben.) Die wissenschaftliche Er-
kundung dieser privaten Innenwelt – die Hirnforschung und
die Schlafforschung – setzte erst in der zweiten Hälfte dieses
Jahrhunderts ein.

Als 1953 der REM-Schlaf entdeckt wurde, war das ein Wendepunkt von ähnlicher Bedeutung wie die Entdeckung der
DNA, die sich in demselben Jahr ereignete. Die schnellen
Augenbewegungen hatte es natürlich immer gegeben, für jeden sichtbar, der je einen schlafenden Hund beobachtet hat,
mit rollenden Augen und zuckenden Pfoten, so als jagte er
im Traum ein Kaninchen. In Lucretius' *De Rerum Natura*,
dem ersten großen, populären wissenschaftlichen Werk der
abendländischen Geschichte, wird sogar nebenbei auf das
Phänomen der schnellen Augenbewegungen im Schlaf ver-
wiesen. Aber Beobachtung ist immer theoriebestimmt, wie
die Wissenschaftler sagen – man sieht nur das, wonach man
sucht –, und niemand hatte sich je auf das Phänomen konzentriert oder darüber nachgedacht, was es bedeutete.

Den Durchbruch verdankt die Wissenschaft Eugene Aserinski, einem ewigen Studenten und notorischen Aussteiger;
er war ohne Abschluß vom College abgegangen, diente in der
Armee, brach ein Zahnmedizinstudium und eine Sozialar-
beiterausbildung ab und gelangte schließlich an die Universität von Chicago, wo er, seinen eigenen Worten nach, von
Nathaniel Kleitman, einem der Begründer der Schlafforschung, aufgenommen wurde »wie eine streunende Katze«.

Aserinski hatte bemerkt, daß sich die Augen im Schlaf unter
den geschlossenen Lidern bewegten, und wollte die Physiologie dieses merkwürdigen Phänomens erforschen, das
heißt, er war in erster Linie daran interessiert, *wie* und nicht
warum sich das, was später als REM bezeichnet werden sollte, eigentlich abspielte. Niemand sonst interessierte sich für
diese Merkwürdigkeit; um sie zu studieren, grub Aserinski

aus dem Keller der Universität einen ausrangierten Elektroenzephalographen aus und plazierte Elektroden um ein
Auge seines achtjährigen Sohnes, während das Kind schlief.
Aber das alte Gerät brach immer wieder zusammen, obwohl
Aserinski ständig damit beschäftigt war, es zu reparieren,
und als es endlich zu funktionieren schien und die langen
Wellen der rollenden Augenbewegungen des Jungen registrierte, spielten die Nadeln von Zeit zu Zeit verrückt und
warfen wild gezackte Markierungen auf das Papier, die den
graphischen Mustern des wachen Gehirns glichen. Aserinski nahm natürlich an, daß die Maschine Funktionsstörun-
gen hatte, und um sicherzugehen, schloß er das andere Auge
seines Sohnes an einen zweiten Elektroenzephalographen
an, den er gleichzeitig mit dem ersten in Betrieb setzte. Als
er immer noch dieselben unwahrscheinlichen Ergebnisse
erhielt, wurde ihm klar, daß er möglicherweise eine wichtige
Entdeckung gemacht hatte.

Die nächste Frage, die sich zwangsläufig ergab, war knifflig:
Was ging im schlafenden Gehirn seines Sohnes vor; was
brachte die Nadeln dazu, verrückt zu spielen? Aber diese
Frage zu stellen beinhaltete einen Schritt von der physiologischen Veränderung zum mentalen Ereignis, und Aserinski
vollzog diesen Schritt widerstrebend, weil die möglichen
Antworten allen zu jener Zeit anerkannten Thesen über die
regenerierende Funktion des Schlafs widersprachen. Fünf
Jahre nach der Veröffentlichung ihres ersten wissenschaftlichen Artikels über das Phänomen hatten Aserinski und
Kleitman gemeinsam mit einem anderen bekannten Schlaf-
forscher, William C. Dement, jedoch zweifelsfrei nachgewiesen, daß zwischen REM-Phasen und Träumen ein Zusammenhang bestand. Sie wiederholten Aserinskis Experiment
343mal unter sorgfältig kontrollierten Laborbedingungen
und stellten folgendes fest: Wenn Schlafende geweckt wur-

den, während der Polysomnograph schnelle Augenbewegungen registrierte, berichteten zwischen achtzig und fünfundneunzig Prozent über lebhafte Träume, im Vergleich zu nur
6,9 Prozent unter jenen, die man aus dem Nicht-REM-Schlaf
aufweckte.

Die Entdeckung sagte weniger über das Träumen aus als
über den Schlaf und das Verhalten des schlafenden Gehirns.
Sie machte der Vorstellung, die zuvor wie eine selbstverständliche Wahrheit erschienen war – daß nämlich das Gehirn im Schlaf ebenso ruht wie der Körper –, ein für allemal
ein Ende. Vor der Entdeckung der REM-Phasen glaubten
Physiologen, das Bewußtsein sei – um das schöne Bild zu
gebrauchen, das Charles Sherrington dafür fand – wie ein
Webstuhl, in dem die Weberschiffchen hin- und herschie
ßen, strahlend erhellt von den blinkenden Lichtern der neuronalen Aktivität – Lichtern, die während des Schlafens
allmählich erlöschen, bis die labyrinthische Zentrale des gesamten schlafenden Systems zum größten Teil im Dunkeln
liegt. Dann und wann blitzen an manchen Stellen noch vereinzelt Lichter auf, aber bald ist alles still.[1] Das war, wie es
schien, die vollkommene Metapher für die Ruhe des Körpers
und die Stille des Geistes, aber nun war der wissenschaftliche Nachweis erbracht, der Sherringtons Auffassung widerlegte; vier- oder fünfmal jede Nacht gehen alle Lichter für
relativ lange Zeitspannen wieder an, und das Gehirn ist genauso aktiv wie im Wachzustand. Aber statt zu erwachen,
träumt der Schläfer.

Ebenso wie wir in Lucretius' *De Rerum Natura* bereits eine
Notiz über die schnellen Augenbewegungen im Schlaf vorfinden, wurde auch die Vorstellung, daß der Geist seine Tätigkeit in allen Stadien des Schlafes kontinuierlich fortsetzt,
schon lange vor der Existenz der Hirnforschung formuliert,
und zwar von Diderot in seiner *Encyclopédie*.

Francisco de Goya, Die gewaltsam Behexte, 1797–1798

»Träume beschäftigen uns während der Nacht, erklärte Diderot, und wenn uns ein Traum erscheint, verlassen wir den Zustand der totalen Lethargie, in die der tiefe Schlaf uns gestürzt hatte, und nehmen Bilder und Ereignisse wahr, die mehr oder weniger klar definiert sind, je nach der Intensität des Traums. Das jedenfalls – so Diderot – sei die allgemeine Vorstellung vom Träumen. Es könne aber nur dann mit Fug und Recht gesagt werden, daß wir träumen, fährt der Gelehrte fort, wenn wir uns dieser Bilder bewußt werden, wenn diese Bilder sich in unser Gedächtnis einprägen und wir den Traum schildern können oder zumindest sagen können, daß wir geträumt haben. Im strikten Sinn träumen wir aber die ganze Zeit; das heißt, sobald der Schlaf von unserem Geist Besitz ergriffen hat, ist das Bewußtsein einer ununterbrochenen Serie von Bildern und Wahrnehmungen ausgesetzt. Diese sind aber manchmal so verworren oder werden nur so vage registriert, daß sie nicht die mindeste Spur hinterlassen, und das ist es in der Tat, was wir als ›tiefen Schlaf‹ bezeichnen. Wir wären aber im Irrtum, sagt Diderot, wenn wir diesen Zustand als völlige Abwesenheit jeder Art von Wahrnehmung, als völlige mentale Ruhe auffassen würden.«[2]

Das war eine revolutionäre Idee, von brillanter Klarheit und Originalität, aber ihrer Zeit so weit voraus, daß sie praktisch ignoriert wurde. Diderot konnte sich nur auf seine eigenen Einsichten und Erfahrungen stützen, und es sollten noch zwei Jahrhunderte vergehen, bis es wissenschaftliche Methoden und Instrumente gab, mit deren Hilfe gezeigt werden konnte, daß seine Vermutung richtig war. Nachdem sie aber einmal vorhanden war, entwickelte die Technologie sich sehr schnell weiter.

Das grundlegende Instrument der Schlafforschung, der Polysomnograph (EEG, EOG und EMG), ist eine Art elektronischer Laborassistent, ein unermüdlicher Beobachter, den man nur an die Steckdose anzuschließen braucht, aber an den Kriterien der Hirnforschung gemessen, ist er nur ein sehr grobes Hilfsmittel. Alles, was der Elektroenzephalograph messen kann, ist die generelle elektrische Aktivität an der Oberfläche des Gehirns. Um die Funktionsweise des Gehirns wirklich zu verstehen, brauchte man sehr viel genauere und differenziertere Instrumente. Im Jahr der Entdeckung der REM-Phasen wurden erstmals auch Mikroelektroden entwickelt, die schließlich bis zu einem solchen Grad der Sensibilität und Präzision verfeinert wurden, daß sie es Wissenschaftlern erlaubten, direkt mit einzelnen Hirnzellen zu kommunizieren. Allan Hobson bezeichnete diesen Schritt als »das neurobiologische Äquivalent zu der Fähigkeit des Astronomen, einzelne Himmelskörper zu studieren« und als »analog zur Entdeckung des Atoms als des grundlegenden Organisationselements der Materie. Die Neurobiologie und die Erforschung der Beziehung zwischen Gehirn und Bewußtsein war aufgrund des Mangels an solchen analytischen Techniken weit hinter den anderen physikalischen Wissenschaften zurückgeblieben. Aber jetzt, nach dreißig Jahren Erfahrung, beginnen wir allmählich zu verstehen, wie die Gehirntätigkeit organisiert sein könnte.«[3]

Mit Hilfe von Mikroelektroden begannen die Neurophysiologen, das Universum im Kopf zu kartographieren und dabei auch die Physiologie des Schlafs zu verstehen.

Auf der einfachsten Ebene demonstrierte die Beobachtung der Aktivität der Neuronen im Gehirn zum Beispiel zweifelsfrei und in allen Einzelheiten, daß Aserinski mit seinem ramponierten Elektroenzephalographen zu genau den richtigen Schlüssen gekommen war: Ein Mensch schläft in einem stockdunklen Raum, die Augen fest geschlossen, die Muskeln paralysiert, ein Ebenbild des Todes, aber in seinen Träumen ist er voller Geschäftigkeit; er trifft Leute, reist umher, er läuft, fliegt, spricht, weint, kopuliert, und alles, ohne einen Muskel zu regen, denn die Hirnzellen, die mit Wahrnehmung und Bewegung zu tun haben, sind während des REM-Schlafs genauso aktiv wie tagsüber, wenn er wach ist und seinen bewußten Tätigkeiten nachgeht. (Er riecht oder schmeckt selten etwas im Traum, denn die olfaktorischen- und Geschmacksneuronen sind im Schlaf ruhiggestellt.) Mit anderen Worten: Der »paradoxe« Schlaf ist wahrhaftig paradox.

Die Schlafforschung hat sich seit den Tagen Aserinskis, Kleitmans und Dements sehr verändert, und ihre Theorien sind mittlerweile wesentlich differenzierter und umfassender. Allan Hobson von der Harvard Medical School ist eine der bekanntesten und umstrittensten Schlüsselfiguren der gegenwärtigen Schlafforschung, und die Wände seines Arbeitszimmers im Massachusetts Mental Health Center sind mit den Trophäen seiner Forschung übersät. Die gerahmten Graphiken sehen aus wie Prototypen einer neuen, computergenerierten abstrakten Kunst – brillante Farben, komplexe Konfigurationen, dramatische Kompositionen. Tatsächlich handelt es sich um Fotografien von Hirnzellen und Synapsen in enormer Vergrößerung. Die unendlich kleinen Teilchen, aus denen der dunkle Kosmos des Gehirns sich zusammensetzt, erschließen sich jetzt der wissenschaftlichen Beobachtung.

Hobson ist ein schlaksiger, energischer Mann, der sich der Kahlköpfigkeit nähert, überaus streitlustig und umfassend gebildet. Anders als viele seiner Kollegen hat er Freud gelesen, und seine Beziehung zu dem großen Mann ist von einer Art Haßliebe und starker – vielleicht allzu starker – Rivalität geprägt. Obwohl *The Dreaming Brain*, Hobsons Hauptwerk, in dem er die Geschichte der neurobiologischen Traumforschung und seine eigenen Theorien darlegt, stilistisch elegant und inhaltlich überzeugend geschrieben ist, verschwendet er unverhältnismäßig viel Zeit und Argumentationsaufwand darauf, Freuds frühe Theorien, die – von ein paar erzkonservativen klassischen Freudianern abgesehen – längst keine Anhängerschaft mehr haben, auseinanderzunehmen. Der Grund dafür ist, wie er mir erklärte, aber der, daß er im wesentlichen dasselbe Ziel verfolgt wie Freud, nämlich die Bildung einer »kodifizierten wissenschaftlichen Theorie«, basierend auf der Überzeugung, »daß das Gehirn bei allem, was es tut, stets versucht herauszufinden, was ›Sinn‹ oder ›Bedeutung‹ eigentlich bedeuten«.

Um sich diesem Problem zu nähern, haben Hobson und seine Mitarbeiter ein Modell der Neurophysiologie der Träume entwickelt. Sie haben zum Beispiel im Hirnstamm Zellhäufungen entdeckt, die REM aktivieren und deaktivieren – die retikulären Neuronen in der pontinen Riesenzelle und die aminergen Neuronen im Locus Ceruleus –, und ihre Interaktionen aufgezeichnet in Gestalt einer Graphik mit Kurven, die Hobson, dessen ästhetische Neigungen ungewöhnlich eklektisch sind, als »sehr schön« bezeichnet. Die REM-aktivierenden Zellen erfüllen ihre Funktion, indem sie einen chemischen Botenstoff, Acetylcholin, ausschütten, und es ist Hobson gelungen, künstlich Träume auszulösen, indem er freiwilligen Testpersonen, während sie schliefen, eine acetylcholinähnliche Substanz intravenös injizierte. Für die Dauer einer Woche oder mehr steigerten sich ihre REM-Aktivitäten um dreihundert Prozent. »Ich glaube, wir haben den Traumnerv gefunden«, sagte er mir. Die REM-deaktivierenden Zellen haben sich seinen Experimenten bisher jedoch als weniger zugänglich und in ihrem Verhalten weniger voraussagbar erwiesen. Hobsons Modell des träumenden Gehirns ist unter seinen Fachkollegen noch sehr umstritten. Unumstritten ist jedoch die Tatsache, daß die Mikroelektro-

den der Schlüssel zur Erforschung des »kompliziertesten ma-
teriellen Objektes im bekannten Universum«, wie der Hirnforscher Gerald Edelman das Gehirn nannte, waren.[4] Das
menschliche Gehirn wiegt nur etwa drei bis vier Pfund, aber
es enthält so viele Neuronen, wie es Sterne innerhalb der
Milchstraße gibt – rund hundert Milliarden. Jedes Neuron
besteht aus einem Zellkörper oder Soma, aus dem ein Spinn-
gewebe von Dendriten und Axonen hervorwächst; Dendriten
sammeln Informationen, Axonen leiten sie weiter. Die Neuronen erzeugen ihre eigene Energie, geben ihre eigenen Signale
ab und kommunizieren untereinander durch chemische Bo-
tenstoffe, die man Neurotransmitter nennt. Diese werden
durch elektrische Impulse, sogenannte Aktionspotentiale,
aus den Enden der Axonen freigesetzt. Die Kommunikation
findet an den Verbindungsstücken von Zelle zu Zelle, den
sogenannten Synapsen, statt. Allein im zerebralen Kortex,
der gefurchten oberen Schicht des Gehirns, die sich unter
dem Schädeldach und an den Seiten des Kopfes hinzieht
und die der Sitz der höheren Hirnfunktionen (Sprache, Denken, komplexe Bewegungsabläufe) ist, gibt es rund zehn Milliarden Neuronen – und etwa eine Million Milliarden Synapsen. »Wenn man sie zählen wollte«, schreibt Edelman, »eine
Verbindung (oder Synapse) pro Sekunde, würde man etwa
zweiunddreißig Millionen Jahre nachdem man zu zählen begonnen hat, fertig werden.« Mit anderen Worten: Jedes der
zehn Milliarden Neuronen des zerebralen Kortex kommuniziert simultan mit mindestens zehntausend Nachbarneuronen, und jedes Neuron gibt kontinuierlich zwischen hundert
und dreihundert Botschaften pro Sekunde ab, Tag und Nacht.
Hobson vergleicht diese Aktivität mit einem ins Alptraum-
hafte gesteigerten Teenager-Geschnatter: »Es ist so, als wäre
jeder Mensch auf der Welt in permanentem und simultanem
Telefonkontakt mit zehntausend anderen Leuten.« Für den

Laien liegen diese Dimensionen von Komplexität jenseits jeder Vorstellungskraft; sie sind selbst im Zeitalter der Supercomputer so unbegreiflich wie die Schwarzen Löcher, von denen die Astrophysiker sprechen. Aber es gibt einen wesentlichen Unterschied: Schwarze Löcher sind theoretische Konstruktionen; vielleicht existieren sie irgendwo in den Tiefen des Universums – vielleicht auch nicht. Das Gehirn dagegen ist nachweislich existent; es liegt direkt hinter unseren Augen. »Der Umstand, daß so viele Leute Köpfe haben, ist überaus vielversprechend«, schrieb der tschechische Dichter und Wissenschaftler Miroslav Holub. Vielversprechend vielleicht, aber auch rätselhaft und frustrierend in dem Sinn, daß die Vorgänge innerhalb des Kopfes so eigenartig und atemberaubend sind wie die Dinge, die sich in entlegenen Zonen ferner Galaxien abspielen.

2. Das Problem des Bewußtseins

> Der Mensch (…) ist ein Buch, das sich selbst liest.
> P. N. Furbank über Diderot

Die Hirnforscher selbst sind nicht immun gegen das Mysteriöse, das ihren Entdeckungen anhaftet, aber sie reagieren verständlicherweise mit der Flucht nach vorn und behaupten, sie hätten eines der höchsten Geheimnisse entschlüsselt. Hobson zufolge ist das Resultat dieser kontinuierlichen, eigengesteuerten Kommunikation von Hirnzelle zu Hirnzelle, die sich unabhängig vom Vorhandensein oder Nichtvorhandensein von Impulsen aus der Außenwelt ständig fortsetzt, nichts Geringeres als das Bewußtsein selbst:

Wir wissen, daß die interne Kommunikation von Nervenzelle zu Nervenzelle ein kontinuierlicher Prozeß ist; Tag und Nacht

geht sie unablässig weiter. Und wir wissen, daß diese ständi-
ge neuronale Aktivität spontan ist; sie verändert sich im Ver-
hältnis zu Signalen aus der Außenwelt, die sie auf ihre eigene
Weise codiert und in ihre eigene Sprache überträgt. Aber sie
wird nicht durch Input von außen geschaffen und ist auch
nicht davon abhängig. Und wir wissen, daß sich im Schlaf
das Verhältnis von äußeren zu inneren Signalen verändert;
während des Traumschlafs spielt sich innerhalb des Systems
genausoviel Aktivität ab wie während des Wachzustands. Mit
anderen Worten: Beim Träumen spricht das System buchstäb-
lich mit sich selbst. (...) Diese unablässige Aktivität geht in
aller Stille vor sich, mit einem nur relativ ruhigen Bewußtsein
als ihrem Produkt. Die Musik dieser Sphären aus der Galaxis
in unseren Köpfen ist unser Bewußtsein. Bewußtsein ist das
permanente subjektive Gewahrsein der Aktivität von Milliar-
den von Zellen, die in jeder Sekunde zahlreiche Impulse ab-
feuern und gleichzeitig mit Zehntausenden unter ihren
Nachbarn kommunizieren. Und diese Symphonie der Aktivi-
tät ist so organisiert, daß sie sich manchmal nach außen
orientiert (im Wachzustand), manchmal blind und taub für
die Außenwelt ist (im Schlaf) und sich manchmal in einer so
bemerkenswerten Weise ihrer selbst gewahr ist (im Traum),
daß sie die äußere Welt nach ihrem eigenen Bild neu er-
schafft.[5]

Das ist gut formuliert und überzeugend dargestellt, insbesondere wenn wir es als Beschreibung der Mechanismen des
Träumens lesen. Aber es ist nicht zwingend logisch, und dieser Mangel an Stringenz ist ausschlaggebend dafür, daß Hobsons Verständnis des Bewußtseins gewisse Beschränkungen
aufweist. Das Problem liegt nicht in seiner beziehungsrei-
chen Beschreibung des arbeitenden Gehirns, sondern in seiner Schlußfolgerung: »Bewußtsein ist das permanente sub-

jektive Gewahrsein der Aktivität von Milliarden von Zellen, die in jeder Sekunde zahlreiche Impulse abfeuern.« Entweder ist das eine Tautologie – wenn es »Subjektivität« ist, was er zu definieren versucht –, oder er sagt damit aus, daß das Bewußtsein durch diese Milliarden von Zellen, die unablässig miteinander kommunizieren, geschaffen wird, was durchaus so sein mag, aber nicht wissenschaftlich erwiesen ist. Wissenschaftler können zur Zeit allenfalls mit Gewißheit behaupten, daß »subjektives Gewahrsein« eine unendlich komplexe Mischung von Mentalem und Physischem, Innerem und Äußerem ist. Was es aber mit Sicherheit nicht ist – meiner Erfahrung nach jedenfalls –, ist ein Gewahrsein der Neuronen, die im Gehirn Impulse abfeuern. Manchmal hat man natürlich genau das gegenteilige Gefühl; an einem gewissen Tiefpunkt im mittleren Lebensalter, wenn das Gedächtnis zu versagen beginnt, glaubt man in stillen Momenten mit dem inneren Ohr zu hören, wie Zellen im Gehirn noch einmal kurz aufzischen und dann für immer erlöschen. Aber selbst der wildeste Imaginationssprung kann nicht bewirken, daß man sie je ihre Impulse aussenden hört. Als Wissenschaftler weiß Hobson jedoch, was sich im Gehirn abspielt; er hat im Laborexperiment beobachtet, wie Neuronen Impulse abfeuern, und hat die Ergebnisse graphisch dargestellt. Aber das ist nicht dasselbe wie der Nachweis einer Beziehung zwischen neuronaler Aktivität und dem Bewußtsein der Realität. Die Physiologie des Gehirns zu verstehen oder sogar die Physiologie des Träumens bedeutet noch nicht, daß man verstanden hat, was das Bewußtsein ist.

Vielleicht möchte Hobson diesen Unterschied lieber ignorieren, weil er, obwohl der Anschein dagegenspricht – seine intellektuelle Leidenschaft und seine ästhetische Sensibilität –, in der nüchternen Tradition des naturwissenschaftlichen Materialismus steht und die unausgesprochenen Zielsetzungen dieser alten Schule verfolgt: seine Beschreibung der menschlichen Wahrnehmung der Welt von allem Abstrakten und »Irrationalen« zu reinigen. Natürlich will er von der Existenz einer »Seele« als einer spirituellen Dimension nichts wissen, und insgeheim scheint er auch die Vorstellung von der Seele in ihrer gegenwärtigen Verkleidung, der Psyche, für entbehrlich zu halten. Er will ein Bewußtsein, das er messen und testen und wissenschaftlich beschreiben kann, ein Bewußtsein, das auch ein materielles Objekt ist. Da das Träumen ein mentales Phänomen ist und da die Aktivität des träumenden Gehirns von der des wachen Gehirns nahezu ununterscheidbar ist, kommt er zu dem Schluß, daß »Gehirn« und »Bewußtsein« im Grunde dasselbe sind, eine physische Einheit, die er »Hirn-Bewußtsein« nennt. »Unser Hirn-Bewußtsein verfügt über ein dynamisches Eigenleben, durch das es mit der Außenwelt interagiert. So wird unsere Psyche also *materialisiert,* und so wird unser Gehirn *beseelt.*«[6]

Nicht alle Fachkollegen Hobsons würden dem zustimmen. Das Gehirn ist vielleicht tatsächlich »das komplizierteste materielle Objekt im bekannten Universum«, und die Hirnforschung hat zweifellos lange gebraucht und große Schwierigkeiten überwinden müssen, um zu erkennen, wie es arbeitet, und präzise darzustellen, in welcher Weise seine verschiedenen Regionen untereinander verbunden sind, aber Komplexität als solche ist noch keine adäquate Erklärung für das Phänomen des Bewußtseins. Ein anderer Harvard-Wissenschaftler, der Neurobiologe Gerald D. Fischbach, spricht sich für ein erweitertes Verständnis der Zusammenhänge aus:

Der Geist ist mehr als das bewußte Denken oder der zerebrale Kortex. Triebe, Stimmungen, Bedürfnisse und unbewußte

Formen des Lernens sind mentale Phänomene im weitesten Sinn. Wir sind keine Zombies. Affekte hängen in derselben Weise von der Funktion der Neuronen ab wie das bewußte Denken. (...) Die Leber enthält hundert Millionen Zellen, aber tausend Lebern summieren sich nicht zu einem reichen Seelenleben.[7]

Die Erforschung der Physiologie des Gehirns hat also das Geheimnis des Geistes oder auch nur des bewußten Denkens noch nicht gelüftet. Sie hat jedoch erreicht, daß die traditionelle Sichtweise des Gehirns als eines passiven Reflexapparates, der nur auf Stimuli aus der Außenwelt reagieren kann und nicht fähig ist, eigene, interne Zustände zu generieren, obsolet geworden ist. Was William James über den »Bewußtseinsstrom« sagte, klingt so, als beschriebe er etwas ganz Ähnliches wie Hobsons neuronale Telefongespräche. Tatsächlich beschreibt er aber den umgekehrten Prozeß. »Bewußtseinsstrom« bedeutete für James die Gehirnzustände, die durch den Fluß *externer* Stimuli durch die Nervenbahnen generiert werden und die der Repräsentation der *äußeren* Realität dienen. Heute sind Hirnforscher der Ansicht, das Gehirn sei im wesentlichen eine »Endlosschleife«, ein geschlossenes System, das fröhlich vor sich hin arbeitet, unabhängig davon, ob es irgendeiner Art von Input aus der Außenwelt ausgesetzt ist.

Das bedeutet, daß die Zustände des Träumen und des Wachens, obwohl sie Welten voneinander entfernt zu sein scheinen, einander auf geradezu unheimliche Weise ähneln, wenn man sie unter dem Aspekt der Gehirntätigkeit betrachtet. Einer kürzlich erschienenen Zusammenfassung der neuesten Entwicklungen in der Hirnforschung zufolge sind der Wachzustand und der REM-Schlaf nahezu ununterscheidbar. Beide sind »intrinsische Hirnfunktionen«, einander

sehr ähnlich in bezug auf die Elektrophysiologie des Gehirns
– die Art, wie das Gehirn funktioniert. Sie unterscheiden
sich voneinander nur durch das Material, mit dem das Gehirn arbeitet – mit sensorischen Reizen, wenn es wach ist,
mit Erinnerungen, wenn es träumt:

*Der REM-Schlaf kann als modifizierter Aufmerksamkeitszu-
stand betrachtet werden, in dem die Aufmerksamkeit vom
sensorischen Input abgezogen ist und sich auf Erinnerungen
richtet. (...) Der Wachzustand ist nichts anderes als ein
traumähnlicher Zustand, der durch die von bestimmten sensorischen Reizen hervorgerufenen Beschränkungen reguliert
ist.*[8]

Da dies ein Zitat aus einem seriösen, nüchternen wissenschaftlichen Essay ist, wirkt der letzte Satz verwirrend. Für
jene, die nicht in die Mysterien der Hirnforschung einge-
weiht sind, liest sich die Aussage, daß der Wachzustand
nichts anderes sei als ein durch die äußere Realität einge-
schränkter traumähnlicher Zustand, wie ein wissenschaftlicher Vorwand für den alten, höchst unwissenschaftlichen
Glauben, das Leben selbst sei ein Traum – Schatten, die
das Licht einer idealen Realität auf die Wände der Höhle
Platos wirft, eine Illusion, aus der wir erwachen. Auf einer
sachlicheren Ebene könnte ein britischer Psychoanalytiker
den Satz als Rechtfertigung für seine Überzeugung auffassen, daß das wache Tagesbewußtsein unentwirrbar mit
Phantasien, Halluzinationen und Träumen vermischt ist
und ständig zwischen diesen Zuständen hin- und herwech-
selt.
In der Praxis unterscheiden Hirnforscher jedoch sorgfältig
zwischen den unterschiedlichen Modi in der Arbeitsweise
des Gehirns – seinen formalen Operationsstrukturen – im

Wachzustand und im Traum. Hobson zufolge kann dieser Unterschied von der Neurophysiologie her erklärt werden; die chemisch spezifischen Neuronen, die, wie man annimmt, für Aufmerksamkeit, Lernen und Gedächtnis zuständig sind, reduzieren ihre Aktivität im Nicht-REM-Schlaf um fünfzig Prozent und stellen ihre Tätigkeit während des REM-Schlafs vollständig ein. Das Gehirn muß dann mit dem vollen Aktivitätspotential fertig werden ohne die Instrumente, die es braucht, um dieses Chaos zu analysieren, den Vergleich mit vorangegangenen Erfahrungen zu ziehen und Ordnungsstrukturen zu schaffen.

Das hört sich an wie der »Bewußtseinsstrom«, in dem Sinn, wie der Laie ihn versteht – wie das unzusammenhängende innere Geplapper des Monologs der Molly Bloom in *Ulysses*, wie das weiße Rauschen im Bewußtsein, wenn die Gedanken ziellos wandern. Das ist nicht dasselbe wie Tagträume und Phantasien, obwohl Tagträume und Phantasien Teile davon sind. Teile davon sind auch Erinnerungen, Sinnesreize, die an den Rändern der Wahrnehmung aufgenommen werden, verbaler Müll, halberinnerte musikalische Sequenzen – der gesamte verschwommene Hintergrund von mentalem Treibgut, der sich nur in Momenten voller Konzentration vorübergehend klärt.

Wenn man die Neurophysiologie dieses weißen Rauschens erklären kann, bedeutet das jedoch nicht notwendigerweise – oder noch nicht –, daß man damit auch das Problem der Subjektivität gelöst hat, aber einige Hirnforscher ließen sich, wie es scheint, durch diese Tatsache nicht davon abhalten, voreilige Schlüsse zu ziehen. Zwischen Hobsons Version des Bewußtseins – als einem »subjektiven Gewahrsein« der Aktivität von Milliarden von Nervenzellen, die simultan mit Tausenden von Nachbarneuronen kommunizieren – und den Schlußfolgerungen, zu denen die Wissenschaftler

R. R. Llinàs und D. Paré in ihrer gelehrten Analyse der Elektrophysiologie des Wachzustands und des Träumens gelangen, besteht kein nennenswerter Unterschied. Beide Zustände sind ihrer Auffassung nach von demselben grundlegenden Mechanismus geprägt: einem nie endenden Dialog zwischen dem zerebralen Kortex, dem Sitz der Wahrnehmung und des strukturierten Denkens, und dem Thalamus, einem zentralen Hirnbereich, dessen Nuklei dem Kortex sensorische und andere Gehirnsignale übermitteln. Sie beschreiben dieses »innere Gespräch« in aller wissenschaftlichen Ausführlichkeit und kommen dann zu dem Schluß:

Wenn das Bewußtsein ein Produkt der thalamokortikalen Aktivität ist, dann ist der Dialog zwischen dem Thalamus und dem Kortex der Ursprung der Subjektivität.

Die Hervorhebungen stammen von den Autoren, und von ihrem Standpunkt aus ist der triumphierende Tonfall gerechtfertigt; ihre Studie ist hoch differenziert, breit angelegt und akribisch, die Zusammenfassung ihrer Ergebnisse ist selbst für den Laien eine spannende, anregende Lektüre. Aber sie gehen stillschweigend davon aus, daß es ihnen gelungen ist, eines der tiefsten Geheimnisse zu lüften – ein Geheimnis, über das die größten Denker sich spätestens seit den Anfängen der klassischen Philosophie die Köpfe zerbrochen haben –, und das ist ganz eindeutig nicht der Fall. Zu zeigen, daß das Gehirn ein geschlossenes System ist, das seine eigene Energie erzeugt und permanent mit sich selbst kommuniziert, unabhängig von der Außenwelt, ist nur ein vorbereitender Schritt zum Verständnis von Subjektivität – ein notwendiger Schritt natürlich, aber noch längst nicht ausreichend.

Vom philosophischen Standpunkt aus ist das Problem der

Subjektivität – der privaten In-sich-Geschlossenheit des Geistes – überhaupt kein wissenschaftliches Problem. Es ist ein Problem der Vorstellung und der begrifflichen Definition, größer, komplexer und facettenreicher, als Wissenschaftler gewöhnlich zuzugestehen bereit sind. Für Philosophen ist Subjektivität unter anderem ein epistemologisches Problem, eine Frage des Wissens und der Leidenschaften, und es manifestiert sich in seiner grundlegenden, einfachsten Form in den Empfindungen – Lust und Unlust, heiß und kalt. Wenn ich Schmerz fühle, sagen die Philosophen zum Beispiel, weiß ich es mit absoluter Gewißheit; ich allein bin die letzte Autorität in der Frage, ob etwas weh tut. Aber unabhängig davon, welches Maß an Empathie ich aufbringen kann oder wie subtil meine Intuitionen sind – *mein* Wissen um *deinen* Schmerz ist völlig anders als dein Wissen um deinen Schmerz und bleibt immer für Zweifel offen. Selbst der geschickteste, raffinierteste und phantasievollste Folterknecht kann immer nur mutmaßen, was sein Opfer fühlt; er selbst kann denselben Schmerz nie in derselben Weise erleiden, weil er nie die Empfindungen des Opfers haben kann. Mit anderen Worten: Die Welt des Geistes ist privat, und das Individuum hat einen privilegierten Zugang zu ihr, der sonst niemandem offenstehen kann. Der Wissenschaftler mit seinen Mikroelektroden wird vielleicht in der Lage sein, die Aktivierung der Neuronen, die für die Schmerzempfindung verantwortlich sind, mit einiger Gewißheit festzustellen, aber das epistemologische Problem des Schmerzes – zu wissen, wie dieser spezielle Schmerz sich für eine andere Person anfühlt – kann nur dadurch gelöst werden, daß man den Schmerz des anderen *hat*, und das ist prinzipiell nicht möglich. Das ist der Kern des philosophischen Problems der Subjektivität, und wenn die Neurophysiologen beschreiben, wie das Gehirn auf der physischen Ebene arbeitet, lösen sie ein Problem anderer Art, das auf einer anderen Art von intellektueller Aktivität basiert.

Gerald Edelman, der den Ursprung des Bewußtseins im Bereich der Materie sieht und meint, daß eine Wissenschaft des Bewußtseins nur möglich ist, wenn sie auf der Biologie basiert, diskutiert dieses Problem unter dem Gesichtspunkt der Beschaffenheiten oder »Qualia«, wie er sie nennt:

Aus Qualia setzt sich die Sammlung der persönlichen oder subjektiven Erfahrungen, Gefühle und Empfindungen zusammen, die das Gewahrsein begleiten. Sie sind phänomenologische Zustände – »wie die Dinge uns, als Menschen, erscheinen«. Die »Rotheit« eines roten Objekts zum Beispiel ist eine Beschaffenheit, ein quale. *Qualia sind unterscheidbare Bestandteile eines mentalen Bildes, das nichtsdestotrotz eine generelle Einheit aufweist. (...) Wenn wir voraussetzen, daß Qualia nur von einzelnen Individuen direkt erfahren werden, wird unser methodologisches Problem evident. Wir können keine phänomenologische Psychologie konstruieren, die von allen geteilt werden kann in der Weise, wie die Physik von allen geteilt werden kann. Was von einem Individuum direkt als Qualia erfahren wird, kann von einem anderen Individuum als Beobachter nicht vollständig geteilt werden. Ein Individuum kann einem Beobachter seine Erfahrung schildern, aber diese Schilderung muß zwangsläufig immer partiell unpräzise sein und relativ in bezug auf seinen oder ihren persönlichen Kontext. (...) Phänomenologische Erfahrung findet immer in der ersten Person statt.*[9]

D. H. Lawrence sagte in seinem Gedicht »Red Geranium and Godly Mignonette« im Grunde dasselbe, wenn auch in einer phantasievolleren, vitaleren Sprache:

Die Vorstellung, daß ein Geist je eine rote Geranie
dachte!
Als könnte die Rotheit einer roten Geranie etwas anderes
sein als eine sinnliche Erfahrung
und als könnte sich eine sinnliche Erfahrung ereignen,
bevor es Sinne gab.
Wir wissen, daß selbst Gott sich die Rotheit einer roten
Geranie nicht vorstellen konnte
oder den Duft der Reseda,
als Geranien nicht waren und die Reseda nicht war.
Man kann sich nicht vorstellen, wie der Heilige Geist an
einer Heliotropblüte riecht.
Oder den Allerhöchsten im Zeitalter des Karbon, wie er
sein mächtiges Gehirn antreibt,
wenn er denn ein Gehirn hatte; seinen mächtigen Geist
anstrengt, um zu denken, zwischen dem Moos und
Schlamm der Echsen und Mastodons
den abstrakten Gedanken zu formen, als alles zwielichtig
grün und schlammig war:
Nun werde tum-tiddly-um und tum-tiddly-um,
hey presto! purpurne Geranie!
Wir wissen, es ist unmöglich …

Wie man es auch ausdrückt – die subjektive Erfahrung ist,
ebenso wie die sinnliche Erfahrung, einzigartig und letzten
Endes nicht mitteilbar. Dazu kommt, daß auch Gehirne einzigartig sind, bis in ihre feinsten, mikroskopisch kleinen Details hinein: Jedes Neuron und seine Beziehungen zu jedem
anderen Neuron sind unterschiedlich, sogar bei eineiigen
Zwillingen und genetisch identischen Tieren. Edelmans Beschreibung nach sind außerdem die Gehirnentwicklung und
die mentale Aktivität so einzigartig und genauso unendlich
komplex wie das Gehirn selbst:

*Es beginnt mit Molekülen und setzt sich mit Genen fort. Eine
große Zahl von Zellen ist daran beteiligt, Zellen mit elektri-
scher Aktivität und von großer chemischer Vielfalt, eine
enorm komplexe Anatomie von Ballungen und Schichten, die
in unterschiedlichster Weise miteinander verbunden sind und
Signale an den motorischen Output abgeben. Diese Strukturen sind ständig elektrischen Veränderungen unterworfen, da
sie die tierische Bewegung steuern und selbst von ihr gesteu-
ert werden. Diese Bewegung selbst ist durch tierische Form
und tierische Muster konditioniert, was zum Verhalten führt.
Ein Teil dieses Verhaltens beinhaltet Kommunikation mit einem tierischen Gedächtnis, das wiederum von seinen eigenen
Produkten beeinflußt wird.*[10]

Einfach ausgedrückt: Geist und Körper sind untrennbar
miteinander verbunden, auf jeder Ebene, von der elemen-
tarsten bis zur differenziertesten. Das Gehirn kommuniziert
nicht nur mit sich selbst; es ist auch ständig in einem unendlich komplexen Austauschprozeß mit dem Körper, dem
Gedächtnis und der Außenwelt, in der dies alles existiert,
begriffen.
Vermutlich würde Allan Hobson kaum etwas davon bestrei-
ten, aber aus irgendeinem Grund fehlt in seiner neurophysio-
logischen Darstellung von Subjektivität diese größere Dimension, in der das Bewußtsein, der Körper und die Außenwelt
miteinander reagieren, sich wandeln, verschieben, modifizie-
ren, sich einander anpassen und durch ihren subtilen Tanz die
seltsamen Schleifen schaffen, die der Informatiker Douglas
Hofstadter in seinem Buch *Gödel, Escher, Bach* so eindrucks-
voll beschrieb. Und seltsame Schleifen sind nicht nur komplexer, sondern unterscheiden sich auch ihrem Wesen nach von
der »Endlosschleife«, dem Modell des Gehirns als geschlos-
senem System, das nur mit sich selbst kommuniziert.

Hierzu ein einfaches Beispiel. Hobson sagt über den Schlaf: »Die Natur ist viel zu ökonomisch, um Stunden biologischer Zeit zu verschwenden, indem sie nichts anderes tut, als Energie zu sparen und das Gehirn im Leerlauf zu lassen.« Er weist auch darauf hin, daß Schlaf für das Gehirn keine Ruhepause bedeutet; selbst in der vierten, der Tiefschlafphase, nimmt die neuronale Aktivität im Gehirn nur um fünf bis zehn Prozent ab. Was tut das Gehirn also während des Schlafs? Hobsons Antwort lautet: »Der Schlaf einer Nacht ist ebensosehr Vorbereitung auf die Aktivität des folgenden Tages wie Erholung von der des vorangegangenen.« Genauer: Während des REM-Schlafs sind Neuronen einer speziellen Kategorie – jene, die für Lernen, Aufmerksamkeit und Gedächtnis zuständig sind – inaktiv und ruhen. Dadurch, daß sie ihre elektrische Aktivität einstellen, aber nach wie vor an den Stoffwechsel angeschlossen sind, können sie sich mit allem versorgen, was sie brauchen, um den Rest der Hirnzellen mit den chemischen Stoffen, die für die wichtigsten Fähigkeiten im Wachzustand notwendig sind, auszustatten. Und das – so Hobson – erklärt, daß man sich am Morgen geistig frisch fühlt; man kann den kognitiven Gewinn spüren. Morgens ist man intellektuell leistungsfähiger und verfügt auch über mehr Energie. Er führte Experimente durch, um zu beweisen, daß Schlaf einen Nettogewinn in Sachen Aufmerksamkeit produziert.

Aber das Umgekehrte trifft ebenfalls zu; vielleicht erfrischt der Schlaf die Hirnzellen, aber er erfrischt auch den Körper, und der Körper ist für unser Selbstgefühl von ausschlaggebender Bedeutung. »Die Gestalt eines tierischen Körpers ist für die Funktionsweise und die Evolution seines Gehirns genauso wichtig, wie es die Gestalt und die Funktionsweise des Gehirns für das Verhalten dieses Körpers sind«, sagt Edelman. Hobbes gab in seinem Leviathan derselben Erkenntnis Ausdruck: »Nichts ist und nirgendwo, was nicht Körper ist.«

Und auch Blake sagte es in *The Marriage of Heaven and Hell*, wenn auch auf eine andere Weise:

Wie wüßtest du nicht, daß jeder Vogel, der den Luftraum durcheilt,
Eine immense Welt des Entzückens ist, eingeschlossen in deine fünf Sinne?

Entzücken, dieser spirituelle Stand der Gnade, ist ein körperlicher Zustand, ein Genuß der Sinne und ein unfaßbares Glücksgefühl. Für Blake waren Körper und Geist eine so untrennbare Einheit, wie es Gehirn und Bewußtsein für Hobson sind.

Blakes Sprache mag im wissenschaftlichen Sinn unpräzise sein, aber wenn es darum geht, wie wir die Welt erfahren, scheint sie den Kern zu treffen. Auf der einfachsten Ebene können wir feststellen, daß die meisten Menschen intellektuell leistungsfähiger sind, wenn sie sich körperlich wohl fühlen; sie denken klarer, wenn sie gesund und vital sind. Aber diese Tatsache wird von Akademikern und Intellektuellen gewöhnlich kaum zur Kenntnis genommen, da sie davon ausgehen, daß der Kopf das A und O aller Dinge ist. Als D. H. Lawrence, dessen Sensibilität näher bei Blake als bei Hobson angesiedelt war, jemanden in ekstatischer Begeisterung von Bertrand Russells luzidem Geist schwärmen hörte, fuhr er verärgert dazwischen: »Haben Sie ihn je in der Badehose gesehen? Armer Bertie Russell! Er ist ganz und gar körperloser Geist.«

Ein weiteres schlichtes Argument: Hobsons Hirn-Bewußtsein mag in seinem geschlossenen Kreislauf und unabhängig von der Außenwelt so geschäftig sein, wie es will, aber das Bewußtsein im Sinn des Gewahrseins des Selbst und der Welt ist kein isoliertes Phänomen. *Consciousness* – das englische Wort für Bewußtsein – ist vom lateinischen *conscien-tia* – Mit-Wissen, Wissen, das man mit anderen teilt – abge-leitet, und es gibt mittlerweile seriöse wissenschaftliche Stu-dien, die darauf hindeuten, daß diese Etymologie den realen Zusammenhängen entspricht. Entwicklungspsychologen ha-ben zum Beispiel gezeigt, daß Kinder bei der Geburt bereits erstaunliche geistige Fähigkeiten mitbringen – sie können abstrakt denken und haben eine Vorstellung von Dreidimen-sionalität –, aber das Selbstgefühl des Kleinkindes entwik-kelt sich erst durch Erfahrungen, die es mit anderen teilt; diese »Inter-Subjektivität«, wie die Psychologen sie nennen, wandelt sich sehr schnell zur »Intra-Subjektivität«.[11] Mit an-deren Worten: Das Bewußtsein ist keine Einbahnstraße; ohne »den anderen« entwickelt sich kein »Selbst«.

Ohne den anderen gibt es auch nicht Liebe und Ehe, Haß, Ehrgeiz, Loyalität und alle die anderen Vorstellungen, die das Substrat unseres Gewahrseins unserer selbst bilden und diktieren, wie wir in der Welt agieren. Tatsächlich kann ohne den anderen auch keine Sprache existieren, denn Sprache ist eine zielgerichtete Zwei-Personen-Aktivität, Kommuni-kation mit einem Gegenüber, selbst wenn dieses Gegenüber nicht substantieller ist als ein imaginierter innerer Zuhörer. Ein Philosoph stellte die These auf, daß wir uns das Be-wußtsein vielleicht deshalb als ein materielles Objekt vor-stellen, weil wir ein Nomen gebrauchen, um es zu beschrei-ben, obwohl das Bewußtsein eigentlich die Art ist, wie wir unser Leben leben, oder das Medium, durch das wir unser Leben leben. Ich habe den Verdacht, daß hinter der Vorstel-lung der Hirnforscher vom Bewußtsein als von einem mate-riellen Phänomen die verborgene Hoffnung steht, es könnte eines Tages möglich sein, Liebe, Haß, Loyalität und so fort in den neuronalen Schaltkreisen des Gehirns zu lokalisie-ren. Es besteht sogar eine entfernte Möglichkeit, daß sie damit richtig liegen, denn – in Blakes Worten – »was jetzt bewiesen ist, existierte einst nur in der Vorstellung«. Aber diese Schaltkreise, wenn sie denn existieren, werden wahrscheinlich unendlich viel differenzierter und komplexer sein, sowohl in sich als auch in der Art, wie sie operieren, als alles, was im Rahmen des »Endlosschleifen«-Modells vom Gehirn denkbar ist. Abgesehen davon sind die neuen Erkenntnisse, wie das Gehirn mit sich selbst kommuniziert und wie es das Träumen aktiviert und deaktiviert, und die Entdeckung, daß Wachen und Träumen unter dem Aspekt der Gehirnaktivität nahezu identische Zustände sind, bereits so verblüffende Vorstellungen, daß wir vorerst noch Mühe haben, uns damit zurechtzufinden.

Die Traumdeutung

Es scheint an den Traumbildern etwas zu sein, das eine gewisse Ähnlichkeit mit den Zeichen einer Sprache hat. Wie es bei einer Reihe von Zeichen auf einem Papier oder im Sand sein könnte. Es gibt da vielleicht nichts, was wir als konventionelles Zeichen eines uns bekannten Alphabets erkennen, und doch haben wir vielleicht das überwältigende Gefühl, daß es sich um eine Art von Sprache handeln muß: daß diese Zeichen etwas bedeuten.

Ludwig Wittgenstein

Ich hatte immer Zugang zu anderen Welten. Wir alle haben das, weil wir alle träumen. Das einzige, wozu ich keinen Zugang habe, bin ich selbst.

Leonora Carrington, surrealistische Malerin

1. Artemidoros und die Welt der Antike

Die Vorstellung, daß sich das wache Gehirn und das träumende Gehirn in ihrem Verhalten nahezu gleichen, ist ein Affront gegen den Alltagsverstand und die allgemeine Erfahrung sowie gegen die vor allem von Dichtern gern geäußerte unverwüstliche Überzeugung, daß der Schlaf ein Erlöser und Heiler sei: Sir Philip Sydney spricht von der »sicheren Kapsel des Friedens«, Shakespeare vom »unschuldigen Schlaf«, der uns von der Zerrissenheit durch Kummer und Sorgen erlöst, Keats vom »sanften Balsam der stillen Mitternacht«, der unsere nach Schatten verlangenden Augen mit liebevollen Fingern schließt. Sie widerspricht auch dem ebenso un-

verwüstlichen Glauben, daß Traum und Wahnsinn nur durch
eine dünne Grenzlinie voneinander getrennt sind:

Die fünf Kardinaleigenschaften der Traumtätigkeit erkennt
man auch in Halluzinationen, Zuständen der Desorientie-
rung, bizarren Gedanken, Sinnestäuschungen und Amnesien
bei Patienten mit geistigen Störungen. Zusammengenommen
bedeuten diese mentalen Symptome Delirium, Demenz und
Psychose. Wäre da nicht die Tatsache, daß wir uns im Schlaf
befinden, wenn wir träumen, müßten wir also sagen, daß un-
sere Träume im Prinzip psychotisch sind und daß wir, wäh-
rend wir träumen, im Prinzip alle unter Delirien und Demenz
leiden. (...) Träume könnten also das mentale Produkt der-
selben Art von psychologischem Prozeß sein, der bei der Gei-
steskrankheit gestört ist (...) denn ganz normale Gehirne
können im normalen Zustand des Träumens alle zentralen
Charakteristika der geistigen Störung imitieren. Das Studi-
um der Träume ist das Studium eines Modells der Geistes-
krankheit.[12]

Das sind Allan Hobsons klinische Variationen über ein tradi-
tionelles Thema, aber er ist nur einer von vielen, die diese
Auffassung vertreten. Freud zählte in seiner *Traumdeutung*
einige andere auf: »Der Verrückte ist ein Träumer im Wachen« (Kant), »Der Wahnsinn ist ein Traum innerhalb des
Sinnenwachseins« (Kraus), »Der Traum ist ein kurzer Wahnsinn und der Wahnsinn ein langer Traum« (Schopenhauer),
»In der Tat können wir im Traum fast alle Erscheinungen, die
uns in den Irrenhäusern begegnen, selber durchleben«
(Wundt). Seit Jahrhunderten ist die Verrücktheit von Träumen
eine permanente Quelle des Unbehagens für jeden, der je
schweißgebadet erwachte und darüber nachdachte, wo er gerade in seinen Träumen war und was er getan hat.

Dickens drückte dieses Unbehagen am besten aus, vielleicht
weil ihn dieser schattenhafte Bereich, in dem der Wahnsinn
ins Alltagsleben eintritt und zur Exzentrizität wird, faszinierte. Er war auch von der Nacht fasziniert und von dem Leben,
das sich im Schutz der Dunkelheit abspielt. Bei einem seiner
Streifzüge durch das nächtliche London fand er sich vor den
Toren des Bethlehem-Irrenhauses wieder:

*Sind die geistig Gesunden und die Irren bei Nacht nicht
gleich, wenn die Gesunden im Traum liegen? Sind wir, die
wir uns außerhalb der Mauern dieses Hospitals befinden,
wenn wir träumen, nicht alle, jede Nacht unseres Lebens,
mehr oder weniger in dem Zustand jener, die drinnen sind?
(...) Bringen wir nicht allnächtlich Ereignisse und Personen
und Zeiten und Orte durcheinander, wie diese es täglich tun?
Sind wir nicht manchmal durch unsere eigenen Widersprüche
im Schlaf beunruhigt, und versuchen wir nicht irritiert, sie zu
erklären oder zu entschuldigen, genauso wie diese es manchmal hinsichtlich ihrer wachen Wahnideen tun? Als ich das
letzte Mal in einem Hospital wie diesem war, sagte ein Kran-
ker zu mir: »Mein Herr, ich kann häufig fliegen.« Ich schämte
mich fast bei dem Gedanken, daß auch ich das oft kann – bei
Nacht. (...) Ich wundere mich, daß der große, allwissende
Meister, als er den Schlaf als den Tod des Lebens eines jeden
Tages bezeichnete, die Träume nicht den Irrsinn der Vernunft
eines jeden Tages nannte.*[13]

Es besteht kein großer Unterschied zwischen Dickens' Einschätzung des Wahnsinns als eines engen Vertrauten, den
wir jede Nacht heimlich besuchen, und Freuds Vorstellung
von der Psychopathologie des Alltagslebens – seinem
Verständnis der Art und Weise, wie das Irrationale, das
Verdrängte und das Unerwartete sich in das normale,

vernünftige Alltagsverhalten einmischen. Der tatsächlich vorhandene Unterschied liegt in der Gewichtung: Für Dickens war dieser Zusammenhang eine flüchtige Erkenntnis, für Freud die Basis seines Lebenswerks.

Wahnsinnig zu sein bedeutet, in einer in sich geschlossenen halluzinatorischen Welt zu leben, die so machtvoll ist, daß die Realität einfach nicht durchdringen kann, und das ist genau das Gefühl, das der Träumer hat, wenn er in seinem Traum befangen ist. Aber der Träumer erwacht und sieht sich mit der unbegreiflichen Seltsamkeit dessen konfrontiert, was ihm in seinem Traum völlig plausibel erschien. Die absolute Diskontinuität zwischen den beiden Welten – der vertrauten Welt, die wir um uns vorfinden, wenn wir unsere Augen öffnen, und der verzerrten, bizarren Phantasiewelt der Träume mit ihren lebhaften, merkwürdigen Erscheinungen, der Welt, in der die Zeit implodiert und unmögliche Ereignisse völlig normal erscheinen – gab immer Anlaß zu Besorgnis und Unruhe, seit es Menschen gab, die ihre Träume erzählten. Shakespeares Einschätzung, daß Wahnsinnige, Verliebte und Dichter die reale Welt verlassen haben und ganz in der Phantasiewelt leben, bringt niemanden aus der Fassung, weil niemand Verliebte und Dichter ernst nimmt. Aber die Vorstellung, daß sich im Schlaf für jede und jeden das Tor zum Wahnsinn öffnet, ist schon weitaus schwerer zu verkraften.

Daher rührt also das Fasziniertsein von Träumen und der Drang, ihnen Sinn zu entnehmen, die so alt zu sein scheinen wie die Menschheit. Traumdeutungen fand man schon auf Fragmenten von Papyri, die aus dem zweiten Jahrtausend v. Chr. stammen, und auf Tafeln, die in assyrischer Keilschrift beschrieben sind; siebenhundert Jahre bevor Freud seine *Traumdeutung* verfaßte, gab es schon einmal ein Buch mit demselben Titel. Als Artemidoros von Daldis im zweiten

Jahrhundert n. Chr. seine *Oneirocritica* zusammenstellte, sammelte er seine Materialien in allen Ländern des mediterranen Beckens – Griechenland, Nordafrika, dem mittleren Osten –, wo die Traumdeutung eine hochentwickelte Kunst war, ein wichtiger Zweig sowohl der Wahrsagekünste als auch der Medizin, die beide, damals wie heute, prestigereiche, lukrative, durch Selbstmystifikation aufgeblähte Berufe waren. Freud beschrieb die typische Prozedur in einer Fußnote seines eigenen Traumbuches:

Bei den Griechen gab es Traumorakel, welche gewöhnlich Genesung suchende Kranke aufzusuchen pflegten. Der Kranke ging in den Tempel des Apollo oder des Äskulap, dort wurde er verschiedenen Zeremonien unterworfen, gebadet, gerieben, geräuchert, und so in Exaltation versetzt, legte man ihn im Tempel auf das Fell eines geopferten Widders. Er schlief ein und träumte von Heilmitteln, die ihm in natürlicher Gestalt oder in Symbolen und Bildern gezeigt wurden, welche dann die Priester deuteten.[14]

So wie das klingt, schien es sich gar nicht so sehr von einer modernen Health Farm zu unterscheiden, komplett mit Swimmingpool, Fitneßraum, Massage, Aromatherapie, kontrollierter Diät und therapeutischer Beratung. Mit Psychoanalyse hat es allerdings gar nichts zu tun, aus dem einfachen Grund, daß Träume im Altertum nicht als etwas Persönliches betrachtet wurden, vielleicht weil das individuelle Leben in rigide hierarchischen religiösen Gesellschaften nicht viel galt. Träume waren vielmehr Botschaften der Götter; ihre Deutung oblag dem Priester, und der Träumer war nur ein Vehikel, ein Kanal für die übernatürlichen Mächte, die – offiziell – mit ihm als Person nicht viel zu tun hatten. »Die Griechen sprachen nie davon, einen Traum zu ›haben‹«,

schreibt Liam Hudson, »sondern ihn zu ›sehen‹, und von
Träumen hieß es nicht nur, daß sie den Träumer ›besuchten‹,
sondern auch, daß sie ›über ihm‹ standen.«[15] Sie waren über-
persönliche Präsenzen, die sich seiner Kontrolle entzogen.
Das machte den Schlaf und seine ungreifbare Welt innerhalb der wahrgenommenen Welt mit ihrer andersgearteten
Organisation und einer Logik, die den Gesetzen des wachen
Verstandes nur sporadisch gehorcht, nicht minder mysteriös. Im Gegenteil: Das Geheimnis schien sich dadurch nur
zu vertiefen. Der antike Glaube an Träume als Botschaften
der Götter war so universell und so unerschütterlich, daß
der Schöpfungsmythos im Verhältnis dazu wie eine auf den
Kopf gestellte Erklärung des Geheimnisses der Träume erscheint: Hier erschafft Gott die Menschen nach seinem
Bild; dort erfindet der Mensch die Götter nach dem Bild
seiner Träume, um eine Erklärung für die Merkwürdigkei-
ten der Traumwelt zu finden. Die Götter waren – wie die
Träume – nicht an die Gesetze der wachen Welt gebunden,
weder in physischer noch in moralischer Hinsicht; sie
konnten sich nach Belieben in Schwäne, Stiere, goldenen
Regen oder Feuersäulen verwandeln; sie konnten in vierzig
Minuten einen Gürtel um die Erde legen, Frevler mit Blitzen erschlagen, mit der Stimme des Donners sprechen und
im Zorn glühende Lava aus Vulkanen speien. Trotz all ihrer
verblüffenden Transformationen waren sie jedoch mit den
innersten Gedanken und Wünschen der Menschen auf geradezu unheimliche Weise vertraut.
Sie konnten auch das Buch der Zukunft lesen. Da Träume
Botschaften der Götter waren, mußten sie zwangsläufig auch
prophetischen Charakter haben. Die Traumdeutung mit ihren Mysterien, ihren Riten und ihrer blühenden Symbolik
wurde denn auch als ein besonders vornehmer Zweig der
Wahrsagekünste betrachtet; sie befriedigte dieselben Sehn-

süchte und leistete denselben abergläubischen Vorstellungen Vorschub wie heute die Astrologie.

Das heißt nicht, daß die Träume der Antike weniger erotisch
aufgeladen oder pervers waren als moderne Träume oder daß
die Traumdeuter des Altertums dies nicht bemerkten. Im
Traumbuch des Artemidoros zum Beispiel findet sich ein
langes Kapitel, das sich in aller Ausführlichkeit der Deutung
von Inzestträumen in allen denkbaren Varianten widmet:
was es bedeutet, wenn der Träumer (gewöhnlich ist von Männern die Rede) mit seinem Sohn, seiner Tochter, seiner Mutter, seinem Vater schläft. Jede Kategorie ist dann wieder
nach Alter und Umständen unterteilt: ob das Kind unter fünf
Jahren, unter zehn Jahren oder schon erwachsen ist, ob die
Mutter oder der Vater noch leben oder schon verstorben sind
und so fort. Für Artemidoros waren Inzest und andere Formen der sexuellen Perversion jedoch nicht als solche von
Interesse. Als Traumbild gaben sie Auskunft über die Aussichten auf eine andere, ebenso dauerhafte Form der Lust –
die Lust an den Gaben der Fortuna in jedem Sinn: Reichtum,
Glück und was die Zukunft bereithält.

*Mit einem Sohn zu verkehren, der noch nicht fünf Jahre alt
ist, bedeutet, so habe ich beobachtet, den Tod des Kindes. Daß
der Traum diese Bedeutung haben soll, ist durchaus verständlich, denn das kleine Kind wird zugrunde gerichtet und
Zugrundegehen nennen wir »Tod«. Wenn das Kind dagegen
mehr als fünf, aber weniger als zehn Jahre alt ist, wird es
krank werden, und den Träumer wird, als Folge einer gedan-
kenlosen Unternehmung, irgendeine Art von Schande befal-
len. Da mit dem Kind verkehrt wurde, während es noch zu
jung ist, leidet es Schmerzen, und das heißt, es wird krank
sein. Der Träumer wird seiner Dummheit wegen in Schande
geraten. (...)*

*Aber wenn der Sohn über das Kindesalter hinaus ist, hat es
die folgende Bedeutung. Wenn der Vater arm ist, wird er seinen Sohn fortschicken, zur Schule, und seine Ausgaben bezahlen, und wird auf diese Weise für ihn seine Mittel erschöp-
fen. Wenn ein reicher Mann diesen Traum hat, wird er seinem
Sohn beträchtlichen Besitz geben und hinterlassen und auf
diese Weise einen Teil seiner Mittel für ihn aufwenden.*

*Sexuellen Verkehr mit dem eigenen Sohn zu haben, wenn er
schon ein erwachsener Mann ist und in einem anderen Lande
lebt, ist ein günstiges Zeichen. Denn der Traum bedeutet, daß
sie wieder vereint werden und miteinander leben. (...) Aber
wenn der Sohn nicht weit fort ist und mit seinem Vater zu-
sammenlebt, stehen die Zeichen ungünstig. Denn sie müssen
sich trennen, weil der Verkehr zwischen Männern gewöhnlich
so stattfindet, daß sie einander nicht von Angesicht zu Angesicht gegenüber sind. (...)*

*Wenn [die Tochter] mannbar ist, wird sie in das Haus ihres
Gatten eintreten, und der Träumer wird sie mit einer Mitgift
ausstatten und seine Substanz auf diese Weise für seine Tochter aufwenden. (...) Für einen armen Mann ist es günstig,
sexuellen Verkehr mit einer reichen Tochter zu haben. Denn
er wird großen Beistand von seiner Tochter erhalten und auf
diese Weise Freude an ihr haben.*[16]

Artemidoros deutet Sexualität in Träumen – wie auch fast
alles andere – im Sinn der Gaben der Fortuna – Reichtum
und Glück, Verlieren und Dazugewinnen. Und vielleicht
war das ein typischer Zug der Welt der Antike, denn in
jeder Gesellschaft, in der Armut und Ungleichheit herrschen, hat Geld gewöhnlich mehr Sexappeal als Sexualität;
»les petits plaisirs des pauvres« sind für jeden kostenlos zu
haben, aber vom Reichtum geht eine ganz eigene erotische
Macht aus.

Es ist auch ein typischer Zug dieser Zeit, daß Artemidoros Inzest und sexuellen Mißbrauch von Kindern offenbar als etwas Selbstverständliches hinnahm. Er ging davon aus, daß solche Dinge vorkamen – im wachen Leben ebenso häufig wie im Traum, ist die Implikation –, aber sie hatten für ihn keine große Bedeutung, zumindest unter dem Gesichtspunkt, wie die Welt geordnet ist und wie das Rad des Schicksals sich dreht. Für Artemidoros und seine Leserschaft war der Stoff, aus dem die Träume sind, das »Traummaterial«, weitaus weniger wichtig als die Wendung, die der Traumdeuter ihm gab in bezug auf Reichtum und weltliches Glück.

Mit dem Grundpfeiler der Freudschen Psychologie, dem Inzest mit der Mutter, ging Artemidoros zum Beispiel so um: ein günstiges Vorzeichen, wie er sagt, vorausgesetzt, die Mutter ist am Leben und der Geschlechtsverkehr findet auf die »natürliche« Weise statt, von Angesicht zu Angesicht, »denn gewöhnlich nennen wir das Gewerbe eines Menschen ›seine Mutter‹, und was könnte der Verkehr mit ihr anderes bedeuten, als mit dem eigenen Handwerk befaßt zu sein und seinen Unterhalt damit zu verdienen?« Mit anderen Worten: Wie ein protomarxistischer Geschichtsinterpret sah Artemidoros nicht darauf, was die Träume über den Träumer oder sein Innenleben aussagten, sondern was man in bezug auf ökonomische Entwicklung und soziale Machtverhältnisse aus ihnen herauslesen konnte.

An all dem war überhaupt nichts Originelles. Artemidoros erfand diese Art der Traumdeutung nicht; er sammelte und systematisierte lediglich das überlieferte Wissen darüber, wie man mit diesen beunruhigenden Phänomenen umgehen sollte: optimistisch nämlich und sorgsam darauf bedacht, den Träumer nicht zu beleidigen. Diese Regeln galten sogar für die bösen Träume, die großes Unheil ankündigten, wie die Ermordung Julius Cäsars. Suetonius berichtet: »Als [Cäsar] in der folgenden Nacht zu seiner großen Bestürzung einen Traum hatte, in dem er seine eigene Mutter vergewaltigte, machten die Wahrsager ihm großen Mut durch ihre Deutung, nämlich daß es ihm bestimmt sei, die Erde, die universelle Mutter, zu erobern.«[17] In Shakespeares *Julius Caesar* erscheint dieser warnende inzestuöse Traum in einer für die Öffentlichkeit gesäuberten Form. Cäsar beschließt an dem verhängnisvollen Tag, das Haus nicht zu verlassen, weil seine Frau Calpurnia im Traum sah, wie aus seiner Statue Blut sprudelte, während lächelnde Römer ihre Hände in den roten Strahl tauchten. Der glattzüngige Delius redet ihm seine Befürchtungen jedoch aus:

Ihr habt den Traum ganz irrig ausgelegt,
Es war ein schönes, glückliches Gesicht.
Eu'r Bildnis, Blut aus vielen Röhren spritzend,
Worein so viele Römer lächelnd tauchten,
Bedeutet, saugen werd' aus Euch das große Rom
Belebend Blut; und große Männer werden
Nach Heiligtümern und nach Ehrenpfändern
Sich drängen. Das bedeutet dieser Traum.

Shakespeare hatte das Anstoßerregende seiner Quellen bereinigt, aber er blieb dem Prinzip der altertümlichen Traumdeutung treu: Die Deutung orientierte sich daran, was für den Träumer angenehm und akzeptabel war.

Dieser einlullende Optimismus war offenbar das, was die Leute zu jener Zeit wollten, und daran sollte sich auch lange nichts ändern. Die *Oneirocritica* wurde im neunten Jahrhundert ins Arabische übersetzt und dann, in der Renaissance, in europäische Sprachen; Artemidoros' Transformationsmethode der Decodierung von Traumbotschaften überlebte in der einen oder anderen Form bis ins zwanzigste Jahrhundert. In seiner Einführung zu einer italienischen Übersetzung der *Oneirocritica* von 1970 erinnert George Seferis sich daran, daß populäre Versionen des Traumbuchs noch um 1910 von fliegenden Händlern auf den Straßen von Smyrna feilgeboten wurden. Dreißig Jahre später, in meiner Kindheit, erschien jährlich der sogenannte *Old Moore's Almanac*, in dem regelmäßig ein simples System zur Entschlüsselung von Träumen à la Artemidoros abgedruckt war, zusammen mit Jahreshoroskopen, aus denen die geneigte Leserschaft entnehmen konnte, was das Jahr für sie bereithielt. In den meisten Haushalten gab es ein Exemplar. In besseren Häusern hielten die Dienstboten es gewöhnlich versteckt, etwa unter der Küchentreppe, aber es lag immer an einem Platz, an dem auch die »Herrschaften« es im Falle der Not finden konnten. Der *Old Moore's Almanac* ist immer noch sehr gefragt.

2. Freud

Die Traumdeutung des Artemidoros beweist einmal mehr, daß Beobachtung immer theoriebestimmt ist; man sieht nur das, wonach man Ausschau hält. Die antiken Beobachter berichteten gewissenhaft über alle erdenklichen polymorphen Perversionen, hielten sie aber offenbar nicht für besonders wichtig. Freud ging an Träume dieser Art in ähnlicher Weise heran, wie er selbst erklärte, wechselte aber in einer entscheidenden Hinsicht die Perspektive:

Artemidoros (...) hat uns die vollständigste und sorgfältigste Bearbeitung der Traumdeutung in der griechisch-römischen Welt überliefert. Er legte (...) Wert darauf, die Deutung der Träume auf Beobachtung und Erfahrung zu gründen, und sonderte seine Kunst strenge von anderen, trügerischen Kün-

*sten. Das Prinzip seiner Deutungskunst ist (...) identisch mit
der Magie, das Prinzip der Assoziation. Ein Traumding bedeutet das, woran es erinnert. Wohlverstanden, woran es den
Traumdeuter erinnert! (...) Die Technik, die ich im folgenden
auseinandersetze, weicht von der antiken in dem einen wesentlichen Punkte ab, daß sie dem Träumer selbst die Deu-
tungsarbeit auferlegt. Sie will nicht berücksichtigen, was dem
Traumdeuter, sondern was dem Träumer zu dem betreffenden
Element des Traumes einfällt.*[18]

Freuds Innovation bestand darin, Träume – statt als Ora-
kelsprüche der Götter – als Botschaften aus dem Unbewußten des Träumers selbst zu deuten. Dennoch hielt er
auf seine Art an uralten Traditionen fest. Für Freud waren
Träume – nicht weniger als für Artemidoros – immer noch
Botschaften voller geheimer Bedeutung (oder »latenter In-
halte«, wie er es nannte), die der Auslegung bedurften,
bevor sie verstanden werden konnten. Traditionalist war er
auch in seiner frühen Überzeugung, daß die meisten Träume von Erwachsenen sich durch die Analyse auf erotische
Wünsche zurückführen lassen und daß daher praktisch jedes Traumobjekt als Sexualsymbol interpretiert werden
kann:

*Es gibt Symbole, die fast allgemein eindeutig zu übersetzen
sind, so bedeuten Kaiser und Kaiserin (König und Königin)
die Eltern, Zimmer stellen Frauen(zimmer) dar, die Ein- und
Ausgänge derselben Körperöffnungen. Die größte Zahl der
Traumsymbole dient zur Darstellung von Personen, Körper-
teilen und Verrichtungen, die mit erotischem Interesse betont
sind, insbesondere können die Genitalien durch eine Anzahl
von oft sehr überraschenden Symbolen dargestellt werden
und finden sich die mannigfaltigsten Gegenstände zur sym-*

*bolischen Bezeichnung der Genitalien verwendet. Wenn
scharfe Waffen, lange und starre Objekte wie Baumstämme
und Stöcke das männliche Genitale, Schränke, Schachteln,
Wagen, Öfen den Frauenleib im Traume vertreten, so ist uns
das Tertium comparationis, das gemeinsame dieser Ersetzun-
gen, ohne weiteres verständlich ...*[19]

Freud schrieb diese Passage 1911 in »Über den Traum«,
einer gedrängten Zusammenfassung, die den Anhang zu seiner *Traumdeutung* bildet. Zu diesem Zeitpunkt hatte er im
Hauptteil aber bereits eine Mahnung zur Vorsicht hinzugefügt: »An dieser Stelle möchte ich nachdrücklich davor war-
nen, die Bedeutung der Symbole für die Traumdeutung zu
überschätzen, etwa die Arbeit der Traumübersetzung auf
Symbolübersetzung einzuschränken und die Technik der
Verwertung von Einfällen des Träumers aufzugeben.«[20] Offenbar haben aber weder Freud selbst noch seine Schüler
diesem *caveat* in ihrer ersten unschuldigen Begeisterung
über den zutiefst sexuellen Charakter der unbewußten Triebe viel Beachtung geschenkt. Unter den Dingen, die an das
Reich der Phantasien rührten, gab es wenige, die sie *nicht*
in sexuellen Begriffen interpretieren konnten.

Charles Rycroft, ein Psychoanalytiker, der Freud gegenüber
kritisch eingestellt ist, unterstreicht seine Position durch das
Zitat eines Aphorismus von Jean Paul: »Träume sind eine
unbeabsichtigte Art von Dichtung.« Umgekehrt sind manche Gedichte aber auch eine unbeabsichtigte Art des Träumens und werden so, unfreiwillig, zur leichten Beute für die
Traumdeutung. Zum Beispiel:

*Hoch auf zum Himmel ragt die Leiter noch
im Apfelbaum,
und da ist noch ein ungefülltes Faß,*

und da sind Äpfel, zwei, auch drei
noch nicht gepflückt am Saum.
Mit Apfelpflücken fertig bin ich doch.
Geruch von Winterschlaf liegt in der Abendluft,
mich schläfert ein der Apfelduft.
Noch steckt in meinem Blick die Seltsamkeit,
seit ich geschaut durch eine Scheibe Glas,
die ich vom Trog gestreift zur Morgenzeit
und hielt sie gegen das bereifte Gras.
Sie schmolz. Ich ließ sie fallen und zerbrechen,
es dämmerte mir dies und das
und wäre mancherlei davon zu sprechen,
was mir erschien im Traum.
Vergrößert seh' ich Äpfel überklar,
den Kelch, den Stiel,
braunrot gezeichnet jeden Sprenkel.
Mich schmerzen Spann und Schenkel
vom Leitertritt.
Die Zweige biegen sich, die Leiter mit.
Ich höre immerfort vom Keller her
rumpeln den Klang,
wenn Apfellasten schwer
auf Apfellasten stürzen stundenlang.
Es wurde mir zuviel
des Apfelpflückens. Es ermüdet mich
die große Ernte, selber mein Verlangen.
Millionen Früchte wohl berührte ich,
die liebevoll durch meine Hand gegangen.
Ich schützte sie vor der Gefahr
des Falles.
Denn alles,
was fiel zum Erdengrund,
gleich ob gestoßen oder stoppelwund,

kam auf den Haufen, draus man Cider gärt,
nicht voll bewährt.
Man fühlt, mein Schlaf kommt sorglos nicht herbei,
was immer für ein Schlaf es sei.
Das Murmeltier nur könnte sagen,
nach dem, wie ich beschrieb ihn nun,
ob lang mein Schlaf voll Murmeltierbehagen
oder ob nur ein Menschenschlaf zu tun.

»After Apple-picking« ist ein zärtliches und unschuldiges Gedicht, von der Grenze zum Einschlafen hinübergerettet und schwer von nostalgischer Sehnsucht, Sattheit und vagem Unbehagen. Robert Frost schrieb es vor 1914, und er wäre an der Interpretation, zu der das Gedicht oder ein ähnlicher Traum einen strikten Freudianer dieser Zeit animiert hätte, wenig interessiert gewesen. In grob parodierter Form hätte die Deutung etwa so aussehen können: »Was wir hier sehen, sind offenbar sexuelle Omnipotenzphantasien (eine lange Leiter, gefüllte Tonnen, gepflückte Früchte), hinter denen sich Kastrationsangst (die Leiter ist zweispitzig – ein sicheres Zeichen für defensive Verdopplung) und ödipale Phantasien verbergen (der Apfel ist mit Eva, unser aller Mutter, assoziiert). Sagen Sie, ist es wirklich nur Ihr Fuß, der von der Anstrengung schmerzt? Und das ›rumpelnde Geräusch von Äpfeln, die hinunterrollen‹ – entdecke ich da einen ängstlichen Unterton? Hören Sie darin vielleicht die Stimme des bedrohlichen Vaters? Äpfelpflücken, Ernte, Kreativität, alles schön und gut, aber vergessen wir Ihren Ödipuskomplex nicht, Ihre Furcht vor Strafe, Ihre Angst vor Impotenz!«
Als »After Apple-picking« veröffentlicht wurde, war die Aufdeckung der sexuellen Symbolik jedoch nicht mehr die einzige Methode der Decodierung von Träumen, die von Psychoanalytikern verwendet wurde. Jung zum Beispiel, der

sich vor 1914 mit Freud überworfen hatte und eigene Wege
ging, hätte das Gedicht/den Traum aus einem weniger reduk-
tionistischen Blickwinkel und mit mehr Achtung betrachtet,
– einem Blickwinkel, der selbst bei einem so verschlossenen, empfindlichen und nachtragenden Dichter wie Robert
Frost weniger Anstoß erregt hätte. Jung sah zwischen Gedichten und Träumen nie einen großen Unterschied; beide
sprachen in Symbolen, und die Aufgabe des Analytikers lag,
wie er es sah, nicht darin, sie wie die Freudianer semiotisch,
das heißt als Zeichen und Bilder mit festgelegter Bedeutung
zu übersetzen, sondern als echte Symbole, das heißt als Ausdruck von Inhalten, die noch nicht bewußt erkannt oder be-
grifflich formuliert waren.[21] Unter diesem Gesichtspunkt ist
die Tatsache, daß die Leiter zweispitzig ist oder in einem
Baum steckt, von geringer Bedeutung; was zählt, ist, daß sie
gen Himmel weist. Kurz gefaßt: Den Ödipuskomplex kann
man getrost vergessen; interessant und beachtenswert ist der
Unterschied zwischen den jugendlichen Ambitionen des
Dichters und seinem erwachsenen Verständnis, daß der him-
melstürmende Ehrgeiz früher oder später aufgegeben werden muß und daß man wieder hinuntersteigen muß zur Erde.
Mit anderen Worten: Jung hätte das Gedicht vermutlich als
Ausdruck der Krise des mittleren Lebensalters aufgefaßt
(für ihn ein Thema von dauerhaftem Interesse, da seine
eigene Midlife-crisis eine Art Zusammenbruch ausgelöst
hatte), was auch sehr naheliegend und vernünftig gwesen
wäre, von einem Detail abgesehen: Der Dichter war zu der
fraglichen Zeit nicht einmal vierzig Jahre alt. Jung hätte sich
vielleicht gefragt, ob es für den Dichter nicht zu früh war,
sich mit dem Problem des Altwerdens zu befassen, insbesondere da offenbar noch so viele köstliche Früchte darauf
warteten, gepflückt zu werden. Und dieser Verweis auf die
Sterblichkeit am Ende – war das nicht vielleicht ein wenig

voreilig? Der Dichter schien sich mit seiner eigenen frucht-
baren Vision der Welt, seinen kreativen Kräften und seinen
vitalen Gelüsten unwohl zu fühlen.

Beide Interpretationen sind natürlich vergröbernde Parodien. Wenn die jungianische Deutung mehr Sinn zu erge-
ben scheint, liegt das daran, daß sie das Gedicht/den Traum
als Aussage über die tatsächlichen Vorgänge in der emotionalen Welt des Dichters auffaßt, während die frühen Freudianer von der Prämisse ausgingen, daß Träume nie direkte
Aussagen machen. Sie arbeiten wie perfekt getarnte Spione,
sie sprechen in Codes. Was sie tatsächlich bedeuten, ist
nicht das, was sie zu bedeuten scheinen; der latente Trauminhalt unterscheidet sich vom manifesten Trauminhalt, und
es obliegt dem Psychoanalytiker, den Code zu knacken und
die wahre Bedeutung zu entziffern. Und dahinter steht noch
eine weitere Prämisse: es gibt nur ein Code-Buch, und das
haben die Freudianer.

Tatsächlich gibt es aber so viele Code-Bücher, wie es Traumdeuter gibt. »Es gibt keinen Algorithmus, keine sichere Methode, um die wahre Bedeutung eines Traums zu entziffern.
Die Art der Bedeutung, die Träumen zugeschrieben wird,
variiert, je nach der Person, der der Träumer den Traum erzählt – Priester, Weiser, Psychoanalytiker, Philosoph«,
schrieb der Psychiater Morton Schatzman.[22] Das muß in den
frühen Tagen der Psychoanalyse offen zutage gelegen haben,
denn die Freundschaft zwischen Freud und Jung zerbrach
daran, daß sie einen Traum ganz unterschiedlich deuteten.
Auf ihrer gemeinsamen Reise über den Atlantik träumte
Jung, er erkundete ein zweistöckiges Haus, das im Traum
»sein Haus« war. Im oberen Stockwerk war ein Salon mit
schönen alten Rokokomöbeln; das Erdgeschoß wirkte viel
älter, mittelalterlich, und »alles war etwas dunkel«. Über
eine Steintreppe gelangte er dann in einen altertümlichen,

gewölbten Kellerraum, der aus der Römerzeit stammte. Und darunter fand er schließlich »eine niedrige Felshöhle. Dikker Staub lag am Boden, und darin lagen Knochen und zerbrochene Gefäße wie Überreste einer primitiven Kultur. Ich entdeckte zwei offenbar sehr alte und halbzerfallene Menschenschädel. Dann erwachte ich.«[23] Für Jung war der Traum ein inspirierendes Bild der Psyche, der Bewußtseinsschichten, »etwas wie ein Strukturdiagramm der menschlichen Seele«. Freud dagegen faßte den Traum viel persönlicher auf: Der Schädelfund in der Höhle bezog sich auf ihn, und der Traum zeigte, daß Jung seinem Mentor unbewußt den Tod wünschte.

Von ihren jeweiligen Interessengebieten und ihren jeweiligen Standpunkten aus hatten beide recht. Jung war damit beschäftigt, seine mystischen Visionen des Unbewußten und der Verbindungen dieser seelischen Schicht zur Welt der archaischen Mythen und Glaubensvorstellungen auszuarbeiten. Außerdem war er jünger als Freud und brannte darauf, seine intellektuelle und emotionale Unabhängigkeit unter Beweis zu stellen. Freud selbst hatte mit Mystik nichts im Sinn. Er war ein urbaner, weltlicher Mensch, von seiner Ausbildung und seiner Mentalität her durch und durch Wissenschaftler, und er hegte immer noch die Hoffnung, daß die Psychoanalyse schließlich als Wissenschaft anerkannt werden würde. Die Empörung, die seine Theorien bei seinen Fachkollegen ausgelöst hatten, setzte ihm schwer zu, und daher war er besonders hellhörig und empfindlich für das geringste Aufmucken gegen seine Autorität oder Anzeichen von Illoyalität von seiten seiner Schüler.

Unter anderen Umständen hätte es vielleicht für beide Deutungen genug Raum gegeben, ohne böses Blut oder Gesichtsverlust auf beiden Seiten. Freud war jedoch davon überzeugt, daß er allein den Schlüssel zum Geheimnis der

Träume in der Hand hielt, obwohl er aus der klinischen Erfahrung wußte, daß die gesamte Dimension dieses Geheimnisses, sogar was seine eigenen Träume betraf, notgedrungen über seinen Horizont hinausging. Die Disziplin der Psychoanalyse baut auf der Prämisse auf, daß die Träume und all die anderen flüchtigen Manifestationen des Unbewußten den funkelnden Glasstückchen in einem Kaleidoskop vergleichbar sind, die sich ständig verschieben und zu neuen Konstellationen zusammensetzen, wenn das Instrument von Hand zu Hand weitergegeben wird. Der aufmerksame, mitfühlende, aber distanzierte Außenstehende sieht gewöhnlich ein anderes Bild als das vom Träumer wahrgenommene, selbst wenn der Träumer zu einem so hohen Grad an Selbstreflexion fähig ist, wie Freud selbst es war. Das klassische Beispiel ist sein »Traum von der botanischen Monographie«:

Ich habe eine Monographie über eine gewisse Pflanze geschrieben. Das Buch liegt vor mir, ich blättere eben eine eingeschlagene farbige Tafel um. Jedem Exemplar ist ein getrocknetes Spezimen der Pflanze beigebunden, ähnlich wie aus einem Herbarium.[24]

Der Traum selbst ist kurz und merkwürdig emotionslos. Freud führt ihn offenbar nur an, um seine Theorie, daß Träume ihr Material bevorzugt aus Eindrücken und Erlebnissen des vorangegangenen Tages wählen, zu illustrieren. Dementsprechend einfach und sachlich beginnt die Analyse:

Ich habe am Vormittage im Schaufenster einer Buchhandlung ein neues Buch gesehen, welches sich betitelt: Die Gattung Zyklamen — offenbar eine Monographie über diese Pflanze.
Zyklamen ist die Lieblingsblume meiner Frau. Ich mache

mir Vorwürfe, daß ich so selten daran denke, ihr Blumen mitzubringen, wie sie sich's wünscht.

Das erscheint wie eine natürliche Reaktion auf einen flüchtigen Eindruck, aber in der Welt des Unbewußten ist nichts so einfach. Die botanische Monographie über die Lieblingsblume seiner Frau ist für Freud ein ungemein bedeutungsschwangeres Bild, und er knüpft ein dichtes Netz von Assoziationen daran, über seine Kollegen und ihre Frauen, seine wissenschaftliche Karriere und die Rivalität unter Wissenschaftlern, seine Ambitionen und Enttäuschungen, seine Schwächen als Schüler. Die Analyse erstreckt sich über mehr als sieben Seiten und ist ein Wunder an Komplexität. Unmerklich und unausweichlich führt eine Assoziation zur nächsten, und jeder Strang wird so raffiniert aus dem zentralen Knoten herausgelöst, daß der Leser zum Schluß überwältigt ist von Freuds Subtilität, seiner Geduld und vor allem auch der Ehrlichkeit, mit der er den latenten Inhalt des Traums bloßlegt: seinen verzehrenden beruflichen Ehrgeiz, seine Ambitionen, seine Wut auf Kollegen, seine Schuldgefühle.

Die Analyse ist eine Enthüllung von entwaffnender Offenheit, aber aus zwei Gründen klingt sie nicht ganz echt. Erstens: Durch seine rückhaltlose Offenheit setzt Freud sich in ein allzu gutes Licht (»Wie bewundernswert, daß er so schäbige, kleinliche Gefühle zugeben kann!«). Zweitens: Es bleibt völlig unklar, warum ein so kurzer und nichtssagender Traum in ihm ein solches Feuerwerk von Assoziationen ausgelöst haben soll. Vielleicht war es ein Ausweichmanöver – eine »Fassade«, wie er selbst es genannt hätte – für etwas, das weitaus weniger attraktiv und anrührend war und über das er weniger leicht sprechen konnte. Erich Fromm hat dazu die folgende Vermutung:

*Im Mittelpunkt des Traums steht das Symbol der getrockneten
Blume. Eine getrocknete und sorgfältig aufbewahrte Blume
enthält ein Element des Widerspruchs. Eine Blume ist etwas,
das Lebendigkeit und Schönheit symbolisiert, das jedoch im
getrockneten Zustand eben diese Eigenschaften verliert und
zum Gegenstand objektiver wissenschaftlicher Untersuchung
wird. Freuds Assoziationen zu dem Traum weisen auf diesen
Widerspruch im Symbol hin. Er erwähnt, daß die Blume, eine
Zyklame, deren Monographie er im Schaufenster der Buchhandlung gesehen hatte, die Lieblingsblume seiner Frau sei,
und er macht sich den Vorwurf, daß er so selten daran denkt,
ihr Blumen zu schenken. Die Monographie über die Zyklame
weckt in ihm also das Gefühl, daß er in dem Bereich des
Lebens, der durch Liebe und Zärtlichkeit symbolisiert wird,
versagt. (...)
So scheint im Traum ein Konflikt zum Ausdruck zu kommen,
den Freud, während er träumt, deutlich empfindet, dessen er
sich aber in seinem wachen Dasein nicht bewußt zu sein
scheint. Er wirft sich vor, die durch die Blumen und durch
seine Frau symbolisierte Seite des Lebens um seines Ehrgeizes
und seiner einseitig intellektuell wissenschaftlichen Einstellung zur Welt willen vernachlässigt zu haben. In dem Traum
kommt tatsächlich ein tiefer Widerspruch in Freuds Gesamt-
persönlichkeit und in seinem Lebenswerk zum Ausdruck. Der
Hauptgegenstand seines Interesses und seiner wissenschaftlichen Arbeit sind Liebe und Sexualität. Aber er ist ein Purita-
ner; was wir vor allem anderen an ihm bemerken, ist seine
viktorianische Abneigung gegen Sexualität und Lust, verbunden mit einer resignativen Toleranz gegenüber den diesbezüg-
lichen menschlichen Schwächen. Er hat die Blume getrocknet
und Sexualität und Liebe zum Gegenstand wissenschaftlicher
Untersuchung und Spekulation gemacht, anstatt sie am Leben zu lassen.*[25]

Offenbar kam Fromm der Wahrheit näher, als er wußte. Liam Hudson erklärt aus seiner Kenntnis aller neueren Freud-Biographien heraus, Freud habe etwa um die Zeit, als er an der *Traumdeutung* zu arbeiten begann, dem aktiven Sexualleben abgeschworen und seine sexuelle Beziehung zu Martha, seiner Frau, aufgegeben. Blumen hatten in Feuds Code-Buch immer eine erotische Bedeutung; unter den gegebenen Umständen war die Zyklame, die Lieblingsblume seiner Frau, ein besonders prägnantes Symbol.

Es verhält sich jedoch schlicht so, daß Fromm den Traum aus der Distanz eines halben Jahrhunderts betrachtete und daß er darüber hinaus, wie jeder gute Psychoanalytiker es sein sollte, ein aufmerksamer, leidenschaftsloser Beobachter war, der erkannte, was Freud trotz all seiner Genialität, Rigorosität und Beharrlichkeit ausließ. Mit anderen Worten: Es gibt keine definitive Deutung für einen Traum, selbst wenn sich der Träumer und der Traumdeuter, der Analytiker und der Analysand in der Person Freuds vereinen. Für jeden Traum gibt es so viele Deutungen, wie es Traumdeuter gibt. Manche Deutungen mögen treffender sein als andere, und niemand, nicht einmal Freud selbst, bringt es allein fertig, jeden Aspekt der eigenen Träume zu erkennen.

Freuds überwiegendes Interesse an der sexuellen Symbolik war Teil einer umfassenderen und ernsthafteren intellektuellen Unternehmung. In seiner Definition bedeutete Sexualität nicht nur genitale Aktivität und genitale Lust, sondern umfaßte ein wesentlich weiteres Spektrum von Erregungszuständen und lustvollen Betätigungen, die von den elementaren physiologischen Bedürfnissen her – Sexualtrieb, Hunger oder Ausscheidung – nicht angemessen erklärt werden konnten. Diese diffuse Sexualität herrschte aus Freuds Sicht

vor allem im Säuglings- und Kleinkindalter vor, und es waren die frühkindlichen Erfahrungen mit all ihrer unverform-
ten, primitiven Kraft, die sich hinter den komplexen Veräste-
lungen der erwachsenen Traumarbeit verbargen. Träume
ließen sich auch

... *beschreiben als der durch Übertragung auf Rezentes veränderte Ersatz der infantilen Szene. Die Infantilszene kann
ihre Erneuerung nicht durchsetzen; sie muß sich mit der Wie-
derkehr als Traum begnügen. (...) In das Nachtleben scheint
verbannt, was einst im Wachen herrschte, als das psychische
Leben noch jung und untüchtig war, etwa wie wir in der
Kinderstube die abgelegten primitiven Waffen der Menschheit, Pfeil und Bogen, wiederfinden. Das Träumen ist ein
Stück überwundenen Kinderseelenlebens.*[26]

In Freuds hierarchischer Stockwerk-Geographie des Bewußtseins waren diese primitiven oder infantilen Wünsche
im Keller angesiedelt, im Unbewußten, im Es, und der Zutritt zum zivilisierten Salon, wo das bewußte Ich hofhält,
war ihnen nicht gestattet. Aber wenn das Ich in seiner
Wachsamkeit nachläßt und in Schlaf sinkt, kommen die
ungebärdigen Wesen aus dem Keller hervor, hämmern an
die Tür des Salons und verlangen lautstark, eingelassen zu
werden. Da das Ich seine Ruhe braucht, steht ein Posten
an der Tür, der Traumzensor, dem es obliegt, diese wider-
borstigen Eindringlinge zu bändigen, sie in akzeptable
Träume zu verwandeln und so die Nachtruhe zu erhalten.
Freud zufolge verbinden die primitiven Triebe sich mit
Fragmenten aus dem Erleben des vorangegangenen Tages,
dem »Tagesrest«, werden komprimiert, verschoben, reprä-
sentabel gemacht und entgiftet; des weiteren werden sie
einer »sekundären Bearbeitung« unterworfen, die sie in

verständliche Form bringt. Auf diese Weise werden unsere
durch den Rotstift des Zensors zusammengestrichenen und
bereinigten Träume zu den »Wächtern des Schlafs« statt zu
seinen Störern.

»Welcher Mann hat im Traum nicht mit seiner Mutter geschlafen?« ruft Jokaste aus, als das Geheimnis der Herkunft
des Ödipus gelüftet wird. Und Plato sagte, daß in uns allen,
selbst in guten Menschen, ein gesetzloses wildes Tier Natur
existiert, das im Schlaf sein Haupt erhebt. Auch Freud dachte so, und aus seiner Sicht hatte das Träumen eine spezielle
Funktion, ähnlich der eines neurotischen Symptoms, eine
»Kompromißfunktion«, wie er sie nannte: die Manifestation
eines primitiven Wunsches und die gleichzeitige Abwehr
desselben.

Das ist ein subtiler Gedankengang, der jedoch leicht zu Mißverständnissen führen kann. Der wirkliche Inhalt der Träume, der »latente Inhalt« – das ist eine Implikation dieser
Theorie –, ist grundsätzlich ein verbotener, gewöhnlich ödipaler Wunsch, der für das tugendhafte wache Ich inakzepta-
bel ist. Aber wenn Träume der verhüllte Ausdruck nicht to-
lerierbarer erotischer Impulse sind, dann hat das Träumen
als solches den Charakter des Krankhaften. Und das ist
Charles Rycroft zufolge ein Argument, das sich selbst ad
absurdum führt:

*Indem er Träume als »abnorme psychische Phänomene«
klassifizierte, gelang es Freud, sie zu seiner Zufriedenheit als
ein den neurotischen Symptomen analoges Geschehen zu erklären, aber um den Preis der Auslöschung des Unterschieds
zwischen Krankheit und Gesundheit. Wenn Träume sowohl
universell auftretende Erfahrungen als auch abnorme psychische Phänomene sind, müssen die Gesunden praktisch als
Neurotiker betrachtet werden, und die Unterscheidung zwi-*

schen Gesundheit und seelischem Gleichgewicht einerseits und Krankheit und Mangel an Integration andererseits geht über Bord.[27]

Sechzig Jahre nach der Veröffentlichung von Freuds *Traumdeutung* hat die Schlafforschung schlüssig nachgewiesen, daß das Träumen ein universeller Bestandteil des natürlichen Phänomens Schlaf ist. Wenn der REM-Schlaf mit dem Träumen identisch ist, träumen alle: nicht nur die Neurotiker und die Gesunden, sondern auch alle Wirbeltiere – mit den zuvor erwähnten merkwürdigen Ausnahmen des Ameisenbären und des Schnabeltiers. Normale Erwachsene verbringen ein Fünftel oder ein Viertel ihrer Nachtruhe im REM-Schlaf, Säuglinge etwa die Hälfte, und der REM-Schlaf des dreißig Wochen alten Fötus im Mutterleib kann praktisch vierundzwanzig Stunden am Tag andauern. Mit anderen Worten: Das Träumen ist ein elementarer biologischer Prozeß und kein neurotisches Symptom. Freud hatte das Problem auf den Kopf gestellt; die Träume sind nicht die Wächter des Schlafs, sondern der Schlaf ist der Wächter der Träume. Auch wenn der freudsche Zensor seine Aufgabe erfüllt hat und wir erfolgreich träumen, so träumen wir doch nicht, um uns die Nachtruhe zu erhalten; wir schlafen, um zu träumen, denn Träumen ist eine natürliche und notwendige Körperfunktion.[28] Im Schlaflabor wurde festgestellt, daß freiwillige Testpersonen, die am REM-Schlaf gehindert wurden, einen sogenannten REM-Rebound-Effekt zeigten, das heißt, wenn man sie ungestört schlafen ließ, machten sie die verlorene REM-Zeit unverzüglich wieder wett – und zwar weitaus intensiver und gründlicher, als wenn man ihnen den Tiefschlaf entzog. Es ist also wichtiger zu träumen, als zu schlafen.

Es gibt zwei gute Gründe dafür, daß Freud den Charakter und die Funktion des Träumens mißverstand. Der erste bezieht sich auf die im neunzehnten Jahrhundert allgemein verbreitete Vorstellung von der Funktionsweise des Gehirns. Freud hatte seine Laufbahn als klinischer Neurologe begonnen, und bevor er sich mit der Traumdeutung befaßte, hatte er versucht, das zu seiner Zeit vorhandene Wissen darüber, wie das Gehirn arbeitet, in einer großen verallgemeinernden Theorie unter dem Titel »Entwurf für eine wissenschaftliche Psychologie« zusammenzufassen.[29] Er war mit den Ergebnissen nicht völlig zufrieden und veröffentlichte das Buch nie, aber seinen Schülern James Strachney und Ernst Kris zufolge »geht der Geist dieses Projekts in allen nachfolgenden Arbeiten Freuds um«. Der Entwurf basierte unverkennbar auf der Neurophysiologie des neunzehnten Jahrhunderts, deren Vorstellung von der Funktionsweise des Gehirns relativ simpel und mechanistisch war; aus dieser Sicht hatten die Aktivitäten des Gehirns mehr mit der Arbeitsweise der Dampfmaschine gemein als mit den hochkomplexen Operationen der vielschichtigen, differenzierten elektronischen Geräte, die heute selbst von den rigidesten Behavioristen als etwas Selbstverständliches betrachtet werden.

Freud und seine Zeitgenossen waren davon überzeugt, daß das Gehirn nur auf Stimuli von außen reagieren konnte, daß es, um mit Hobson zu sprechen, »ein passives Gefäß war, das Energie und Informationen aufnahm und weder das eine noch das andere selbst erzeugen oder loswerden konnte, es sei denn auf dem Weg der motorischen Aktivität«. Einfacher ausgedrückt: Man nahm an, daß die neuronalen Schaltkreise des Gehirns Stimulus-Energie aus der Außenwelt empfingen und diese dann entweder in Form von Bewegung entluden – einen Arm heben, um einen Schlag abzuwehren – oder sie wie ein Dampfkochtopf speicherten für eine spätere Entladung – etwa in Form eines Traums oder neurotischen Symptoms als Ausdruck für ein vergangenes schmerzhaftes Erlebnis. Zu jenem Zeitpunkt konnte sich weder Freud noch irgend jemand sonst das Gehirn als eine »Galaxie« vorstellen, »die man in der Hand halten kann«, ein in sich geschlossenes Universum mit Milliarden von untereinander kommunizierenden Neuronen, die selbst Energie und Informationen erzeugen und löschen können, ein System, das im Schlaf, wenn es keinen Input aus der Außenwelt gibt, genauso geschäftig bleibt wie im Wachzustand. Obwohl Freud seine Theorie des Bewußtseins schließlich immens verfeinerte, indem er sie seinen klinischen Erkenntnissen gemäß ständig ausbaute und veränderte, basierte sie letztlich doch auf dem simplen Kraft-und-Gegenkraft-Modell der Mechanik des neunzehnten Jahrhunderts.

Das gegenwärtige Modell des Gehirns und seiner Aktivitäten ist unendlich viel komplexer; es unterschiedet sich von Freuds Modell so sehr wie die Quantenphysik von der Physik Newtons. Obwohl die Psychoanalyse sich nie zu einer Wissenschaft entwickelte, wie Freud ursprünglich gehofft hatte, ist sie doch andererseits gegen die Wissenschaft nicht resistent geblieben. Moderne Psychoanalytiker müssen nicht über die letzten Erkenntnisse im Bereich der Neurophysiologie auf dem laufenden sein, um zu begreifen, daß Freuds Vorstellung vom Gehirn und seiner Arbeitsweise inadäquat war. Statt das Bewußtsein auf das der Dampfmaschine abgeschaute simple hydraulische Modell des neunzehnten Jahrhunderts zu reduzieren, gehen sie nun, wie die Hirnforscher, davon aus, daß das Gehirn mindestens so komplex ist wie das Bewußtsein.

Nun zu dem zweiten Grund, warum Freud den Charakter der Träume mißverstand: Sein wirkliches Interesse galt nicht dem Traum und dem Prozeß des Träumens an sich; ihn inter-

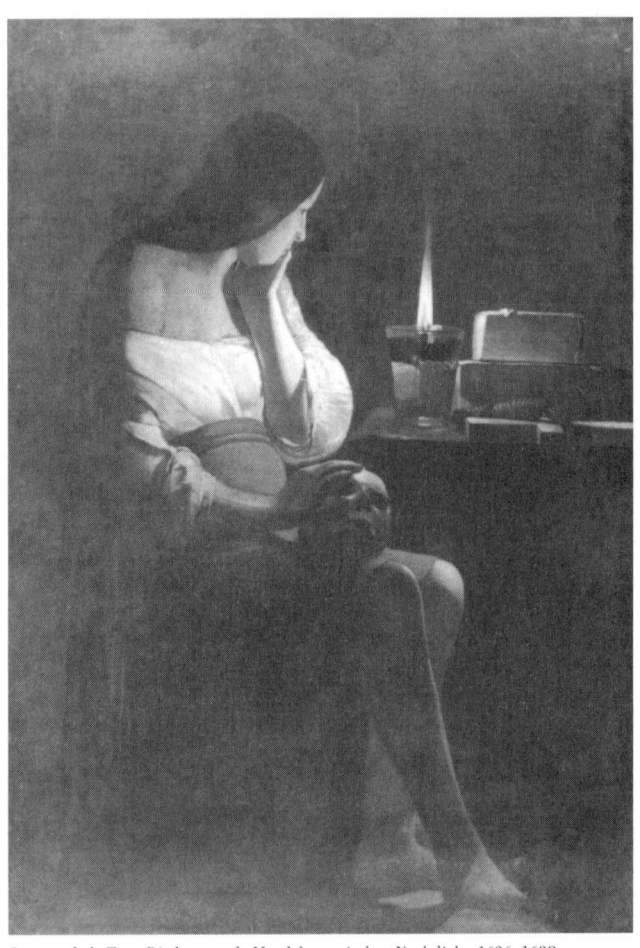

Georges de la Tour, Die bereuende Magdalena mit dem Nachtlicht, 1636–1638

essierte, wie die Träume im wachen Tagesbewußtsein wiedererscheinen, von visuellen Bildern in Sprache übersetzt, mit
Gefühlen durchtränkt und voll von »kleinen Angelhaken«,
wie der Psychoanalytiker Donald Meltzer es ausdrückte, die
für Fischzüge im Unbewußten des Patienten bestens geeignet
sind. Für Naturwissenschaftler ist der REM-Schlaf ein phy-
sisches Phänomen, eine neuronale und chemische Aktivität.
Das Träumen aber ist eine mentale Erfahrung, und viele Psychoanalytiker begreifen es als eine ganz eigene Sprache, eine
Form der Kommunikation. Die Träume als solche sind für sie
von geringerem Interesse, sie sind daran interessiert, wie die
Patienten ihre Träume erzählen, was sie einbeziehen, hervorheben, übergehen, weglassen und auf welche abwegigen und
scheinbar irrelevanten Pfade sie beim Erzählen geraten. Als
Freud die Träume als »den Königsweg zum Unbewußten«
bezeichnete, bezog er sich nicht auf die Träume als solche,
sondern auf die Assoziationen der Patienten zu ihren Träumen. Was er in erster Linie von den Träumen lernte, war die
Technik des freien Assoziierens, aus der sich alle nachfolgenden psychoanalytischen Techniken entwickelten. Irgend jemand hat Freud »den Chirurgen der Nacht« genannt; das
freie Assoziieren war das Skalpell, das er benutzte, um das
Unbewußte offenzulegen.

Freud fragte sich nicht, was die Träume sind oder woher sie
kommen; ihn interessierte nur, wohin sie führen. Obwohl er
wie Artemidoros glaubte, daß die Träume etwas zu sagen
hatten, daß sie Botschaften enthielten, daß ihnen »Material«
zugrunde lag, das verhüllt, verschoben und verdichtet wurde, ging es ihm nie darum, Träume als *Träume* zu deuten. Er
benutzte Träume, um Charakterstrukturen, Motive, Geistes-
zustände, Neurosen zu deuten und was sonst die unendliche
Verschrobenheit der menschlichen Psyche ausmacht. Mit
anderen Worten: Der Titel seines Buches ist irreführend. Zu

vielen weitverbreiteten Mißverständnissen wäre es wohl
nicht gekommen, wenn er einen anderen Titel gewählt hätte,
etwa: »Wie man mit Träumen arbeitet«.

Freud bezog seine Inspiration zum Teil aus einer anderen,
flexibleren Tradition der Traumdeutung, die durch die
Literatur und die bildenden Künste über die Jahrhunderte
weitergegeben worden war. Freud war sein Leben lang ein
großer Bewunderer der Künste. Lionel Trilling nennt die
Psychoanalyse »einen der Kulminationspunkte der romantischen Literatur des neunzehnten Jahrhunderts«, und er zitiert den bekannten Ausspruch Freuds an seinem siebzig-
sten Geburtstag, als ein Bewunderer ihn den »Entdecker des
Unbewußten« nannte: »Die Dichter und Philosophen vor mir
entdeckten das Unbewußte. Was ich entdeckte, war die wissenschaftliche Methode, durch die man das Unbewußte erforschen kann.«[30]
Dieser anderen Tradition zufolge trugen die Träume die Last
der emotionalen Obsessionen des Träumers, in intensiver
und konzentrierter Form. Für Shakespeare war diese Sichtweise der Träume selbstverständlich, und er setzte sie überall ein: in *Julius Cäsar* zum Beispiel, als Brutus in der Nacht
vor Philippi den Geist Cäsars vor sich sieht (die anderen
schlafen im Zelt, und Brutus ist nur des dramatischen Sze-
nenablaufs wegen wach; wenn Shakespeare ein Filmdreh-
buch geschrieben hätte, wäre die Erscheinung ein Traum
gewesen), in *Richard III.*, als Clarence im Traum seinen Tod
durch Ertrinken voraussieht und als Richard selbst vor der
Schlacht von Bosworth träumt, daß die Geister seiner Opfer
vor ihn hintreten, einer nach dem anderen, und »verzweifle
und stirb« schreien, um dann dem gegnerischen General
Glück und Gedeihen zu wünschen. In jedem dieser Fälle

folgte Shakespeare seinen historischen Quellen – Plutarch,
Holinshed –, aber er setzte Träume auf zweierlei Weise ein:
zum einen in konventioneller Manier à la Artemidoros, als
Zukunftsorakel, und zum anderen à la Freud, um den über-
wältigenden Schuldgefühlen seiner Charaktere über die Verbrechen, die sie begangen hatten, dramatische Form zu geben. Aber wenn Lady Macbeth schlafwandelnd die Morde
wiedererlebt und imaginäres Blut von ihren Händen wäscht,
so als sei ihr Traum ein eigenes Theaterstück innerhalb des
Stücks, dann räumt Artemidoros das Feld, und die Träume
werden endgültig zu dem, wofür Freud sie hielt: zum dramatischen, bildlichen Ausdruck eines schuldbeladenen Gewissens. Lady Macbeths Schlafwandeln ist ein zu einem Drama
transformierter Traum, und der Arzt, der sie beobachtet, wird
zum aufmerksam lauschenden Psychoanalytiker. Er sagt:
»Die kranke Seele will ins taube Kissen / Entladen ihr
Geheimnis. Sie bedarf / Des Beichtigers mehr noch als des
Arztes.«

Freud war als Wissenschaftler eine Ausnahmeerscheinung,
denn er war bereit, einzuräumen, daß auch die Künste, die
von Naturwissenschaftlern gewöhnlich mit einer gewissen
Geringschätzung betrachtet werden, Zugang zu gültigen
Wahrheiten ermöglichten. Vielleicht erlangte er in der Welt
der Naturwissenschaften deshalb nie großen Ruhm, während Künstler aller Sparten versuchten, ihn als einen der
ihren zu vereinnahmen. Robert Lowell machte einmal die
Bemerkung, Freuds Fallgeschichten zu lesen sei wie die
Lektüre eines großen russischen Romans. Für Freud selbst
war die offensichtliche literarische Qualität seiner klinischen Studien – oder vielleicht sein bemerkenswertes stili-
stisches und erzählerisches Talent – eine durchaus zwiespäl-
tige Gabe. Es sei ihm selbst unheimlich, sagte er, daß die

Fallstudien, die er schreibe, sich wie Novellen läsen und daß sie, wie man vielleicht sagen könnte, nicht den Stempel der ernsthaften Wissenschaft trügen.[31]

Die Wahrheit, die Künstler einzugestehen bereit waren – oder um deren Enthüllung es der Kunst überhaupt ging –, lautete, daß die Wünsche des Herzens »so verdreht sind wie Korkenzieher«, und je mehr Freud das in seiner klinischen Arbeit bestätigt fand, desto inadäquater erschien ihm der wissenschaftliche Empirismus:

> … *die wesentlichen Traumgedanken (…) enthüllen sich zumeist als ein Komplex von Gedanken und Erinnerungen vom allerverwickeltsten Aufbau mit allen Eigenschaften der uns aus dem Wachen bekannten Gedankengänge. Nicht selten sind es Gedankensprünge, die von mehr als einem Zentrum ausgehen, aber der Berührungspunkte nicht entbehren; fast regelmäßig steht neben einem Gedankengang sein kontradiktorisches Widerspiel, durch Kontrastassoziationen mit ihm verbunden.*
>
> *Die einzelnen Stücke dieses komplizierten Gebildes stehen natürlich in den mannigfaltigsten logischen Relationen zueinander. Sie bilden Vorder- und Hintergrund, Abschweifungen und Erläuterungen, Bedingungen, Beweisgänge und Einsprüche. Wenn dann die ganze Masse dieser Traumgedanken der Pressung der Traumarbeit unterliegt, wobei die Stücke gedreht, zerbröckelt und zusammengeschoben werden, etwa wie treibendes Eis, so entsteht die Frage, was aus den logischen Banden wird, welche bishin das Gefüge gebildet hatten. Welche Darstellung erfahren im Traum das »Wenn, weil, gleichwie, obgleich, entweder-oder« und alle anderen Präpositionen, ohne die wir Satz und Rede nicht verstehen können?*[32]

Freud spricht hier über das Bewußtsein selbst, in all seiner atemberaubenden Komplexität, Doppeldeutigkeit und Widersprüchlichkeit. Er ist ein Rationalist, der versucht, mit etwas von Grund auf Irrationalem umzugehen, und sein Bild der Fragmente, die sich drehen und aufsplittern und übereinanderschieben wie Treibeis, hat eine beinahe unheimliche Ähnlichkeit – als Gesamtvorstellung, nicht im Detail – mit der neuronalen Kakophonie, die von den Hirnforschern beschrieben wird.

Die Passage ist charakteristisch für den Stil und eine der zentralen Qualitäten, die das selbst für den Laien nach wie vor Faszinierende der *Traumdeutung* ausmachen: die schiere intellektuelle Beharrlichkeit, mit der Freud seine eigenen Einsichten und Beobachtungen immer wieder in Zweifel zog. Vielleicht ging er zum Teil von falschen Prämissen aus, vielleicht war er starrsinnig, was die Richtigkeit seines Systems betraf, aber niemand hat über die universelle Erfahrung des Träumens je differenzierter oder konsequenter reflektiert.

Den Naturwissenschaftlern genügt das jedoch nicht, um sein Werk zu rehabilitieren. Zwischen den sogenannten exakten Wissenschaften und der Psychoanalyse besteht eine Antipathie, die so alt zu sein scheint wie die Wissenschaft selbst:

Um das Jahr 500 v. Chr. umriß die Naturwissenschaft erstmalig ihr Gebiet, indem sie sich von der Welt des Traums abgrenzte. Herakleitos von Ephesos formulierte ein wissenschaftliches Manifest in den zwei Sätzen: »Nicht sollen wir wie Schlafende handeln und reden, doch auch die Schlafenden sind Wirker und Mitwirker bei dem, was in der Welt geschieht« und »Die Erwachten haben eine und eine gemeinsame Welt; bei den Schlafenden aber wendet sich jeder seiner eigenen zu«.[33]

Naturwissenschaftler finden es bis heute unverzeihlich, daß Freud den Anspruch hatte, seine Arbeit als Wissenschaft anerkannt zu sehen. Da er als klinischer Neurologe begonnen und ernsthafte Forschung auf dem Gebiet der Histologie betrieben hatte, hätte er es aus ihrer Sicht besser wissen müssen. Als echter Forscher hätte er erkennen müssen, daß es sich bei seinen Theorien um reine Spekulation handelte; sie waren nicht wirklich wissenschaftlich, basierten nicht auf wiederholbaren Experimenten oder empirischen Studien. Hobson tut sich besonders darin hervor, dieses Thema mit beleidigender Insistenz auszuschlachten. Freud hatte eine falsche Vorstellung von der Funktionsweise des Gehirns – was man ihm in Anbetracht des zu seiner Zeit vorhandenen Wissens jedoch kaum vorwerfen kann –, aber schlimmer noch: Er arbeitete ausschließlich mit subjektiven Daten. Die Träume, die er analysierte, waren entweder seine eigenen oder Berichte aus zweiter Hand – Träume, die andere Leute ihm erzählten. Seine Theorien waren »nicht in der Weise logisch aufgebaut, daß sie dem experimentellen Test unterworfen werden konnten«. Die Psychoanalytiker antworten darauf, daß die meisten Naturwissenschaftler Menschen wie Maschinen behandeln und alle Tiefen und Widersprüche, die das Menschliche ausmachen, ignorieren. Beide Seiten liegen gleichermaßen richtig beziehungsweise falsch, je nachdem, ob das Träumen als neuronale und chemische Aktivität oder als Form der Kommunikation betrachtet wird.

Aber diese Art der Argumentation trifft eigentlich nicht den Kern; in den frühen Jahren war Freud selbst ambivalent, was den wissenschaftlichen Status seiner Arbeit anging. Als er damit begann, sich in dieses weite und unerforschte Territorium vorzutasten, waren seine Ansprüche auf wissenschaftliche Wahrheit und seine Einstellung zu seinen eigenen Theorien von einer bemerkenswerten Zurückhaltung ge-

prägt. Er sprach von »Überlegungen«, und je klarer ihm
wurde, welche außerordentliche Komplexität dem Bewußtsein innewohnt, desto weniger war er sich der strikt wissenschaftlichen Gültigkeit seiner Erkenntnisse sicher. Er nannte die wissenschaftlichen Ergebnisse der Psychoanalyse in
dieser Phase ein bloßes Nebenprodukt ihrer therapeuti-
schen Zielsetzungen und erklärte, gerade in jenen Fällen, in
denen die Behandlung versagte, würden oft die wichtigsten
Entdeckungen gemacht.[34]
Selbst an den anspruchsvollsten Maßstäben gemessen
spricht er hier ganz und gar aus dem Geist echter wissenschaftlicher Skepsis heraus. So sollte es jedoch leider nicht
bleiben. Freuds Einstellungen verhärteten sich in seinen
späteren Jahren, denn mit seinen Äußerungen über die
Macht und die Allgegenwart der Sexualität hatte er eine
Büchse der Pandora geöffnet – für sich selbst nicht weniger
als für alle anderen.
Die Wirkung seiner Arbeit wurde als »der letzte große Affront in einer Serie schmerzlicher Demütigungen, die der
menschliche Narzißmus seit dem Anbruch des wissenschaftlichen Zeitalters hinnehmen mußte« beschrieben.
»Nachdem Kopernikus und Darwin die Menschheit von ihrem privilegierten Platz im Universum und in der Hierarchie
der Schöpfung heruntergestoßen hatten, führte Freud den
dritten wuchtigen Schlag, indem er aufzeigte, daß das Ich
nicht einmal Herr im eigenen Haus, nicht der unangefoch-
tene Regent der menschlichen Psyche war.«[35] Freud stieß
mit seinen Erkenntnissen also nicht nur Wissenschaftler vor
den Kopf; sie waren auch ein Affront gegen seine eigene
Gesellschaft, deren Anerkennung er suchte, zu deren Wert-
vorstellungen er sich bekannte und an deren Konventionen
er sich als nichtgläubiger, aber unassimilierter Jude in einer
zutiefst antisemitischen Ära gewissenhaft hielt. So wie

Freuds hierarchisches Stockwerk-Modell der Psyche die
Hierarchie der Gesellschaft reflektierte, in der er lebte, spiegelte auch der Zensor, den er sich im Kopf des Träumers
vorstellte, die Zensur, die in seiner Umgebung am Werk war,
und die Probleme, die sie ihm verursachte. Sein Streben
nach wissenschaftlicher Wahrheit, wie er sie verstand, ließ
es nicht zu, daß er der Aufdeckung des latenten erotischen
Inhalts, der hinter scheinbar harmlosen Träumen verborgen
lag, aus dem Wege ging.

In gewisser Weise war diese allgegenwärtige Sexualität für
ihn jedoch ebenso unannehmbar wie für den Rest des medizinischen Establishments seiner Zeit. Er war Arzt und Fami-
lienvater, ein korrekter, bürgerlicher Mensch, und wenn er
auch seinen ganzen Ehrgeiz darauf richtete, innerhalb seiner
geheimnisvollen neuen Disziplin unbekanntes Terrain zu erobern, lag ihm Subversion doch völlig fern; die Vorstellung,
in Verruf zu kommen, war grauenerregend. Daher der Cordon
sanitaire der wissenschaftlichen Objektivität und Rigorosität, mit dem er das gesamte Projekt Psychoanalyse umgab.
Damals wie heute waren das Sozialleben und das gesell-
schaftliche Auftreten der Psychoanalytiker von peinlichster
Korrektheit, das heißt unter allen Berufsständen mit Abstand am langweiligsten. Damals wie heute wurden die auf-
rührerischen Geister aus den feinen analytischen Zirkeln
verbannt. Otto Gross zum Beispiel, den Freud anfangs als
den begabtesten seiner Schüler betrachtete, predigte der
Münchner Boheme die freie Liebe und lebte das, was er predigte, auf spektakuläre Weise vor; er wurde von Freud ver-
stoßen und endete als Drogensüchtiger buchstäblich in der
Gosse.

Aber selbst die vollendete bürgerliche Wohlanständigkeit erwies sich als unzureichender Schutzwall gegen die moralische
Prüderie jener Zeit oder gegen den Schock, den Freuds Er-

kenntnisse über die Macht und Omnipräsenz der menschlichen Sexualität bei seiner Leserschaft auslösten. In einer seiner frühen Vorlesungen hob er hervor, daß die meisten Menschen in sexuellen Dingen nicht ehrlich seien. Sie zeigten ihre Sexualität nicht offen, sagte er, sondern verbargen sie unter einem schweren, aus Lügengewebe geschneiderten Mantel, so als herrschte in der Welt der Sexualität ein rauhes Klima.[36]

3. Die moderne Psychoanalyse

Das Klima blieb noch mindestens ein Vierteljahrhundert nach seinem Tod im Jahr 1938 so rauh, und Freud verhärtete sich mit zunehmendem Alter mehr und mehr. Er setzte abweichende Meinungen mit Illoyalität gleich und strebte danach, seine Theorie zum ehernen Gesetz zu machen – ein seltsames Schicksal für eine Disziplin, die sich den fließendsten und schillerndsten aller Gegenstände für ihre Forschung gewählt hat: die Beschaffenheit des Menschen. Freud entwickelte seine Theorien dennoch ständig weiter, und seine Vorstellung vom Bewußtsein wurde immer differenzierter. Angst, Schuldgefühle und Gewissen traten als zentrale motivierende Kräfte der Psyche an die Stelle von Sexualität und Wunscherfüllung. Der späte Freud war selbst kein strikter Freudianer.

Nach seinem Tod, als die Gruppen sich aufspalteten, schossen die Theorien ins Kraut, und die Tafeln des Gesetzes wurden allmählich umgeschrieben, bis vor allem das intellektuelle Beispiel übrigblieb, das Freud selbst gegeben hatte – seine forschende, unstillbare, ständig zweifelnde wissenschaftliche Neugier. Heute sind die primitiven, erzkonservativen Freudianer, die unerschütterlich von der Omnipotenz des Ödipuskomplexes, der libidinösen Triebe und der Traummechanismen, wie Freud sie in der *Traum-*

deutung darstellte – Traumzensor, Wunscherfüllung und so
fort –, überzeugt sind, zum Glück rar geworden. Die inter-
essantesten Strömungen innerhalb der modernen Psychoanalyse sind jetzt alle wesentlich flexibler. Sie befassen
sich vor allem mit dem, was im Hier und Jetzt der Therapiesitzung zwischen Patient und Analytiker vorgeht.

Freud war ein großer Sammler antiker Kunstgegenstände,
und seine Einstellung zu seiner Disziplin hatte einen entsprechend archäologischen Charakter. Er glaubte, daß bei
den Menschen, die in seinem Ordinationszimmer landeten,
tief unter den Oberflächenschichten der kulturellen und sozialen Gewohnheiten eine Art Urkonflikt – ein entscheidender, gewöhnlich ein sexueller Konflikt – verborgen läge, der
die Symptome ausgelöst hatte, und daß dieser Konflikt durch
geduldiges Abtragen der Schichten, harte Arbeit und Intui-
tion schließlich aufgedeckt werden konnte. Er glaubte, um
es anders auszudrücken, an eine auf eine Person begrenzte
»intrapsychische« Psychologie, in der alles mit dem Patienten und seiner einzigartigen, privaten Geschichte beginnt
und endet.

Die moderne Analyse gründet sich dagegen auf eine Zwei-
Personen-Psychologie, eine Psychologie der »Objektbezie-
hungen«. Sie geht davon aus, daß psychische Vorgänge immer auf ein Gegenüber ausgerichtet sind, selbst wenn dieses
Gegenüber vorwiegend als geisterhafte Präsenz im Bewußtsein des Patienten existiert, als »inneres Objekt«, wie die
an Melanie Klein orientierten Analytikerinnen und Analytiker es nennen. Der Prozeß der Psychoanalyse verlagert sich
somit von der archäologischen Vergangenheit auf die kom-
munikative Gegenwart. Die Exhumierung der frühesten Erfahrungen des Patienten ist hier nicht das vordringlichste
Ziel; es wird vor allem mit Übertragung und Gegenübertra-
gung gearbeitet, das heißt mit der Art, wie der Patient sich

äußert, wie er oder sie sich in der Beziehung zum Analytiker fühlt, und mit den Reaktionen, die er oder sie im Therapeuten auslöst. Träume sind in diesem Prozeß nur ein Element innerhalb einer bereits sehr komplizierten Interaktion. Gleichzeitig ist diese Interaktion selbst nur eine andere Art des Träumens. Jung sagte einmal, wahrscheinlich träumten wir alle unentwegt, nähmen es aber nicht wahr, weil das wache Tagesbewußtsein einen solchen Lärm mache. Auch Melanie Klein dachte so, mit dem Unterschied, daß sie nicht wie Jung vom Träumen sprach, sondern von »unbewußten Phantasien«, einem kontinuierlichen Prozeß, der sich in unserer inneren Welt abspielt. Diese Vorstellung wiederum gab dem Träumen eine neue Bedeutung:

Das Träumen konnte nicht nur als ein Prozeß betrachtet werden, der dazu diente, Spannungen herabzusetzen und so den Schlaf zu erhalten; Träume mußten als Bilder des Traumlebens *verstanden werden, das sich die ganze Zeit abspielte, im Wachen und im Schlafen. Wir können diese Transaktionen* »Träume« *nennen, wenn sie im Schlaf stattfinden, und* »unbewußte Phantasien«, *wenn wir wach sind. Die Implikation war, daß dieser inneren Welt die volle Bedeutung eines* »Ortes« *zugestanden werden mußte, eines Lebensraums, des Ortes vielleicht, an dem Sinn hergestellt wird. (...) Wir können uns das Träumen als einen Prozeß vorstellen, der im Bewußtsein so kontinuierlich vor sich geht wie der Prozeß der Verdauung im Körper, aber stärker auf seine Aufgabe konzentriert, wenn die anderen mentalen Prozesse, die dem Austausch mit der Außenwelt dienen, im Schlaf außer Kraft gesetzt sind.*[37]

Wenn wir das Wort »Träumen« durch »geistige Prozesse« ersetzen, haben wir ein Bild des Bewußtseins, das dem »ge-

schlossenen System« der modernen Neurophysiologen stark
ähnelt.

Der Unterschied ist, daß Naturwissenschaftler an der Chemie des Gehirns interessiert sind, während das Interesse der
Psychoanalytiker dem mentalen Leben und den Gefühlen
gilt. Oder, weniger hochtrabend ausgedrückt: Wie den Träu-
mern selbst geht es den Psychoanalytikern um die Prägnanz
der Träume. Freud hob den entscheidenden Unterschied
hervor, als er schrieb, daß »... so viele Träume indifferent
erscheinen, während man sich in die Traumgedanken nie
ohne tiefe Ergriffenheit versetzen kann«.[38]

Für Analytiker und Träumer gleichermaßen sind Träume
wie Bibliotheken: Die Geschichte eines ganzen Lebens steht
vergessen auf den Regalen, aber wenn man ein Buch her-
ausnimmt und zu lesen – das heißt, frei zu assoziieren –
beginnt, ist plötzlich alles wieder präsent, die Erfahrungen
und Gefühle, die man früher einmal hatte, aber verdrängte
oder vergaß, alle völlig intakt, mit all den Ängsten, Qualen
und herzzerreißenden Sehnsüchten.

Es ist eine Funktion des Analytikers, diese verlorene Welt
und die Schatten, die sie immer noch auf die Gegenwart
wirft, dem Begreifen zugänglich zu machen. Seine andere
Funktion ist, den Traum als Prozeß, der sich im Jetzt abspielt, nicht nur in der Übertragung, sondern auch im Leben
des Patienten, zu verstehen und zu deuten. Auf einem Semi-
nar, das der große Psychoanalytiker Wilfred Bion kurz vor
seinem Tod abhielt, trug eine Analytikerin, die mit Kindern
und Jugendlichen arbeitet, den Fall eines ziemlich intellektuellen jungen Patienten vor. Sein größter Wunsch, vertraute
er ihr an, war, »ein Stück Geschichte zu berühren«. Kurz
darauf träumte er, er habe ein Fossil ausgegraben, und er war
so begeistert, daß er in Tränen ausbrach, als er erwachte,

weil es nur ein Traum war. Für den Jungen war der Traum voll von intensiven Gefühlen und Bedeutung, und auch die Analytikerin war tief bewegt. Das war 1978 in London; die freudianische Sexualsymbolik alten Stils war aus der Mode gekommen und in einigen Zirkeln durch ein gleichermaßen klobiges Raster mit entsprechendem Jargon – »partielle Objekte« – ersetzt worden, eine vergröbernde Version der frühen Theorien Melanie Kleins. Ein Teilnehmer des Seminars, der dem neuen Trend enthusiastisch anhing, warf prompt in die Diskussion, das Fossil sei natürlich in Wahrheit »ein totes Baby, eingehüllt in Fäkalien«. Das war eine völlig schematische, versimpelnde Deutung, die den emotionalen Inhalt des Traums in blinder Indifferenz überging, schlimmer als alles, was Artemidoros je zustande brachte. Die Analytikerin des Jungen war sprachlos über die Unangemessenheit dieser Äußerung. Ein aufgebrachter Skeptiker, der sich provoziert fühlte, legte schließlich Protest ein; ein Reduktionismus dieser Größenordnung gehe am Wesentlichen, am Sinn des gesamtem Traums vorbei. Bion hörte sich den Streit an, schweigend und unbewegt wie eine Sphinx, wie es seine Art war. Dann sagte er im Ton nachsichtiger Milde: »Aber er berührte tatsächlich ein Stück Geschichte!« Der Traum, drückte Bion damit aus, war keine flüchtige Phantasie; im Leben des Jungen war er ein reales Ereignis – so real in bezug auf Gefühle und Sinn und sogar Konsequenzen wie jede Erfahrung im Wachzustand.

Es ist diese Dimension der emotionalen oder existentiellen Wahrheit, die in wissenschaftlichen Darstellungen der Funktionsweise des träumenden Gehirns fehlt. Hobson zum Beispiel erklärt in seiner »Activation-Synthesis«-Hypothese, das träumende Gehirn habe im REM-Schlaf einen undankbaren Job zu erledigen und mache das absolut Beste daraus. (Zuerst wird das Gehirn aktiviert, dann bildet es die

Synthese aus seinen eigenen sensorischen und motorischen
Informationen.) Da es in völliger Isolierung vor sich hin arbeitet, während die Pforten der Wahrnehmung vor der Außenwelt
dicht verschlossen sind und der Körper praktisch paralysiert
ist, muß es seiner eigenen intern geschaffenen Aktivität Sinn
entnehmen, mit allen Mitteln, die ihm zur Verfügung stehen.
Die abrupten Veränderungen in Zeit und Raum, die bizarren
Transformationen von Menschen, Orten und Landschaften,
die Mißachtung der Naturgesetze – »wissen Sie, ich kann
häufig fliegen« –, all das steht Hobson zufolge mit der intensiven, aber willkürlichen neuronalen Aktivität des Gehirns in
Zusammenhang und mit der Art, wie die Augen im REM-
Schlaf hin- und herrutschen und rotieren. Und all das versucht das Bewußtsein mit seinem Ordnungsdrang in eine
Sprache zu übersetzen, die es verstehen kann. Um es auf eine
einfache Formel zu bringen: Für Hobson und seine Kollegen
verhält das Gehirn sich wie der Naturwissenschaftler; es
strebt danach, seinen Erfahrungen Sinn zu entnehmen, aus
der Zufälligkeit des Gegebenen Ordnung zu schaffen.
Das ist eine raffinierte weitere Drehung in der Einstellung
der sogenannten »reinen« Wissenschaftler, für die das Gehirn letztlich ein hochentwickelter Computer ist, der von seinem elektronischen Gegenstück zu irgendeinem Zeitpunkt
übertroffen werden wird. Es gibt zahllose Variationen zu diesem materialistischen Thema, aber am weitesten gehen die
Molekularbiologen Francis Crick und Graeme Mitchison; für
sie sind Träume nichts anderes als mentale Müllbeseitigung.
Wir träumen, sagen sie, um »störende Erinnerungen« los-
zuwerden – parasitäre Gedankenmuster, die keinen Zweck
erfüllen und das Gehirn aktiv daran hindern, mit höchster
Effizienz zu arbeiten. Würde der Müll nicht durch Träumen
entsorgt, wäre die Speicherkapazität des Hirn-Computers irgendwann überlastet.

Im Unterschied zu anderen »exakten« Wissenschaftlern glaubt Hobson, daß Träume ihre Bedeutung haben und daß man sie interpretieren kann. Jung sagte, der Traum sei seine eigene Deutung, und Hobson stimmt dem zu. Er bezeichnet allerdings Träume eher als »transparent«; aus seiner Sicht bedeuten Träume genau das, was sie zeigen. Die Wünsche und Triebe, die sie ausdrücken, sind das, was sie sind; nichts ist verborgen, verschleiert oder unterdrückt. Wenn er träumt, daß er im Bostoner Museum of Fine Arts auf Mozart trifft, der am Flügel sitzt und ein Klavierkonzert spielt, dann ist Mozart kein symbolischer Ersatz für seinen Vater; Mozart ist Mozart, ein Komponist, dessen Musik Hobson liebt, denn er furchtbar gern kennengelernt hätte und mit dem er sich, wie er zugibt, insgeheim identifiziert. Für Hobson sind Träume also das, was im Computerjargon mit der Abkürzung WY-SIWYG bezeichnet wird: What You See Is What You Get (Du kriegst genau das, was du siehst, oder, im übertragenen Sinn, es gibt keine Bedeutung *hinter* den Dingen).

Das ist eine Art, der Artemidoros-Falle der ins Phantastische ausufernden Überinterpretation zu entgehen – vor allem jenen klassisch freudianischen Deutungen ödipaler Konflikte, die Hobson besonders verabscheut. In der Praxis sind Deutungstheorien jedoch von geringer Bedeutung. Patienten brauchen sich keine Gedanken darüber zu machen, welchem System ein Psychoanalytiker aufgrund seiner Ausbildung oder seines Temperaments anhängt. Ein Traum bedeutet das, was er im Kontext der Therapiesitzung aussagt.

Was noch wichtiger ist: Die wenigen Träume, an die wir uns im Wachzustand erinnern, unterscheiden sich von der enormen Zahl der Traumbilder, die unser Leben lang Nacht für Nacht an uns vorüberziehen und die wir vergessen. Manche Träume bekommen Bedeutung und sind von Emotionen gefärbt, weil wir uns an sie erinnern; an andere erinnern wir uns, weil sie von Emotionen gefärbt sind und uns etwas Wichtiges zu sagen haben. Eben darauf beruht die grundlegende Prämisse der Psychoanalyse: Wenn ein Patient einen Traum wiedergibt, teilt er dem Analytiker damit indirekt etwas Wichtiges mit, das er nicht direkt ausdrücken kann. Träume sind vielleicht rätselhaft, aber sie sprechen nicht notwendigerweise in Rätseln. Sie sprechen vielmehr in Bildern; ihre Sprache ist indirekt und metaphorisch. Daher wirkt das Wort »transparent« merkwürdig fehl am Platz, wenn es zur Beschreibung eines so facettenreichen und vielschichtigen Phänomens verwendet wird.

Ein kurzer Abstecher in die Chaostheorie

Jung postulierte ein kollektives Unbewußtes, eine Art archetypisches Menschheitsgedächtnis; danach sind Mythen – die symbolische Wiedergabe der ursprünglichsten und universell wiederkehrenden Erfahrungen und Leidenschaften der Menschheit – fest in den grundlegenden Strukturen des Gehirns verankert. Aber der Mythos ist nur eine Methode, dem vorgefundenen Chaos eine Struktur zu geben, und das Chaos ist genau das, worum es geht. Im Prinzip enthält die innere Welt unserer unbewußten Phantasien *alles*, was ein Individuum je erlebt hat. Also ist diese Welt mindestens so komplex wie das Netzwerk der untereinander kommunizierenden Neuronen im Gehirn.

Beide – das Neuronennetzwerk und die innere Welt – sind eindrucksvolle Beispiele für »nichtlineare Systeme«, wie man sie nennt, dynamische Systeme, deren Verhalten man nur anhand der *Interaktion* der Elemente *innerhalb* des Systems adäquat beschreiben kann und nicht einfach anhand der *Summe* der Eigenschaften des Systems.[39] Mit anderen Worten: Ein nichtlineares System als *Ganzes* unterscheidet sich qualitativ von der Summe seiner Teile, weil die Teile aufeinander einwirken und auf diese Weise komplexe und unvoraussagbare Verhaltensweisen entwickeln. Außerdem heißt es von nichtlinearen Systemen, daß sie eine »sensible Abhängigkeit von Anfangsbedingungen« zeigen, das heißt, selbst minimale Veränderungen der Ausgangslage können zu einem wesentlich späteren Zeitpunkt absolut unerwartete Konsequenzen nach sich ziehen – siehe das berühmte hypothetische Beispiel vom Schlag eines Schmetterlingsflügels über dem Golf von Mexiko, dessen minimaler Luftwirbel den Auftakt zu einem Prozeß bilden könnte, der schließlich in einem Sturm über Island kulminiert.

Die Chaostheorie ist die Wissenschaft von den nichtlinearen Systemen; sie demonstriert, oft mit großer Eleganz, daß selbst das Chaos seine eigene Ordnungsstruktur hat. Die Leitprinzipien dieser Ordnung sind »chaotische Attraktoren«, wie die Mathematiker sie nennen. (Ein Attraktor ist der Zustand eines Systems in einem bestimmten Augenblick, als Punkt dargestellt, A. d. Ü.) Bei gewöhnlichen dynamischen Systemen (die Dynamik ist die Wissenschaft von den Kräften, die den Bewegungszustand von Massen ändern) sind Attraktoren entweder fixe Punkte, an denen eine Flugbahn oder ein Bewegungsablauf endet (wie das Leben mit dem Tod endet) oder Zyklen – wenn Systeme zu einem repetitiven periodischen Verhalten finden (wie bei der schwingenden Bewegung eines Pendels). Da die Komponenten nichtlinearer Systeme aber aufeinander einwirken, folgen ihre Bahnen oder Bewegungsabläufe andersgearteten Entwicklungsprinzipien; das Gleichgewicht der Systeme ist instabil, und die Attraktoren agieren auf unvorhersehbare Weise. Ein »chaotischer« oder »seltsamer« Attraktor ist deshalb seltsam, weil er zu diesen unvorhersehbaren Abläufen führt – weil er das Phänomen der »Sensibilität für Anfangsbedingungen« hervorruft – und weil er darüber hinaus nichtperiodischen Abläufen gewisse Ordnungsstrukturen auferlegt. Laienhaft ausgedrückt: Chaotische Attraktoren sind seltsam, weil sie auf mysteriöse Weise agieren und selbst über eine eigenartige Komplexität verfügen.[40]

Der Psychoanalytiker Michael Moran ist davon überzeugt,

daß das Bewußtsein seinen eigenen chaotischen Attraktor hat, und er sieht seine Aufgabe als Analytiker darin, ihn zu verstehen. Bei diesem Attraktor handelt es sich um »die fixierte Sammlung der unbewußten Phantasien des Patienten, seine unbewußte Geschichte (oder Geschichtensammlung über sich selbst)«, und er manifestiert sich in jedem Detail jeder Sitzung, in verbalen Assoziationen, in Versprechern, im Klang der Stimme, sogar in der Art, wie der Patient auf der Couch liegt. Vor allem aber manifestiert er sich in Träumen, und daraus schließt Moran, daß die neuronale Aktivität während des REM-Schlafs und die absurden, zwecklosen Traumbilder, die dabei entstehen, vielleicht nicht so willkürlich sind, wie die Neurophysiologen glauben:

Der chaotische Attraktor einer Neurose kann nicht nur als die determinierende Kraft für mentale Aktivität betrachtet werden, sondern auch als die (für den Patienten) charakteristische Grenze von Zufallsaktivität. *Daraus würde folgen, daß die Erfahrung (und die Bedeutung der Erfahrung), die in der Tat aus willkürlichen Impulsen der pontinen Neuronen resultieren kann, durch den chaotischen Attraktor begrenzt wird. Diese Impulse würden die erfahrungsgeprägten Merkmale des Attraktors dann willkürlich »illuminieren«, etwa in der Art, wie eine unberechenbare elektronische Fernsteuerung für ein Fernsehgerät vielleicht bewirkt, daß man von den de*terminierten ausgestrahlten Bildern nur einen Teil sehen kann. Der chaotische Attraktor bestimmt die Grenzen der Traumbedeutungen, die durch das neurologische Geschehen aktiviert werden können, in derselben Weise, wie er die Erfahrungen des wachen Lebens beeinflußt.*

Um es anders auszudrücken: Träume können abstrus sein, aber nur innerhalb bestimmter Grenzen, der Grenzen, die der chaotische Attraktor des Innenlebens und der persönlichen Geschichte des Träumers festlegt. Und da sie die Produkte eines nichtlinearen Systems sind, können selbst wiederkehrende Träume nicht zweimal in genau der gleichen Form auftreten, denn beim zweiten Mal hat der Träumer bereits eine Veränderung durchgemacht, sowohl durch das, was in der Zwischenzeit mit ihm geschah, als auch durch den Traum selbst.

Der Verrücktheit der Träume ist auch noch eine andere Grenze gesetzt: Um aus der Nacht in den Tag hinübergerettet zu werden, müssen sie eine »sekundäre Bearbeitung« erfahren, wie Freud es nannte; das heißt, sie müssen in Sprache übersetzt werden. Aber da Sprache »intentional« ist – ein Mittel, um mit anderen zu kommunizieren –, kann man die scheinbar zufällig wie ein Flickenteppich zusammengesetzten Traumbilder nur übersetzen, indem man eine erzählerische Struktur darüberlegt. »Zuerst kam dies, und dann geschah das …« – auf diese Weise kann man selbst aus den wahnsinnigsten Phantasien eine Geschichte machen, die Sinn ergibt.

Vielleicht hatte Jung recht mit den Mythen und dem kollektiven Unbewußten; vielleicht ist das Geschichtenerzählen ein ebenso elementarer Trieb wie die Sexualität. Wenn dem so ist, wird die wahre, unmittelbare, prälinguistische Natur der Träume – unabhängig davon, wie gut wir über die Physiologie des Träumens auch unterrichtet sein mögen – sich unserem Begreifen immer knapp entziehen – zumindest so lange, bis die Technologie, die es Wissenschaftlern ermöglichte, die Aktivität einzelner Neuronen im Gehirn aufzuzeichnen, so perfekt geworden ist, daß sie es ihnen erlaubt, Videos von unseren Träumen zu machen.

Hypnagogische Halluzinationen

Wir können unsere Träume also nur rekonstruieren, indem wir sie in Erzählungen verwandeln, aber andererseits hat die Art, wie wir Geschichten erzählen, wiederum einen Einfluß auf das Träumen. Als Freud die Traumdeutung rehabilitierte und wieder zu einem ernstzunehmenden Gesprächsgegenstand machte, rehabilitierte er den Traum damit auch als Quelle der künstlerischen Inspiration – und nicht nur für die Surrealisten. Innerhalb der Literatur des zwanzigsten Jahrhunderts gibt es eine enorme Zahl von Werken – spätestens bei Kafka beginnend und bis hin zu Márquez –, die Realitätsverzerrungen, wie sie Träumenden selbstverständlich sind, als Stilmittel einsetzen. Auf einer gewissen Ebene sind Kafkas Novellen und Romane pure Träume: der ewige Bittsteller vor dem unzugänglichen Schloß, der Hungerkünstler in seinem Käfig im Zirkus, die Alptraummaschine in der Strafkolonie, die dem Gesetzesbrecher das Urteil in den Rücken eingraviert, der Mann, der eines Morgens erwacht und sich unversehens in ein gigantisches Insekt verwandelt vorfindet. Das alles sind Traumsituationen, die mit einer schrecklichen Wachbewußtseins-Logik zu Ende gedacht wurden. Für Eugène Ionesco, in dessen Theaterstücken als Normalität vorgeführt wird, wenn eine Leiche im Schlafzimmer wächst und wächst oder wenn Leute sich in Nashörner verwandeln, ist der Traum die eigentliche Grundlage der Kunst:

Der Traum ist pures Theater. Im Traum ist man immer mitten in einer Szene. Um präziser zu sein: Ich meine, daß der Traum ein luzider Gedanke ist, luzider als jeder, den man hat, wenn man wach ist, ein Gedanke, der in Bildern ausgedrückt ist, und daß seine Form gleichzeitig immer dramatisch ist.[41]

Selbst Allan Hobsons rigoros wissenschaftlichen Kriterien zufolge ergibt es Sinn, daß Kunst bei den Träumen beginnt, denn das Träumen ist aus seiner Sicht im Grunde ein künstlerischer Prozeß, eine universelle Form der Kreativität: »Wir alle sind nachts in unseren Träumen Surrealisten, jeder und jede ist ein Picasso, ein Dali, ein Fellini.«[42] Dieser unbekümmerte Glaube an ein Künstlertum, das jedem nach dem demokratischen Gleichheitsprinzip offensteht, ohne Ansehen der Abstammung, Hautfarbe, Religion und der natürlichen Fähigkeiten, berücksichtigt weder die Tatsache, daß wahre Kreativität ein enormes Maß an harter Arbeit bedeutet, noch das realistische Verständnis, das der Künstler von seinem Medium hat, noch den Reichtum seiner Innenwelt. Dennoch ist die Fähigkeit, willkürlichen neuronalen Ereignissen Struktur zu geben, sie in Geschichten zu verwandeln und mit emotionaler Bedeutung zu füllen, uns tatsächlich allen gemeinsam, und für die meisten von uns ist das die größte Nähe zur künstlerischen Inspiration und Kreativität, die wir je erreichen.

Aber es gibt noch eine andere Art des Träumens, ein Träumen, das sich der Mitteilbarkeit durch die Sprache entzieht und das der Kunst, der Erzählung und der Deutung völlig unzugänglich ist. Ich meine die flackernden Bilder und unbestimmten Laute, die sich unmittelbar vor dem Einschlafen einstellen. Der Terminus technicus lautet »hypnagogische Halluzinationen«, und den einschlägigen Handbüchern zufolge treten sie dann auf, wenn die Kontrolle über unsere Gedanken uns entgleitet. Sie haben überhaupt keine erkennbare Struktur, und von einer mir bekannten Ausnahme abgesehen, scheinen sie außerhalb der Reichweite der Literatur zu liegen. Die Ausnahme ist Don DeLillo, ein Romancier, der immer von Phänomenen in den Grenzbereichen der Erfahrung fasziniert war:

Kurz vor dem Einschlafen stellte ich mir vor, ich würde mit Brand kämpfen. Wir schlugen Dutzende von Malen aufeinander ein. Dann kreuzten andere Dinge meine Gedanken, Sachen, Dinge in meiner Wohnung, die Formen von Gegenständen, die ich in letzter Zeit nicht mehr berührt hatte, die Olivetti Lettera 32, die Nikon F und dann Mädchen in lila Strümpfen, die über eine Ebene aus Papier rollten, und James Joyce, Antonioni und Samuel Beckett, die in meinem Wohnzimmer saßen, sechs an den Fußknöcheln gekreuzte Beine, Tana Elkbridge nackt im Riverside Drive, während ihr Mann in dreißigtausend Fuß Höhe Business Week *las, und Jennifer, nackt in den West Eighties, ihre Hüftknochen hatten etwas Rührendes, und Meredith, nackt in Gramercy Park, und Sullivan nackt in der Badewanne. Dann kämpften wir wieder. Ich wich vor einer langen Rechten zurück und reagierte mit einer Linken gegen den Wangenknochen und einer kurzen geraden Rechten voll auf die Kinnspitze. Brand ging in die Knie und hing dort, Blut atmend. Ich trat ihm in den Bauch und schlief ein.*[43]

Es gelingt DeLillo, das Blitzlichthafte, Momentaufnahmenartige der hypnagogischen Halluzinationen einzufangen, aber nur dadurch, daß er ihnen eine scheinbare Kontinuität verleiht. Ob diese elegante Sequenz der reinen Phantasie entstammt oder ob der Autor hier tatsächlich über eigene

Erfahrungen berichtet, ist nicht von Bedeutung; hypnagogische Halluzinationen sind so launisch, anarchisch und frag-
mentarisch, daß sie den Gesetzen des wachen Lebens noch
weitaus ferner stehen als die Träume. Außerdem verschwinden sie so schnell, daß manche Menschen ihre unterschwel-
lige, geisterhafte Präsenz nie wahrnehmen. Ein Psychiater
erzählte mir einmal von seinen hypnagogischen Halluzinationen, die nicht öfter als ein- oder zweimal im Monat auf-
traten und immer gleich blieben: Er bewegte sich in einer
vertrauten Landschaft – immer in derselben –, und dann
rutschte er aus und fiel hin. Darauf erwachte er mit einem
Muskelspasmus im Bein und fiel dann sofort in tiefen Schlaf.
Für die meisten Menschen sind hypnagogische Halluzinationen jedoch die reinste Monstrositätenschau: ein Zoo von
verformten Gesichtern, Stimmen, die mit voller Lautstärke
sprechen, aber nicht klar verständlich sind, Explosionen von
Licht und Farben, seltsame Bilder, die ineinanderfließen,
sich auflösen und wieder zusammensetzen. Und anders als
bei Träumen spielt sich all das in einem emotionalen Vaku-
um ab, ohne jede Gefühlsbeteiligung. Wir sind Zuschauer
bei diesem Geschehen, keine Mitspieler, unbeteiligte Be-
trachter, weder schockiert noch überrascht.

»Diese Flüsterlaute, wenn man gerade eingeschlafen ist oder
einschläft – was sind sie und woher kommen sie?« notierte
Coleridge in seinen Notizbüchern. Ein halbes Jahrhundert
später fand der Marquis Marie Jean Léon Hervey de Saint-
Denys, ein anerkannter Experte für chinesiche Kultur und
besessener Traumforscher, eine Art Antwort auf diese Frage.
Hervey, 1822 geboren, war in seiner Kindheit und Jugend
der schrecklichen Einsamkeit ausgesetzt, die zu jener Zeit
offenbar das unvermeidliche Schicksal eines Einzelkindes
aristokratischer Eltern war: von Hauslehrern erzogen und
von Dienstboten umgeben, aber ohne Spielkameraden oder

Gesprächspartner. Um sich in seiner Isolation zu unterhalten oder vielleicht, um seine Einsamkeit mit imaginären Gestalten zu bevölkern, begann er zu zeichnen. Mit dreizehn, so schreibt er, »kam ich auf die Idee, die Erinnerungen an einen seltsamen Traum, der starken Eindruck auf mich gemacht hatte, in einer Zeichnung festzuhalten«.[44] Das war der Beginn eines illustrierten Traumtagebuchs, das er jahrelang führte und das schließlich zweiundzwanzig Notizbücher umfassen sollte. Die Aufzeichnungen selbst sind verschwunden, aber 1867 veröffentlichte Hervey einen Ausschnitt aus seiner lebenslangen intensiven Beschäftigung mit dem Träumen in einem Buch mit dem Titel *Träume und wie man sie beherrscht.*

Herveys Traumleben war so ausgeprägt und nahm ihn so sehr in Anspruch, daß er – ähnlich wie manche modernen Psychoanalytiker und Hirnforscher – zu der Überzeugung kam, das Träumen sei ein kontinuierlicher Prozeß: »Schlaf ohne Träume kann es nicht geben, ebensowenig wie es waches Bewußtsein ohne Gedanken geben kann.« Er hatte offenbar eine besondere Begabung für das Träumen, und er arbeitete bewußt daran; nach seinen eigenen Worten übte er sich mit der Energie und Ausdauer eines Artisten, der für das Trapez oder Trampolin trainiert, darin, seine Träume im Gedächtnis zu behalten. Außerdem entwickelte er sein Talent für das »luzide Träumen«, wie er es nannte – sich im Traum bewußt zu sein, daß er träumte, und sich dann so zu verhalten, als ob er wach wäre –, bis zu einem erstaunlich hohen Grad. Er wurde so geübt in dieser seltsamen Kunst, daß er nicht nur fähig war, den Verlauf seiner Träume im Schlaf zu kontrollieren, sondern auch, sich zwischen Träumen und Wachen frei zu bewegen. Träume, so erklärte er, wurden »zu einem Bestandteil meines normalen intellektuellen Lebens«; sie waren der Teil seines Wissens und seiner

Erinnerungen, zu denen sein Geist Zugang hatte, während er schlief. Eines Nachts zum Beispiel träumte er von einer jungen Frau mit goldblondem Haar, die mit seiner Schwester sprach. Im Traum schien er sie gut zu kennen und war überzeugt, daß er ihr schon mehrmals begegnet war. Dann erwachte er. Er hatte ihr Aussehen noch ganz klar vor Augen, konnte sie aber in seinem wachen Leben nirgendwo einordnen. Also legte er sich wieder schlafen, kehrte in seinen Traum zurück, ging auf die junge Frau zu und fragte sie höflich, ob er bereits die Ehre gehabt habe, ihre Bekanntschaft zu machen. »Gewiß«, antwortete sie, »erinnern Sie sich nicht mehr? Wir fuhren zusammen nach Pornic zum Baden.«[45]

Dann wachte Hervey zufrieden wieder auf und erinnerte sich an alle Einzelheiten ihrer ersten Begegnung.

Das erinnert eher an Zauberei als an Träume, wie bei Zoroaster, dem Magier, der seinem eigenen Ebenbild bei einem Spaziergang im Garten begegnete. Aber da Hervey diese Vorgänge so beschreibt, als wären sie das Natürlichste von der Welt, ist es schwer zu entscheiden, was an diesem seltsamen Intermezzo das Seltsamste ist: seine Fähigkeit, nach Wunsch in seine eigenen Träume zurückzukehren, oder seine geradezu unheimliche Kontrolle über Traumereignisse und Traumgestalten. Nicht nur, daß er im Traum daran denkt, die Frage zu stellen, die ihn im Wachzustand beschäftigte – seine Traumfiguren antworten ihm auch prompt, bereitwillig und korrekt. Was aber am merkwürdigsten ist: Er geht ganz selbstverständlich davon aus, daß dies der eigentliche, wahre Charakter des Traumlebens ist, vorausgesetzt, man übt sich geduldig in der Kunst des Träumens.

Hervey wurde ein berühmter Orientalist, Professor am Collège de France, wo er Chinesisch und Tartar-Manchu unterrichtete, und Präsident der Académie des Inscriptions et des Belles-Lettres. Seine glänzende, ehrenvolle Laufbahn als Gelehrter war jedoch nur der eine Teil eines Doppellebens, das er führte, oder vielmehr eines von zwei separaten Leben; während er schlief, lebte er ein zweites Leben, das genauso lebendig und, aus seiner Sicht, genauso bewußt und den Entscheidungen des freien Willens zugänglich war wie sein waches Tagesleben.

Die unausweichliche Verknüpfung dieser beiden Leben und die Leichtigkeit, mit der er sich zwischen ihnen bewegte, haben etwas Unheimliches:

Zuerst träumte ich, daß ich aus einem Theater kam und in eine Pferdedroschke stieg, die sich in Bewegung setzte. Ich wachte fast sofort auf, ohne mich an dieses unbedeutende Bild zu erinnern. Ich schaute nach der Uhrzeit, hob ein Feuerzeug auf, das ich heruntergeworfen hatte, und nachdem ich zehn oder fünfzehn Minuten lang völlig wach gewesen war, schlief ich wieder ein. Hier nun begann der seltsame Teil des Traums. Ich träumte, daß ich in der Pferdedroschke erwachte, die ich, wie ich mich sehr wohl erinnerte, genommen hatte, um nach Haus zu fahren. Ich hatte den Eindruck, daß ich etwa eine Viertelstunde lang eingenickt war, konnte mich aber nicht entsinnen, welche Gedanken mir während dieser Zeit durch den Kopf gegangen waren. Daraufhin überlegte ich, daß die Droschke den größten Teil des Weges schon zurückgelegt haben müßte, und schaute aus dem Fenster, um zu sehen, in welcher Straße wir uns befanden; somit hatte ich also eben die Zeit, in der ich wach gelegen hatte, als Zeit des Schlafens gedeutet.[46]

Dies ist kein schizophrenes Doppelleben à la Dr. Jekyll und Mr. Hyde. Es sind vielmehr zwei parallel gelebte Leben, die beide denselben intellektuellen Regeln unterworfen sind.

Man hat den Eindruck, als hätte Hervey zusammen mit der seligen Unbewußtheit des Schlafs auch die Verrücktheit der Träume abgeschafft. Seine Träume, so wie er sie schildert, haben mit Phantasie wenig zu tun. Er war überzeugt – und trat mit ausführlichen Traumschilderungen den Beweis dafür an –, daß jedes visuelle Detail im Traum, so bizarr es auch immer sein mochte, mit Dingen in Zusammenhang stand, die er irgendwann einmal in seinem wachen Leben gesehen, im Gedächtnis gespeichert und dann offenbar vergessen hatte, bis er im Schlaf wieder darauf stieß.

Hervey glaubte wie Freud daran, daß Gedankenassoziationen der Schlüssel zum Verständnis der Träume seien, aber für ihn traten Gedanken im Traum immer in Gestalt von Bildern auf, Bildern, die sich logisch eines vom anderen herleiteten, in einer Art Schattenland-Version des rationalen Denkens:

Ich esse in einem Café zu Mittag. Ich lege einen kleinen Löffel, den ich in der Hand gehalten habe, auf den Tisch. Der Löffel hat eine gewisse Ähnlichkeit mit dem versilberten Schlüssel zu meiner Wohnung. Sofort wird er zu einem Schlüssel. Das bringt mich auf die Idee, nach Haus zu gehen. Und im nächsten Augenblick finde ich mich auch schon vor meiner Haustür wieder. Mein Schlüssel dreht sich im Schloß – ich wurde in einem einzigen Augenblick vom Café zu meinem Haus versetzt.[47]

Für Hervey mit seinem typisch gallischen Glauben an die Macht des Intellekts waren Träume rational lösbare Probleme. Er entschlüsselte die Logik ihrer Bildersprache mit derselben gläsernen Präzision, die er einsetzte, um die Richtung seiner luziden Träume zu bestimmen. Natürlich blieb bei dieser unablässigen intellektuellen Auseinandersetzung für Gefühle nicht viel Raum. Trotz seiner Akribie und gelegentlichen Brillanz war Hervey gerade gegen jene Aspekte des Traums, auf die Freud so großen Wert legte, immun: ihre obskure persönliche Bedeutung und ihren schrecklichen emotionalen Sog.

Herveys rigoros disziplinierte Traumgewohnheiten waren für die Erfassung von hypnagogischen Halluzinationen jedoch perfekt geeignet. Er übte sich nicht nur darin, sie zu erinnern, sondern hielt sie auch in filigranen Zeichnungen fest, beschrieb sie mit lebhaftem Detailreichtum und erklärte dann, wie und warum ein hypnagogisches Bild zum anderen führte:

Ich war sehr müde, da ich in der vorangegangenen Nacht auf Reisen gewesen war. In der Voraussicht, daß ich schnell einschlafen würde, bat ich einen Freund, mich fünf oder sechs Minuten, nachdem es so schien, als schliefe ich, wieder aufzuwecken. Alles verlief so, wie ich es gehofft hatte. Ich wurde in dem Augenblick geweckt, als ich träumte, daß ich einen Hund daran hinderte, einen verwundeten Vogel zu fressen. Der Traum war völlig kohärent, und beim Erwachen hatte ich ihn klar in Erinnerung. Ich verfolgte den Gedankengang zurück und fand heraus, daß er folgendermaßen verlief: unter den anfänglichen Bildern, die mir erschienen, war das erste, an das ich mich erinnere, eine Art Bündel von Pfeilen, das aufrecht stand und sich nach oben zu öffnen schien, um einen jener länglichen Körbe zu bilden, in denen das Leinen im Bad warmgehalten wird. Weiße Handtücher waren durch das Rohrgeflecht zu sehen. Alsbald schienen die Röhrichtstücke sich enger zusammenzudrängen, zu drehen und aufzurollen, bis sie sich schließlich in ein belaubtes Dickicht verwandelten, aus dessen Mitte sich ein buschiger Baum erhob. Ein weißer Hund (offensichtlich eine Metamor-

*phose der weißen Handtücher) lief auf der anderen Seite des
Dickichts hin und her und versuchte, hindurchzugelangen,
während auf dem Gras zu meinen Füßen ein verwundeter
Vogel lag. Dem Hund war es gelungen, durch das Buschwerk
hindurchzukommen, und ich wehrte ihn mit meinem Stock
ab, als ich geweckt wurde. Der Traumzustand war schon seit
einigen Momenten eingetreten.*[48]

Das ist analytisch im wörtlichen und präfreudianischen Sinn
– ein Resultat der genauen Beobachtung, der Disziplin und
der Logik, ein Triumph der Präzision über Halluzinationen,
die ihrem Wesen nach flüchtig, ungenau und verblüffend
trügerisch sind. »Ich betrachte es als praktisch unmöglich«,
schrieb Hervey, »in dieser Übergangsphase zwischen Wachen und Schlafen, in der unter unseren Gedanken Anarchie
herrscht und Verwirrung unter den Bildern, die sie repräsentieren, ständige Aufmerksamkeit aufrechtzuerhalten.«[49]
Einer seiner wichtigsten Beiträge zum Verständnis der Träume war jedoch, daß er eben das tat, was er als unmöglich
bezeichnete: Er brachte Ordnung in das pure Chaos der hypnagogischen Halluzinationen, indem er sie in Form von
Zeichnungen und klarer Prosa festhielt. Das allein rechtfer-
tigt all jene anderen Eigenheiten, die so unangemessen erscheinen, wenn sie auf Träume angewandt werden: seine
zwanghafte, kopflastige Logik, seine merkwürdige emotionale Kühle, sein unnachgiebiges Beharren auf Kontrolle.
Freud wies es zwar von sich, der Entdecker des Unbewußten
genannt zu werden, aber es gelang ihm, überzeugend nach-
zuweisen, daß im Bewußtsein vieles enthalten ist, wovon wir
kaum etwas ahnen, daß unsere gesprochenen Worte oft im
Widerspruch zu unseren Gedanken und Gefühlen stehen
und daß das Unbewußte sich auf raffinierte Weise indirekt
äußert: in Versprechern, in der Körpersprache, im Tonfall

der Stimme. Hypnagogische Halluzinationen, die reiner sind als Träume, weil sie weniger strukturiert sind, zeigen, daß das Bewußtsein nicht nur von Gefühlen angefüllt ist, derer wir nicht gewahr sind, sondern auch von Bildern von Orten und Menschen und Dingen, die wir nie gesehen haben, von den Klängen von Stimmen, die wir nie gehört haben, von Wortfetzen und Flüstern und Grimassen, die nichts anderes sind als der Beweis für die ständige spontane Kreativität des Gehirns.

Kognitive Psychologen sind der Ansicht, daß die Halluzinationen, die beim Einschlafen auftreten, große Ähnlichkeit mit jenen halluzinatorischen Zuständen haben, die durch sensorische Deprivation, Meditation oder psychedelische Drogen ausgelöst werden können.[50] Ich meine, daß dieses verrückte Kaleidoskop das Bewußtsein in Reinkultur ist, eine teilweise bewußte Version – wie ein verschwommener, flüchtiger Rohentwurf – dessen, was im REM-Schlaf geschieht, wenn die Neuronen des Gehirns ihre Impulse abfeuern, während die Sinne ausgeschaltet sind. Es ist nicht die Kontrolle über unsere Gedanken, die uns entgleitet, sondern unsere Wahrnehmung der äußeren Realität, so als wäre die Außenwelt selbst ein chaotischer Attraktor, der das wache Bewußtsein stabilisiert, unseren Verstand zusammenrafft und die geistigen Fähigkeiten aufruft, die wir brauchen, um Probleme zu bewältigen und zu überleben: Aufmerksamkeit, Lernen, Gedächtnis. Soweit es die Aktivitäten des Gehirns angeht, ist geistige »Normalität« eine Übereinkunft, wie Mathematik oder Religion, eine Art, das Chaos zu strukturieren, das das Gehirn produziert, wenn man es sich selbst überläßt. Wir sind also wieder bei der unbehaglichen Ähnlichkeit von Träumen und Wahnsinn angelangt: »Träume erlauben es uns allen, jeder und jedem von uns, jede Nacht unseres Lebens in aller Ruhe und Sicherheit wahnsinnig zu sein.« Charles

Fischers Aphorismus ist elegant, aber nicht im strikten Sinn wahr. Vielleicht sind Träume die tolerierbare Seite des Wahnsinns, aber andererseits sind sie Kunstprodukte, die, nach dem eigentlichen Ereignis zusammengetragen, in Sprache übersetzt, durch die Einbindung in eine Erzählstruktur eingegrenzt und dann ordentlich gewaschen, gekämmt und angezogen, der »gemeinsamen Welt« Heraklits vorgeführt werden. Der physiologische Prozeß des Träumens als solcher und das kaleidoskopartige neuronale Feuerwerk des Gehirns, von dem die hypnagogischen Halluzinationen uns einen flüchtigen Eindruck vermitteln, sind durchaus nicht so harmlos-gemütlich oder ordentlich oder sicher.

Träume als Problemlöser

's ist eine Träumersprache, und du sprichst
Aus deinem Schlaf. Was war es, das du sagtest?
Dies ist 'ne wunderbare Ruh, zu schlafen
Mit offnen Augen, stehend, sprechend, gehend,
Und doch so tief im Schlaf.

William Shakespeare, Der Sturm

Träume sind manchmal nützlich dadurch, daß sie den wohlbegründeten Ängsten und Hoffnungen des Verstandes den Anstrich von visuellem Sinn verleihen.

Coleridge, Notebooks, 1796

Sie vergehen spurlos, die hypnagogischen Halluzinationen
und sogar die Träume, die wir aus dem Schlaf herüberretten,
es sei denn, wir übersetzen sie in Sprache, indem wir sie
erzählen oder aufschreiben. »Ach, Träume gehen alle verloren«, sagt einer der Protagonisten in einer Geschichte von
Isaac Bashevis Singer. »Jeder Tag beginnt mit Amnesie.«
Freud war der Meinung, daß wir Träume vergessen, weil die
meisten zu anstößig oder ungenießbar sind, um sie im Gedächtnis zu behalten. Hobson glaubt, wir vergessen sie, weil
die für das Gedächtnis notwendigen Neurotransmitter – die
aminergischen Neuronen des Hirnstamms – während der
REM-Phasen inaktiv sind. Wie dem nun auch sein mag:
Ohne Sprache schwinden selbst die tiefsten und bedeutsamsten, von Gefühlen durchtränkten Träume beim ersten Hah-

nenschrei dahin wie der Geist des verstorbenen Königs in
Hamlet.

Aber die Sprache der Träume ist von einer anderen Art als
die Sprache der Gedanken; sie ist konkret, visuell, dramatisch. »Das Bild des Traums steht zu dem Gedanken, den
es hervorruft, in demselben Verhältnis, wie das Bild der
Laterna magica zu der beleuchteten Glasplatte, die es
zeigt«, schrieb Hervey, der von der neuen Wissenschaft der
Fotografie genauso fasziniert war wie einige gegenwärtige
Theoretiker der Hirnforschung von Computern. In Träumen, wollte er damit sagen, werden Gedanken in Bildern
ausgedrückt, nicht in Worten. Auch Freud war dieser
Ansicht, aber er wählte eine andere Metapher, die des
Theaters:

*Das ist aber der allgemeinste und auffälligste psychologische
Charakter des Träumens; ein Gedanke (...) wird im Traum
objektiviert, als Szene dargestellt oder, wie wir meinen, erlebt.
(...) Bei näherem Zusehen merkt man wohl, daß in der
Erscheinungsform des Traumes zwei voneinander fast unabhängige Charaktere ausgeprägt sind. Der eine ist die Darstellung als gegenwärtige Situation mit Weglassung des
»vielleicht«; der andere die Umsetzung des Gedankens in visuelle Bilder und in Rede.*[51]

Später, in *Das Ich und das Es*, merkte Freud an, daß das
visuelle Gedächtnis den unbewußten Prozessen näher steht
als das Denken in Worten und »fraglos älter ist als das letztere«, sowohl ontogenetisch als auch phylogenetisch. Das
träumende Gehirn denkt also, aber es drückt seine Gedanken in einer archaischen Form aus, einer Form, die der abstrakten Sprache voranging, so wie die Hieroglyphen dem
phonetischen Alphabet vorangingen. Das stimmt mit den

Erkenntnissen der gegenwärtigen Hirnforschung überein; die rechte Hirnhemisphäre, unter anderem Sitz der visuellen Fähigkeiten, ist im REM-Schlaf aktiver als die linke Hemisphäre.[52]

An dieser Stelle kommen die beiden zentralen Teile des Puzzles allmählich zusammen: die physiologische Tatsache, daß die Hirnaktivität nie aufhört, sogar im Tiefschlaf, und die psychoanalytische Überzeugung, daß erinnerte Träume, so bizarr und zusammenhanglos sie auch wirken mögen, offenbar tiefe persönliche Bedeutung haben. Das Gehirn arbeitet kontinuierlich, der Gedankenstrom – der eine Stufe unter dem bewußten, strukturierten Denken liegt – setzt sich sogar im REM-Schlaf fort, *aber auf andere Weise.* Das schlafende Gehirn denkt symbolisch, in konkreten Bildern statt in Worten und Vorstellungen. Aus dieser Tatsache läßt sich allerdings nicht schließen, daß wir nur das richtige Code-Buch brauchen – nach Freud, Jung, Klein, Artemidoros oder Old Moore –, um der Symbolik der Träume Sinn zu entnehmen. Träume sind rätselhaft und haben so viele symbolische Bedeutungen, wie es Träumer und Traumdeuter gibt. Der Code ist unwichtig; worum es geht, sind die Traumgedanken selbst und wohin sie führen. Wichtig, mit anderen Worten, ist der Punkt, an dem die Träume ins Wachbewußtsein übergehen und mit ihm interagieren.

Die Überzeugung, daß wir im Schlaf denken, ist viel älter als die Hirnforschung oder die Psychoanalyse. Wenn wir sagen, »Ich werde darüber schlafen«, heißt das nicht immer, daß wir eine Entscheidung hinauszögern wollen; wir greifen damit auf altes, volkstümliches Wissen zurück, demzufolge es mehr als nur eine Art gibt, über ein Problem nachzudenken. Dazu ein Beispiel: 1920 arbeitete der in Deutschland geborene Biochemiker Otto Loewi an einem Experiment, das Aufschluß darüber geben sollte, ob die Nerven – insbesondere der vom Hirn zum Herzen verlaufende Vagusnerv – ihre Botschaften auf elektrischem oder auf chemischem Weg aussenden. Am Ostersonntag träumte Loewi von einem Experiment, das ihm die Antwort, die er suchte, geben würde. Er erwachte, schrieb den Traum eilig nieder, und schlief wieder ein. Aber am nächsten Morgen hatte er den Traum vergessen, und es gelang ihm nicht mehr, sein nächtliches Gekritzel zu entziffern. Als er am Abend desselben Tages schlafen ging, dachte er immer noch über das Problem nach. Um drei Uhr früh kehrte der Traum wieder, und diesmal war Loewi vorbereitet. »Ich stand sofort auf«, schrieb er später, »ging ins Labor und führte das Experiment durch.« Es war ein einfaches Experiment, aber von der Einfachheit, auf die nur ein Genie kommen kann. Loewi präparierte zwei Frösche, stimulierte den Vagusnerv des einen, was zu einer Verlangsamung des Herzschlags führte, und leitete dann das Blut aus dem Herzen des ersten Frosches in das Herz des zweiten über. Als auch dessen Herzschlag sich verlangsamte, hatte Loewi seine Antwort: Nerven waren *nicht* wie winzige elektrische Leitungen; sie übermittelten ihre Signale vielmehr auf chemischem Weg. Später wiesen andere Wissenschaftler nach, daß es sich bei der fraglichen chemischen Substanz – Loewis »Vagusstoff« – um Acetylcholin handelte, den Neurotransmitter, der Träume auslöst. Ein Traum hatte also den Schlüssel zum Verständnis der Chemie der Träume geliefert. Loewi, der 1936 den Nobelpreis für Medizin erhielt, erklärte nie, *wie* die Lösung sich in seinem Traum präsentierte, aber andere Wissenschaftler und Erfinder waren weniger zugeknöpft, was ihre Entdeckungen im Reich der Träume anging. Elias Howe, ein Mechaniker mit überragender Erfindungsgabe, laborierte jahrelang erfolglos an der Konstruktion seiner Nähmaschine, bis ein Traum ihm schließlich die Lösung brachte. Bei allen seinen mißlungenen

Prototypen hatte er das Nadelöhr immer in der Mitte der Nadel angebracht. Dann träumte er eines Nachts, daß er von einem wilden Eingeborenenstamm gefangengenommen wurde. Er erwähnte nie, welche Gefühle die wilden Krieger in seinem Traum in ihm auslösten, aber es ist durchaus denkbar, daß sie die Mischung von Angst, Wut und Frustration widerspiegelten, die kontinuierlicher Mißerfolg manchmal provoziert. Alles, worüber er später berichtete, war, daß die Wilden ihm die Lösung brachten, nach der er suchte: Er bemerkte, daß ihre Speere in der Nähe der Spitzen nadelöhrähnliche Löcher hatten.

1890 behauptete der deutsche Biochemiker August Kekulé von Stradonitz auf einem wissenschaftlichen Kongreß, er habe die Lösung für das Problem der Struktur des Benzolmoleküls – es war eine ringförmige Anordnung – durch einen Traum gefunden:

Mein Arbeitszimmer (...) lag nach einer engen Seitengasse und hatte während des Tages kein Licht. Für den Chemiker, der die Tagesstunden im Laboratorium verbringt, war dies kein Nachteil. Da saß ich und schrieb an meinem Lehrbuch, aber es ging nicht recht, mein Geist war bei anderen Dingen. Ich drehte den Stuhl nach dem Kamin und versank in Halbschlaf. Wieder gaukelten die Atome vor meinen Augen. (...) Mein geistiges Auge, durch wiederholte Gesichte ähnlicher Art geschärft, unterschied jetzt größere Gebilde von mannigfacher Gestaltung. Lange Reihen, vielfach dichter zusammengefügt; alles in Bewegung, schlangenartig sich windend und drehend. Und siehe, was war das? Eine der Schlangen faßte den eigenen Schwanz und höhnisch wirbelte das Gebilde vor meinen Augen. Wie durch einen Blitzstrahl erwachte ich, auch diesmal verbrachte ich den Rest der Nacht, um die Konsequenzen der Hypothese auszuarbeiten. (...)

Lernen wir träumen, meine Herren, dann finden wir vielleicht die Wahrheit.[53]

Kekulés Vision enthielt keine Personen, keine speziellen Szenerien, keine dramatischen Abläufe, wie sie für Träume charakteristisch sind. Es scheint sich vielmehr um hypnagogische Halluzinationen gehandelt zu haben, die in ihm aufstiegen, während er vor dem Feuer döste. Er hatte über das Problem nachgedacht, als er einnickte, und seine Gedanken kreisten weiter, ähnlich wie bei einem einnickenden Leser, der im Schlaf weiterliest, und vermischten sich mit den Bildern, die er in den flackernden Flammen des Kaminfeuers sah. Obwohl es sich bei seiner Vision vielleicht nicht um einen Traum im strengen Sinn handelte, waren seine Gedanken jedoch zweifellos Traumgedanken – Ideen, in Bildern ausgedrückt.

1983 machte Morton Schatzman die Öffentlichkeit mit dem Thema des Problemlösens im Traum bekannt. In einem Artikel in der *Sunday Times* stellte er zunächst zwei knifflige Denkaufgaben. Erstens: Worin liegt die Besonderheit des folgenden Satzes: »Show this bold Prussian, that praises slaughter, slaughter brings rout«? (Zeige diesem kühnen Preußen, der Gemetzel preist: Gemetzel führt zur Niederlage.) Zweitens: Welches der folgenden Verben gehört nicht in diese Gruppe hinein: bring, catch, draw, fight, seek, teach, think? Er forderte seine Leserinnen und Leser auf, über diese Probleme nachzudenken, bevor sie schlafen gingen, und zu versuchen, sie im Traum zu lösen. Dies ist eine der zahlreichen Antworten, die er erhielt:

Am Dienstag abend (zwei Tage nach dem Erscheinen des Artikels) prägte ich mir die Probleme vor dem Schlafengehen ein, ohne große Hoffnungen auf Erfolg. Zwischen 3 und

3.30 Uhr wachte ich mit schrecklichen Verdauungsbeschwerden auf und erinnerte mich an einen sehr merkwürdigen Traum. In meinem Traum sehe ich Michael Caine in einer seiner Rollen als Spion, möglicherweise in »The Ipcress File«. Er ist im Spionage-Center oder wie immer man das Hauptquartier der Spione auch nennt.

Er geht auf eine Tür mit der Aufschrift »Computerraum« zu und öffnet sie. Hinter der Tür ist eine Absperrung aus schwerem Drahtgeflecht. Durch die Absperrung hindurch reicht er jemandem in dem Raum dahinter ein gefaltetes Exemplar der Sunday Times. *Aus dem Computerraum kommen die Geräusche surrender Tonbänder, Klicken und andere computerartige Laute. Ich sehe, daß eine bunte Comic-Postkarte mit Bildunterschrift durch einen Schlitz in dem Gitter geschoben wird. Michael Caine nimmt sie, schaut sie an, lacht kurz auf und gibt sie mir.*

Die Postkarte wird lebendig, und ich sitze in einem Zuschauerraum und sehe mir ein Theaterstück an. Auf der Bühne ist eine komische elisabethanische Gestalt zu sehen, ein Mann in Wams und Kniehosen, der einen Hut mit einer überdimensionierten Feder trägt. Er kniet, und sein Kopf liegt unter einer Guillotine. Er schaut ängstlich ins Publikum und rollt mit den Augen. Die Leute biegen sich vor Lachen, und die komische Figur kämpft sich auf die Füße, kommt nach vorn an die Rampe und sagt: »Scht-Scht! Lachen ist ein Kapitalverbrechen!« Brüllendes Gelächter aus dem Publikum. Der Mann lüftet den Hut mit Schwung und macht eine übertriebene Verbeugung.

Aus irgendeinem Grund bin ich Michael Caine sehr dankbar; ich drehe mich um und drücke ihm meinen Dank aus. Er sagt nichts, zeigt aber mit dem Daumen über seine Schulter, um anzudeuten, daß er sich beeilen muß, und geht mit einem freundlichen Winken fort.

Ich wachte auf, machte das Licht auf dem Nachttisch an und nahm mir die Sunday Times *vor, die auf der Seite mit dem Artikel über Träume aufgeschlagen war. Während ich träumte, war es mir keinen Augenblick lang in den Sinn gekommen, daß der Traum sich auf die Probleme beziehen könnte, aber nun stellte ich fest, daß ich die Antwort auf die erste Frage wußte: Wenn man den ersten Buchstaben jedes Wortes wegläßt, heißt der Satz:* »How his old Russian hat raises laughter, laughter rings out.« *(Wie sein alter russischer Hut [die Leute] zum Lachen bringt; Gelächter erschallt.) (...) Ich knipste die Lampe aus und dämmerte langsam wieder in den Schlaf hinüber. In meinem schläfrigen Zustand fragte ich mich, wie die Antwort auf die andere Frage lautete, und hatte das Gefühl, daß ich es eigentlich wissen sollte.*

Bevor ich tatsächlich wieder in Schlaf fiel, sah ich Michael Caine, der ziemlich gereizt schaute und die Geste des Mit-dem-Daumen-über-die-Schulter-Zeigens wiederholte. Mir wurde klar, daß dies eine mimische Darstellung war; über die Schulter nach hinten zeigen bedeutete die Vergangenheit. Ich machte das Licht wieder an und nahm mir die Probleme noch einmal vor. Ich sah, daß »draw« *als einziges der Verben in der Gruppe anders konjugiert wird; bei* »draw« *enden Präteritum und Perfekt nicht auf* »-ght«.[54]

Der Traum ist bemerkenswert, und nicht nur, weil er für beide Probleme die richtigen Lösungen hervorbringt: erstens, bei dem Tricksatz den ersten Buchstaben jedes Wortes wegzulassen, und zweitens, auf die Vergangenheitsformen der Verben zu achten. Der Traum wiederholt seine Botschaften in verschiedenen Varianten, so als wäre es wichtig, dem Träumer mehrere Anstöße zu geben, damit er die entscheidenden Hinweise versteht: der elisabethanische Schauspieler, dem der Kopf abgeschlagen werden soll, lüftet außerdem seinen lächerlichen Hut und bezeichnet Gelächter als *capital offence* – Kapitalverbrechen.* Und Michael Caine weist zweimal mimisch auf die Vergangenheit hin, zuerst freundlich, dann etwas gereizt.

Aber der Traum hat noch andere Schichten, andere Feinheiten: Die Theaterszene mit dem ausgelassen lachenden Publikum drückt bildlich aus, was der veränderte Satz besagt – »Gelächter erschallt«. Im Unbewußten ist das Problem bereits gelöst; die Lösung ist da, *bevor* der Träumer sie entdeckt hat. Außerdem hat der Traum seinen ganz eigenen Humor: Er zeigt den Arbeitsprozeß des eifrig an der Problemlösung laborierenden Gehirns durch die surrenden und klickenden Geräusche, die aus dem Computerraum dringen.

Jaques Lacan sagte einmal, Träume seien »wie eine Scharade, bei der die Teilnehmer einen ihnen bekannten Ausspruch oder seine Variante erraten müssen, wobei eine mimische Szene die einzige Hilfe darstellt«. Lacan hatte ein besonderes Talent für Übertreibungen, aber dieses eine Mal ging er offenbar nicht weit genug. Träume sind nicht *wie* Scharaden, sie *sind* Scharaden – innere Schauspiele, in denen die mentale Aktivität sich konkret ausdrückt, in Zeichen und Gesten. Ideen und Gedanken erscheinen als Pantomimen und Gebärdenspiel.

Schatzman wählte knifflige Denkaufgaben, um daran zu illustrieren, wie wir im Traum denken, denn solche Aufgaben haben klare, eindeutige Lösungen, und klare Lösungen

---

* Das englische Wort »capital« hat neben anderen Bedeutungen auch die Bedeutung »Anfangsbuchstabe«, und im deutschen Sprachgebrauch kennen wir das Kapitell – den Säulenkopf – und das Kapitälchen – den im Druck hervorgehobenen Anfangsbuchstaben; A. d. Ü.

überzeugen sogar eingefleischte Skeptiker. Aber es gibt noch eine andere Art von Traumdenken, die Art, die für den Träumer von besonderer Bedeutung ist, die Art, die Psychoanalytiker interessiert. Dies sind Träume, die sich »mit dem eigenen Leben vermischen, wie Wein sich mit Wasser vermischt«, wie Emily Brontë es ausdrückte, jene Träume, die unsere Sichtweise der Dinge verändern und uns entweder helfen, Entscheidungen zu treffen, oder uns Entscheidungen vor Augen führen, die wir unbewußt bereits getroffen haben. Auch sie sind das Resultat von Traumdenken, und obwohl sie Skeptiker nicht immer überzeugen können, haben die meisten Menschen an irgendeinem Punkt ihres Lebens solche Träume.

Natürlich sind nicht alle Menschen willens oder fähig, auf die Botschaften ihrer Träume zu hören. Aber wenn die Botschaft durchkommt, kann ein Traum das Leben eines Menschen verändern. Wenn das geschieht, hört der Traum auf, ein Traum zu sein, und wird zu einer Lebenserfahrung, die im bewußten Gedächtnis so lebendig und unauslöschlich erhalten bleibt wie jede wichtige Erfahrung des wachen Lebens.

Hier sind zwei miteinander verknüpfte Beispiele. Eine Amerikanerin, die jetzt im mittleren Lebensalter ist und in London lebt, erzählte mir den ersten Traum:

Als ich Anfang Zwanzig war und in Chicago studierte, verlobte ich mich mit einem jungen Mann aus South Carolina. Wir hatten geplant, im Herbst zu heiraten, und verbrachten den Sommer getrennt bei unseren jeweiligen Familien. Er fuhr nach Charleston, und ich kehrte nach New York zurück. Ich habe das Gefühl, daß es diese Distanz war, die zuließ, daß ich den Traum hatte.

Ich träumte, daß die Hochzeit stattfand, und seine Eltern, die

*ich kannte und gern hatte, waren natürlich auch da. Sie
waren charmante Südstaatler, aber trotz all ihrer Kultiviert-
heit und Bildung und guten Manieren hatten sie – so war
mein Eindruck – rassistische Vorurteile, wie die meisten Leute
in den Südstaaten zu jener Zeit. Das störte mich, obwohl
mein Verlobter selbst überhaupt nicht rassistisch war. Im
Traum waren seine Eltern und seine Schwestern und auch
meine ganze Familie präsent. Ich glaube, die Trauungszere-
monie hatte gerade stattgefunden, und ich wußte in meinem
Traum, daß ich einen schrecklichen Fehler gemacht hatte.
Das ist alles, woran ich mich erinnern kann. Ich glaube, ich
hatte auch ein Problem mit den beiden Familien, vermutlich
weil meine keinen so hohen bürgerlich-respektablen Status
hatte wie die seine. Aber andererseits liebte ich meine ziemlich unbürgerlichen Eltern, also war es nicht einfach Unsi-
cherheit oder aus Minderwertigkeitsgefühlen geborener Neid.
Es war etwas, das tiefer ging. Ich wußte einfach, daß diese
Heirat absolut falsch war. Die Wahrheit ist, daß – obwohl wir
uns auf eine geschwisterliche Weise liebten und wirklich gute
Freunde waren und sexuell gut miteinander auskamen – in
unserer Beziehung irgend etwas fehlte: eine Art Elektrizität,
eine Spannung.*

*Als ich erwachte, wußte ich, daß der Traum mir die Wahrheit
sagte; das Gefühl von Unglück und Hoffnungslosigkeit und
Verzweiflung, das ich während der Hochzeitszeremonie hatte,
bedeutete, daß ich diese Ehe keinesfalls eingehen konnte.
Also löste ich die Verlobung.*

Einige Jahre später ging die Frau nach Europa und ließ sich
in London nieder. Der Mann, der schließlich ihr Ehemann
wurde, erzählt die Fortsetzung der Geschichte:

In den frühen sechziger Jahren, als ich gerade frisch geschieden und wild entschlossen war, nichts anbrennen zu lassen, hatte ich eine chaotische Zusammen-und-wieder-auseinander-Affäre mit einer jungen Amerikanerin. Tatsächlich waren wir öfter getrennt als zusammen. Wir lebten ein paar Wochen, manchmal ein paar Monate lang zusammen, dann stritten wir uns – oder hatten keine Lust mehr, uns zu streiten –, trennten uns und fanden andere Partner, mit denen wir zusammenlebten. Wie es zu der Zeit eben so üblich war. Nachdem das etwa zwei Jahre lang so gegangen war, hatte ich einen Traum. Sie und ich waren zu diesem Zeitpunkt wieder einmal getrennt und hatten uns monatelang nicht gesehen. Ich hatte auch nicht oft an sie gedacht, weil ich vollauf mit einer anderen jungen Frau beschäftigt war – sehr attraktiv, aber unberechenbar –, die mich hinhielt und mir das Leben zur Hölle machte. Und weil sie mich zappeln ließ und weil ich mich weigerte, erwachsen zu werden, und hartnäckig an der romantischen Vorstellung festhielt, daß wahre Liebe immer verhängnisvoll und unglücklich sein müsse, bildete ich mir ein, daß ich sie liebte. Aber dann träumte ich, daß ich mit meiner amerikanischen Freundin tanzte; wir konnten gut zusammen tanzen und hatten es immer gern getan. Wir lächelten einander zu; ich machte einen Witz, sie lachte. Und dann, immer noch tanzend, hielt ich sie auf Armeslänge von mir weg und schaute sie an. Ich sah, daß ihr Haar weiß war, und wußte, daß auch ich weißes Haar hatte. Wir sind alt, dachte ich in meinem Traum, und wir sind zusammen. Und ich war vollkommen glücklich.

Als ich aufwachte, war ich immer noch von diesem Glücksgefühl erfüllt und konnte es nicht verstehen. Ich wußte, daß ich sie wahnsinnig attraktiv fand und daß ich gern mit ihr zusammen war, aber irgendwie stellte ich mir vor, das wäre nicht genug. Es war zu einfach, zu natürlich, nicht verhäng-

nisvoll genug. (Ich nehme an, daß sie dasselbe dachte.) Aber
der Traum führte mir das, was ich bewußt nicht wahrhaben
wollte, klar vor Augen: Ich wollte den Rest meines Lebens mit
ihr verbringen.
Einige Tage später traf ich sie zufällig auf der Straße und
erzählte ihr den Traum. Ein halbes Jahr später waren wir
verheiratet.

Das alles geschah vor fast dreißig Jahren. Das Paar ist immer
noch verheiratet – sehr glücklich sogar –, und obwohl weder
sie noch er zu abergläubischen Vorstellungen oder magi-
schem Denken neigen, sind beide bis heute überzeugt, daß
ihre Lebenswege ohne diese Träume anders verlaufen wären,
denn die Träume ließen sie Entscheidungen erkennen, die
sie unbewußt bereits getroffen hatten.
Nichts daran ist unheimlich oder weit hergeholt. Im Gegenteil: Was diese beiden Menschen zu unterschiedlichen Zeiten und auf verschiedenen Kontinenten erlebten, ist das
natürliche und unvermeidliche Resultat eines Phänomens,
dessen Existenz die Hirnforschung mittlerweile eindeutig
nachgewiesen hat – das Gehirn arbeitet im Schlaf weiter,
ohne daß wir uns dessen gewahr sind. Die beiden jungen
Menschen erhielten keine codierten Botschaften aus einer
geheimnisvollen, unbekannten Quelle; sie dachten einfach
über ihr Leben nach, während sie schliefen – nicht mit
Hilfe von Worten oder Abstraktionen, nicht mit der linken
Hirnhemisphäre, sondern konkret, in lebhaften, ausdrucks-
starken Bildern.
Roger Penrose, Professor für Mathematik an der Universität
Oxford, ist der Ansicht, daß wahres Denken grundsätzlich
solche Wege geht. Er ist ein entschiedener Gegner und wort-
gewaltiger Kritiker der sogenannten »strong AI«-Verfechter
(Artificial Intelligence – künstliche Intelligenz), die meinen,

daß das menschliche Gehirn algorithmisch funktioniert, in klar definierten Operationssequenzen, wie ein elektronischer Rechner, und daß es nur eine Frage der Zeit ist, bis die Fähigkeiten von Computern der menschlichen Intelligenz ebenbürtig sind oder sie sogar übertreffen. Penrose, der als »einer der kenntnisreichsten und kreativsten mathematischen Physiker der Welt« bezeichnet wurde, hält das für baren Unsinn. Die Streitschrift, in der er gegen AI wettert, ist überaus kompliziert und streckenweise in einem unverständlichen Jargon geschrieben, aber an einer Stelle zitiert er einen bemerkenswerten Brief von Albert Einstein:

Die Worte oder die Sprache, in geschriebener oder gesprochener Form, spielen in meiner Denkstruktur offenbar keine Rolle. Die geistigen Gebilde, die wahrscheinlich als Gedankenelemente fungieren, sind gewisse Zeichen und mehr oder weniger klare Bilder, die »willentlich« reproduziert und kombiniert werden können. (...) Die oben erwähnten Elemente sind in meinem Fall visueller und manche muskulärer Art. Konventionelle Begriffe oder andere Zeichen müssen erst in einem zweiten Stadium mühsam gesucht werden, wenn das erwähnte assoziative Spiel sich genügend gefestigt hat und willentlich reproduziert werden kann.[55]

Penrose führt noch andere Berühmtheiten als Zeugen der Anklage an – darunter den Mathematiker Henri Poincaré und den Genetiker Francis Galton –, die übereinstimmend der Meinung sind, daß Einsicht und Inspiration so gut wie nichts mit Sprache zu tun haben und daß präzises, logisches, verbales Denken die allerletzte Stufe eines Erkenntnisprozesses ist. Schopenhauer erklärte, daß Gedanken in dem Augenblick sterben, in dem sie in Worten konkretisiert werden, und Penrose sagt über seine eigenen mathematischen

Entdeckungen: »Rigorose Argumentation ist gewöhnlich erst der letzte Schritt.« Wahres Denken ist also ein Art physischer Prozeß, »visuell und muskulär«, in Einsteins Worten; es ist tief in die Struktur der einzigartigen Körper-Geist-Einheit jedes Individuums eingebettet, genau so, wie John Donne es einmal beschrieb:

Allein durch ihren Anblick
War sie zu verstehen; ihr reines und beredtes Blut
Sprach in ihren Wangen, und so fein ausgeprägt,
Daß man fast sagen könnte, ihr Körper dachte.

In diesem Licht betrachtet, ist das Traumdenken eine demokratische, für alle frei verfügbare Version des unterschwelligen, instinktiven, präverbalen Denkens, das man bei kreativen Menschen »Inspiration« nennt. Diese letzteren müssen sich dann jedoch der enormen Mühe unterziehen, ihre Intuitionen in verständliche, logische, kommunizierbare Formen zu übersetzen: mathematische Gleichungen, philosophische Aussagen, Musik, Malerei, Dichtung, Schachstrategien. Die Deutung von Träumen ist nur eine weitere Variation dieses komplexen Themas.

Die Träume und die Kunst

O Gott, ich könnte in eine Nußschale eingesperrt sein und mich für
einen König von unermeßlichem Gebiete halten, wenn nur meine bösen Träume nicht wären.

William Shakespeare, Hamlet

Gräfin: Ich bin immer noch die Gräfin von Malfi.
Bosola: Das macht deinen Schlaf so unruhig …

John Webster, Die Gräfin von Malfi

In dem erwähnten Artikel in der *Sunday Times*, der die
Denkaufgaben enthielt, die im Schlaf gelöst werden sollten,
stellte Morton Schatzman seinen Leserinnen und Lesern
auch die allgemeinere Frage »Warum träumen wir?«. Eine
Frau, die sich für Musik begeisterte, antwortete mit einem
ausführlichen Brief über einen »grandiosen musikalischen
Traum«. Sie war wieder Kind, schrieb sie, und fand sich in
der Kapelle ihrer Schule wieder, wo ein Mädchenchor Mon-
teverdis Vespern sang. Die Rektorin, eine Frau, die allen
verhaßt war, weil sie die Schülerinnen verächtlich behandelte, dirigierte, aber sie stand den Mädchen nicht frontal gegenüber, sondern seitlich zum Chor. Die Träumerin empfand
ein Gefühl des Triumphs, daß diese angeblich nichtsnutzi-
gen kleinen Mädchen – sie selbst eingeschlossen – Klänge
von so übernatürlicher Schönheit hervorbringen konnten.
Ihre Hoffnung war, daß die Schulleiterin durch diese Erfahrung überwältigt und beschämt sein möge.

Mein rationales, bewußtes, intellektuelles Ich ist von diesem Traum jetzt so überwältigt und beeindruckt, wie es die Schulleiterin im Traum meiner Vorstellung nach durch die Musik sein sollte. Zweifellos bin ich nun die »Leiterin«, die erlebt, was das Musikstück in seiner Gesamtheit – das heißt, der Traum – in ihr bewegt. Die Traummusik war ein eindrucksvolles Kunstwerk, das sich unbewußt entfaltete (in dem Sinn, daß jede Sängerin nur ihren eigenen kleinen Part sang, ohne sich der Klangfülle in ihrer Gesamtheit gewahr zu sein) – ohne jede Einmischung oder Kontrolle durch die »Leiterin«, die nur zuhören mußte. Was der Traum sagte, war also, daß das Träumen selbst eine Kunst ist, die der anmaßende Intellekt nur mit der angemessenen Demut »zuhörend« erfahren kann. Und so glaube ich, (...) daß ich durch einen Traum, der sich selbst illustriert und für sich selbst spricht, eine Antwort auf Ihre Frage »Warum träumen wir?« gefunden habe.[56]

Wenn der Geist träumt, sagt sie damit aus, spricht der Körper ohne Beteiligung des Kopfes. Das erinnert an Donnes schöne Wendung »Daß man Geist sagen könnte, ihr Körper dachte« – eine Verszeile, die ihre Bedeutung, ihre ganz eigene Nachdenklichkeit über ihren pausierenden, zögernden Rhythmus vermittelt. Träume sind Denken ohne Beteiligung des Intellekts, Denken auf der körperlichen Ebene. Und da Träumen eine rein mentale Erfahrung ist, die sich überwiegend im REM-Schlaf ereignet, wenn der Körper völlig inaktiv ist – die Muskeln sind praktisch paralysiert und die motorischen Reaktionen gehemmt –, ergibt es in einer paradoxen, kompensatorischen Weise Sinn, daß Träume eine konkrete, physische Sprache sprechen, daß Gedanken und Gefühle als Handlungen und Dinge, in Gebärden und Bildern ausgedrückt werden statt in verbalen Abstraktionen.

Aber so arbeiten natürlich auch die Künste – selbst jene, deren Medium die Sprache ist. Sie machen Gedanken nachvollziehbar und Gefühle begreifbar, indem sie Worte oder Noten oder Modellierton oder Marmor oder Farbe oder Film benutzen, unter anderem um der mentalen und emotionalen Welt eine Art physischer Unmittelbarkeit zu verleihen. Daher ist es auch begreiflich, daß Träume als Quelle der kreativen Inspiration eine so große Rolle spielen.

Aus der Sicht einer großen literarischen Tradition waren Träume und Kunst nahezu austauschbar. Nehmen wir zum Beispiel Herman Gombiner, den Helden der Geschichte »Der Briefschreiber« von Isaac Bashevis Singer. Im Wachen führt er ein Leben, das auf die dürftigsten Notwendigkeiten reduziert ist, ohne Familie – alle seine Angehörigen wurden in den Konzentrationslagern der Nazis umgebracht –, ohne Freunde und Geliebte, ohne physische Genüsse. Er ißt fast nichts, und nachdem er nicht mehr in seinem armseligen Job tätig ist, verläßt er seine winzige Wohnung kaum noch. Aber Herman ist ein Mann der Vorahnungen und Intuitionen; er weiß um die Seltsamkeit der Dinge und begeistert sich für das Okkulte. Seine innere Welt ist wie Aladins Höhle – voll von exotischen Schätzen, und sein wahres Leben spielt sich vor allem im Traum ab:

Die größten Anstrengungen begannen, wenn Herman einschlief. Sobald er die Augen schloß, kamen seine Träume wie Heuschrecken. Er sah alles mit größter Klarheit und Präzision. Dies waren keine Träume, sondern Visionen. Er flog über orientalische Städte, schwebte über Kuppeln, Moscheen und Schlössern, verweilte in seltsamen Gärten, geheimnisvollen Wäldern. Er traf auf unentdeckte Stämme, sprach fremde Sprachen. Manchmal jagten Ungeheuer ihm Angst ein.

Herman hatte oft gedacht, daß man das wahre Leben im
Schlaf lebte. Das Wachen war nicht mehr als eine marginale
Zeit, die dazu diente, Dinge zu erledigen.[57]

Für Herman, wie für den Psychoanalytiker Wilfred Bion,
sind Träume Lebensereignisse, und die Erfahrungen, die er
im Schlaf macht, sind genauso bedeutungsvoll wie sein waches Leben. Aber seine Menschenscheu, seine Gebrechlich-
keit, sein Lebensüberdruß und seine erbärmlich einge-
schränkten Verhältnisse stehen in eklatantem Widerspruch
zu seinem exzessiv abenteuerlichen Traumleben. Die einzige Verbindungsstelle, an der sein Träumen und sein Wachen
zusammenkommen, ist sein zwanghaftes Briefeschreiben an
andere begeisterte Okkultisten, überwiegend Frauen, die für
ihn alle unerreichbar sind. Und vielleicht ist das auch
Singers Auffassung vom Schicksal des Schriftstellers: ein
reiches Phantasieleben, knappe, eingeengte Lebensverhält-
nisse, eine nervöse Disposition und ein unberechenbares
Publikum, das er nie zu sehen bekommt.
Aber Träume sind nicht einfach eine Phantasiewelt, in
die der Künstler sich flüchtet; sie gehören auch zum Wesen
der Kunst. Um es anders auszudrücken: Die Kunst ist der
Ort, an dem Träume und aktive Vorstellungskraft sich überschneiden, und die Kunst erfüllte schon lange, bevor die
Romantiker den Alptraum entdeckten und Freud das Unbewußte, die Aufgabe, die wache Realität mit der Kraft, Lebendigkeit und Dramatik von Träumen zu durchdringen:

Sie fliehen mich, die einst mich suchten
Und sich mit nacktem Fuß in meine Kammer schlichen.
Ich sah sie zärtlich, scheu und zahm,
Die wild nun sind und nicht mehr wissen,
Daß sie sich in Gefahr begaben einst,

Um Brot von meiner Hand zu nehmen; und nun streifen sie
umher,
Geschäftig suchend und immer anderswo.

Dank sei Fortuna, daß es sonst zwanzigmal besser war;
Besonders einmal aber, in dünnem Schmuck,
In köstlicher Verhüllung,
Als ihr lockeres Gewand von ihren Schultern fiel
Und sie mit ihren langen, schlanken Armen mich umfing
Und überdies mich zärtlich küßte
Und leise sagte: »Liebes Herz, gefällt dir das?«

Da war's kein Traum; ich lag hellwach.
Doch all das hat durch meine milde Sanftmut
Gewandelt sich zu einer Einsamkeit seltsamer Art;
Durch ihre Güte bin ich frei zu gehn
Und sie, der Mode nachzufolgen.
Doch da mit solcher Freundlichkeit ich abgefunden ward,
Würd' ich gern wissen, welches Schicksal sie verdient.

Sir Thomas Wyatt schrieb dieses Gedicht um 1535, vermutlich über die geheimnisvolle Anne Boleyn, die seine Geliebte war und ihn abrupt fallenließ, als sie die Gunst des Königs
gewann. Aber ob sie es war oder eine andere Frau, die Wyatt
zu diesem Gedicht inspirierte – es geht darin jedenfalls um
Liebe, Lust, Frustration und Wut, und es zeigt wie ein Traum
das ganze wimmelnde Schlangennest der Emotionen in all
ihrer ungebrochenen Widersprüchlichkeit.
Wie im Traum gibt es auch hier keine stabilen Formen oder
festen Grenzen; die Szenerie wechselt ständig zwischen dem
Wald und dem höfischen Gemach hin und her, und die Iden-
titäten von Jäger und Gejagtem verschieben sich und werden
flüssig und austauschbar. Das Raubtier, das sich in die Kammer des Dichters schlich, verwandelt sich in ein scheues

Wild, das sich locken läßt und Brot aus seiner Hand nimmt.
(Das ist an sich schon eine Traumtransformation von Worten
in konkrete Bilder; dahinter steht, was damals bereits eine
konventionelle erotische Metapher war: die Frau als das
scheue Wild, das Werben des Mannes als Locken und Er-
beuten.) In der zweiten Strophe wechselt die Szenerie erneut, und es kommt zu einer weiteren plötzlichen Traumtransformation – vom Waldtier zur Versucherin, vom fremden
Geschöpf zur vertrauten Geliebten. Die Verführungsszene,
die folgt, ist ebenfalls reiner Traum – keine Schilderung,
sondern eine Aneinanderreihung lebhaft erinnerter Details,
die zusammengenommen eine Art erotischer Epiphanie er-
geben: Das dünne Gewand, das von der Schulter gleitet, die
langen, schlanken Arme, der zärtliche Kuß und ein einziger,
geflüsterter Satz: »Liebes Herz, gefällt dir das?« (Miss Fox-
well, eine viktorianische Dame und Wyatt-Herausgeberin,
reagierte auf diese außerordentliche Provokation mit einer
hilfreichen Fußnote: »Im sechzehnten Jahrhundert eine ge-
bräuchliche Gruß- und Anredeform«.)
»Da war's kein Traum; ich lag hellwach«. Je mehr Wyatt den
Traum verleugnet, desto traumähnlicher wird das Gedicht.
Es wirkt so, als wären die Erinnerungen an das Geschehene
so verwirrend gewesen – so lebhaft, unbegreiflich, quälend
und empörend –, daß der Dichter selbst Traum und Realität
nicht mehr unterscheiden konnte. Für Wyatt war es jedoch
kein Traum im formellen, literarischen Sinn, denn zeitgenös-
sische Gedichte, die Träume oder Visionen bewußt zum Thema machten, waren schematisch und naiv, in der Art von
Artemidoros. Das Gedicht ist *wie* ein Traum, aber es ist kein
Gedicht *über* einen Traum; sein Thema ist eine in wacher,
höchster Intensität erfahrene Verführung und die Unfähigkeit des Dichters, sich aus dem Bann dieser Erfahrung zu
befreien. Oder, um es anders auszudrücken, es thematisiert

eine Erfahrung, die in Wyatt Gefühle von solcher Verworren-
heit und Widersprüchlichkeit auslöste, daß er sie nur mit
den Mitteln ausdrücken konnte, die im Traum als selbstverständlich erscheinen – Verdichtung und Auslassung, Gedanken, die in Bildern ausgedrückt werden, und Reflexions-
prozesse, die als Drama erscheinen. Dichtung geht also nicht
notwendigerweise aus Träumen hervor, aber die Sprache und
die Methoden der Träume sind ihr natürliches, naheliegen-
des Stilmittel.

Auch bei anderen kreativen Prozessen verhält es sich so.
Roger Penrose schreibt, daß *ästhetische* Kriterien von un-
schätzbarem Wert sind, um die Brauchbarkeit einer mathematischen Inspiration zu beurteilen:

*In den Künsten, so könnte man sagen, stehen ästhetische Kri-
terien an erster Stelle. (...) Man könnte argumentieren, daß
solche Kriterien in der Mathematik und in den Naturwissenschaften von untergeordneter Bedeutung sind, während das
Kriterium der Wahrheit den obersten Rang einnnimmt. Es
scheint jedoch unmöglich, diese Kriterien voneinander zu
trennen, wenn man an die Probleme der Inspiration und der
Erkenntnis denkt. Mein Eindruck ist, daß die starke Überzeugung von der Gültigkeit einer plötzlichen Inspiration (...)
sehr eng mit ihren ästhetischen Qualitäten verknüpft ist. Bei
einer schönen Idee sind die Chancen, daß sie auch eine richtige Idee ist, viel höher als bei einer häßlichen.*[58]

Dasselbe gilt auch für Träume, mit dem Unterschied, daß die
Ästhetik eines Traums nicht formaler, sondern emotionaler
Natur ist. Es ist nichts an sich Schönes an dem Traum des
jungen Mannes, der glücklich mit seiner Freundin tanzt und
plötzlich entdeckt, daß sie und er ein weißhaariges, altes
Paar sind, oder an dem Traum des wißbegierigen Jungen, der

ein Fossil ausgräbt. Wie das blitzartige Aufleuchten einer
mathematischen Inspiration sind diese Träume schön, weil
sie ganz einfach sind und intuitiv richtig erscheinen. Beide
Träume verweben ein kompliziertes Geflecht von Gefühlen
und transformieren es dann zu einem einzigen dramatischen
Bild, einer lebendigen, überzeugenden Szene, die berührt,
weil sie emotional stimmig ist.

Vielleicht beruht jedes ästhetische Urteil letztlich auf dieser
Qualität: nicht auf der richtigen Form, denn die Formen ändern sich, und was einer Generation häßlich erschien, Stam-
meskunst zum Beispiel, ist für die nächste Generation
schön, sondern auf der emotionalen Stimmigkeit, auf dem
richtigen Gefühl. In der Dichtung werden Gefühle – nicht
die angestrebten grandiosen, kathartischen Gemütsbewe-
gungen, sondern die viel subtilere Ebene des fühlenden Gewahrseins – weniger durch die Metaphorik ausgedrückt als
durch den inneren Rhythmus der Sprache, durch die Art, in
der eine Verszeile sich bewegt. Die Zeile selbst hat vielleicht
gar keine visuellen Elemente – Coleridges »And the spring
comes slowly up this way« –, oder die Metaphorik ist gedämpft und distanziert – »Busily seeking with a continual
change« (Geschäftig suchend und immer anderswo) –, aber
wenn man wirklich lauscht, kann man hören, wie sie sich
bewegt, wie sie pausiert und atmet.

Als I. A. Richards sagte, Rhythmus sei das einzige, das der
Dichter niemals vortäuschen kann, meinte er nicht das regu-
läre Versmaß, das mechanische Tam-Tata-Tam – »The Assy-
rian came down like a wolf on the fold, / And his cohorts
were gleaming in silver and gold«[*] –, sondern den inneren

---

[*] Ein deutsches Äquivalent: »Zu Aachen in seiner Kaiserpracht im
altertümlichen Saale / Saß König Rudolfs heilige Macht beim festli-
chen Krönungsmahle«; A. d. Ü.

Rhythmus, den natürlichen Atem. Wenn der Dichter wirklich erregt oder in seelischer Unruhe ist, zeigt sich das in diesem inneren Rhythmus der Verszeile. Und wenn der Rhythmus tot ist, kann auch der größte Erfindungsreichtum nicht darüber hinwegtäuschen. In dieser Hinsicht ist Lyrik wie Musik, die wiederum eine Art Mathematik der Emotionen ist: Der Rhythmus – die Art, wie die Klänge sich bewegen, zusammenkommen, sich trennen, sich neu kombinieren – ist das Vehikel der Gefühle. Ich weiß aus eigener Erfahrung, daß man ein Gedicht manchmal hören kann, bevor man weiß, worum es darin eigentlich gehen soll, daß man die Bewegung präsent hat, bevor man die Worte findet. Und ohne diese innere Bewegung oder Unruhe bleiben die Worte, wie elegant sie auch gesetzt sein mögen, immer leblos. Zumindest in dieser Hinsicht ist die Dynamik der Poesie – und vermutlich aller Künste – dieselbe wie die Dynamik der Träume. Sie haben dieselben Methoden, dieselbe Grundstruktur.

Coleridge

In einem schlechten Traum lösen Dinge und Formen, die als solche alltäglich und harmlos sind, panische Ängste aus.

Coleridge, Notebooks, 1797

Das zentrale Thema der klassischen Dichter war der Mensch als Mittelpunkt aller Dinge, aber ihr Hauptinteresse galt dem Menschen in seiner Rolle als gesellschaftlichem Wesen. Was in der inneren Welt oder der Welt des Schlafs geschah, war für ihre Kunst nicht von Belang. Im späten achtzehnten Jahrhundert änderte sich das jedoch grundlegend. Als die Romantiker sich von der kultivierten Gesellschaft abwandten und das innere, private Selbst wieder ins Zentrum des Geschehens rückten, wurden die Träume rehabilitiert. Sie waren nicht mehr nur beunruhigende Kuriositäten an der Peripherie der Literatur; jetzt wurden sie vielmehr zu einem Gegenstand größten Interesses. Träume waren authentische Manifestationen der inneren Welt, und darüber hinaus fügten sie sich auch nahtlos in das Künstlerideal der Romantiker ein, der Vorstellung vom Künstler als einem Gefäß für die Inspiration, einer von unbekannten oder nur erahnten Kräften in Schwingung versetzten Äolsharfe. Was konnte unbeständiger und vergänglicher, unvorhersehbarer und unbeeinflußbarer – in einem Wort, romantischer – sein als ein Traum?
Die Romantiker trieben einen wahren Kult mit Träumen, vor

allem solchen, die sich um sie selbst als gequälte Außenseiter drehten oder um diverse Varianten der *belles dames sans
merci*. Außerdem waren sie in die »ungestüme Schönheit des
Schreckens« verliebt, wie Shelley es ausdrückte; sie kultivierten Alpträume und bemühten sich mit demselben absurden Eifer, sie hervorzurufen, wie die Barden der Drogenkul-
tur in den sechziger Jahren versuchten, Erfahrungen des
Aus-dem-Körper-Heraustretens zu induzieren:

*Der Maler Fuessli, der die Träume für »eine der am wenig-
sten erforschten Regionen der Kunst« hielt, aß große Mengen
rohen Fleisches, bevor er zu Bett ging. Anne Radcliffe, die in
den neunziger Jahren des achtzehnten Jahrhunderts den
Schauerroman zu einer intellektuellen Mode machte, griff
ebenfalls auf unverdauliche Nahrung zurück und verbrachte
ihre wachen Stunden damit, die Alpträume zu schildern, die
ihre Diät hervorrief. Southey schwor auf Lachgas. (...) Die
Erzählungen »Melmoth the Wanderer« von Charles Robert
Maturin und »The Monk« von Matthew Lewis enthalten lange Schilderungen von gräßlichen Träumen, die mit dem eigentlichen Inhalt der jeweiligen Geschichte kaum in Zusammenhang stehen. (...) Manchmal war Opium das Agens, das
die Schauerphantasien stimulierte. Byron nahm »schwarze
Tropfen«, ein populäres Präparat, als Beruhigungsmittel;
Shelley nahm Laudanum zur Linderung nervöser Kopf-
schmerzen. (...) Unbedeutende Neophyten der »Gothic Novel« – von dem Typus, der in der Satire »Northanger Abbey«
mit beißendem Spott übergossen wurde – bemühten sich über
Jahre, Horace Walpoles dauerhaften Erfolgen nachzueifern,
indem sie eigene Alpträume zu stimulieren versuchten: sie
aßen verdorbenes Fleisch nach langen Phasen rein vegetari-
scher Ernährung, sie lasen jeden wurmstichigen Wälzer, den
sie auftreiben konnten, und taten, was sie nur konnten, um*

ihre eingleisigen Phantasien anzustacheln. Aber sie mußten bald feststellen, daß Alpträume in vacuo, in Serie produziert, nichts wirklich Beängstigendes hatten – viel Romantik, aber wenig Seelenqualen, von Verdauungsbeschwerden einmal abgesehen.[59]

Die »Gothic Novel« und die mit diesem Romantypus assoziierten Phantasien waren der Groschenroman-Aspekt der Romantik. Aber an Coleridges Alpträumen war durchaus nichts Sensationshungriges. Er hatte seit seiner Kindheit entsetzlich darunter gelitten, und daran sollte sich bis an sein Lebensende nichts ändern; im Katalog seiner Heimsuchungen übertrafen die Alpträume sogar seine katastrophale Ehe und seine Abhängigkeit von »Stimulantien«, wie er es vorsichtig ausdrückte, das heißt seine Opiumsucht:

Meine Ehe – permanentes Grauen im meinem Inneren, Mrs. Coleridges Launen zu ertragen etc. – und schließlich Stimulantien, aus Angst vor und zur Verhütung von heftigen Bauchkrämpfen durch mentale Erregung; dann (fast epileptische) nächtliche Angstzustände im Schlaf, und seither war jeder Fehler, der mir unterlief, die unmittelbare Folge der höllischen Angst vor diesen schlimmen, entsetzlichen Träumen – alles, um sie zu verhindern.[60]

Dieser Alpträume wegen haßte er es, zu Bett zu gehen oder einzuschlafen, und wenn ihn die Müdigkeit übermannte, wachte er schreiend aus diesen Träumen auf, Nacht für Nacht, und fand seine verängstigte Familie um sein Bett versammelt vor. »Mit dem Schlaf fangen meine Höllenqualen an …«, schrieb er. »Für mich sind Träume keine Schatten, sondern die realen, substantiellen Leiden des Lebens.«[61] Anders als die Verfasser von Schauerromanen, die verrottetes Fleisch aßen, um Alpträume zu provozieren, vergiftete Coleridge sich mit Opium, um sie zu verhindern. Aber es gehörte zu seinem Charakter, gerade von dem fasziniert zu sein, was ihm die größten Probleme bereitete. Er war ein Analysand *avant la lettre*, ein Analysand ohne Analytiker, und die gewissenhafte Aufmerksamkeit, die er seiner inneren Welt entgegenbrachte, war eine ergiebige Kompensation für sein unbefriedigendes, verfahrenes Alltagsleben.

Vor allem studierte er seine Träume. Seine Journale sind voll von subtilen Bemerkungen über das Bizarre seiner Träume, ihre Beziehungen zu seinem wachen Leben, die Mechanismen und Ebenen des Träumens, das *Ego diurnus* und das *Ego nocturnus*, das Tages- und das Nacht-Selbst. Und als Dichter war er besonders sensibel für die Unterschiede zwischen »der Sprache des Traums = Nacht (und) des Wachens = Tag«. Wie die Hirnforscher der Gegenwart, die das Überwiegen der Aktivitäten der rechten Hirnhemisphäre im REM-Schlaf hervorheben, war Coleridge überzeugt, daß das nächtliche Selbst sich »in einer Sprache der Bilder und Gefühle« ausdrückte, in »diversen Dialekten, die sich untereinander weitaus weniger unterscheiden als die verschiedenen (Tag-) Sprachen der Völker«.[62]

Als Coleridge diesen Gedanken 1818 niederschrieb, erinnerte er sich, wie ich glaube – mit einer gewissen gelassenen Distanz –, an seine eigene jugendliche Erfahrung mit der Traumsprache, wie er sie im Vorwort zu »Kubla Khan«, dem größten aller Traum-Gedichte, geschildert hatte:

Der Autor war etwa drei Stunden lang in tiefem Schlaf, zumindest was die äußeren Sinne anging, während welcher Zeit ihn das lebhafteste Vertrauen erfüllte, daß er nicht weniger als zwei- bis dreihundert Verszeilen komponiert haben konnte – wenn das in der Tat Dichtung genannt werden kann, in der all die Bilder als Dinge *vor ihm aufstiegen und parallel dazu die entsprechenden Worte sich einstellten, ohne jegliches Gefühl oder Bewußtsein einer Anstrengung.*[63]

»Kubla Khan« ist voll von den Bildern, den »Dingen«, die Coleridge in Jahren unablässigen und unersättlichen Lesens absorbiert hatte und dann, transformiert und von Gefühlen durchflutet, wieder hervorbrachte, so daß die seltsame Landschaft, die sie bilden, das Zwingende eines machtvollen Traumes hat – eines Traumes, der im Gedächtnis haften bleibt, nachdem der Träumer erwacht, und der nachdrücklich darauf hinzuweisen scheint, daß in ihm eine wichtige Botschaft verborgen ist.[64] Ein Freudianer der alten Schule würde sich vermutlich die Hände reiben angesichts der »mit menschlichem Maß nicht meßbaren Höhlen«, der »sonnenlosen See«, des von Mauern umgebenen Paradiesgartens, des »tiefen romantischen Tals«, aus dem ein kraftvoller Quell hervorsprudelt, des dämonischen Liebhabers und der »Stimmen der Ahnen«. Aber die Urszene war, wie ich glaube, nicht diese Art von schöpferischer Energie, auch wenn sie Coleridge (unbewußt) zu diesen Bildern inspiriert haben mag. Die Landschaft in »Kubla Khan« hat vielmehr starke Ähnlichkeit mit Coleridges Schilderung der schöpferischen Vorstellungskraft, die er später in den berühmten Kapiteln seiner »Biographia Literaria« gab: als eines Stroms, einer lebendigen Kraft, die »sich auflöst, zerfließt und sich teilt, um neu zu erschaffen«; oder mit seiner Beschreibung des schöpferischen Genius Shakespeares, den er als zwei Flüsse darstellte – seine dichterische Gabe und seine intellektuelle Energie –, »die, bei ihrem ersten Zusammentreffen zwischen engen und felsigen Ufern, sich wechselseitig zu verdrängen trachten und sich widerwillig und in Aufruhr vermischen, bald aber, ein weiteres Flußbett und nachgiebigere

Ufer findend, verschmelzen, sich ausdehnen und weiter-
fließen, in einem Strom und mit einer Stimme (...), sich
weitend und zusammenziehend«.[65] Mit anderen Worten: So
wie Träume manchmal sich selbst und den Prozeß des Träumens zum Inhalt haben, geht es in »Kubla Khan« – so kann
man das Gedicht verstehen – um Poesie und poetische Imagination.

Coleridge war ein großer Literaturkritiker, ein überaus bele-
sener Mann von brillanter Intelligenz. Aber er war auch erstaunlich geschwätzig, und seine Vorlieben, insbesondere
seine Neigung zur Metaphysik, gingen eine ungünstige Verbindung mit seiner Langatmigkeit ein und mit seiner Tendenz als Dichter, kein Ende finden zu können, nachdem seine Inspiration längst abgeebbt war. Der Poet, der einen so
vollkommenen Vierzeiler schreiben konnte wie diesen:

The moving Moon went up the sky,
And no where did abide.
Softly she was going up,
A star or two beside ...

brachte es auch fertig, Verse zu schmieden, die Magengrim-
men verursachen:

She felt them coming, but no power
Had she, the words to smother,
And with a kind of shriek she cried,
»Oh Christ! You're like your mother!«

Unglücklicherweise besteht der größte Teil seines Werkes
aus Ergüssen wie dem zuletzt angeführten. Das Problem, das
dem Leser, der sich durch die *Collected Poems* durcharbei-
tet, in Auge sticht, ist nicht, daß Coleridge gelegentlich ein-

döst, sondern, daß er immer wach ist. Die Oxford-Ausgabe ist fast sechshundert Seiten stark, aber Coleridges Reputation als großer romantischer Dichter beruht auf nur fünfundfünfzig dieser sechshundert Seiten, auf insgesamt fünf Gedichten: »The Rime of the Ancient Mariner«, »Christabel«, »Kubla Khan«, »Dejection: an Ode« und »Frost at Midnight«. Der Rest ist so weitschweifig und langweilig, daß der Schatten des Zweifels auf die fünf großen Gedichte fällt. Es wäre noch verständlich, wenn diese fünf einfach nur gut wären. Jeder Dichter kann im Lauf der Arbeit eines ganzen Lebens eine Handvoll guter Gedichte hervorbringen. Coleridges Meisterwerke sind jedoch einzigartig – mit nichts anderem in der englischen Literatur zu vergleichen –, und sie wirken im Kontext seiner anderen Versdichtungen fast fehl am Platz.

Coleridge selbst wußte das besser als irgendein anderer; dieser Widerspruch war eine der permanenten Qualen seines Lebens und das Thema von »Dejection«, des besten all seiner Gedichte. *Dejection* – Niedergeschlagenheit – zerstörte seinen eigenen Worten nach seine Spontaneität, seine Lebendigkeit, seinen phantasievollen Gestaltungsdrang; sie nahm ihm seine jugendliche Sensibilität, jenen Zustand der Gnade, in dem er, wie die Äolsharfe an seinem Fenster, von jedem Gefühlshauch in Schwingung versetzt wurde und Musik daraus machen konnte. Aber als der Sturm losbricht und die Harfe zu Klängen inspiriert, über die der Dichter selbst keine Gewalt mehr hat, stellt sich heraus, daß die Resultate nicht mehr sind als die üblichen, konventionellen Produkte der Hochromantik – überladene Schlachtszenen und ein armes, verlassenens Kind à la Otway –, seinen ganz ureigenen, subtilen Meisterwerken weit unterlegen. Coleridge war also einer Selbsttäuschung erlegen. Er hatte immer Zugang zu den banaleren Quellen der romantischen Inspiration – deshalb schrieb er so viele schlechte Gedichte –, aber seine ureigenen, einzigartigen Inspirationsquellen waren viel flüchtiger, unzugänglicher, ungreifbarer.

Geniale Begabung zeichne sich durch einen guten Teil unbewußte Aktivität aus, schrieb er, und korrigierte sich sogleich: »... nein – das ist sogar das eigentlich Geniale im genial begabten Menschen«. Ein großer Teil der genialen Begabung Coleridges lag in seiner Fähigkeit, seine Träume einzusetzen oder, wie John Livingstone in *The Road to Xanadu* brillant demonstrierte, die Kenntnisse, die er durch seine ungeheure Belesenheit angesammelt hatte, in Traumform wiederzuverwerten. Er war vor allem ein Dichter der Nacht, und seine fünf großen Gedichte sind ausnahmslos Nachtstücke: In »Dejection« und »Frost at Midnight« geht es unter anderem um das einsame nächtliche Wachen, während die gesamte Umwelt schläft; »Kubla Khan« ist ein reines Traumgedicht, »The Ancient Mariner« und »Christabel« sind von Träumen durchtränkt, die Coleridge selbst, der Mode seiner Zeit folgend, als »das Übernatürliche« bezeichnete. Die Handlungsrahmen der beiden letzteren Gedichte entsprechen zwar den Klischees der Schauerromantik – eine Seefahrerballade und eine Mär von Rittern und edlen Damen –, aber diese konventionellen Formen sind durch Traummetaphorik und die für Träume charakteristischen plötzlichen Szenenwechsel und Verschiebungen transformiert.

Als Geraldine Christabel in ihren Zauberbann zieht, geschieht das bei Nacht, wie in einem Alptraum – unter den Kleidern der schönen jungen Frau verbirgt sich ein eiskalter, uralter Hexenkörper –, und Christabel kann sich dem Bann sowenig entziehen, wie sie sich einem Alptraum entziehen könnte, unfähig, sich zu bewegen, schlafend und dennoch mit weit offenen Augen. Am nächsten Morgen erzählt der Barde Bracey von einem schrecklichen Traum, den er über Christabel hatte, und ihr Vater mißdeutet diesen Traum. Als Christabel zu protestieren versucht, wendet Geraldine sich ihr zu und durchläuft eine weitere Traumtransformation: Ihre Augen schrumpfen zu Schlangenaugen, so schnell und unmerklich und entsetzlich, wie sich ein freundliches Gesicht in einem Alptraum in eine monströse Fratze verwandelt.

Auch das Gedicht »The Rime of the Ancient Mariner« (Der alte Seefahrer) ist voll von Bildern, die Coleridge aus der Lektüre von Reiseschilderungen kannte und dann einer Umwandlung unterwarf – nicht einfach in poetische Metaphern, sondern in Formen, die bestens in Hobsons ausführliche wissenschaftliche Skala des »Bizarren« im Traum hineinpassen würden[66]: die gespenstische arktische Landschaft, die faulende äquatoriale See, das Phantomschiff, auf dem Tod und Leben-im-Tod um die Seele des Seefahrers würfeln, die Geister-Mannschaft und die geisterhafte, verkürzte Heimreise.

Noch alptraumhafter ist im »Ancient Mariner« das alles durchdringende, anhaltende Gefühl der Schuld und die schreckliche Unausweichlichkeit des Handlungsverlaufs: ein unbedachtes Verbrechen, das beiläufig mitgeteilt wird – »Mit meiner Armbrust erschoß ich den Albatros« –, und seine ungeahnten Folgen, eine Kette von Qualen, aus denen der Täter nicht entkommen kann, bis er unwissentlich Buße tut. Das ist dieselbe Logik, deren Kafka sich bediente: bestürzte Unschuld – »Wer, ich? Was habe ich getan?« –, unentwirrbar verknüpft mit einer absoluten Überzeugung des Schuldigseins. Es ist auch die Logik des zwanghaft wiederkehrenden Alptraums, und genauso drückt Coleridge es in seinem Gedicht aus:

Since then, at an uncertain hour,
That agony returns;
And till my ghastly tale is told,
This heart within me burns.

»Wenn ein Mensch im Traum das Paradies durchwandern könnte«, notierte Coleridge 1815 in seinem Journal, »und eine Blume zum Geschenk erhielte als Unterpfand, daß seine Seele wirklich dort war, und die Blume in seiner Hand fände, wenn er erwachte – aye! Und was dann?« Genau das geschah ihm in seiner kreativen Jugend, als er »Kubla Khan« schrieb. Aber es gab noch vier weitere Blumen, ebenso schön, überraschend und einzigartig und, wie sich herausstellen sollte, immer nur als unerwartetes Geschenk; es war nicht möglich, hinzugehen und sie willentlich zu pflükken. Als er älter wurde und das gewöhnliche Unglück ihn zunehmend überwältigte – eine schlechte Ehe, Drogenabhängigkeit, Überarbeitung, Geldnot –, verwandelten sich seine Träume und die »fast epileptischen« nächtlichen Angstzustände von einer Quelle der Inspiration in Höllenqualen, und so wandte er sich davon ab, denn er hatte die Energie und den Willen, sich damit zu konfrontieren, verloren.

Nerval

Ich zehre von meiner eigenen Substanz, und ich erneuere mich nicht.

Gérard de Nerval, Brief an George Bell

In den dreißiger und vierziger Jahren des neunzehnten Jahrhunderts degenerierte die Romantik zu einer Modeströmung. Junge Männer kultivierten den Byron-Look, düster, gefährlich und verhängnisvoll; sie kleideten sich schwarz, umgaben sich mit den Fetischen des Schaurigen, schlossen sich Geheimgesellschaften an und hielten satanische Orgien ab, um ihrem völlig normalen jugendlichen schlechten Benehmen den Anstrich des Ernsten und Subversiven zu geben. Sorgsam behütete junge Damen verschlangen Schauerromane und litten freiwillig Qualen, um *l'air romantique* zu erlangen: ein bleiches, melancholisches Gesicht (sie tranken Essig und nahmen Spuren von Blei), fiebrig glänzende Augen (sie erweiterten die Pupillen mit Belladonna), eine sylphenhafte Figur (sie hungerten und trugen Korsetts mit Eisenstäben), ein Flair des Grüblerischen und Rätselhaften, zu drei Teilen unterdrückte Leidenschaft und zu einem Teil melancholische Sehnsucht. In ihren Tagträumen waren sie die Herrinnen romantischer Schlösser mit Türmchen und Zinnen und der gesamten imaginierten mittelalterlichen Szenerie, einschließlich des liebeskranken Pagen, der ihnen auf Schritt und Tritt folgte, und des nicht minder von Liebessehnsucht verzehrten Troubadours, der nachts vor ihren Fenstern zur Laute sang.

Alpträume und Vampire gehörten ebenso zur Grundausstattung der romantischen Phantasien wie die exzentrische Kleidung und die düster-melancholischen Sehnsüchte. Aber hinter dieser Phantasiewelt stand außerdem ein Kult der Träume. Die Romantiker glaubten mit derselben fieberhaften, unklaren Intensität an Träume wie die Studentengeneration der späten sechziger Jahre an die Revolution. Träume standen für Freiheit von den sozialen Zwängen, die die Vätergeneration verkörperte, für den Ausbruch aus den engen Grenzen der konventionellen Schicklichkeit und der bürgerlichen Selbstzufriedenheit. Träume waren sonderbar, mysteriös und unvoraussagbar, und sie paßten perfekt zum Künstlerbild dieser Zeit: Der Künstler war ein empfindsames Geschöpf, ganz Seele und Sensibilität, von den Stürmen unberechenbarer Gefühle hilflos umgetrieben. Théophile Dondey, der – weil Sir Walter Scott gerade groß in Mode war – ein keltisches Anagramm aus seinem Namen machte und sich Philothée O'Neddy nannte, trug eine Brille, wenn er schlafen ging, um seine Träume klarer zu sehen. Gérard de Nerval (eigentlich Gérard Labrunie) ließ seinen berühmtesten Roman *Aurelia* mit einem Satz beginnen, der als Credo der Romantik gelten kann: »Der Traum ist ein zweites Leben.«

Aurelia ist tatsächlich Nervals Traumbuch. Der Untertitel »Der Traum des Lebens« weist darauf noch einmal nachdrücklich hin; ein autobiographisches Handlungsgerüst bildet den Rahmen für die Schilderung einer Serie von unheimlichen Träumen:

Dann veränderten die Ungeheuer ihre Gestalt, streiften ihre erste Haut ab und richteten sich mit ihren riesenhaften Tatzen mächtiger auf; die ungeheure Masse ihrer Körper zerbrach die Zweige und zerstörte das Gras, und in der Unordnung der

*Natur lieferten sie Schlachten, an denen ich selbst teilnahm,
denn ich hatte einen ebenso sonderbaren Körper wie sie selbst.
Plötzlich tönte eine seltsame Harmonie in unsere Einsamkeit,
und es schien, als ob das verwirrte Schreien, Heulen und
Pfeifen der primitiven Wesen hinfort in diese göttliche Weise
überginge. Die Variationen folgten einander ins Unendliche,
der Planet erhellte sich allmählich, göttliche Formen zeichneten sich auf dem Grün und in den Tiefen der Gebüsche ab,
und die nun zahmen Ungeheuer, die ich gesehen hatte, warfen ihre sonderbaren Formen von sich und wurden Männer
und Frauen; andere bekleideten sich in ihren Verwandlungen
wieder mit den Gestalten von wilden Tieren, Fischen und
Vögeln.* [68]

Vielleicht träumte Nerval wirklich so. Träume sind schließlich nicht nachprüfbar, nicht verifizierbar, jenseits jeder
Diskussion. (Unter anderem deshalb lehnen Verfechter der
»exakten« Wissenschaften» die Psychoanalyse ab.) Was jedoch durchaus zum Gegenstand der Diskussion werden
kann, ist das ungewöhnlich Abgehobene und Bombastische
der Träume Nervals. Gérard de Nerval war klinisch schi-
zophren, und in *Aurelia* geht es um den Wahnsinn oder das
Überströmen der Träume in das reale Leben, wie er es ausdrückte. Er hielt sich in periodischen Abständen in Asylen
oder Sanatorien für Geisteskranke auf, spazierte in den Gärten des Palais Royal mit einem Hummer umher, den er an
einer hellblauen Leine führte (darauf angesprochen, erklärte
er, er habe Hummer lieber als Hunde, weil sie nicht bellten
und weil sie um die Geheimnisse der Tiefe wüßten), und
erhängte sich schließlich an einem alten Schürzenband, das
er – je nachdem, welchen Quellen man Glauben schenken
will – für das Strumpfband der Königin von Saba oder das
Korsettband der Madame de Maintenon oder der Marguerite

de Valois hielt. *Aurelia* war, wie sein Freund Gautier es ausdrückte, »Wahnsinn, der sich selbst erzählt«.

Aber es ist nicht das Sonderbare der Träume in *Aurelia*, die
den Eindruck des Irrealen erwecken. Kein Traum könnte
sonderbarer sein als Coleridges »Kubla Khan«, und dennoch liegt ein Teil der machtvollen Wirkung des Gedichts
in dem unterschwelligen Eindruck, der sich dem Leser aufdrängt, daß es *nicht nur* ein Traum ist. Obwohl Coleridge
darauf beharrte, es sei nur ein Fragment, eine psychologische Kuriosität, hat »Kubla Khan« eine durchgängige Zielgerichtetheit, eine eigene, innere Logik, die dem Bizarren
formale und emotionale Gestalt gibt. Das Gedicht wird Coleridges eigener Definition von Dichtung gerecht, die, nach
seinen Worten, »in sich selbst den Grund dafür enthält, warum sie so und nicht anders ist«. Dagegen wirken Nervals
Traumschilderungen so, als wollten sie demonstrieren, wie
Träume *sein sollten*, wenn man sein Leben den hysterischen
Prinzipien der Hochromantik gemäß lebte. Sie sind eigentlich keine Träume, sondern Phantasien von Träumen, Träume, die nicht nur um ihrer dramatischen Wirkung willen
überarbeitet sind, sondern liebevoll, fast nostalgisch aufbereitet, als Darstellung eines blühenden, lebendigen Innenlebens, in ähnlicher Weise wie *Sylvie*, Nervals früher auto-
biographischer Roman, seine ländliche Jugend und seine
Jugendlieben wiedererstehen läßt.

Aber auch die differenziertesten literarischen Techniken
konnten das Überströmen der Träume in das reale Leben
nicht aufhalten. In seinen klaren Momenten war le pauvre
Gérard ein überaus liebenswerter Mensch, ein Narr und
Träumer, ein rückhaltlos großzügiger Feund. Heine, der ihn
liebte, sagte über ihn, er habe mehr von einer reinen Seele,
einem Wesen aus dem Reich der Engel als von einem gewöhnlichen Menschen. Aber er war auch wahnsinnig, und

sein liebenswürdiges Wesen schützte ihn nicht vor den Alpträumen und Halluzinationen, die sein Wahnsinn hervorrief. Nerval schrieb seine Träume nieder und versuchte, sie in Literatur zu verwandeln, mit den überladenen Stilmitteln seiner Zeit. Aber schließlich wurden sie stärker als er und überwältigten ihn; er endete in Paris, erhängt an einem Eisengitter am Fuß der Steintreppe, die zur Rue de la Tuerie führt.

Stevenson und die Brownies

Die Vergangenheit ist von einer einzigen Textur – ob vorgestellt oder
erlitten, ob in drei Dimensionen ausagiert oder nur passiv beobachtet
in jenem kleinen Theater, dem Gehirn, das wir die ganze Nacht hell
erleuchtet halten, nachdem der Dampf abgestellt ist und Dunkelheit
und Schlaf unangefochten über den Rest des Körpers herrschen.

Robert Louis Stevenson, A Chapter on Dreams

Die Romantik kultivierte den Alptraum als wesentliche In-
gredienz der romantischen Agonie; ein Jahrhundert später
nahm der Surrealismus sich seiner an, aus Reverenz gegenüber dem neuentdeckten Land des Unbewußten. Aber in der
Zwischenzeit lebte er in Gestalt einer kleinen Kunstform –
der Geistergeschichte – in der spätviktorianischen Gesellschaft weiter. Bei den Meistern dieser Form, M. R. James
und Bram Stoker zum Beispiel, tritt er in düster-mittelalter-
licher Verkleidung auf, aber das Unheimliche ihrer Geschichten resultiert nicht aus dieser Staffage – den finsteren,
zerfallenden Schlössern, den klirrenden Waffen und dem
magischen Hokuspokus –, sondern vielmehr daraus, daß er
teilweise gezähmt und näher herangelockt wird, daß er in
den behaglichen Kreis des bürgerlichen Alltagslebens ein-
bricht. Der Vampir in seinem staubigen Sarkophag oder der
Fluch aus der Vergangenheit wird wieder ins Leben zurückgerufen, in aller Regel durch einen Protagonisten mit anti-
quarischen Interessen und psychologisch fragwürdigen Mo-

tiven, und das Böse wird eruptiv freigesetzt inmitten der überladenen Möbel und Draperien respektabler bürgerlicher Heime, in denen ahnungslose, reizende Menschen ihr normales, wohlanständiges Leben führen. (Nach demselben klassischen Rezept werden auch die heutigen Horrorgeschichten und -filme zusammengekocht: Satan und seine Helfershelfer treten in Erscheinung, wenn muntere moderne Paare unüberlegt in alte Häuser einziehen, die an irgendeinem fernen Punkt ihrer Geschichte durch das Böse kontaminiert wurden, oder wenn – wie in der raffinierten Variante in *Poltergeist* – unverdächtige, blitzend neue Häuser über alten Friedhöfen errichtet werden.)

Die beliebte spätviktorianische Geistergeschichte – mit der sogar Henry James auf seine durchtriebene Weise experimentierte – war also eigentlich nur eine spezialisierte Variante des romantischen Schauerromans, »Gothic« bei Gasbeleuchtung, wenn man so sagen darf. In den Jahrhunderten vor der Beleuchtung der Straßen, als die Leute sich mit brennenden Fackeln und Kerzen behelfen mußten, war die Nacht voller Gefahren, und friedliebende Menschen blieben nach Sonnenuntergang zu Haus, hinter verschlossenen Türen. Mit dem Aufkommen der Gasbeleuchtung veränderte sich das alles, aber das Gaslicht war nicht sehr effizient. Die kleinen Lachen milden Lichts ließen die umgebende Dunkelheit noch gefährlicher und bedrohlicher erscheinen. Dickens durchstreifte die nebelverhüllten nächtlichen Londoner Straßen mit der gefahrbewußten Forschermentalität eines Dr. Livingstone, eines Reisenden auf dem »dunklen Kontinent«, und mit einer ähnlichen Motivation: zu erkunden und zu kolonisieren. In Dickens' Romanen sind Nacht und Nebel mehr als der Hintergrund, vor dem die Protagonisten handeln; sie sind wesenhafte Präsenzen, die ihre ganz eigene Rolle spielen.

Das Schattenhafte, das durch die abgegrenzten Zonen dämmrigen Gaslichts um so bedrohlicher hervorgehoben wurde, fand seine Entsprechung im viktorianischen Leben; die Menschen der spätviktorianischen Ära spürten mit Unbehagen, daß dicht hinter ihrem wohlgeordneten, behaglichen Leben, ihrer Zuversicht und ihrer Wohlanständigkeit eine ganze Welt der Finsternis lag, von der sie lieber keine Notiz nehmen wollten. Die Finsternis manifestierte sich in vielen Formen, von der Melancholie Tennysons und dem Manisch-Depressiven Edward Lears bis hin zum spektakulären Sadismus eines Jack the Ripper. Die Viktorianer, die vor diesen Phänomenen schaudernd zurückschreckten und sie verleugneten, waren dennoch davon fasziniert, und als Tribut an ihre Verleugnung machten sie den gewöhnlichen, gemeinen Mord zu einer populären Kunstform, die im »Chamber of Horrors« in Madame Tussauds Wachsfigurenkabinett ihren offenkundigsten Ausdruck fand.

Dies war jedoch nicht ausschließlich die Spiegelung der feuchten, hallenden Keller ihrer Psyche; es war auch Bestandteil ihres romantischen Erbes. Die Romantik hatte die Menschen dazu geführt, sich wieder ihrem Innenleben zuzuwenden, und in der spätviktorianischen Ära wurde allmählich deutlich, wie wenig man über dieses verborgene Terrain eigentlich wußte. Je mehr sich das Licht verbreitete, im konkreten Sinn (Straßenlaternen und Gaslicht in den Häusern) und im metaphorischen Sinn (die allmähliche Verbreitung der Bildung durch alle Bevölkerungsschichten nach dem Parlamentsbeschluß von 1880, durch den in England die allgemeine Schulpflicht für alle Kinder zwischen fünf und zehn Jahren eingeführt wurde), desto stärker wurde den Menschen die innere Dunkelheit bewußt, die wir nun das Unbewußte nennen. Aber wie die Dunkelheit der Nacht oder der dunkle Kontinent war die innere Dunkelheit Terra incog-

nita, unkartographiert, unverstanden, bedrohlich – und reif
für die Erforschung. Oder, anders gewendet: Freud fing – bei
aller Originalität – nicht bei Null an; die Psychiatrie war
schon das große neue Thema für die Forschung, als er Medizin studierte, und er wandte sich ihr begeistert zu – so wie
ein junger Assistenzarzt sich heute vielleicht für die Spezia-
lisierung in Neurophysiologie und Hirnforschung entscheiden würde –, weil sie eine radikale neue Disziplin war, weil
sie die »heißeste Sache« in der medizinischen Forschung
seiner Zeit war.

Der Alptraum im Stil der Schauerromantik und das wieder-
entdeckte intensive Interesse an der dunklen Seite der Psyche überschneiden sich in der populärsten aller viktorianischen Schauergeschichten, Robert Louis Stevensons *The
Strange Case of Dr. Jekyll and Mr. Hyde*. Stevenson nannte
sie ein »Lehrstück«, aber ein spannendes Lehrstück, wie er
selbst sagte, und er schrieb sie als *crawler* – Gruselgeschich-
te –, denn solche Geschichten brachten Geld, und Stevenson
war ständig in Geldnot. In dieser Hinsicht wurde das Buch
zu einem grandiosen Erfolg. Es erschien im Januar 1886,
und in den ersten sechs Monaten wurden in Großbritannien
vierzigtausend Exemplare verkauft; dann schwappte die
Welle nach Amerika über, wo es in autorisierten Versionen
verkauft und in Raubdrucken in Umlauf gebracht wurde.
Graham Balfour, Stevensons Cousin und erstem Biographen,
zufolge war der Erfolg »vermutlich eher auf die moralischen
Instinkte des Publikums zurückzuführen als auf eine bewußte Würdigung der literarischen Qualitäten des Werkes. Es
wurde von Leuten verschlungen, die sonst nie Belletristik
lesen, es wurde von Kanzeln herab zitiert und zum Thema
von Leitartikeln in religiös orientierten Zeitungen gemacht.«[69] Die »moralischen Instinkte« der zeitgenössischen
Leserschaft Stevensons wurden vielleicht in ähnlicher Weise

durch das Thema angesprochen – den Kampf zwischen Gut und Böse in einem einzigen Menschen – wie die Neugier späterer Leserinnen und Leser, die schon vage von Freud und der tiefen Ambivalenz des menschlichen Geistes gehört hatten und das Buch als volkstümliche Einführung in die Symptomatik der Schizophrenie und die Eigenheiten des Es lasen, aber die bis heute anhaltende elektrisierende Wirkung der Geschichte auf die Phantasie ist völlig anders gelagert.

Obwohl der Titel *The Strange Case ...* – der merkwürdige Fall – eher nach einer moralischen Fabel oder einer klinischen Studie klingt, arbeitet die Erzählung, wie überhaupt jede wahre Kunst, mit denselben Mitteln wie ein Traum: Sie nimmt abstrakte Begriffe – Gut und Böse, das Ich und das Es –, verwandelt sie in Menschen mit eindeutigen physischen Merkmalen, Gelüsten und Verhaltensweisen und läßt diese dann ihre metaphysische Debatte in dramatischer Form ausagieren. Das Drama, die Traumscharade, hat eine weitaus machtvollere Wirkung als die implizierte moralische Auseinandersetzung oder der psychische Konflikt.

Das konnte kaum anders sein, denn die Schlüsselszenen der Erzählung – »die Szene am Fenster und eine nachfolgende, in zwei Abschnitte geteilte Szene, in der Hyde, eines Verbrechens wegen gejagt, das Pulver nahm und in Gegenwart seiner Verfolger die Verwandlung durchlief« – wurden Stevenson in einem Traum eingegeben. Ich sage »eingegeben«, weil Stevenson es in seinem meisterhaften Essay »A Chapter on Dreams« genauso darstellt.[70] Dieser Essay könnte auch den Titel »The Strange Case of Robert Louis Stevenson« tragen, denn er ist wie *Dr. Jekyll and Mr. Hyde* zugleich eine klinische Studie – Stevenson erzählt in der dritten Person und enthüllt erst gegen Ende, daß er über sich selbst spricht – und eine moralische Fabel über den kreativen Prozeß. Sein Thema ist ein Mensch, dessen Traumleben – wie das des Marquis Hervey de Saint-Denys – so stark ausgeprägt und so fesselnd ist, daß es sich, ins Gedächtnis zurückgerufen, unentwirrbar mit dem Leben im Wachzustand vermischt: »Es gibt keinen offen zutage liegenden Unterschied in unseren Erfahrungen; eine ist wahrhaft lebendig, eine langweilig, eine angenehm und eine andere qualvoll zu erinnern, aber welche das ist, was wir wahr nennen, und welche ein Traum, dafür gibt es nicht den allerkleinsten Beweis.«

Stevenson war als Kind zart und kränklich und neigte zu Fieberanfällen – vermutlich die ersten Anzeichen der Schwindsucht, an der er schließlich sterben sollte – und war, wie er selbst sagt, »ein leidenschaftlicher und unruhiger Träumer«. Aber »unruhig« war, wie er gleich darauf deutlich macht, eine gewaltige Untertreibung. Seine Alpträume peinigten ihn so sehr, daß er trotz der liebevollen Fürsorge seiner Eltern und einer geliebten, aufmerksamen Nanny panische Angst vor dem Schlaf hatte und »mit aller Macht gegen das Herannahen des Schlummers ankämpfte, mit dem die Qualen begannen. Aber seine Kämpfe waren vergeblich; früher oder später hatte die Nacht-Hexe ihn an der Gurgel und riß ihn aus dem Schlaf, würgend und schreiend.« Seine kindlichen Alpträume waren so überwältigend, daß er sie viel später in seinem Leben, als er »A Chapter on Dreams« schrieb, immer noch in all ihren furchterregenden Einzelheiten schildern konnte. Auch als Jugendlicher und junger Erwachsener wurde er weiterhin Nacht für Nacht von Alpträumen heimgesucht, bis er sich schließlich irgendwann mit Ende Zwanzig, »um seinen Verstand bangend«, an einen Arzt wandte, »woraufhin er durch eine simple Arznei dem gewöhnlichen Los der Menschen wiedergegeben wurde«. Wenn das so klingt wie die Szene, die Stevenson durch einen Traum eingegeben wurde, »in der

Hyde, eines Verbrechens wegen gejagt, das Pulver nahm und in Gegenwart seiner Verfolger die Verwandlung durchlief«, gibt es gute Gründe dafür. In »A Chapter on Dreams« geht es tatsächlich nicht nur um Träume; es geht auch um Kreativität. Stevensons Mutter erinnerte sich, daß der sechsjährige Louis im Traum das Geräusch von eifrig kratzenden Schreibfedern hörte, und er selbst sagt, daß er etwa in diesem Alter »im Traum zu lesen begann, Märchen zum größten Teil (...) aber so unglaublich viel lebendiger und anrührender als in jedem gedruckten Buch, daß er die Literatur seither stets ungenügend fand«.

Auf einer bestimmten Ebene gelangte er weder über den Einfluß dieser ersten literarischen Träume hinaus noch über den konsequenten Glauben, daß Träume die eigentliche Quelle jeder Kreativität seien. Das Resultat war, daß er sein Talent in zwei autonome Teile aufspaltete: Auf der einen Seite standen seine »Brownies«, die »kleinen Männchen«, die das innere Theater des Menschen, in dem die Träume aufgeführt werden, organisieren; auf der anderen Seite stand er selbst als passiver Zuschauer ihres Spiels, räkelte sich in seiner Loge über der Bühne, schaute zu, wie das Drama sich entfaltete, um das Gesehene dann, wenn er erwacht war, eifrig auszusieben, zurechtzuschneiden und in Form zu hämmern. Als Beweis für die überlegene Begabung der kleinen Kobolde und seine eigene Unzulänglichkeit beschreibt er einen komplizierten Handlungsverlauf, voller subtiler, überraschender Wendungen und mit einer völlig unerwarteten, raffinierten Lösung:

Der Träumer erwachte staunend und mit einer Aufwallung merkantilen Entzückens. (...) Bis zum Ende hatten [die kleinen Männchen] ihr Geheimnis bewahrt. Ich verbürge mich für den Träumer, daß er von den Motiven der Frau – dem

Angelpunkt des gesamten wohldurchdachten Handlungsver-
laufs – nicht die mindeste Ahnung hatte bis zu dem Augen-
blick jenes hochdramatischen Eingeständnisses. Es war nicht
seine Geschichte, es war die der kleinen Männchen! Und
wohlbemerkt: Es wurde nicht nur das Geheimnis bewahrt –
die Art, wie die Geschichte erzählt wurde, verriet, daß sie ihr
Handwerk wirklich meisterhaft verstanden. (...) Jetzt bin ich
wach, und ich kenne mich in diesem Handwerk aus, und
doch könnte ich es nicht besser machen.

In der Geschichte, die ihm von den kleinen Leuten vorgeführt wurde, ging es um einen jungen Mann, der seinen Vater
ermordet, ohne daß seine Tat entdeckt wird, und der weiterhin im elterlichen Haus lebt, zusammen mit seiner jungen
Stiefmutter. Im Lauf der Zeit, als die beiden einander näher-
kommen, beginnt er zu argwöhnen, daß sie ihn verdächtigt.
Dann beobachtet er, wie sie am Ort des Verbrechens einen
unwiderleglichen Beweis seiner Schuld ausgräbt. Sie
schweigt jedoch darüber, sogar als er sie zweimal direkt mit
dem Beweisstück, das ihn schuldig spricht, konfrontiert.
Voller Unruhe wartet er darauf, daß sie ihn beschuldigt, aber
die Anklage bleibt aus. Schließlich kann er die Spannung
nicht mehr ertragen:

Während des gesamten Mahls hatte sie ihn mit heimlichen
Andeutungen gepeinigt, und sobald die Dienstboten gegan-
gen und diese beiden Protagonisten miteinander allein wa-
ren, sprang er abrupt auf die Füße. Auch sie sprang auf, mit
bleichem Gesicht; mit bleichem Gesicht hörte sie ihn an, wäh-
rend er seine Klage hervorstieß: Warum quälte sie ihn so? Sie
wußte alles, sie wußte, daß er nicht ihr Feind war, warum
verurteilte sie ihn nicht gleich? Was hatte ihr Verhalten zu
bedeuten? Warum quälte sie ihn, und wieder: Warum quälte

sie ihn? Und als er geendet hatte, fiel sie auf die Knie, mit
ausgestreckten Händen: »Begreifst du denn nicht?« rief sie,
»ich liebe dich!«

Dies war die unerwartete Lösung, mit der Stevenson voller
Staunen erwachte. Aus unserer heutigen, abgebrühteren
Perspektive heraus wissen wir, ohne daß der Geist Freuds
sich aus dem Grabe erheben muß, daß die Geschichte der
kleinen Männchen eine Variante des Ödipusmythos ist. Aber
das war für Stevenson nicht der entscheidende Punkt. Was
ihn in Staunen versetzte, war nicht der Handlungsrahmen als
solcher, sondern die Kunstfertigkeit, mit der die Handlung
entwickelt wurde, und die Tatsache, daß er selbst nicht ahnte, was seine Brownies vorhatten.
Sein Traumleben – diesen Eindruck erweckt Stevenson mit
dem, was er schreibt – ließ sein gesamtes künstlerisches
Talent fragwürdig erscheinen:

Wer sind die kleinen Männchen? Sie sind enge Verbündete
des Träumers, daran kann kein Zweifel bestehen; sie teilen
seine finanziellen Sorgen und haben ein Auge auf das Bank-
konto, sie haben fraglos dieselbe Ausbildung genossen wie er,
sie haben fraglos wie er gelernt, das Schema einer wohl-
durchdachten Geschichte aufzubauen und Gefühle so einzu-
setzen, daß sie sich in progressiver Folge steigern. Ich denke
nur, sie haben mehr Talent. (...) Wer sind sie also? (...)
Was soll ich anderes sagen? Sie sind eben einfach meine
Brownies, Gott segne sie!, die eine Hälfte meiner Arbeit für
mich tun, während ich schlafe, und allem menschlichen Er-
messen nach auch den Rest für mich tun, wenn ich hellwach
bin und so töricht bin, zu glauben, ich machte meine Arbeit
selbst. Jener Teil, der getan wird, während ich schlafe, ist
unbestreitbar der Anteil der Brownies, aber das, was getan

wird, während ich wach und auf den Beinen bin, ist durchaus nicht notwendigerweise mein Anteil, da alles darauf hindeutet, daß die Brownies sogar dann ihre Hand im Spiel haben. Hier liegt ein Zweifel, der mein Gewissen sehr beunruhigt. Was mich angeht – den Teil, den ich mein Ich nenne, mein bewußtes Ego, den Bewohner der Zirbeldrüse, es sei denn, er hätte seinen Wohnsitz seit Descartes geändert – (...), bin ich manchmal versucht, anzunehmen, daß er überhaupt kein Geschichtenerzähler ist, sondern ein Geschöpf, das so nüchtern ist wie jeder Käsehändler oder jeder Käse, und ein Realist, der bis zu den Ohren in Alltagsangelegenheiten steckt, so daß aller Wahrscheinlichkeit nach mein gesamtes veröffentlichtes literarisches Werk das Produkt irgendeines Brownie ist, eines Vertrauten, eines unsichtbaren Mitarbeiters, den ich in einer Dachstube eingesperrt halte, während ich den ganzen Ruhm einheimse. (...) Ich bin ein ausgezeichneter Berater, jemand wie Molières Diener; ich sortiere aus und stutze, ich richte das Ganze an in den besten Worten und Sätzen, die ich finden und machen kann; ich halte auch die Feder. Und wenn alles getan ist, mache ich das Manuskript fertig und bezahle das Einschreiben, so daß ich, alles in allem, einen gewissen Anspruch auf Beteiligung habe, wenn auch nicht so weitgehend, wie es im Hinblick auf den Profit aus unserem gemeinsamen Unternehmen der Fall ist.

Auf einer bestimmten Ebene spricht Stevenson in seiner leichten, humorvollen Weise über die Berufskrankheit jedes künstlerisch tätigen Menschen: den Selbstzweifel. »Wir arbeiten im Dunkeln – wir tun, was wir können – wir geben, was wir haben«, schrieb Henry James. »Unser Zweifel ist unsere Passion, und unsere Passion ist unsere Aufgabe. Der Rest ist der Wahnsinn der Kunst.« Je besser der Künstler sein Handwerk versteht, desto klarer ist ihm bewußt, daß nichts von dem, was er schafft, seinen Vorstellungen davon, wozu er fähig wäre oder was im Rahmen des von ihm gewählten Mediums möglich wäre, je gerecht werden kann. Ungetrübtes Vertrauen in die hervorragende Qualität des eigenen Werks ist gewöhnlich ein Zeichen des Niedergangs. »Früher war er ein großer Künstler«, sagte Braque über den alternden Picasso, »aber jetzt ist er nur ein Genie.« Stevenson führte ein wildes Boheme-Leben, aber in bezug auf Genialität gab er sich keinen Illusionen hin. Die Geschichten, die er als Kind im Traum las, hatten Maßstäbe gesetzt, an die er, wie er sehr wohl wußte, nie heranreichen würde, Maßstäbe, die dafür sorgten, daß er »die Literatur seither stets ungenügend fand«. Was Henry James als den »Wahnsinn der Kunst« bezeichnete, nannte Stevenson »meine Brownies«, und er stellte sich auf selbstherabsetzende Weise als ihren bloßen Büttel dar, der ihr Diktat aufnahm, ihre Geschichten kürzte und redigierte, das Manuskript abschickte und mit den Verlegern verhandelte – als nüchternen Realisten, bar jeder Phantasie, »der bis über die Ohren in Alltagsangelegenheiten steckt«. Von den praktischen Dingen und dem Bereiten der Bühne abgesehen, war alles, was er zum Gelingen der Mixtur beitragen konnte, »Moral, unglücklicherweise, (denn) meine Brownies haben nicht die Spur von dem, was wir Gewissen nennen«.

Der Psychiater Ernest Hartmann meint, daß Menschen mit künstlerischer Begabung und Menschen, die zu Alpträumen neigen, ein Bewußtsein mit durchlässigen, »dünnen Grenzen« haben; im Vergleich zum Beispiel zu Zwangsneurotikern, die alle Aspekte ihres Lebens in ordentliche, wasserdichte Schubfächer einordnen, sind sie anfälliger dafür, von ihren eigenen Gefühlen und Phantasien davongerissen zu werden, offener für die Erfahrung anderer und nicht sehr gut in der Lage, zwischen Wachen und Träumen zu unterscheiden.[71] In Stevensons Fall waren die Grenzen so durchlässig, daß sie, wie es scheint, kaum existierten. Also versuchte er, sein Traumleben im Zaum zu halten, indem er es auf seine »kleinen Männchen« projizierte. Im Vergleich zu dem, was sie hinter seinen geschlossenen Augen trieben, war sein ungebundenes, abenteuerliches waches Leben eintönig und nichtssagend.

»A Chapter on Dreams« ist in einem leichten, ironischen Ton geschrieben, der jedoch nicht verbergen kann, daß es Stevenson um Dinge geht, die er sehr ernst nimmt – nicht nur um die Schrecken und Qualen seiner kindlichen Alpträume, die er lebhaft wiedererstehen läßt, sondern um etwas viel Tieferliegendes, Komplizierteres. In gewisser Weise war die Gesetzlosigkeit seines Phantasielebens peinlich und störend; seine Brownies hatten, wie er sagte, kein Gewissen, und eine seiner wesentlichen Aufgaben als ihr Diener war die Aufrechterhaltung des moralischen Tons. Auf das Staunen und »die Aufwallung merkantilen Entzückens«, mit denen er aus seinem ödipalen Traum erwachte, folgte unverzüglich die Erkenntnis, daß »diese Geschichte unvermarktbare Elemente enthielt«, mit anderen Worten: Sie war für seine prüde, sittsame viktorianische Leserschaft viel zu starker Tobak.

Aber das Staunen war echt. Stevenson war angesichts seiner eigenen Phantasie von ehrfürchtigem Staunen erfüllt – das ist es letztlich, worum es in »A Chapter on Dreams geht« –, obwohl seine Bescheidenheit es ihm verbot, sich das als Verdienst anzurechnen. Also überhäufte er seine kleinen Männchen, seine Brownies, mit ironischem Lob und nahm sich selbst zurück, indem er sagte: »Ich denke nur, sie haben mehr Talent.«

Nach Freud wurde es allgemein üblich, Träume als »den Königsweg zum Unbewußten« zu betrachten, aber zu Ste-

vensons Lebenszeit war die innere Welt noch ein weißer
Fleck auf der Landkarte, unvermessenes und unerforschtes
Terrain, und darüber hinaus existierte der Begriff des Unbewußten noch nicht. Stevenson wußte um das bewußte Ich,
»den Bewohner der Zirbeldrüse«, aber das Unbewußte war
wie die rätselhaften Schwarzen Löcher der modernen Astro-
physik – eine Ballung von immensen Gravitationskräften
und unbekannten, mysteriösen Energien.

Was noch wichtiger ist: Es hatte nicht einmal einen Namen.
Coleridge und Carlyle, beide schwärmerische Anhänger der
deutschen Metaphysik, hatten *unconscious* als Nomen gebraucht, aber dem Anhang des *Oxford English Dictionary*
zufolge wurde das Wort in seinem modernen Sinn nicht vor
1885 verwendet und auch dann zunächst nur in einer gelehrten Veröffentlichung unbekannter Herkunft und als Übersetzung des deutschen Terminus »das Unbewußte«. Das nächste Beispiel, das im *OED* angeführt wird, stammt aus einem
Vortrag, den Freud selbst 1912 in London hielt, achtzehn
Jahre nach Stevensons Tod. In seiner Schrift »Principles of
Psychology« gebrauchte William James *unconscious* als Ad-
jektiv, und zwar in Anführungsstriche gesetzt, weil er offenbar der Meinung war, daß dieser Begriff dem allgemeinen
Publikum nicht vertraut sei. Das war 1890, als Stevenson
sich bereits auf der fernen Südseeinsel niedergelassen hatte,
wo er schließlich starb.

Wie alle Künstler hatte er jedoch die Macht des Unbewußten
erfahren; er wußte, wie er es für seine Zwecke einspannen
konnte, und, vor allem, er hatte Ehrfurcht davor. Alles was
fehlte, war ein formales Konzept dieser seltsamen Kraft und
ein Begriff, um sie zu definieren. Also löste er das Problem
mit den Mitteln, die ihm vertraut waren: Er verwandelte das
Unbewußte in Fiktion. Er anthropomorphisierte es, gab ihm
einen Namen (die Brownies), eine Gestalt (die kleinen

Männchen) und eine Rolle (Theaterspielen). Auf diese Weise tat er für sein Unbewußtes genau das, was seine Träume
immer für seine schriftstellerische Imagination getan hatten.
Seine seltsame Scheu seiner eigenen Inspiration gegenüber
und seine tiefe Dankbarkeit für die – wie es ihm schien –
unverdiente Gabe deuten darauf hin, daß er vielleicht eine
Schuld zurückzuzahlen versuchte.

Der Surrealismus

Genie ist eine Art Wahnsinn in unserer Mitte, aber Wahnsinn ist nicht Genie.

Geoffrey Wagner über Nerval

Der Surrealismus war die letzte auslaufende Welle der Romantik, und Gérard de Nerval war der Heilige und Schutzpatron der Surrealisten. André Breton beschwor ihn im »Ersten Surrealistischen Manifest« von 1924, Éluard sammelte seine Manuskripte, und alle französischen Surrealisten bewunderten ihn in leicht herablassender Weise als den inspirierten Irren, das ausgestoßene Genie, das den Wahnsinn in die Kunst hineintrug.

Im Surrealismus bekam die Romantik jedoch eine neue Stoßrichtung und eine neue Würde durch die Schriften Freuds oder vielmehr durch eine nebulöse, aufgeblähte Vorstellung von den Freudschen Theorien. Keiner der Surrealisten war ernsthaft an der Struktur und der Arbeitsweise der Psyche, dem eigentlichen Gegenstand der Psychoanalyse, interessiert, aber die besten surrealistischen Maler – Ernst, Arp, de Chirico, Magritte – waren vom Mysteriösen, Abwegigen und Raffinierten der psychischen Mechanismen fasziniert. Sie benutzten ihre Träume – wenn sie es überhaupt taten – nicht als Spiegelung ihrer unbewußten Phantasien, sondern vielmehr als neue visuelle Sprache, als Mittel zur Transformation von Wahrnehmungen und Erinnerungen, von Zuständen wie

Lust, Einsamkeit und Verlangen in Bilder. Mit anderen Worten: Sie stellten nicht ihre Träume dar, aber ihre Bilder arbeiteten manchmal in derselben Weise – und auch mit derselben zwingenden Wirkung – wie Träume.

Auf einem niedrigeren Niveau grenzte der Surrealismus, ähnlich wie Dada, gelegentlich an bloße Possenreißerei und Kasperltheater. Als Breton verkündete: »Der Surrealismus wird Sie mit dem Tod bekannt machen, der eine Geheimgesellschaft ist«, beschwor er den schaurigen und verhängnisvollen Aspekt der Traumwelt mit einer ähnlichen Zielsetzung herauf wie die Romantiker – als politische Geste, als Mittel, die satten Bürger vor den Kopf zu stoßen, die aus der Sicht der Surrealisten jeglichen Kontakt zu ihrem Unbewußten verloren hatten.

Breton definierte den Surrealismus auch als »puren psychischen Automatismus«. Er glaubte an das automatische Schreiben und absichtlich induzierte tranceartige Traumzustände. Wie Dalí ging er als Realist an Träume heran; sie interessierten ihn nicht als rätselhafte Form des Denkens und Empfindens, sondern er schätzte sie, weil sie abstrus waren. Dalí selbst stellte Träume nur in den Dienst seiner Leidenschaft für verblüffende Effekte; er benutzte sie, um eine Art Landschaftskunst zu schaffen, sehr gut gemalt, aber künstlerisch nicht radikaler als die Landschaftsbilder jedes akademischen oder kommerziellen Künstlers. Wie Nerval, den Norman Cohn den »Dalí der Worte« nannte, verwechselte er Tagträume mit Inspiration, »psychischen Automatismus« mit Kunst oder, um mit Coleridge zu sprechen, »Phantasterei, die tatsächlich nichts anderes ist als eine von den Kategorien der Zeit und des Raums emanzipierte Form der Erinnerung, mit genuiner Phantasie, die auflöst, vermischt und umwandelt, um neu zu kreieren«.

Die Unterscheidung zwischen guter und schlechter Kunst,

authentischer Inspiration und bloßen Marotten, Träumen und Tagträumen ist in diesem Zusammenhang jedoch zweitrangig. Neue Kunstrichtungen sind anfangs immer nur für eine Minorität von Interesse, nur Eingeweihten zugänglich, aber dann wirken sie allmählich nach außen, in das kulturelle Milieu hinein und werden zu einer allgemein gebräuchlichen Sprache. Die strengen Gitter, scharf abgegrenzten Farbflächen und asketischen Weiß- und Graublöcke Mondrians wurden in Mies van der Rohes Wolkenkratzern ins Großformat umgesetzt; Magrittes eigenartige, geistreiche, hinterhältig stille und merkwürdig einprägsame Bilder, deren die Werbeindustrie sich bemächtigte, wurden zum festen Bestandteil der Ikonographie unserer Zeit:

[Sie] wurden benutzt, um Bücher, Schallplatten, Versicherungen, Kreditkarten, Fernsehgeräte, Schreibmaschinen, Rechner, Autos, Kosmetik, Schokolade und Kleidung zu verkaufen, und zwar schon bevor eine große amerikanische Fernsehgesellschaft (CBS) sich Le faux miroir *als Logo aneignete. In den Dienst der Politik und der Bürokratie gepreßt, wurden sie genötigt, Ideale zu verkaufen, bei Wahlen um Stimmen zu werben und Gesetz und Ordnung zu verfechten.*[72]

Für die Surrealisten war Freud nur ein Vorwand. Das mentale Leben, wie es sich in den Träumen spiegelt, interessierte sie nicht besonders, aber sie waren von den Manierismen des träumenden Gehirns fasziniert, von dem bizarren, unheimlichen Nebeneinander unvereinbarer Positionen, von seinen visuell statt intellektuell strukturierten Prozessen. Obwohl die Polemiken und Theorien des Surrealismus stets extremer waren als seine oft dekorative Praxis, veränderte er die Art, wie wir die Welt wahrnehmen. Er schuf ein universelles Hieroglyphensystem für das Unbewußte und trug so dazu bei, die trennenden Grenzen zwischen Wachen und Träumen zu verwischen.

Die Literatur des Surrealismus war nie so überzeugend wie die surrealistische Malerei, aber die surrealistische Sichtweise – die Überzeugung, daß unsere Erfahrungen sich auf vielen Ebenen abspielen und grenzüberschreitend sind, daß die Träume und das Unbewußte die Grenzen des wachen Verstandes durchdringen – wurde zu einer der Grundprämissen der modernen Kunst. Die Welt ist verrückter und hat weitaus mehr Schichten und Ebenen, als wir denken, wie Louis McNeice erklärte. Borges, Márquez, Ionesco und Calvino sind surreal, jeder auf seine ganz eigene Weise, und surreal sind auch die Komik der Marx Brothers, S. J. Perelmans und Zero Mostels, die Filme Bunuels, die Fernsehserien David Lynchs, die Geschichten und Zeichnungen Maurice Sendaks; retrospektiv sind auch *Alice im Wunderland*, Gogols *Die Nase* und Kafkas akribische Erzählungen surreal. Für uns ist es jetzt ein vertrauter Gedanke, daß die Realität nicht das ist, was sie zu sein scheint, daß sich an jedem Ort und in jedem Augenblick ohne Vorwarnung eine Falltür öffnen kann, durch die wir in unser Unbewußtes hinabstürzen.

Die eigentliche Leistung ist natürlich weitgehend Freud zuzuschreiben. Für den Surrealismus brachte Freud, der intellektuell abenteuerlustig, aber in seinem Geschmack und seinen ästhetischen Neigungen zutiefst konservativ war, jedoch nie viel Interesse auf. Ein einziges Mal traf er mit Dalí zusammen und soll ihm bei dieser Gelegenheit gesagt haben: »Es ist nicht Ihr Unbewußtes, das mich interessiert, sondern das, was Ihnen bewußt ist.« Dennoch waren die Surrealisten in jeder Hinsicht die Helfer, Förderer und Verbreiter des Freudschen Werks. Sie schufen eine visuelle Sprache, die es

angemessen und plausibel erscheinen läßt, daß Wachen und
Träumen gleichberechtigt und problemlos koexistieren sollten; sie produzierten faszinierende, sonderbare und dennoch
sofort wiedererkennbare Bilder – wiedererkennbar deshalb,
weil ihre Seltsamkeit als solche seltsam vertraut war, wie
eine aus halberinnerten Fragmenten zusammengesetzte
Traumlandschaft oder Traumgestalt. Und da die visuelle
Sprache, wie Freud selbst anmerkte, den unbewußten Prozessen näher ist als das Denken in abstrakten Begriffen, sind
Bilder leichter zu erfassen als abstrakte Ideen. Obwohl der
Begründer der Psychoanalyse vom Surrealismus nicht viel
hielt, trug gerade der Surrealismus wesentlich dazu bei, daß
das Freudsche Werk unser gesamtes Zeitklima prägte.

Der Trugschluß, dem der Surrealismus erlag, war die Vorstellung, daß alle Träume interessant seien. In Wahrheit sind
jedoch immer nur die eigenen Träume faszinierend, während
die Träume anderer Menschen uns in aller Regel langweilen.
(In Freuds Leben gibt es viele Aspekte, die von seinen Be-
wunderern als heroisch bezeichnet werden – seine Selbstana-
lyse, seine Originalität, sein Beharrungsvermögen inmitten
von Skandalen, Verleumdung und erbitterter Opposition gegen seine Arbeit –, aber niemand erwähnt die heroische Haltung, mit der er die Langeweile ertrug, seine endlose Geduld
als Zuhörer und seine Aufmerksamkeit für die Träume seiner
Patienten.) Vielleicht sind Träume »eine Art unfreiwilliger
Poesie« – ebenso wie Poesie, wie ich zu zeigen versuchte,
eine Art unfreiwilligen Träumens ist –, aber dem Außenstehenden vermitteln Träume und auch Gedichte sich nur, wenn
sie den disziplinierenden Mitteln der Kunst unterworfen werden, die sich – wen wundert es? – von den Strategien des
freudschen Traumzensors nicht wesentlich unterscheiden:

Verdichtung, Verschiebung, Verfremdung und Transformation in eine symbolische Sprache.
Ohne diese Art der Raffung und Kontrolle verlieren selbst
die wildesten Träume ihren Reiz. Um die Mitte unseres Jahrhunderts hatte der Künstler seinen Status als exotische, vom
Aussterben bedrohte Spezies verloren. Er war nicht mehr der
Verdammte, der hypnotisch faszinierende Außenseiter im
wallenden Umhang – Lord Byron, Graf Dracula – oder das
sensible Pflänzchen, der unerkannte Prophet, der heilige
Narr. Er war nicht einmal mehr der Flaneur in der Landschaft der Psychose, wie die Surrealisten. Er war nur noch
ein weiterer Verlierer am Rand der Gesellschaft – entfrem-
det, neurotisch und schlecht bezahlt. Schlechte Träume gehörten zu seinem Alltag; sie waren berufsbedingt. Was ihm
wirklich zu schaffen machte, war Schlaflosigkeit. »Schlaf
habe ich seit über einem Jahr nicht gehabt«, sagt eine Figur
in Evelyn Waughs *Decline and Fall.* »Deshalb gehe ich früh
zu Bett. Man braucht seine Nachtruhe, wenn man nicht
schläft.« John Berryman schrieb einen »Dream Song« über
seine nächtlichen Gewohnheiten (Schlaf gehörte nicht dazu).
Kafka füllte Seiten in seinen Tagebüchern mit gewissenhaf-
ten Beobachtungen über seine chronische Schlaflosigkeit,
und Ogden Nash verfaßte eine getragene Ode »The Stilly
Night« über seine durchwachten Nächte auf dem ehelichen
Lager, die mit den folgenden Zeilen endet:

*Oh, Schlaf ist ein gesegnet Ding, doch nicht für die Wachen-
den, die ihre Gatten darin schwelgen sehen, während sie fühlen, daß ihr eigener bitter im Rückstand ist.*
*Dornröschens erste Worte an ihren Prinzen waren, da bin ich
sicher:* Mußtest *du mich küssen, als ich gerade entschlum-
mert war, nachdem ich mich hundert Jahre lang unruhig im
Bett gewälzt?*

Die Künstler der Moderne erfanden die Schlaflosigkeit nicht
– Puschkin und Kipling waren ihre Märtyrer, und W. S. Gilbert verewigte die unruhige, durchwachte Nacht im Lied des
Lord Chancellors in »Iolanthe« –, aber sie schöpften ihre
kreativen Möglichkeiten voll aus, vielleicht weil das elektrische Licht ihnen erlaubte zu arbeiten, während der Rest der
Welt selig schlief.

Was die Träume angeht: Nach dem Surrealismus erlebte der
Traumkult der Romantik eine verspätete Wiedergeburt in
Gestalt des magischen Realismus, eines Produkts der dritten
Welt, hergestellt in Südamerika, Afrika und Indien, aber
strikt für den Export bestimmt.

Wir, in den Industrieländern, haben unsere Unschuld
verloren. Wenn Künstler heute Träume benutzen, tun sie es,
um bestimmte Zusammenhänge oder Reflexionen hervorzu-
heben. Am Ende seines autobiographischen Buches *Patri-
mony* schildert Philip Roth zum Beispiel zwei komplexe,
anrührende Träume – einen, den er unmittelbar vor dem Tod
seines Vaters hatte, und einen anderen, der auf diese Ver-
lusterfahrung folgte. Dann fügt er ganz selbstverständlich
eine ebenso komplexe und anrührende Interpretation dieser
Träume an. Falls das eine aus vielen Jahren Psychoanalyse
geborene Gewohnheit ist, so sagt Roth das jedenfalls nicht.
Zweifellos ist es aber das Produkt eines psychoanalytisch
geprägten Denkens. Wie die meisten Künstler seiner Generation geht Roth davon aus, daß Freud im wesentlichen
recht hatte: Träume sind eine Form des Ausdrucks. Was sie
so faszinierend macht, sind nicht die absurden Nebeneinan-
derstellungen und abrupten Wechsel von Zeit und Raum;
das Bemerkenswerte ist vielmehr ihre Eigenart, komplexe
Denkvorgänge und verstrickte, ambivalente Gefühle einfach
und überzeugend in brillanten Bildern und mimischer Sprache auszudrücken. Und das erfüllt Roth, bei all seiner Be-

lesenheit und Differenziertheit, mit tiefem Erstaunen. Wenn
er über einen seiner Träume schreibt: »Dies ist ein Bild
meines Vaters am Ende seines Lebens, das mein waches
Tagesbewußtsein mit seinem Widerstand gegen wehleidige
Metaphorik und poetisierte Analogien vermutlich niemals
zugelassen hätte«, klingt das so ehrfürchtig-staunend und
gleichzeitig leicht mißbilligend wie Stevensons Reflexionen
über das Treiben seiner Brownies. Yeats schrieb: »Verant-
wortung beginnt bei den Träumen«, und Roths entschieden
unpoetisches waches Tagesbewußtsein würde sich dieser
Auffassung zweifellos anschließen. Sie könnte als Grund-
prinzip der Psychoanalyse interpretiert werden. Aber mit
der Unverantwortlichkeit und der unerschöpflichen kreativen Gestaltungskraft des schlafenden Bewußtseins tun sich
Realisten gewöhnlich weitaus schwerer.

Postskriptum

Heraklit hatte recht, was den Schlaf angeht. Jede Nacht betreten wir eine private, in sich geschlossene Welt, die Welt
im eigenen Kopf. Diese Welt hat ihre eigene Geographie, so
minuziös und unendlich komplex wie die Fraktale, die Physiker in chaotischen Systemen entdeckten, und den Frakta-
len in ihrer Gestalt und in der Art, wie sie strukturiert ist,
auch sehr ähnlich: baum- oder farnartig verzweigt, hoch
kompliziert – ein System, in dem Neuron zu Neuron und
Assoziation zu Assoziation führt. Dieses System ist vieler
Sprachen mächtig. Es verwendet Wörter, abstrakte Symbole

und Empfindungen, aber vor allem – aus ganz nüchternen
physiologischen Gründen, die mit dem Überwiegen der neuronalen Aktivitäten der rechten Hirnhemisphäre zu tun haben – benutzt es Dinge, Handlungen und visuelle Bilder.
Und es denkt mit all diesen Mitteln, logisch und mathema-
tisch ebenso wie darstellerisch oder dramatisch. Im Schlaf
nimmt das Denken bizarre Formen an, denn es ist Denken
im Reinzustand, unbeeinflußt von sensorischen Reizen aus
der Außenwelt. Dieses Denken ist jedoch fast immer stark
mit Gefühlen durchmischt, vielleicht weil das Gehirn, wenn
es nicht durch die wache Realität eingegrenzt wird, seinen
praktisch unendlichen Assoziationsnexus anzapfen kann.

Hirnforscher und Psychoanalytiker sind sich zumindest in
zwei Punkten einig: darüber, daß die Gehirntätigkeit auch
im Schlaf nie zum Stillstand kommt und daß die traditionelle Überzeugung, Denken sei nur in logischen oder sprachli-
chen Kategorien möglich, nicht mehr haltbar ist. Das Gehirn
arbeitet unter verschiedenen Bedingungen auf je unterschiedliche Weise, und Träume sind eine Form des Denkens, nicht weniger als symbolische Logik. Dasselbe gilt
auch für die künstlerische Imagination, wenn das auch nicht
heißt, daß Träume als solche Kunstwerke sind oder daß jeder Mensch im Traum ein Künstler ist. Es gibt einige Kunstwerke – Coleridges »Kubla Khan« oder Tartinis »Teufels-
triller-Sonate« –, die in vollendeter Gestalt unmittelbar aus
Träumen hervorgegangen zu sein scheinen, aber nur – so
vermute ich –, weil die Künstler sich bereits lange und intensiv mit ihren Themen befaßt hatten, bewußt und unbewußt, bevor sie sie mit in den Schlaf nahmen und im Traum
die Lösung fanden, ähnlich wie Loewi, Howe und Kekulé
oder die Leserinnen und Leser, die sich an Morton Schatz-
mans Problemlösungsexperiment beteiligten. Aber der
Traum ist nur der Anfang. Was dann folgt, unterscheidet

sich nicht von jedem anderen schwierigen Arbeitsprozeß; es ist eine Frage der Ausdauer, der Begabung und der Intelligenz und der Art von handwerklicher oder technischer Kompetenz, die man nur durch eine lange Lehrzeit erwirbt. Mit anderen Worten: Das Endresultat hängt von dem durch und durch realistischen Verständnis des Künstlers von den Möglichkeiten seines Mediums ab und von seinem Verhältnis zu seiner Innenwelt.

Die private Welt des Schlafs ist an nahezu allen Schaltstellen mit der Welt des Wachbewußtseins verknüpft. Das Gehirn arbeitet hinter den geschlossenen Augen des Schläfers weiter, seine neuronale Aktivität nimmt selbst im Tiefschlaf nur um fünf bis zehn Prozent ab; es arbeitet nur auf andere Weise, mit anderen formalen Operationsregeln. Umgekehrt setzt das wache Gehirn hinter den weit offenen Augen des geschäftigen Tagesmenschen und unter dem permanenten Lärm, den die Realität verursacht, auch sein Träumen fort. In dieser Hinsicht kann man das Gehirn tatsächlich mit einem Computer vergleichen; das Unbewußte ist ein Programm, das im Hintergrund stets aktiv und immer abrufbar ist, ganz gleich mit welchem Programmteil auf dem Bildschirm gearbeitet wird. Aber anders als beim Computer mischt sich das Unbewußte permanent ein, durch Versprecher, die das Gegenteil des Intendierten zum Ausdruck bringen (ein versehentliches »nicht« an unpassender Stelle), durch Körpersprache (die hinter einer kühlen Fassade Aggression oder Ekel durchblicken läßt), durch einen Klang, einen Geschmack oder Geruch – Prousts berühmte *madeleines* –, der ein längst vergessenes Erlebnis, eine Szene oder eine Person plötzlich in aller Lebendigkeit und mit allen Details wiedererstehen läßt. Der Gegenstand der Psychoanalyse ist das Wechselspiel zwischen diesen beiden Welten, der bewußten und der unbewußten – das meinen Analytiker, wenn sie vom Arbeiten mit der Übertragung sprechen –, und die Künste sind der Ausdruck dieses Wechselspiels.

Der Siegeszug der künstlichen Beleuchtung ist eines der wenigen Experimente des zwanzigsten Jahrhunderts, das nicht fehlgeschlagen ist. Noch vor hundert Jahren waren Tag und Nacht, Wachen und Schlafen getrennte Welten, und das Unbewußte war ein Mysterium, das nicht einmal einen Namen hatte. Jetzt beginnen wir zu verstehen, daß diese Welten unentwirrbar vermischt und miteinander verwoben sind. Wenn früher die Nacht anbrach, finster und mondlos, fiel der Vorhang, und wir waren wie blind. Jetzt können wir sehen.

*

»Was schätzte E. S. am Traum?

Seine Ähnlichkeit mit dem Leben sowie seine Verschiedenheit vom Leben; seine prophylaktische Wirkung; seinen stärkenden Einfluß auf Körper und Seele; seine Unbeschränktheit in der Auswahl und Abfolge von Themen und Inhalten; die Tiefe seiner Abgründe und die Höhe seiner Erhebungen; seine Erotik; seine Freiheit; die Möglichkeit, ihn durch Willen und Suggestion zu steuern (durch ein parfümiertes Taschentuch unter dem Kissen, durch stille Musik aus dem Grammophon oder Radio usw.); seine Ähnlichkeit mit dem Tod und seine Fähigkeit, uns die Ewigkeit herbeizuzaubern; seine Ähnlichkeit mit dem Wahnsinn, doch ohne entsprechende Konsequenzen; seine Grausamkeit und seine Sanftheit; seine Fähigkeit, dem Menschen die tiefsten Geheimnisse zu entlocken; seine beseligende Stille, der auch der Schrei nicht unbekannt ist; seine telepathische und spiritistische Fähigkeit, mit weit entfernten oder verstorbenen Wesen zu kommunizieren; seine chiffrierte Sprache, die man gelegentlich verstehen oder übersetzen kann; seine Fähig-

keit, die mythischen Vorstellungen von Ikarus, Ahasver, Jo-
nas, Noah usw. in ein Bild zu fassen, seine Monochromie und
Polychromie; seine Ähnlichkeit mit der Gebärmutter und
mit dem Kiefer eines Hais; seine Fähigkeit, unbekannte
Orte, Menschen und Landschaften in bekannte zu verwandeln, und umgekehrt; sein Vermögen, verschiedene Krankheiten und Traumata rechtzeitig zu diagnostizieren; seine
Dauer, die sich nicht so leicht messen läßt; sein Vermögen,
sich mit der Wirklichkeit zu vermischen; seine Fähigkeit,
Bilder und ferne Erinnerungen zu konservieren; seine Mißachtung der Chronologie sowie der klassischen Einheit von
Handlung, Raum und Zeit.«

Danilo Kiš, Sanduhr

*

»Menschen, die nachts im Schlafe träumen, kennen ein
Glück, das die Tageswelt nicht gewährt, eine stille Verzük-
kung, ein Schweben der Seele, das wie Honig auf der Zunge
ist. Und sie wissen auch, daß die Wonne der Träume das
Gefühl der grenzenlosen Freiheit ist. Es ist nicht die Freiheit
des Tyrannen, der der Welt seinen Willen aufdrängt, sondern
die Freiheit des Künstlers, der keinen Willen hat, der frei
von Willen ist. Die Freude des wahren Träumers besteht
nicht im Inhalt des Traumes, sondern in etwas anderem: darin, daß sich alles ohne sein Zutun ereignet und seiner Ein-
wirkung völlig entzogen ist. Große Landschaften erschaffen
sich selbst, weite, herrliche Ausblicke, schwellende und zar-
te Farben, Straßen, Häuser, die er nie gesehen, von denen er
nie gehört hat. Fremde Menschen treten auf und sind Freunde oder Feinde, obgleich der Träumende nie etwas mit ihnen
zu schaffen gehabt hat. Die Vorstellungen des Fliegens und
Dahinjagens kehren in Träumen immer wieder, sie sind nicht

minder berauschend. Erinnert man sich ihrer bei Tage, dann sind sie freilich matt und sinnlos, weil sie zu einem anderen Dasein gehören; kaum aber legt man sich nieder, so wird der Strom wieder eingeschaltet, und das Wunderbare kehrt ins Gedächtnis zurück. Und immer umfängt den Träumer das Gefühl der unermeßlichen Freiheit und durchströmt ihn wie Luft und Licht als überirdische Seligkeit. Er ist ein Auserwählter, er ist der eine, der nichts tun muß, zu dessen Reichtum und Glück alle Dinge sich zusammenfinden: die Könige zu Tharsis werden Gaben bringen. Er nimmt teil an einer großen Schlacht oder einem Fest und staunt, daß er mitten darinnen ist, indes er den Vorzug genießt, still dazuliegen. Erst wenn sich das Bewußtsein der Freiheit zu verlieren beginnt, wenn die Vorstellung des Müssens sich der Welt bemächtigt, wenn Eile oder Anstrengung sich einstellen, ein Brief zu schreiben, ein Zug zu erreichen ist, wenn man sich mühen muß, die Pferde im Traum in Galopp zu bringen, die Gewehre abzufeuern, dann sinkt der Traum von seiner Höhe herab und wird zum Alpdruck, dem ärmlichsten und gemeinsten unter den Träumen.«

Tania Blixen, Jenseits von Afrika

*

»Träume sind das, woraus man erwacht.«

Raymond Carver

5 *Den Frieden bewahren*

Das Licht wird trübe;
Zum dampfenden Wald erhebt die Kräh' den
Flug;
Die Tagesgeschöpfe schläfrig niederkauern,
Und schwarze Nachtunhold' auf Beute lauern.

William Shakespeare, Macbeth

Nacht in der Stadt

Die Amerikaner sind mit elektrischem Licht schon immer
verschwenderisch umgegangen – vielleicht weil sie die ersten waren, die in großem Maßstab von den Erfindungen
Edisons profitierten –, und eine der Nebenwirkungen ihrer
Verschwendungssucht war, daß Schönheit geschaffen wurde,
wo sonst keine zu finden ist. Bei Tag wirkt das nördliche New
Jersey wie ein Nomadenlager des Industriezeitalters: Ölraf-
finerien, Lagerhallen, Containerparks, Drahtzäune, Berge
von Schrottautos, Tankstellen, billige Kneipen und Eßloka-
le, die so aussehen, als wären sie gestern aus dem Boden
geschossen und könnten morgen verschwunden sein. Bei
Nacht ist diese desolate Szenerie mit farbigen Lichtern be-
hängt und sieht aus wie das Feenland. Bei Nacht spiegelt das
filigrane Maßwerk der beleuchteten Eisenbahnbrücken sich
in zitternden Bögen und Kreisen im verseuchten Wasser der
Flüsse. Bei Nacht funkeln eintönige kleine Provinznester
wie Juwelen, und die Leere der Prärie wirkt sternbesät und
festlich. Mehr als jedes andere Land hat Amerika die Nacht
erobert und zum Ereignis gemacht.
Das größte Ereignis ist die Skyline von Manhattan, die zu
jeder Tages- und Nachtzeit und unter allen Wetterbedingun-
gen – Sonne, Regen oder Nebel – wundervoll ist. Aus der
Ferne betrachtet, scheint sie wie eine Fata Morgana über
dem Horizont zu schweben – die Vision einer Zukunft, wie
sie unter den günstigsten Vorzeichen sein könnte. Aus

größerer Nähe gesehen, wenn man die Triborough Bridge überquert oder den weiten Bogen in Richtung Lincoln Tunnel fährt, ist das dichtgedrängte Labyrinth der Stadt eines der Weltwunder, abwechslungsreich, glitzernd, märchenhaft, ein wahr gewordener Zukunftstraum, besonders bei Nacht. Aber sobald man die Brücke überquert oder den Tunnel durchfahren hat, rückt die Stadt klaustrophobisch nahe, und die Gebäude sind das, wozu sie gedacht waren: Monumente der Macht, des Geldes und des Erfolgsstrebens. Was aus der Ferne wie eine Zukunftsvision aussah, erweist sich aus der Nähe eher als ein schäbiger Rummelplatz: hektisch, dreckig, wimmelnd von Leben, gedankenlos brutal und völlig verwahrlost.

Und dann der Krach: Die Geräuschkulisse New Yorks ist unvergleichlich, anders als der Lärm aller anderen Städte, die ich kenne. In London ist es einfach, die verschiedenen Geräusche herauszuhören: vorbeifahrende Autos, Flugzeuge, gelegentlich eine Sirene, manchmal der Wind, der in den Bäumen rauscht oder an einem Fenster rüttelt. In New York City aber, ganz gleich, wo man sich befindet, drinnen oder draußen, hört man nur ein permanentes Dröhnen, wie von einer energiespeienden Turbine, die mit Volldampf läuft. Als ich dieses Dröhnen zum ersten Mal bemerkte, dachte ich, es käme von der Klimaanlage, aber als ich sie ausschaltete und ein Fenster öffnete, wurde das Geräusch lauter. Es hat nichts mit Autohupen zu tun; die sind nur Obertöne, gelegentliche Fanfaren, die sich über den Basso continuo erheben. Es ist auch nicht der um die Wolkenkratzer pfeifende und heulende Wind, obwohl er dazugehört. Der Lärm New Yorks ist ein Dauerzustand, ein Environment. Er ist tief und konstant, wie das Rauschen des Meeres, und die Hupen, Sirenen und hydraulischen Bremsen sind die Schaumkronen auf seinen Wellen. Mein ganzes erwachsenes Leben lang habe ich immer wieder für längere oder kürzere Zeit in New York gelebt, und jedesmal, wenn ich dort ankomme, fällt mir ein, was ich während meiner Abwesenheit am meisten vermißte: das Lebensgeräusch der großen Stadt.

Mehr als die meisten anderen Städte verändert New York seinen Charakter, je nachdem an welchem Punkt der vertikalen Skala man sich befindet. In Mel Brooks Film *The Producers* versetzt Zero Mostel den von Gene Wilder dargestellten Bloom auf die Spitze des Empire State Building und zeigt ihm die Stadt, die sich unter ihnen ausbreitet. »Da ist sie, Bloom«, sagt er, »die aufregendste Stadt der Welt: Spannung, Abenteuer, Romantik! Da unten ist alles, wovon du je geträumt hast: große schwarze Limousinen, goldene Zigarettenetuis, elegante Damen mit langen Beinen! Alles was du brauchst, ist Geld, Bloom. *Money. Money is honey.*« Wie Satan sehr wohl wußte, als er Jesus auf den Gipfel des Berges versetzte, verspricht der Blick von weit oben, der Penthouse-Blick, die Erfüllung jedes weltlichen Verlangens. Als Bloom der Versuchung schließlich erliegt, schreit er: »Ich will … ich will … ich will alles, was ich mein Leben lang im Kino gesehen habe!«

Etwas weiter unten, sagen wir, vom fünfzehnten Stock aus gesehen, zeigt die Stadt ein anderes Gesicht. Sie wird zu einer düster-eindrucksvollen Schauerlandschaft mit Schluchten und schroffen Gipfeln; dichtgedrängte Wolkenkratzer werfen ihre Schatten auf Kathedralen und Stadthäuser, konische schwarze Wassertanks sprießen wie Pilze aus jedem Dach, Dampfwolken steigen aus Ventilationsschächten auf – eine Gustave-Doré-Szenerie aus Stein, Stahl, Beton und Glas. Hundert verschiedene Ebenen, wohin man auch blickt, mit wogenden kränklich-gelben Wolken darüber.

Der Lärm ist konstant, auf welcher Ebene man sich auch befindet, aber um ihn zu verstehen, muß man unten auf der

Straßenebene sein. Der Verkehr donnert mit der Wut eines Gewittersturms die Fahrbahn hinunter. (Die kürzeste mit menschlichem Maß erfaßbare Zeitspanne, so heißt es, liegt zwischen dem Wechsel der Ampel auf Grün und dem Hupen des Autofahrers hinter dir.) Abends steigert sich der Verkehrsterror noch, nicht weil die Leute es eilig haben, nach Haus zu kommen – hektische Eile ist bei New Yorkern ein Dauerzustand, und sie brauchen keinen Vorwand dafür –, sondern weil man nun nur die wütenden Scheinwerfer auf sich zurasen sieht. Das Verkehrschaos ist vermutlich nicht schlimmer als in anderen Metropolen – in Mexico City geht es sogar noch brutaler zu –, aber in Manhattan sind die Gebäude so hoch und stehen so dicht gedrängt, daß der Lärm wie in einem Labyrinth enger Schluchten tausendfach widerhallt und nie endet.

Auch das Gewimmel und Gedränge hört nie auf. Auf der Fahrbahn dröhnt die Büffel-Stampede des Autoverkehrs entlang, auf den Gehsteigen brodelt der Schmelztopf der Menschenmassen in allen Formen, Gestalten, Größen und Farben, in Bomberjacken und Geschäftsanzügen, Sweatshirts und Kaschmirpullovern, Nikes und McAfees, Pelzen und Parkas. New York ist nicht nur die reichste und ärmste Stadt der Erde, ihr Reichtum und ihre Armut manifestieren sich Seite an Seite in ein und demselben Straßenblock. Außerdem legt ein bemerkenswerter Prozentsatz sowohl der reichsten als auch der ärmsten Bewohner New Yorks dasselbe drastisch aggressive Verhalten an den Tag, so als sei es nicht nur ihr gutes Recht, sondern auch ihre demokratische Verpflichtung, ihrer Umwelt mit ihrem Reichtum respektive ihrer Armut direkt ins Gesicht zu schlagen.

Auch das Nachtleben ist ein demokratisches Recht, auf das jede und jeder Anspruch hat, ohne Ansehen der Herkunft, der Hautfarbe oder des religiösen Bekenntnisses. Die New

Yorker waren auf die brillante Beleuchtung und die Lebendigkeit ihrer Stadt nach Einbruch der Dunkelheit immer
stolz. Jimmy Walker, der in den zwanziger Jahren Bürger-
meister von New York war, sagte, es sei eine Sünde, an ein
und demselben Tag aufzustehen und zu Bett zu gehen; »the
great white way« war aus seiner Sicht ein permanentes Fest,
ein Triumph über die Finsternis, den natürlichen Feind des
Menschen.

Als die städtischen Behörden die Straßenbeleuchtung installieren ließen, hatten sie allerdings kein permanentes
Fest im Sinn, sondern Verbrechensbekämpfung. In den frühen siebziger Jahren des neunzehnten Jahrhunderts schuf
Gustave Doré eine Serie von Kupferstichen, die das Nachtleben von London dokumentierten. Zu diesem Zeitpunkt
hatten fast alle Straßen Gaslaternen, aber alles, was Doré zu
sehen schien, war die Dunkelheit der Stadt, die Art, wie
Gestalten aus der Finsternis hervortraten oder mit ihr ver-
schmolzen. Zwanzig Jahre früher hatte auch Dickens die
Stadt so gesehen, als er Inspektor Field von Scotland Yard
auf einer nächtlichen Tour durch die Slums und Diebesne-
ster begleitete. Ein Polizist mit einer Blendlaterne am Gürtel
ging ihnen voran, um den Weg zu beleuchten, und die Sze-
nen, die der gebündelte, unstete Lichtstrahl aus der Finsternis hervortreten ließ, erschienen Dickens wie Höllen-
visionen:

*Wo die wandernde Lichtstraße einen Augenblick haltmacht,
erscheint ein Schläfer an ihrem Endpunkt, läßt sich durch-
forschen und verschwindet wieder in der Dunkelheit.*[1]

Gustave Doré stellte *Bluegate Fields* in ähnlicher Weise dar,
als zeitgemäße Version des Danteschen Infernos; die Slum-
bewohner sehen aus wie die Verdammten in ihrer Qual, aus-

Gustave Doré, Die Blendlaterne, 1871

gezehrt und abgerissen, ihre Konturen vom dürftigen Gaslicht nachgezeichnet; sie kauern in Torwegen oder hocken
am Rinnstein, neben dem mäandernden Strom fauliger Ab-
wässer. In Dorés Bildern ist die von Leben wimmelnde, be-
drohliche Dunkelheit eine der Grundvoraussetzungen der
urbanen Armut. Nach derselben Logik sollte die Straßenbeleuchtung eine der Grundvoraussetzungen von Recht und
Ordnung sein; sie war nicht in erster Linie als öffentliche
Annehmlichkeit gedacht, sondern als Mittel zur Kontrolle
und Überwachung der rebellischen Unterschicht.

Im Rom der Cäsaren waren die Häuser mit zahllosen Lampen
beleuchtet, aber in den Straßen gab es kaum Licht. Nach den
Worten Juvenals war es purer Leichtsinn, abends auszuge-
hen, ohne zuvor sein Testament gemacht zu haben. Fünfzehn-
hundert Jahre später hatte sich daran nicht viel geändert.
»Im Vergleich zu Paris«, schrieb Boileau in seiner sechsten
Satire, »ist der finsterste und einsamste Wald ein sicherer
Ort.«[2] Wenn man nicht von Dieben ausgeraubt wurde, brach
man sich auf den schlammigen, ungepflasterten Straßen das
Genick. Als Boileau sein Satiren schrieb, wurden jedoch bereits Schritte unternommen, die Straßen systematisch zu beleuchten, unter der Oberaufsicht eines gewissen Monsieur de
la Eyrnie, des Polizeichefs. An diesem Arrangement war
nichts Ungewöhnliches, denn unter Louis XIV. unterstand
die gesamte städtische Verwaltung den Polizeiorganen, beginnend mit der von ihnen begründeten Börse bis hin zur
Größe der Plastersteine und zu der Anstellung von Pflege-
müttern, dem Bierbrauen und dem Verkauf von Austern.
Außerdem zensierten sie öffentliche Bekanntmachungen, lasen die Post der Leute und hatten überall ihre Spione. (Der
Polizeichef Sartine rühmte sich gegenüber Louis XV.: »Sire,
wenn drei Personen sich auf der Straße unterhalten, gehört
einer davon grundsätzlich zu meinen Leuten.«) Für den

König und seine Polizei war die Straßenbeleuchtung nur ein
weiteres Mittel der Machtausübung und Überwachung. Die
Nacht, zuvor eine Zeit, in der Diebe, Räuber und Einbrecher
ungehindert ihren Geschäften nachgehen konnten, stand
nun wie alles andere unter der Herrschaft eines despotischen
Monarchen und seiner Diener.

Zwangsläufig stieß die Straßenbeleuchtung beim gewöhnlichen Volk auf heftige Ablehnung. Das erste Signal des öffentlichen Unwillens war das Zerschlagen der Laternen, und
als der Mob 1789 explodierte, wurden die ersten Opfer des
Aufruhrs an den verhaßten Symbolen der Unterdrückung
aufgehängt. »À la lanterne!« lautete der berühmte Schlachtruf der Sansculotten in der ersten Revolutionswoche, bevor
das Komitee für öffentliche Sicherheit und die Guillotine
ihre eigene Terrorherrschaft etablierten.[3]

Öffentliche Ordnung und öffentliche Beleuchtung sind zwei
Seiten derselben Medaille. In Frankreich kam zuerst die
Polizei und dann die Straßenbeleuchtung. In England existierten die Gaslaternen in den Straßen schon seit zwei
Jahrzehnten, als Sir Robert Peel 1829 die Metropolitan Police organisierte. Aber die »Peelers« waren keine zentrali-
sierte Polizeimacht und auch keine politische Polizei. Sie
waren eine lokale Schutztruppe, Nachfahren der städtischen Nachtwächter – der Shakespeareschen Dummköpfe
Dogberry und Verges –, die eine eher beruhigende Funktion
erfüllten und nicht sehr effizient für Ruhe und Ordnung
sorgten. Die Nachtwächter hatten keine härteren Pflichten
zu erfüllen, als »nach dem Glockenschlag die Stunde aus-
zurufen, Vorsichtsmaßnahmen zur Verhütung von Bränden
zu ergreifen, kundzutun, ob gute oder schlechte Witterung
zu erwarten war, und bei Tagesanbruch all jene zu wecken,
die eine Reise zu unternehmen gedachten.«[4] Aber der
Ruf »Mitternacht und alles ruhig« war weitaus weniger

wirkungsvoll als »Stehenbleiben – im Namen des Gesetzes!«. Bevor es Polizisten gab, die regelmäßig ihre Runde
machten, und Licht, bei dem sie sehen konnten, war es
unmöglich, den nächtlichen Frieden zu bewahren.
Auf Dickens, den Kenner des Nachtlebens, den die Großspurigkeit der Oberschicht und die Wichtigtuerei der Staats-
beamten an den Gerichtshöfen völlig kaltließen, machte die
neu etablierte Polizeimacht, insbesondere in ihrer Verkörperung durch Inspektor Field von Scotland Yard, großen Eindruck. Auf seiner nächtlichen Runde mit dem Inspektor
sprach er mit einem Deputy [dem »Helfer«], der eines der
Nachtasyle beaufsichtigte und ihm einen stinkenden, unge-
zieferverseuchten Schlafsaal zeigte. Dickens' Reaktion war
zum Teil von Entsetzen und Empörung, zum Teil von Dankbarkeit und Erleichterung geprägt:

*»Seltsam muß man hier träumen, Helfer.« – »Sie schlafen
ziemlich fest«, sagt der Helfer und nimmt seine Kerze aus der
Flasche, um sie mit den Fingern zu putzen, und wirft den
Unschlitt in die Flasche, die er mit der Kerze wieder ver-
schließt; »das ist alles, was ich weiß.« Was bedeutet die Aufschrift auf all den mißfarbigen Bettüchern? Eine Vorsichts-
maßnahme gegen das Abhandenkommen des Leinens. Der
Helfer schlägt die Decke eines nicht besetzten Bettes zurück
und enthüllt sie: »Haltet den Dieb!«*
*Nachts hier zu liegen, eingehüllt in alle Wundergeschichten
meines schleichenden Lebenswandels; den Schrei, der mich
im Wachen verfolgt, an die Brust zu drücken; ihn mich
anstarren und anschreien zu lassen, sobald ich wieder zu
Bewußtsein komme; ihn als ersten Fuß aus dem Bett am Neu-
jahrstag zu haben, zu meinem Valentinsgruß, meinem Ge-
burtstagsglückwunsch, als meinen Weihnachtsgruß, mein Lebewohl an das alte Jahr: Haltet den Dieb!*

Und zu wissen, daß ich unbedingt gehalten werde, komme, was mag. Zu wissen, daß ich weder der Tatkraft oder Geistesschärfe des einzelnen noch diesem ganzen wohleingerichteten und stetig arbeitenden System gewachsen bin! Komm mal hier über die Straße, und prüfe nach Durchschreiten des kleinen Ladens und Hofes diese gewundenen Gänge mit ihren Türen, angelegt als Fluchtmittel, für Zug und Gegenzug, wie die Klappen in den Kästen der Zauberkünstler. Aber was nützen sie? Wer erhält auf seinen Wink Zutritt und zeigt uns ihre geheime Arbeitsweise? Inspektor Field.[5]

Das System ist heute noch weitaus dichter und straffer durchorganisiert als zu Dickens' Zeiten, und Inspektor Fields Nachfolger bewegen sich nachts mit derselben Gelassenheit durch die Stadt wie bei Tag. Dennoch ist ihre Arbeit sehr viel schwieriger geworden, und die Erfolgsquoten sind gering.

Kurz bevor Edison seine Erfindung perfektioniert hatte, ließen die New Yorker Behörden vielerorts Lichtbogenlampen auf hohen Pfosten installieren – eine teure Maßnahme, die der Polizeichef mit den Worten rechtfertigte: »Jede Lichtbogenlampe bedeutet einen Polizisten weniger.«[6] Das erwies sich in der Praxis als Irrtum, nicht nur, weil er die Drogen- und Waffenepidemie nicht vorausgesehen hatte, sondern vor allem, weil das Verbrechen seiner eigenen Version des Parkinsonschen Gesetzes folgt und sich ausdehnt, bis es den verfügbaren Raum ausgefüllt hat. Unter dem Schutz der Dunkelheit florierte das Verbrechen immer, aber als die hellerleuchteten Straßen gesetzestreue Bürger dazu animierten, sich in die Nacht hinauszuwagen, um sich zu amüsieren, florierte es sogar noch mehr. Jane Jacobs schrieb:

Heute herrscht auf vielen städtischen Straßen die Barbarei, oder zumindest fürchten die Leute, daß es so ist, was letztlich

Foto: Bernice Abbot, New York, 1932

auf dasselbe hinausläuft. »*Ich lebe in einer hübschen, ruhigen Wohngegend*«, *sagt einer meiner Freunde, der dringend eine neue Wohnung sucht.* »*Das einzige störende Geräuch in der Nacht ist der gelegentliche Schrei von jemandem, der überfallen wird.*«[7]

Die Beleuchtung als solche hat Jacobs zufolge in dieser Hinsicht keine große Bedeutung. Ihr Wert liegt darin, daß sie die Leute hinausbringt auf die Straßen und so eine soziale Umwelt schafft, eine Menge von Augenzeugen, die dazu beiträgt, die Barbarei in Schach zu halten:

Der Wert heller Straßenlampen in tristen, grauen Arealen liegt in dem Gefühl der Sicherheit, das sie manchen Leuten vermitteln, die auf die Straße hinausmüssen oder -wollen, es aber ohne die gute Beleuchtung nicht tun würden. So bringt das Licht diese Leute dazu, durch ihre eigenen Augen zur Wahrung der Sicherheit auf der Straße beizutragen. Außerdem sorgt gute Beleuchtung natürlich dafür, daß jedes Paar Augen wirkungsvoller wird und mehr zählt, weil das Sichtspektrum größer ist. Jedes zusätzliche Paar Augen und jede Erhöhung des Sichtspektrums sind in dieser Hinsicht für triste, graue Areale von Vorteil. Aber es müssen offene Augen dasein und in den Gehirnen hinter diesen Augen muß das fast unbewußte Vertrauen in den allgemeinen Beitrag der Straße zur Aufrechterhaltung der Zivilisation herrschen, sonst bewirkt die Beleuchtung nichts. In gut beleuchteten U-Bahn-Stationen können entsetzliche öffentliche Verbrechen geschehen – und geschehen tatsächlich –, wenn keine offenen Augen präsent sind. In dunklen Theatern, wo viele Menschen und viele Augen anwesend sind, geschieht praktisch nie ein Verbrechen. Straßenlampen können so sein wie der berühmte Stein, der in der Wüste zu Boden fällt, wo es keine Ohren gibt, die seinen Aufprall hören. Macht er ein Geräusch? Wirft eine Lampe Licht ohne offene Augen, die sehen? Nicht im praktischen Sinn.[8]

Polizeistreifen, die nachts zu Fuß und in Streifenwagen durch die dunkleren Nebenstraßen patrouillieren, sind die organisierte, institutionalisierte Form dieser offenen Augen, die zur Wahrung des nächtlichen Friedens beitragen, wenn die meisten normalen Bürger – jene, die selbst nicht unbedingt gesetzestreu sind, aber durch ihre bloße Anwesenheit das Gesetz aufrechterhalten helfen – längst in ihren Betten liegen.

Auf Nachtstreife

Von dem organisierten und zuverlässigen System abgesehen, ist auch etwas anderes unverändert geblieben, seit Dickens mit Inspektor Field auf Streife ging: die »Tatkraft und Geistesschärfe des einzelnen«. Aber der Charakter des jeweiligen Territoriums färbt auf die Polizisten ab. In London verbirgt sich diese sprungbereite Energie hinter einer gewissen Zurückhaltung, wie die Stadt selbst. In Manhattan tritt sie offen zutage, mit New Yorker Temperament und Gusto. Ich hatte den Plan, einige Nächte lang mit einer Polizeistreife umherzufahren, als Begleiter auf dem Rücksitz des Streifenwagens, und als ich Lieutenant Raymond O'Donnell, den Leiter der Abteilung für Öffentlichkeitsarbeit in Police Plaza, der roten Ziegelfestung des *downtown* New York Police Department anrief, um die entsprechenden Vereinbarungen zu treffen, bat ich darum, in Bezirke mitfahren zu dürfen, wo einiges an spektakulären Aktionen zu erwarten war. Eine rauhe Stimme am anderen Ende der Leitung fragte: »Was wolln Se denn? Drogen oder Nutten?« – »Wie wär's mit beidem?« – »Alles klar, geht in Ordnung!«

Es stellte sich heraus, daß O'Donnell den neunten und zehnten Bezirk als Studienfeld für mich ausgesucht hatte. Der neunte Bezirk umfaßt die Lower East Side, von der 14. Straße bis East Houston, vom Broadway bis zum F. D. R. Drive, und »Alphabet City«, die Avenues A, B, C und D, wo ein großer Teil der New Yorker Drogenszene angesiedelt ist.

Der zehnte Bezirk geht von der 14. bis zur 34. Straße, von der 7. Avenue bis hinunter zu den Docks, und umfaßt die Straßenblocks am Ende des Lincoln Tunnel, wo Prostituierte auf Freier aus New Jersey warten und sie für den Preis einer Dosis Crack bedienen. Außerdem gehören die Straßen um den Fleischgroßmarkt dazu, das Territorium der Transvestiten. (Der wachhabende Sergeant des zehnten Polizeireviers sah aus wie Walter Matthau und hatte dieselbe träge, gedehnte Sprechweise. »Die größten Titten in der ganzen Gegend hier hängen an einem Kerl«, brummte er. »Er trägt fünf Pfund Silikon mit sich herum; vielleicht sogar fünf Pfund auf jeder Seite.«)

Wie kaum anders zu erwarten, waren die Polizisten in London, die mir erlaubten, sie auf ihrer nächtlichen Streife zu begleiten, mit derselben Art von Problemen konfrontiert; die Polizei von Brixton hat eine berüchtigte Drogengegend zu überwachen, und die Kentish-Town-Polizei ist für King's Cross und das umliegende wüstenartige Industriegebiet zuständig, wo jugendliche Prostituierte und Trebegängerinnen, die sich in der Nähe der Bahnstation herumtreiben, auf Kundenfang gehen. Aber in Großbritannien laufen die Dinge etwas anders – oder zumindest mit weniger Theaterdonner.

Mit der Kentish-Town-Polizeistreife war ich in einer kalten Novembernacht unterwegs, und die wenigen Mädchen, die wir sahen, hatten sich dick eingemummt, um sich bei dem scheußlichen Wetter warm zu halten. Sie sahen nicht aus wie Prostituierte, sondern eher wie verwahrloste Kinder, und es war den Polizisten offenbar ein wenig peinlich, mich auf sie hinzuweisen. In der Nähe der U-Bahn-Station war alles wie ausgestorben, und so fuhren wir langsam durch ein Labyrinth dürftig beleuchteter Straßen hinter dem York Way, passierten düstere Fabrikgebäude und Lastwagen, die hinter Drahtzäunen geparkt waren, und bogen dann in eine enge

Sackgasse zwischen einem Bahndamm und einer von Stacheldraht gekrönten Mauer ein. Am Ende der Sackgasse war ein blitzblanker, neuer Ford Scorpio geparkt. »Passen Sie auf«, sagte der Fahrer des Streifenwagens und stellte die Scheinwerfer auf Fernlicht. Sofort tauchten über den Rücklehnen der Vordersitze zwei Köpfe auf, ein kahler und einer mit zerzaustem Haar, und ein weiteres Mädchen, das sich in der Nähe des Fahrzeugs herumgedrückt hatte, kletterte hastig den schlammigen Bahndamm hinauf. Wir hielten nicht an, und der Anblick des verzweifelten Kindes, das über den steilen Damm zu flüchten versuchte, brachte uns alle zum Schweigen.

Die erste Hure, die ich sah, als ich die Streife des zehnten Polizeireviers in New York begleitete, hatte absolut nichts Trauriges oder Kleinlautes an sich. Sie war eine hochgewachsene Afroamerikanerin, die umherstolzierte wie ein Pfau, extravagant angezogen, großartig gebaut und so sehr Teil der nächtlichen Szenerie wie das in Flutlicht getauchte Empire State Building, das majestätisch über der langen Flucht der Avenues auftauchte und in den Querstraßen aus dem Blickwinkel verschwand. Auch die Prostituierte verschwand von ihrem Abschnitt auf dem Strich und tauchte wieder auf, aber als wir das erste Mal an ihr vorbeipatrouillierten, steckte sie die Zunge heraus und zeigte uns den Finger. Lieutenant Mike Herer, der mit mir im Auto saß, winkte ihr zu. »Dafür geht sie in den Knast«, sagte er lachend.

Sie wurde tatsächlich festgenommen, aber – weil die Polizei zuerst das gesamte Areal abfuhr, um herauszufinden, was in dieser Nacht im Gang war und wo – erst Stunden später, als sie vermutlich bereits ihren Schnitt gemacht hatte. In demselben Straßenblock gingen auch noch andere Prostituierte ihrer Arbeit nach, aber sie gaben vor, uns nicht zu bemerken. Auch der Schlägertyp, der im Schatten eines Hauseingangs stand, schaute geflissentlich an uns vorbei. Er hatte gewaltige Schultern, einen mächtigen Bauch und einen Zwei-Tage-Bart auf seinem mürrischen Gesicht. Über der Kapuze seines Sweatshirts trug er Kopfhörer; ein Walkman und ein Handy steckten in seinem Gürtel. Dean McManus, der Fahrer, gab ihm ein Zeichen, zum Streifenwagen hinüberzukommen. »Beweg deinen Hintern hier weg«, sagte er. »Wie oft sollen wir dir das noch sagen?« Der Mann zuckte mit den Achseln und schlenderte davon. »Ist das ihr Zuhälter?« fragte ich. Lieutenant Herer schüttelte den Kopf. »In kalten Nächten gehen Zuhälter nicht auf die Straße. Und sie sind auch nicht so angezogen. Der hier ist der kleine Angestellte des Zuhälters. Er hat ein Auge auf die Ware.«

Als wir eine Stunde später erneut die Straße entlangpatrouillierten, stand der Riese wieder auf seinem Posten, aber er drehte uns den Rücken zu, als er uns sah, und zog sich tiefer in den Schatten des Hauseingangs zurück.

Um zwei Uhr früh ging die Razzia los. Auf der 10. Avenue hielten wir neben einem anderen Streifenwagen an, und der Lieutenant sprach leise mit der Besatzung. Der Wagen bewegte sich langsam auf die Querstraße zu, wo die Prostituierten auf Kundschaft warteten, während wir mit quietschenden Reifen um den Block rasten, um von der 11. Avenue aus an ihr anderes Ende zu gelangen. Die blinkenden gelben Signallichter beider Streifenwagen flammten gleichzeitig auf, und die Polizisten sprangen heraus. Schreie, Konfusion, das Geräusch hastender Schritte und die Stimmen dreier Frauen, die Schimpfkanonaden losließen, eine laut und kehlig, die anderen schrill und giftig.

Lieutenant Herer, ein schmächtiger Mann mit blondem Schnurrbart und spärlichem Haar, kam langsam und kopfschüttelnd zum Wagen zurück. »Das ist vielleicht 'ne Type«, sagte er. »Ihre Titten sind so groß, daß sie die Arme nicht

hinter dem Rücken zusammenkriegt. Wir mußten zwei Paar
Handschellen benutzen.«
Zwei der drei Prostituierten saßen jetzt auf dem Rücksitz des
anderen Streifenwagens und waren auf dem Weg zum Revier.
Die dritte war entwischt.
»Sie trägt einen roten Rock«, sagte Herer. »Los – sehen wir
zu, daß wir sie finden!« McManus wendete den Wagen, und
wir fuhren mit blinkenden Warnlichtern mitten durch den
entgegenkommenden Verkehr auf der 11. Avenue zurück.
Aber von einer Frau im roten Rock keine Spur. Zu dieser
Nachtzeit waren die so weit westlich gelegenen Straßen überhaupt wie ausgestorben. Nur in den Querstraßen war Leben;
Taxis, die nach dem Chaos des Tages in Ordnung gebracht
werden mußten, drängten sich in hellerleuchteten Autowerk-
stätten. Die Polizisten hielten an jeder Werkstatt an, stellten
einige Fragen, schauten sich um. Die Mechaniker sahen kurz
auf, ohne großes Interesse, zuckten mit den Achseln und
setzten ihre Arbeit fort. Wir pausierten vor einer unbeleuch-
teten Werkstatt, durch deren halboffene Tür man den ver-
chromten Kühler eines Lasters sehen konnte. Die New Yorker Polizeifahrzeuge sind mit einem tragbaren Scheinwerfer
ausgerüstet, der ein krasses, blendendes Blaulicht ausstrahlt
mit der Kraft eines Wasserwerfers. McManus richtete den
Lichtstrahl auf die Dunkelheit hinter dem Lastwagen. Auch
dort war niemand zu sehen. Einen Block weiter hatten zwei
riesenhafte Obdachlose sich in einer alten Öltonne ein Feuer
gemacht. Aber es war keine Frau bei ihnen.
Es dauerte fünfzehn Minuten, bis wir sie eingeholt hatten.
Wir sahen sie auf ihren hochhackigen Schuhen hastig den
Gehweg entlangstolpern, als wir aus einer Querstraße auf die
11. Avenue einbogen. Ihren roten Rock hatte sie eingerollt
und unter den Arm geklemmt; trotz der Kälte trug sie nur
einen freizügigen roten BH und rote Höschen, die ihre Hin-

terbacken sehen ließen. Der Lieutenant sprang aus dem Wagen; es gab ein kurzes Gerangel, dann hatte er sie gepackt und schob sie zu mir auf den Rücksitz. Sie saß stocksteif da, wütend, außer Atem und störrisch schweigend. Ihre Lockenperücke war so steif wie ein Helm und ging fast bis zu ihren Schultern, aber ihr Profil war das eines Kindes, weich und zart, mit einem kleinen kindlichen Rosenknospenmund. Sie wirkte nicht älter als die jugendlichen Prostituierten, die ich in London gesehen hatte, aber als ich Lieutenant Herer später darauf ansprach, sagte er: »Ich kenne sie. Sie ist mindestens zwanzig, wenn nicht älter.«

Bei einer anderen Gelegenheit hatte ein Polizist mir erklärt: »Eine Nutte wird nie ein Wort mit Ihnen wechseln, es sei denn, Sie bezahlen. ›Zeit ist Geld‹ ist ihr oberstes Prinzip.« Na schön, dachte ich, diese hier hat fünf Minuten totzuschlagen, während wir zum Revier zurückfahren; es ist den Versuch wert. Außerdem tat sie mir leid – weil sie jung war, weil sie durchgefroren war und weil sie in Schwierigkeiten war –, und ich vermute, Herer und McManus, beide Familienväter, empfanden dasselbe. »Sie müssen ja halb erfroren sein«, sagte ich. Schweigen. Der Lieutenant machte den nächsten Versuch. »Warum sind Sie abgehauen?« fragte er in freundlichem Ton. »Hat uns alle nur Zeit und Nerven gekostet. Sie wußten, daß wir Sie finden würden.« Schweigen. Schließlich drehte McManus sich um, zwinkerte mir zu und sagte lächelnd: »Also, warum haben Sie den Typ hier ausgeraubt?« – »Das finde ich nicht komisch«, sagte sie. Und das war alles.

Auf dem Revier wurden Fingerabdrücke von ihr genommen; dann stellte man sie mit den anderen zusammen in eine Reihe, während ein Polizist Polaroidfotos machte, drei von jeder Frau, zwei im Profil und eins von vorn. Aber die Atmosphäre auf dem Revier war gespannt, als wir ankamen.

Die Frau mit den riesigen Brüsten hatte auf die Polizisten eingeschlagen, als sie ihr die Fingerabdrücke abzunehmen versuchten, und so dem geringfügigen Vorwurf der Prostitution das ernstere Vergehen des Widerstands gegen die Staatsgewalt hinzugefügt. Sie ließ eine Salve von ordinären Flüchen los und zog sich dann hinter den Schutzwall ihres enormen Busens zurück, mit einem Ausdruck, der Empörung und würdevolles Schweigen vermitteln sollte. Aber es ist schwierig, in einer synthetischen blauen Federboa, straßbesetzten Stilettostiefelchen und einem Minirock, der das Hinterteil kaum bedeckt, Würde zu bewahren, und den Polizisten war es offensichtlich unangenehm, daß sie sich in einen solchen Schlamassel hineingeritten hatte. Die dritte Prostituierte stand neben ihr und funkelte die Polizisten wütend an; sie sah aus wie eine Wildkatze, raubtierhaft, geschmeidig und gefährlich. Die Jüngste stand ein wenig abseits, ganz in ihr eigenes Unglück versunken. Dann wurden alle drei hinausgeführt und zu den Arrestzellen gebracht. Als ich fragte, was nun mit ihnen geschehen würde, sagte Lieutenant Herer: »Wir halten sie ein paar Stunden lang fest. Vielleicht holt ihr Zuhälter sie gegen Kaution heraus, vielleicht auch nicht. Dann werden sie dem Richter vorgeführt und kriegen eine kleinere Geldstrafe aufgebrummt. Oder der Richter entscheidet, daß die Zeit, die sie in Haft verbracht haben, genügt. Es passiert also eigentlich gar nichts. Für den Rest der Nacht arbeiten sie nicht, das ist alles.«

»Eine ziemlich harte Art, einen leichten Dollar zu machen«, sagte ich. – »Es gibt Bullen, die gern auf der Straße arbeiten, und es gibt solche Mädchen, die gern auf der Straße arbeiten«, antwortete McManus. »Ich nenne sie Wind-und-Wetter-Mädchen.«

Gelassener Humor scheint bei Polizisten im Umgang mit

Prostituierten eine universell verbreitete Grundhaltung zu sein. Gedrückte Stimmung kommt nur auf, wenn die Mädchen sehr jung sind und die Polizisten selbst Kinder haben. Im übrigen ist das älteste Gewerbe der Welt eines der harmlosen Probleme, mit denen die nächtlichen Streifen und Bereitschaftsdienste der Polizei zu tun haben. Sie werden die Prostitution nie aus der Welt schaffen, aber sie dürfen sie auch nicht offen tolerieren oder gar begünstigen, also betrachten sie diese Begegnungen als philosophischen Kurzlehrgang über das Eitle aller menschlichen Wünsche und Gelüste.

Vor zehn Jahren zum Beispiel, als Captain Vincent Rosiello noch ein junger Streifenpolizist war und in Bedford-Stuyvesant arbeitete – »unauffällige Zivilklamotten und ein unauffälliges, nicht gekennzeichnetes Auto, aber nicht als verdeckter Ermittler; ich meine, wie könnte man in Bed-Stuy als Bulle *nicht* auffallen?« –, wurden er und sein Partner einmal um zwei Uhr morgens gerufen, um einen Streit zu schlichten: »Es war im obersten Stockwerk – es ist immer im obersten Stockwerk –, und dieser Typ hat Streit mit einer Frau im Nachthemd. Die Frau ist eine Prostituierte, ein Callgirl, Nobelkategorie, die Art, mit der man telefonische Verabredungen trifft, und der Typ beschwert sich, daß sie sein Geld genommen hat, aber nicht alles gemacht hat, was er wollte. Was tut er also? Er ruft die Bullen. Ich meine, wie blöd kann man eigentlich sein? Wir sagen zu ihm: ›Sie geben also zu, daß Sie sich in vollem Wissen mit einer Prostituierten eingelasssen haben?‹ – ›Klar‹, sagt er. Wir sagen: ›Warum nehmen Sie nicht einfach Ihren Krempel und hauen ab?‹ Das tat er dann auch. Eine Woche später sehen wir die Frau auf der Straße, und sie winkt und zwinkert uns zu. Sie war wirklich attraktiv.«

Rosiello hat ein schmales Gesicht, eine Stirn, die durch eine kürzlich genähte Wunde übel zugerichtet ist, dunkles Haar, einen Schnurrbart und dunkle, intelligente, vor Lebendigkeit blitzende Augen. Er lacht viel und wirkt wie ein Mensch, der das Leben genießt. In seiner Freizeit studiert er Geschichte und romanische Sprachen, zum Teil, weil er mehr über seine italienischen Wurzeln herausfinden will, zum Teil, weil er Bücher liebt und unterrichten möchte, wenn er in den Ruhestand geht. (»Alles, was ich will, ist dasitzen und lesen«, sagte er zu mir, »und da kommen Sie und sind auf Hektik und Aufregung aus. Vielleicht sollten wir die Jobs tauschen.«) Mittlerweile ist er der zuständige Captain für den neunten Bezirk, der weniger Ähnlichkeit mit einem Kriegsschauplatz hat als Bed-Stuy, aber immer noch eine der übelsten Gegenden Manhattans ist. Selbst das Polizeirevier auf der East 5th Street wirkt hoffnungslos verwahrlost, überfüllt und heruntergekommen; der Dreck von Jahrhunderten scheint als Patina in die Wände eingeätzt zu sein. Vom früheren Glanz des Gründerzeitgebäudes ist nur das Messinggeländer vor dem Platz des diensthabenden Beamten übriggeblieben.

Alle Städte sind Ansammlungen von Dörfern, und jedes hat seinen eigenen Lokalcharakter und seinen eigenen Lebensstil. In London trifft das im buchstäblichen Sinn zu; als die Stadt sich ausdehnte, verschluckte sie ein unabhängiges Dorf nach dem anderen – Hampstead, Highgate, Wimbledon, Croydon, Kingston, Purley –, und sie wächst immer weiter – Barnet, Mill Hill, Harrow, Orpington, West Wickham –, nach Norden in Richtung St. Albans und Watford, südlich und östlich in Richtung Küste. Die Dörfer, die sie sich einverleibte, wurden zuerst Vororte und dann, als die Stadt weiterwucherte, einfach weitere Teile des großen Komplexes London. Aber für das wissende Auge des Eingeborenen bleiben sie klar unterscheidbar. Die Streifenwagen der

Kentish-Town-Polizei fahren Areale ab, die wie völlig verschiedene Provinzen wirken – die hellerleuchteten, belebten Geschäftsstraßen von Camden Town und Kentish Town, den Straßenstrich um King's Cross, große, öde Wohngebiete mit schäbigen Sozialbausiedlungen und trübsinnigen Reihenhäusern, dann die ruhigen, begrünten Straßen jenseits von Highgate Hill, wo sich grandiose alte Häuser in parkähnlichen Gärten verbergen, wo man über Gewässer und Teiche bis zu den Nebeln von Hampstead Heath hinüberschauen kann und das Gefühl hat, mitten auf dem Land zu sein.

Manhattan ist jedoch eine Insel, die für horizontales Wachstum keinen Raum bietet, und ihre Dörfer sind schwerer zu definieren. Dennoch gibt es sie, Block für Block, dicht zusammengedrängt, sich überlappend und überlagernd, jedes von den Lebensgewohnheiten und dem Geschmack seiner Einwohner geprägt. Auf der 8. Avenue und der 16. Straße zum Beispiel herrscht gegen Mitternacht wimmelndes Leben; Scharen von gutgekleideten Menschen strömen in die Bars, Restaurants und hellerleuchteten Geschäfte. Nur zwei Blöcke weiter westlich wähnt man sich in einer belagerten und verwüsteten Stadt: heruntergekommene, düstere Ziegelbauten – ehemalige Lagerhallen und Warenhäuser – mit verbarrikadierten Fenstern, Müll und Schutt, und an einer Ecke in der Nähe des Fleischgroßmarkts vier Transvestiten, die miteinander schwatzen und spöttisch herüberwinken, als der Streifenwagen vorbeifährt. In unmittelbarer Nähe befindet sich der Pure Gold Club, der eine bemerkenswerte Revuetruppe von Nackttänzerinnen zu bieten hat; muskelbepackte Männer bewachen den Eingang, und davor ist eine eindrucksvolle Excalibur-Limousine von der Länge eines Reisebusses geparkt. Wieder einige Straßen weiter gibt es eine Absteige, das Terminal Hotel, dessen grell beleuchtete Eingangshalle halb so groß ist wie die Excalibur-Limousine.

Dazwischen liegen das große Gebäude, in dem nachts die Post sortiert wird, und die Zentralen diverser Kurierdienste; Lastwagen kommen an und fahren ab, zahllose Menschen gehen ihrer Arbeit nach, so als gäbe es keinen Unterschied zwischen Tag und Nacht. Von der Decke des Polizeireviers hängt ein weißes Seidenbanner herab mit der Aufschrift: »Willkommen im 10. Bezirk«, und an der Wand, neben Fotos von berühmten Ehemaligen des Reviers, hängt ein Plakat: »Probleme des Bezirks: 1. Überfälle. 2. Drogen. 3. Prostitution. 4. Clubs. 5. Obdachlosigkeit.« Auf dem Plakat wird allerdings nicht erwähnt, daß alle diese Probleme komprimiert und miteinander vermengt sind wie Brei.

Im neunten Bezirk liegen die Dinge ähnlich. Lieutenant Kevin F. Gilmartin, der Leiter der Kriminalpolizei des neunten Reviers, erklärt: »Der Bezirk ist sehr gemischt; wir haben die hispanische Sektion drüben in Alphabet City, dann die Punkrocker und schließlich die Dichter am St. Mark's Place. Es gibt Kaffeehäuser und nette Restaurants, und auf der anderen Seite, am Tompkins Square Park, finden Sie Leute, die als Anarchisten gelten.« Was es nicht gibt, sind klare Demarkationslinien zwischen den einzelnen Sektionen. Auf der East 12th Street führte eine ältere Frau um ein Uhr nachts in aller Ruhe ihren Pudel spazieren, und ein Yuppie-Paar lud Möbel von einem Kleinlaster ab und schleppte sie in ein chic renoviertes Haus, während um die Ecke, auf der 1. Avenue, eine Szenerie zu sehen war, die Dickens oder Doré sofort wiedererkannt hätten: ein improvisierter Straßenmarkt, wo eine Bande von dubiosen Gestalten alte Kleidung, gebrauchte Schuhe, Spielzeug, Radios, zerkratzte Koffer zum Kauf anbot – alles am Gehweg entlang aufs Geratewohl auf Decken gestapelt und ausgeschüttet. »Das ist der Kram, der von Einbrüchen übriggeblieben ist«, erklärte mir Luis Cabrera, der Fahrer des Streifenwagens,

»das Zeug, das die Diebe nicht absetzen konnten.« Als sein Partner, Michael Grullon, den Scheinwerfer auf die Leute richtete und rief:»Okay, macht, daß ihr wegkommt!«, stopften sie ihre armselige Ware in Plastiksäcke und trollten sich; sie machten sich nicht einmal die Mühe, zu protestieren. Ein Stunde später waren sie wieder da.

Der Straßenhandel in Alphabet City hatte ein völlig anderes Gesicht: dröhnende Musik aus tragbaren Kassettenrecordern, Gruppen von jungen Männern mit Funktelefonen in den Hintertaschen, die an jeder Straßenecke herumlungerten oder in Hauseingängen lehnten und auf Kunden warteten, auf die beiläufige Annäherung, den schnellen Austausch – ein Briefchen gegen ein paar Geldscheine –, kurz wie ein Handschlag. Als der Streifenwagen vorüberfuhr, stellten sie betonte Gleichgültigkeit zur Schau. Cabrera und Grullon schienen die meisten zu kennen, und sie murmelten etwas in das Mikrophon ihres Funkgeräts. Aber einen Drogendealer zu erkennen reicht nicht aus.»Um jemanden wegen Drogenhandels festnehmen zu können, müssen wir tatsächlich Zeugen einer Transaktion sein«, sagte Lieutenant Gilmartin.»Ich bin vielleicht darüber im Bilde, daß eine bestimmte Person mit Drogen handelt, und der Beamte, der auf Streife ist, weiß es auch. Aber solange er diese Person nicht tatsächlich beim Akt des Verkaufs von Drogen erwischt, kann er nicht viel mehr tun als einen Überwachungsbericht schreiben. Die meisten großen Drogen-Festnahmen machen die Leute vom Rauschgiftdezernat, und sie bereiten solche Aktionen lange vor. Sie bekommen einen Tip, daß in einem bestimmten Areal größere Drogenaktivitäten im Gang sind. Dann schicken sie Leute zur Beobachtung und Überwachung los und verdeckte Ermittler, die Drogenkäufe machen und sich in der Szene umsehen. Wenn sie genug in Erfahrung gebracht haben, schlagen sie los. Aber mittlerweile gibt es eine neue Sorte von Drogendealern, und die sind schwer bewaffnet. Sie kommen aus dem Ausland, aus Ländern, in denen tiefste Armut herrscht, und sie sehen Drogen als einfachen Weg, das große Geld zu machen. Sie sind ohne Respekt vor der Polizei aufgewachsen, also gehen sie auf uns los, ohne mit der Wimper zu zucken. Und wenn sie zu Geld kommen, bewaffnen sie sich bis an die Zähne, mit den modernsten, schweren Waffen. Es ist ein Alptraum. Wir kämpfen mit allen Mitteln dagegen an, und vielleicht haben wir eines Tages irgendwo Erfolg. Aber im Augenblick sieht es nicht allzu gut aus.«

Die Meile der Drogendealer wirkte wie eine andere, lukrativere Version des improvisierten Straßenmarktes der Diebe. Es wurden Geschäfte gemacht, aber immer gerade außer Sichtweite. Als wir durch die Straßen von Alphabet City fuhren, schien jede Gruppe, die wir passierten, mitten in einer Transaktion zu sein. Wenn der Streifenwagen in Sicht kam, drifteten sie auseinander und kehrten dann zu ihren Geschäften zurück, noch bevor wir an der nächsten Ecke abgebogen waren.

Luis Cabrera ist Mitte Dreißig, hat einen behäbigen Bauch und zeigt die gelassene Miene eines Mannes, der schon alles gesehen hat. »Sie wissen, daß wir nichts machen können«, sagt er. »Sie starren zu uns herüber, um zu sehen, welche Polizisten im Streifenwagen sitzen. Wenn sie die Gesichter nicht erkennen, sagen sie sich, daß wir sie auch nicht kennen; also lassen sie sich nicht stören und machen einfach weiter.«

Das Wiedererkennen ist ein Schlüsselelement in der Beziehung zwischen Kriminellen und der Polizei, besonders bei Nacht, wenn die Dunkelheit die scharfen Konturen und die Details verwischt. Während der Patrouille wurden wir an einem bestimmten Punkt von einem anderen Streifenwagen angehalten. Auf dem Rücksitz saß ein korrekt gekleideter

Latino, der vorgab, kein Englisch zu verstehen. Cabrera übersetzte, während der Mann in einem endlosen Redeschwall beleidigt erklärte, er habe hier in der Gegend Freunde besucht; die Streifenpolizisten auf den Vordersitzen sahen gelangweilt aus. Als dem Latino die Luft ausging, sagte einer von ihnen zu Cabrera: »Sagen Sie ihm, er kann uns mal, er ist festgenommen.«

»Er ist ein *uptown*-Dealer«, sagte Cabrera, als er sich wieder in den Streifenwagen schwang. »In Harlem wurde ihm der Boden zu heiß, also kam er hierher. Er glaubte, er wäre aus dem Schneider, weil wir ihn nicht kennen, und es ist Nacht, und hier brennt die Luft an allen Ecken. Aber er kennt uns auch nicht. Deshalb haben wir ihn gekriegt.«

»Die Leute da draußen sind gewieft«, sagte Captain Rosiello. »Sie kennen sich aus mit der Straße und mit der Polizei. Sie sehen eine propere neue Uniform, ein sauberes Hemd, einen jungen Kerl, und sie wissen, daß er ein Grünschnabel ist. Das Leder von Gürtel und Halfter ist neu und glänzt; sie sehen es, und sie wissen Bescheid. Mir würde das nicht auffallen, aber ihnen fällt es sofort auf.«

In Alphabet City kommt es darauf an, den Schein zu wahren. In fast jedem Block gibt es Feinkostgeschäfte, kleine Einkaufsläden und Drogerien mit grünen Plastikmarkisen und Neonschrift, die um zwei Uhr nachts hell erleuchtet sind, aber man kann nicht hineinsehen, weil die Schaufenster mit Päckchen und Tüten und Waschmittelkartons zugestellt sind. Die Dekorationen wirken wie Pop-art und sind reine Potemkinsche Fassaden; wenn eine Tür aufschwingt, ist drinnen nicht viel zu sehen, was man kaufen könnte. Ein dünner, hochaufgeschossener schwarzer Jugendlicher kam aus dem ersten Laden, den wir passierten. Als er uns kommen sah, machte er eine große Show daraus, eine Tüte Kartoffelchips zu öffnen.

»Da sehen Sie es«, sagte Mike Grullon, ein witziger, gesprächiger Typ, zehn Jahre jünger als Cabrera; »sie kaufen immer nur Kartoffelchips.« Zu einem winzigen Kiosk ein paar Straßen weiter, der »frischgepreßte Fruchtsäfte« anpries, kommentierte er: »Der einzige Saft, den sie hier je verkauft haben, ist der, den man in einer Spritze aufziehen und sich in die Vene hauen kann.«

Auf viele dieser kleinen Läden trifft der Begriff »Drogerie« im buchstäblichen Sinn zu. Die Polizisten wissen, was hier verkauft wird, und die Dealer wissen, daß sie es wissen, aber sie wissen auch, daß die Polizei ohne handfeste Beweise nichts machen kann. Beide Seiten umkreisen sich, Nacht für Nacht, wie bei einem mexikanischen Messerkampf, warten auf eine Eröffnung, eine falsche Bewegung.

Ich fragte mich, was wohl passieren würde, wenn ein Kind oder eine junge Frau nichtsahnend in einen solchen Laden hineingingen, um einen Schokoriegel oder ein Paket Waschpulver zu kaufen. Vermutlich gar nichts, denn die wahren Aktivitäten sind kein Geheimnis; die Fassade dient tatsächlich nur dazu, den Schein zu wahren. Aber für den Außenstehenden lag die Atmosphäre des Bedrohlichen über dem gesamten Areal wie in einem Kriegsgebiet während eines prekären Waffenstillstands.

Als ich um drei Uhr früh wieder auf dem Polizeirevier ankam, hatte es bereits einen Mordfall gegeben – »In einer ruhigen Nacht von Mittwoch auf Donnerstag, es ist nicht zu fassen!« sagte Lieutenant Gilmartin. Er klang wütend, aber nicht schockiert. In Gilmartins Büro – gegenüber der Zelle mit den weißgestrichenen Eisenstäben, in der besondere Gefangene in Gewahrsam genommen werden – hing eine Liste mit den Tötungsdelikten des Jahres. »Vierzig bis jetzt – und das ist ein Fortschritt«, sagte der Lieutenant. »Früher waren es fünfzig oder sechzig pro Jahr. Aber wir haben noch zwei

Monate bis zum Jahresende, und erfahrungsgemäß steigt die Verbrechensrate vor den Feiertagen immer an. Es sind viele Leute unterwegs, zu Partys oder zum Einkaufen, Leute mit Geld in den Taschen, zu einer Zeit, in der jeder Geld braucht. Sogar die Eckensteher und Penner brauchen Geld, um ihren Familien ein bißchen was zu bieten. Außerdem gibt es viel Gewalt in Familien. Brüder, die seit Jahren nicht miteinander gesprochen haben, kommen zu den Feiertagen zusammen, und dann stellt sich heraus, daß es ein Fehler war; Alkohol ist im Spiel, und schon kommt es zum großen Knall.«

Bei einem großen Teil der Tötungsdelikte auf der Liste waren Jugendliche am Ende der Adoleszenz die Täter. »Achtzehn, neunzehn ist das Alter, in dem sie sich alle unbesiegbar fühlen, besonders die männlichen Jugendlichen. Sie kaufen sich eine Neun-Millimeter, und dann trinken sie, um sich Mut zu machen, und dann gibt es eine Menge Schießereien, eine Menge ›dis crimes‹, wie wir sie nennen. ›You dissed me‹, sagen sie. ›Du hast mich schief angeguckt. Was glaubst du, mit wem du es zu tun hast? Erklär mir mal, wie du die Sache bereinigen willst!‹ Sie reden über disrespect – Respektlosigkeit, Mißachtung ihrer Würde –, und gewöhnlich geht es um ein Mädchen. Ehe man sich's versieht, werden die Pistolen gezogen, und es kommt zu einer Schießerei. Sie sind unreif, und sie sind beeindruckbar. Sie sehen die großen Ganoven in ihren Mercedes-Wagen und Cadillacs und Jaguars, und sie wollen auch harte Kerle sein. Unglücklicherweise denken sie nicht an die Konsequenzen, also endet es damit, daß sie mit einer Kugel im Bauch auf der Straße liegen.«

Die meisten Morde waren Gilmartin und seinen Leuten zufolge jedoch dem Bereich der Drogenkriminalität zuzurechnen: ein verdeckter Ermittler, der während einer Razzia erschossen wurde, ein Doppelmord auf dem F. D. R. Drive – Vater und Sohn, in ihrem Jaguar durch Schüsse getötet, ein Mann, der in einer Bar auf der Avenue C von zwei maskierten Killern erledigt wurde. »Das waren Profis«, sagte Rosiello. »Neun Schüsse in den Kopf. Die Treffsicherheit war bemerkenswert. Ich bin sicher, daß es zu Vergeltungsaktionen kommen wird.«

»Im Oktober hatten wir vier Tötungsdelikte«, sagte Gilmartin. »Das war ein harter Monat für uns. In dem relativ kleinen Bezirk, den wir hier haben, kann man sich kaum vorstellen, daß es innerhalb von vier Wochen vier voneinander unabhängige Mordfälle gibt. Wir leben in einer gewalttätigen Welt.«

Erstaunlicherweise geht das Alltagsleben trotz der ansteigenden Welle der Gewalt seinen normalen Gang. In der Morgendämmerung waren Supermärkte und Gemüseläden geöffnet, und kleine alte Damen trotteten, mit Einkaufstüten beladen, die Gehwege entlang, ohne die Junkies und Crackdealer und Bettler zu beachten. Kinder auf Fahrrädern und Kinder mit Rollschuhen waren auf der Straße, Paare führten ihre Hunde spazieren, ein kleines Mädchen ging Hand in Hand mit einem schlurfenden, ausgezehrten, gespensterhaft bleichen Mann. »Ihr Vater«, sagte Grullon. »Er ist ein Junkie.« Ein Bistro-ähnliches Straßencafé in der Nähe des Cooper Union Square war voll besetzt mit gutgekleideten Leuten, die entweder einen sehr späten oder sehr frühen Imbiß einnahmen. An einem Tisch am Fenster saß Grullons hübsche junge Frau, die darauf wartete, daß ihr Mann Dienstschluß hatte. Als er den Handscheinwerfer des Streifenwagens auf sie richtete, lächelte sie ihn strahlend an und hob ihre Hände in einer Geste ironischer Resignation.

Ein gewachsenes Stadtviertel, eine *neighbourhood*, ist für die Leute, die dort leben, eine Art magisches Sicherheitsnetz. Auf den Außenstehenden wirkt die Lower East Side unglaublich bedrohlich. Für die Anwohner, die in ihren Stammläden einkaufen und bestimmte Kneipen und Restaurants frequentieren, die wissen, mit wem sie plaudern, wen sie ignorieren und welche Ecken sie besser meiden, ist es einfach der Ort, an dem sie ihr Leben leben, und wenn ihr Viertel verrottet und schäbig ist, so ist es doch wenigstens nicht so geleckt und einschüchternd wie die Yuppie-Territorien *uptown*.

Dennoch ist die Bedrohung immer da und wartet darauf, sich in offener Gewalt Bahn zu brechen. An einem bestimmten Punkt hielt der Streifenwagen vor einem spanisch-amerikanischen Fischrestaurant an. Vorn an der Bar saßen zwei muskulöse Männer in Lederjacken, schauten auf die Straße hinaus und beobachteten die Passanten. »Dealer«, sagte Cabrera und gab mit leiser Stimme über Funk eine Nachricht durch. Einer der Männer ließ sich langsam von seinem Barhocker gleiten, trat aus der Tür und schlenderte gemächlich auf uns zu. Etwa zwei Meter vom Streifenwagen entfernt, blieb er stehen, mit unbewegter Miene, die Hände in den Hosentaschen, und wippte leicht auf den Fußballen. Er hatte sehr weiße Zähne und eine sehr niedrige Stirn; sein Schnurrbart war sorgfältig getrimmt. Er sah aus wie die personifizierte Finsternis, die Verkörperung all dessen, was nachts in New York bedrohlich und gefährlich ist. Er starrte Cabrera und Grullon an, und sie starrten zurück. Es wurde etwas klargestellt, obwohl niemand ein Wort sagte. Dann drehte er sich abrupt um und ging zurück in das Lokal. »Diese Typen sind *saublöd*«, war Cabreras einziger Kommentar.

Grullon schien jedoch empört über die Arroganz des Dealers. »Das sollten Sie mal erleben, wenn FBI-Leute hier nach Alphabet City kommen«, sagte er. »Was wissen die schon? Deren Meinung nach tragen die schweren Jungs Ar-

mani-Anzüge und haben fünfzigtausend Dollars in den Taschen. Unsere haben hundert Kröten und 'ne Kanone.«
Drogenhändler sind in Alphabet City zu jeder Tageszeit unterwegs, aber die Nacht bringt sie in Schwärmen heraus, wie die
Fledermäuse. »Ihre beste Geschäftszeit«, sagte Lieutenant
Gilmartin spöttisch. »Kriminelle fühlen sich generell durch
den Schutz der Dunkelheit ermutigt, besonders die bewaffne-
ten Gangster. In der Nacht kann man immer mit den kreischenden Reifen, den aufjaulenden Motoren und dem Peng,
peng, peng rechnen. Kurz danach hört man die Sirenen und
sieht das Blaulicht. Dann rennen die Leute alle raus auf die
Straße, und eine Menschenmenge sammelt sich an. Alle müssen sehen, was los ist. Natürlich wissen sie alle, was sich abspielt, aber trotzdem müssen sie rauskommen und gucken.«

In der Nacht, die ich im neunten Bezirk verbrachte, wurde
die Polizei übrigens nur ein einziges Mal gerufen, zu einem
Einbruch in der Nähe des St. Mark's Place. Die Wohnung war
im zweiten Stock – ein einziges, schmuddeliges Zimmer, das
in der Mitte durch einen Duschvorhang aus Plastik unterteilt
war. Der Fußboden, früher einmal weiß gestrichen, war von
Kleidungsstücken übersät – schmutzigen Hemden und Sok-
ken und Pullovern, die so liegengeblieben waren, wie jemand sie hatte fallenlassen. Unabgewaschenes Geschirr war
im Waschbecken gestapelt. Auf der Mikrowelle stand eine
elektrische Zahnbürste.
Die Frau, die die Polizei gerufen hatte, trug einen langen,
ausgeleierten Pullover mit Zopfmuster, enge schwarze Leg-
gings und weiße Reeboks. Ihr Gesicht war blaß, ihre Brust
war flach, ihr strähniges blondes Haar war an den Wurzeln
schwarz. Sie wirkte aufgeregt und gleichzeitig tief depri-
miert. Außerdem schien ihr die ganze Sache peinlich zu
sein, denn es hatte keinen Einbruch gegeben. Ihr Freund –

ihr Mann, wie sie ihn nannte – hatte einfach ihre Handtasche geklaut und war auf und davon.

Cabrera sprach sie freundlich an, stellte ihr einige Fragen und notierte die Einzelheiten in seinem Notizbuch – Größe: 1,85 m, Gewicht: etwa 80 kg, Rastalocken, Spitzname: Asky. »Gibt es sonst noch etwas, das wir wissen sollten?« Die Frau senkte den Kopf und scharrte mit den Füßen. Ihr Gesicht verdüsterte sich. Schließlich murmelte sie: »Er wurde letzte Nacht festgenommen.« Cabrera klappte sein Notizbuch zu. »Machen Sie sich keine Sorgen. Wir werden ihn finden. Kein Problem.«

Als wir wieder im Streifenwagen saßen, sagte Grullon: »Haben Sie ihre Hände gesehen? Sie ist ein Junkie. Der Typ ist nicht ihr Freund oder ihr Mann. Er benutzt ihre Wohnung als Unterschlupf.«

Beide Polizisten wirkten niedergeschlagen, wie durch die Depression der Frau angesteckt. Das ist die andere Seite der Polizeiarbeit. Den Junkie und die gestohlene Handtasche zu finden war keine große Sache. Das wirkliche Problem war, mit dem Elend fertig zu werden, das die Frau dazu getrieben hatte, die Polizei zu rufen.

»Ob schwarz oder weiß oder hispanisch – das macht keinen Unterschied«, sagte Lieutenant Gilmartin. »Die eigentliche Ursache des Verbrechens ist die Armut.« Und Armut, in Verbindung mit Drogen, Alkohol, Diebstahl und Gewalt, ist die Nachtseite des urbanen Lebens, unabhängig von der Uhrzeit. Tag und Nacht sind Polizisten bei ihrer Arbeit mit dem Elend konfrontiert. Aber das ist noch der einfachere Teil. Der schwierige Teil ist die Konfrontation mit dem Grauenerregenden und mit der Gefahr.

Obwohl Polizisten nach einem Macho-Code leben und es zu ihrem Habitus gehört, den durch nichts zu erschütternden harten Mann herauszukehren, waren die deprimierende Düsternis der Welt, in der ihr Arbeitsalltag sich abspielt, und die Unfähigkeit von Außenstehenden, das Niederschmetternde der Polizeiarbeit zu verstehen, die Hauptthemen der Polizeibeamten zu beiden Seiten des Atlantiks, mit denen ich sprach.

Diejenigen unter den Außenstehenden, die am wenigsten begreifen, sagten sie, sind die Strafverteidiger und Richter, die zulassen, daß Kriminelle frei herumlaufen. In New York klagten alle darüber, wie schwer es ist, bei eindeutiger Schuld eine Verurteilung oder ein angemessenes Strafmaß durchzusetzen. »Manchmal wird ein Mann erschossen, und seine Familie will nicht, daß die Polizei in dem Fall ermittelt«, erklärte Lieutenant Mike Sneed vom neunten Polizeirevier. »Sie sagen: ›Wir nehmen die Sache selbst in die Hand.‹ Sie haben nicht das mindeste Vertrauen in unser Justizsystem, und ich kann es ihnen nicht verdenken. Wenn ein Mensch ermordet wird, und wir schnappen den Täter, und wir schaffen es, daß er verurteilt wird – was kriegt er? Höchstens drei bis vier Jahre. Die meisten Morde kommen nicht mal in die Zeitung.«

Die Hauptkritik gilt jedoch nicht der Fehlbarkeit der Justiz, sondern ihrer Realitätsferne. »Richter und Staatsanwälte gehen nur mit Worten um. Die tatsächlichen Konsequenzen krimineller Handlungen bekommen sie nicht zu sehen«, erklärte mir Police Constable John Cruttingden während einer langen, ereignislosen nächtlichen Patrouille durch die Seitenstraßen und Sozialbausiedlungen von Brixton. Cruttingden ist der Sohn eines Polizisten und selbst schon elf Jahre im Polizeidienst, aber er ist immer noch entsetzt über die Vorfälle, deren Zeuge er täglich während seiner Dienstzeit wird – verhungerte und schwer mißhandelte Kinder, Tiere, die zu Tode gequält wurden, alte Leute, die tot in verschlossenen Wohnungen liegen, an Unterkühlung gestorben, das

Blut und die verspritze Hirn- und Knochenmasse, die nach einem schweren Verkehrsunfall auf der Fahrbahn zurückbleiben, eine nie endende Überdosis Horror.

Eine Psychotherapeutin, die als Beraterin für die Metropolitan Police in London arbeitet, verbrachte einmal eine Guy Fawkes Night mit einer Gruppe leitender Polizeibeamter. Jedesmal, wenn ein Feuerwerkskörper losging, zuckten alle zusammen. »Wenn Sie einen Knall hören«, erklärte ihr einer der Männer, »sind Sie als Polizist darauf gefaßt, daß im günstigsten Fall irgendein bedauernswertes Kind den Feuerwerkskörper ins Gesicht bekommen oder sich einen Finger abgerissen hat; im schlimmsten Fall ist es eine IRA-Bombe. Man denkt nie, daß es nur Feuerwerk ist.«

Das waren Männer im mittleren Lebensalter, mit langjähriger Erfahrung in der Polizeiarbeit. Für die jungen Constables ist es noch schwieriger, mit dem Alptraumhaften ihrer täglichen Arbeit fertig zu werden. »Sie sind zutiefst erschüttert durch die Dinge, die sie zu sehen bekommen«, sagte die Psychotherapeutin, »und durch die Gefühle, die in ihnen selbst hochgespült werden – die Erregung, den Sadismus. Also agieren sie ihre Spannungen aus, indem sie einander fürchterliche, grobe Streiche spielen. Oder sie projizieren ihre Probleme auf einen in ihrer Gruppe; sie suchen sich die Unsichersten aus und machen sie zu Sündenböcken – sie behandeln sie brutal, reden wochenlang nicht mit ihnen –, bis der Sündenbock es schließlich nicht mehr aushält und krank wird oder sich krank schreiben läßt und schließlich einer anderen Schicht zugeteilt wird. Das einzige, was ihnen Erleichterung verschafft, ist das gemeinsame Trinken, aber selbst das hat sich verändert, seit die Gesetze über Trunkenheit am Steuer in Kraft sind. Wenn sie im Dienst betrunken sind und erwischt werden, fliegen sie aus dem Polizeidienst raus.«

Sie haben auch niemanden, mit dem sie reden können. »Man hat seinen Stolz«, ist das Motto der New Yorker Polizei, und Stolz ist eine ambivalente Tugend. Wie die Londoner Psychotherapeutin berichtete, werden ihre Dienste als Beraterin bei der Metropolitan Police selten in Anspruch genommen, weil die Polizisten fürchten, als Schwächlinge abgestempelt zu werden, wenn sie in Schwierigkeiten sind und Hilfe suchen. Sie sind auch der irrigen Meinung, ein solcher Schritt würde in ihren Dienstakten vermerkt. Cruttingden bestätigte das: »Es ist wie ein Stigma, wenn man zugibt, daß man Hilfe braucht. Wir bei der Polzei haben dieses Selbstbild des harten Kerls; man kehrt seine Probleme unter den Teppich. Wenn man versucht, mit Kollegen darüber zu reden, sagen sie: ›Was ist los mit dir?‹«

Nicht einmal mit ihren Frauen können sie sich aussprechen. Polizisten sind für ihre problematischen Ehen berüchtigt, und die brutalen Arbeitszeiten und Nachtschichten sind nur ein Teil des Problems. Der andere, der Hauptteil, ist das Gefühl, daß die Ehefrau die Misere und die Gewalt, die zur Routine der Polizeiarbeit gehören, nie verstehen kann, oder wenn sie verstünde, jedesmal von bösen Vorahnungen gequält wäre, wenn ihr Mann das Haus verläßt, um zur Arbeit zu gehen. Cruttingden, der eine unerfreuliche Scheidung hinter sich hat und seit kurzem zum zweiten Mal verheiratet ist, drückte es so aus: »Wenn man die Uniform auszieht, ist man darunter nur ein Mensch. Man geht in unangenehme Situationen hinein und hält seine Gefühle zurück, weil die Öffentlichkeit das von Polizisten so erwartet. Dann kommt man nach Haus und läßt die Wut an der Familie aus. Mit meiner ersten Frau habe ich nie über meine Arbeit gesprochen, und das war wahrscheinlich ein Fehler. Die Spannungen stauten sich auf, und ich machte mir auf die schlimmste denkbare Art Luft: Ich suchte Streit mit ihr, schrie die Kinder

an. Die enorme Belastung in meinem Beruf trug entschei-
dend dazu bei, daß wir uns scheiden ließen. Meine Frau verstand nicht, unter welchem Druck ich stand, und ich verstand
nicht, wie schwierig es für sie war, die Frau eines Polizisten
zu sein. Bei den alltäglichsten Dingen gab es Schwierigkeiten, zum Beispiel mit meinen Arbeitszeiten, wenn alle ihre
Freundinnen, die mit Männern in Neun-bis-fünf-Jobs verheiratet waren, am Wochenende mit ihren Partnern ausgingen, und ich hatte Dienst, oder wenn wir für den Abend Pläne
gemacht hatten, und ich mußte im letzten Augenblick absa-
gen, weil ich vor Gericht erscheinen mußte. Schichtarbeit an
sich ist Streß, man hat das Gefühl, permanent durchzuhän-
gen, wie nach langen Flugreisen mit Zeitverschiebung, und
es gab Zeiten, in denen ich meine Kinder tagelang nicht gesehen habe.«

Außerdem ist es eine permanente Belastung, inmitten all des
Elends und der Gewalt nach außen hin ruhig und vernünftig
zu erscheinen. Wenn Leute die Polizei alarmieren, wollen sie
Sicherheit und Beruhigung, und sie wollen sie in Gestalt
eines vertrauenswürdigen Polizeibeamten in einer properen
Uniform, die sie wiedererkennen. In New York ist das der
bewaffnete Verteidiger des Gesetzes in seiner Kriegerausrü-
stung, mit Pistole, Schlagstock, Walkie-talkie, Kennmarke
und Rangabzeichen, Handschellen und Schlüsseln, knar-
rendem, mit geheimnisvollen kleinen Taschen besetzten
Ledergurt, von dem die Taschenlampe herabhängt, und dem
dicken Notizbuch in der Tasche. In London, wo die Polizei-
präsenz eher tröstlichen und onkelhaften Charakter hat, ist
es der Bobby mit dem klassischen Helm in Form einer griechischen Urne und dem Jackett aus blauem Serge mit den
Silberknöpfen und Streifen. Die Jacken sind so steif, daß sie
nicht wie Kleidungsstücke wirken, sondern eher wie Rü-
stungen – es ist ein Wunder, daß die Constables darin ihre

Arme bewegen können –, und die hohen blauen Helme lassen alle außer den sehr großen kopflastig erscheinen. Der Aufzug wirkt wie eine Paradeuniform, formell und altmodisch, und für zehn Stunden Pflastertreten viel zu unbequem. Die Dienstkleidung der mobilen Einheiten – marineblaue Pullover mit V-Ausschnitt, mit Stoffepauletten als Rangabzeichen, Stofftaschen für die Walkie-talkies und diskreten Kennmarken der Metropolitan Police – ist lässiger und paßt besser zu ihrer Art der Fortbewegung in den weißen Streifenwagen mit den schnittigen orangefarbenen Streifen auf beiden Seiten und dem rotierenden Blaulicht auf dem Dach.

Polizeiuniformen haben ihren eigenen Nimbus und ihre eigene Macht; Menschen in Not signalisieren sie »Hilfe ist zur Stelle«, für die Kriminellen stellen sie eine abschreckende Präsenz dar, und für die Anarchisten vom Tompkins Square in New York repräsentieren sie das repressive System. Wenn ein Polizist auf der Szene erscheint, ist es die Uniform, die ihm Präsenz und Autorität verleiht, und es ist auch die Uniform, die ihn auf ein Stereotyp reduziert – Supermann oder Erzfeind. Deshalb ist es für die meisten Menschen ein erschreckender Augenblick, wenn die Polizisten anfangen, jung auszusehen. Es ist ein Omen der Sterblichkeit, voller düsterer Vorahnungen; es bedeutet, daß man ins mittlere Lebensalter eingetreten ist, denn bevor man diese Schnittstelle erreicht hat, ist der Mensch, der in der Uniform steckt, praktisch gesichtslos. Er kann ein Veteran sein, der seit Jahren im Dienst ist, oder ein verängstigter Grünschnabel, der frisch von der Polizeischule kommt und von dem Ausmaß der alltäglichen Gewalt und Misere, von dem er nichts ahnte, überwältigt ist, aber die Öffentlichkeit nimmt nichts davon wahr. Sie reagiert auf die Uniform und nicht auf den verängstigten, unerfahrenen Zwanzigjährigen, der vielleicht darin steckt.

Für die Polizisten selbst hört die Angst jedoch auch nach jahrelanger Erfahrung nicht auf. »Das Macho-Image, das wir pflegen, verlangt von uns, daß wir den Leuten, mit denen wir zusammenarbeiten, nicht zeigen, daß wir Angst haben; wir verlassen uns auf den Adrenalinstoß, um zu tun, was wir tun müssen«, sagte Cruttingden. »Tatsache ist aber, daß man nie weiß, was einen erwartet, wenn man bei einem Einsatz am Ort des Verbrechens ankommt und an eine Tür hämmert. Ich bin in solchen Situationen immer noch wahnsinnig aufgeregt, und an dem Tag, an dem ich aufhöre, mich aufzuregen, muß ich die Polizeiarbeit wahrscheinlich aufgeben, um meiner eigenen Sicherheit willen.«

Lieutenant Gilmartin erläuterte an einem Beispiel, was passieren kann, wenn Polizisten in ihrer Wachsamkeit nachlassen. In der vorangegangenen Woche war die Kriminalpolizei nachts wegen eines tätlichen Angriffs gerufen worden, und zwei Beamte machten sich auf den Weg, um den Fall zu untersuchen. Der Angreifer war ein zweiundsechzigjähriger Latino; das Opfer war sein Freund, und beide Männer waren betrunken. Es war leicht, den alten Mann aufzuspüren, und er erschien unbeeindruckt, als die Polizisten ihm sagten, er sei vorläufig festgenommen und müsse sie aufs Revier begleiten. Er fragte höflich, ob er ein paar alte Zeitungen in den Müll werfen dürfe, bevor sie gingen. »Klar, warum nicht?« sagten sie. Der alte Knabe griff nach einem Stapel Zeitungen, drehte sich um, zog eine Achtunddreißiger und schoß auf beide Polizisten. Einer wurde ins Bein getroffen, der andere in die Brust. »Die Kugel trat oben unter dem Brustbein ein, ging direkt durch den Körper hindurch und trat im mittleren Rückenbereich wieder aus«, sagte Gilmartin. »Glücklicherweise war er nicht tot, aber die Kugel richtete eine Menge Schaden an, und er verlor sehr viel Blut. Jetzt sieht es so aus, als ob er durchkommt, aber eine Zeitlang stand es auf der Kippe.« Der Täter flüchtete, das Gebäude wurde abgeriegelt, ein Sonderkommando und Spezialisten für Geiselnahme wurden an den Tatort beordert. Als der Mann schließlich in einer anderen Wohnung gestellt wurde, zog er wieder die Waffe und verwundete einen weiteren Polizisten, bevor er selbst niedergeschossen wurde.

»Bei einem Mann, der so lange überlebt hat, sollte man denken, daß seine Gewalttätigkeit sich verbraucht hat«, sagte Gilmartin. »Vielleicht ist er einfach durchgedreht. Aber was ich eigentlich sagen will: Man kann nie wissen, man muß immer auf der Hut sein. Wenn zwei erfahrene Leute von der Kripo es mit einem zweiundsechzigjährigen, betrunkenen Mann zu tun haben, der Streit mit einem Kumpel hatte, kommen sie natürlich nicht auf die Idee, daß er plötzlich eine Waffe zieht und auf sie schießt.«

All das war bei Nacht geschehen, aber für Gilmartin war das entscheidende an der Geschichte, daß die Polizei immer im dunkeln arbeitet, ganz gleich zu welcher Uhrzeit. »Manche Leute halten uns für übervorsichtig«, fuhr er fort, »aber das kann keiner beurteilen, der es nicht kennt; man muß es leben, nehme ich an, man muß Bulle sein und da draußen sein, um es zu begreifen. Ich erinnere mich daran, wie die abgetönten Autofenster aufkamen; man kann nicht mehr in das Fahrzeug hineinsehen. Ein Auto zu stoppen, ob wegen einer Verkehrsübertretung, eines Unfalls oder weil ein Verdacht besteht, gehört zu den gefährlichsten Dingen, die ein Polizist tun kann. Der Grund ist, daß die Leute so schwer bewaffnet sind. Wenn Sie sich einem Auto nähern, und Sie können nicht hineinsehen, dann fühlen Sie, wie sich die Haare im Nacken sträuben. Es ist, als wenn man aus dem hellen Sonnenlicht kommt und einen dunklen Raum betritt. Plötzlich ist man total blind. Sie wissen, da drin ist irgendwas, aber Sie wissen nicht, was es ist. Und Ihre Ausbildung und Ihr

Hintergrund und Ihr Gespür für die Dinge, um die es bei der Polizeiarbeit geht, lassen Sie denken: Wer ist in diesem Auto? Wer sitzt hinter dem Steuer? Es könnte eine nette alte Dame sein, die von ihrem Bingospiel kommt und auf dem Heimweg ist, oder es könnte ein Kerl sein, gegen den irgendwo in den USA ein Haftbefehl vorliegt und der finster entschlossen ist, sich nicht lebend schnappen zu lassen. Und Sie wissen es einfach nicht. Das ist die Grundhaltung, die ein Polizeibeamter heute einnehmen muß. Er muß auf alles gefaßt sein, er muß allem mißtrauen. Der Polizist muß alles im Auge behalten und konstant, permanent hellwach und reaktionsbereit sein.

Das heißt, hellwach und reaktionsbereit in bezug auf das Herz der Finsternis. Polizisten sind Experten für die dunkle Seite der Gesellschaft – Kriminalität, Prostitution, Unfälle, Tötungsdelikte, urbane Katastrophen –, und die Bevölkerung wendet sich nur an sie, wenn die Dinge aus dem Ruder laufen. Waten im Dreck ist ihr Arbeitsalltag, und trotz ihrer Großspurigkeit und ihres Macho-Gehabes müssen sie ständig einen Zustand kontrollierter Angst aufrechterhalten, um zu überleben. Unter diesen Umständen scheint es unvermeidlich, daß sie sich manchmal übel aufführen, und ein Wunder, daß es ihnen in aller Regel gelingt, gelassen und geduldig zu bleiben.

Als ich auf der Wache des zehnten Polizeireviers ankam, standen zum Beispiel ein hispanischer Jugendlicher und seine sehr junge Freundin vor der Schranke. Der diensthabende Sergeant händigte dem Jungen, der gerade aus der Untersuchungshaft entlassen worden war, die persönlichen Gegenstände aus, die man ihm bei der Festnahme abgenommen hatte. Der Junge zitterte vor Wut. Während er ein Stück nach dem anderen in seine Taschen stopfte, murmelte er eine permanente Litanei der Empörung vor sich hin: »Das war gegen das Gesetz. Ich habe nichts getan. Soll das etwa mein ganzes Geld sein? Wo ist mein Taschenmesser?« Er wirkte wie eine tickende Bombe, die jeden Augenblick hochgehen konnte, aber der Sergeant ließ sich nicht beirren. Schließlich sagte er müde: »Nehmen Sie's nicht persönlich. Wenn es vorbei ist, ist es vorbei. Sie nehmen es nicht persönlich, und wir nehmen es nicht persönlich.« Das Mädchen brach in Tränen aus.

»Nur ein spezieller Persönlichkeitstypus ist in der Lage, diese Art von Belastung Jahr um Jahr auszuhalten«, sagte die Londoner Psychotherapeutin. »Dazu ist eine gewisse Art von hochstrukturierter Persönlichkeit notwendig – im technischen Sinn könnte man sie paranoid nennen –, die entscheidet, wer die Guten und wer die Bösen sind, und dann entsprechend handelt. In einem gewöhnlichen Job würden solche Leute vermutlich gegen Gut und Böse gleichzeitig ankämpfen; sie würden sich gegen die Autorität auflehnen und sich in alle möglichen Schwierigkeiten bringen. Aber im Polizeidienst gibt es diesen Wirrwar nicht; die Fronten sind klar. Also werden sie die idealen Bobbys, hart zu den Schurken, väterlich zu ihren Kollegen, geliebt und respektiert und geachtet.«

»Wenn Sie durch Ihren Beruf ständig mit Situationen konfrontiert sind, in denen jemand eine Pistole auf Sie richten könnte, ist Paranoia dann nicht eine ganz gesunde Reaktion?« fragte ich.

»Ja, vielleicht, aber was passiert mit Ihnen im Lauf der Zeit, wenn Sie innerhalb eines Systems leben, in dem Paranoia die Normalität ist?« fragte sie zurück.

Paranoia ist jedoch die natürliche, archaische Reaktion auf die Nacht. Die Beleuchtung kann nie hell genug sein, um den uralten Verdacht zu zerstreuen, daß nach Sonnenuntergang das Böse aus seinen Schlupfwinkeln hervorkriecht; Geister gehen um, Kriminelle gehen ihren finsteren Beschäftigungen nach, das Chaos ist zurückgekehrt, und Nachtmenschen führen gewöhnlich nichts Gutes im Schilde.

Auf der abgelegenen, öden Westseite des zehnten Bezirks hängte der Streifenwagen sich an ein anderes Fahrzeug, folgte ihm durch einige Straßenzüge und bog schließlich ab. Als ich nach dem Grund fragte, zuckte Lieutenant Grullon mit den Achseln. »Neugier. Außerdem schauten die Insassen sich dauernd um. Ich meine, warum waren sie so nervös?« Etwas später fuhren wir im Schrittempo neben einem Jugendlichen her, der eine verlassene Querstraße entlangging. Der Lieutenant hielt an, richtete den Handscheinwerfer auf den Jungen und ließ den Lichtkegel auf ihm ruhen, bis er die Avenue erreichte. Warum? Ein weiteres Achselzucken. »Es ist die Art, wie sie gehen und wohin sie gehen. Die meisten Leute bleiben in der Mitte des Gehwegs. Der Junge ging ganz am Rand, dicht neben den parkenden Autos. Ich nehme an, er suchte eins, das er aufbrechen konnte.«

In London gelten dieselben Regeln. Brixton ist ein Bezirk, der zu weiten Teilen aus schäbigen Wohnsilos besteht, Relikten des Sozialbaus der sechziger und siebziger Jahre, armseligen Parodien der strahlenden Zukunftsstadt Le Corbusiers, trostlos, unpersönlich und heruntergekommen. Unter den Hochhäusern, im Souterrain, dehnen sich Betonlabyrinthe aus, Garagen, jede durch eine Tür aus Stahldrahtgeflecht verschließbar. Aber die meisten dieser Türen waren zertrümmert und hingen schief in den Angeln, und die Autos dahinter waren ausgeplünderte Wracks. Howard Potter, der Fahrer des Streifenwagens, schien jede düstere Seitenstraße und jede Sackgasse zu kennen, und wir fuhren sie alle in langsamem Tempo ab. Aus unerfindlichen Gründen hielt Potter alle paar hundert Meter an, während Cruttingden das Seitenfenster herunterkurbelte und in die Dunkelheit hineinspähte.

Als ich nach dem Grund fragte, sagte Cruttingden: »Man
kriegt ein Gefühl dafür, daß irgendwas faul ist.« »Und man
muß schon nachsehen, sonst kriegt man nichts mit«, fügte
Potter hinzu. Während dieser Nachtstreife herrschte jedoch
in Brixton eine friedhofsähnliche Ruhe, vielleicht weil es
Anfang Januar war, wenige Tage nach Silvester, und die Leute kein Geld zum Ausgehen hatten oder keine Lust mehr auf
Partys. Außerdem war es kalt und stürmisch; der Wind war
nicht so stark, daß er die Schornsteine von den Dächern gefegt hätte, aber stark genug, um Regenschirme umklappen zu
lassen und die Leute von den Straßen fernzuhalten. Aufregend wurde es nur, wenn Notrufe kamen. Dann war es jedesmal so, als würde man ohne Vorwarnung ins kalte Wasser
geworfen. Das Blaulicht flammte auf, die Sirene kreischte,
und der Streifenwagen mäanderte durch den Verkehr, größtenteils auf der falschen Straßenseite. Potter fuhr kontrolliert, präzise und sehr schnell, und wenn wir an unserem
jeweiligen Bestimmungsort ankamen, roch das Innere des
Streifenwagens intensiv nach heißem Öl. Aber in dieser
Nacht stellten sich alle Notrufe als falscher Alarm heraus.
Da London eine weitaus weniger gewalttätige Stadt ist als
New York, ist das schnelle Fahren manchmal das einzig Aufregende, das die Polizisten während der nächtlichen Streife
erleben. Jedesmal, wenn über Funk von einer Autojagd berichtet wurde, verfolgten Potter und Cruttingden sehnsüchtig
ihren Verlauf in der Hoffnung, das flüchtende oder zu
schnell fahrende Fahrzeug würde in unsere Richtung kommen. Aber die Verfolgungsjagden verliefen alle im Sand.
»Nachtdienst bedeutet fünfundneunzig Prozent Langeweile
und fünf Prozent totale Hektik«, erklärte mir ein Polizist vom
Polizeirevier Kentish Town, und in diesen fünf Prozent der
Zeit läuft in der Regel nicht das Räuber-und-Gendarm-Spiel
ab, sondern es geht um Katastrophen – um schreckliche An-

blicke und üble Gerüche und schiere menschliche Verzweiflung –, nicht um Gewalt auf den Straßen. Der Rest ist das,
was in juristischer Sprache moderat und zutreffend als
»nächtliche Ruhestörung« bezeichnet wird.

Trotz der alarmierenden Statistiken über das Anwachsen der
Kriminalität ist London tatsächlich immer noch eine fried-
liche, ordentliche Stadt. Das heißt nicht, daß es in London
keine blühende und gedeihende kriminelle Unterwelt gäbe.
Es heißt nur, daß die Londoner Unterwelt genauso funktioniert wie andere britische Machtstrukturen: Sie zieht es vor,
keine Aufmerksamkeit auf sich zu lenken. Soweit sie über
Waffenarsenale verfügt, protzt sie nicht damit. Für die Bevölkerung im allgemeinen, Kleinkriminelle eingeschlossen,
ist es äußerst schwierig, an Schußwaffen heranzukommen,
und die Bobbys sind unbewaffnet. Alle Polizisten in New
York, mit denen ich sprach, sowohl in Police Plaza als auch
auf beiden Polizeirevieren, fanden das unfaßbar. Sie waren
bis zum letzten Mann fest davon überzeugt, daß sie unbewaffnet keine einzige Nacht im Streifendienst überleben
würden in einer Stadt, in der jederzeit jemand eine Pistole
auf sie richten könnte. Für sie waren die Straßen New Yorks
trotz der gleißenden Beleuchtung mit der archaischen Bedrohung durch eine Finsternis geladen, in der sich Terror
und Gewalt jederzeit ohne Grund und ohne Vorwarnung
Bahn brechen können. Das allgegenwärtige Gefühl des Bedrohtseins ist die Nachtseite der animierenden Erregung,
die sich in New York von selbst einstellt. London ist im
Vergleich dazu keine aufregende Stadt. Henry James traf
den Kern, als er den Londoner Lebensstil als »die wahr-
scheinlichste Form zu leben« bezeichnete. Dogberry und
Verges kämen mit der entsprechenden Ausbildung und der
richtigen Ausrüstung vermutlich auch heute noch bestens
zurecht.

Dennoch erfüllt die Polizei in beiden Städten im wesentlichen die gleiche Funktion: die einer wachsamen, abschreckenden Präsenz. Die lokalen Polizeireviere überwachen einen Bereich, den jeder Polizist so gut kennt wie das Gesicht, das er – oder auch sie – jeden Morgen im Spiegel sieht. Die Dunkelzonen sind ihnen vertraut, und wonach sie Ausschau halten, sind minimale Veränderungen in diesen Dunkelzonen. – »Man kriegt ein Gefühl dafür, daß irgendwas faul ist.« – »Und man muß schon nachsehen, sonst kriegt man nichts mit.«

In gewisser Weise macht die Dunkelheit ihnen ihre Aufgabe sogar leichter. Es sind weniger Menschen unterwegs, die Szenerie ist übersichtlicher, die Akteure kommen schärfer ins Bild, Unregelmäßigkeiten fallen auf. Kleine Regelverletzungen – ein Auto, das zu schnell, zu langsam oder zu unpräzise gefahren wird –, bekommen plötzlich Bedeutung. Ist der Fahrer betrunken? Hat er irgend etwas vor? Ist er nervös, weil der Wagen gestohlen ist? Polizisten achten auf die flimmernden, fast unterschwelligen Zeichen, die Spannung signalisieren, so wie geübte Pokerspieler an den kleinen Gesten der Nervosität – einem Kratzen der Nase oder Zurechtrücken der Brille – ablesen können, ob das Gegenüber gute oder schlechte Karten hat.

Aber die uniformierten Polizisten, die Streife gehen oder in ihren auffälligen Streifenwagen sitzen, sind nur ein Teil des Gesamtbildes. Den anderen Teil des polizeilichen Überwachungsnetzes in den Städten bilden Polizisten in Zivil, die unauffällige Autos fahren – Leute von der regulären Polizei, den Spezialabteilungen, dem FBI, dem DEA, der Diplomatic Protection Group und all den anderen metastasierenden Zellen der nationalen Sicherheit. Aus all diesen Gruppen setzt sich das unsichtbare Raster zusammen, das die Nacht durchzieht wie ein Spinnennetz und von dem die meisten von uns nichts ahnen. In einem totalitären Staat wäre dieses

Ausmaß an Überwachung so überwältigend und furchterregend, wie die undurchdringliche Finsternis es für den
primitiven Menschen war. In einer illuminierten und vorwiegend gutartigen Demokratie ist es eher beruhigend. Die
Nacht ist für die Polizei kein Problem, weil sie selbst Teil
der Lösung ist.

Die Nächte, die ich bei der New Yorker und Londoner Polizei
als Mitfahrer in ihren Streifenwagen verbrachte, waren wie
Reisen in unbekannte Länder. Selbst die Straßen, in denen
die Kentish-Town-Polizei Streife fuhr, Straßen, durch die ich
unzählige Male gegangen oder mit dem Auto gefahren war,
wirkten anders und fremd. Die vertrauten Läden und Kneipen und Restaurants, die Menschenmengen auf den Straßen,
der Verkehrsstrom waren durch den polizeilichen Blick
transformiert zu »potentiellen Gefahrenherden«, »verdächtigen Personen«, gestohlenen Fahrzeugen mit falschen
Nummernschildern – einer wirren Masse von untereinander
verknüpften Details, die der Außenstehende nicht wahr-
nimmt oder ignoriert oder für normal hält, die aber für Polizisten einen geheimen nächtlichen Code bilden, den zu entschlüsseln sie gelernt haben.
Eine vertraute Gestalt war jedoch in dieser seltsamen neuen
Welt präsent. Um drei Uhr morgens auf dem Highgate Hill
machte sie zum ersten Mal auf sich aufmerksam. Als wir an
der St. Michael's Church mit ihrem hohen Turm und ihrer
anmutigen Fassade vorbeifuhren, sagte einer der Polizisten:
»Hier haben wir letzte Woche einen Einbrecher geschnappt.
Er war hinter dem Silber her.« Sein Partner gab darauf keine
Antwort. »Ich erzähle Ihnen was über diese Kirche«, sagte
er zu niemandem im besonderen. »Hier liegt Samuel Taylor
Coleridge begraben. Hat 'n riesigen Grabstein. Lohnt sich,
mal 'n Blick darauf zu werfen.«

Die zweite Begegnung mit dem Dichter fand auf der Lower East Side statt. Lieutenant Kevin Gilmartin, ein gepflegter, weißhaariger Mann mit rosigen Wangen und stämmiger Figur, der nicht wie ein Polizeibeamter wirkt, sondern eher wie ein irischer Politiker, sprach über das Faszinierende seiner Arbeit: »Polizeiarbeit ist wirklich eine harte Sache. Das war sie immer, und sie wird es auch immer bleiben. Aber andererseits ist sie ungeheuer interessant. Ich habe gerade mein dreißigjähriges Dienstjubiläum beim NYPD hinter mir, und ich bin noch nicht bereit, in Pension zu gehen.« Aber Polizisten sind immer für Überraschungen gut. Gilmartin hatte außerdem gerade einen externen Studiumabschluß in englischer Literatur gemacht; Chaucer und die Romantiker waren seine Spezialgebiete. Mitten in einer plastischen Schilderung der Unbesiegbarkeit des Drogenproblems kam er plötzlich von der Polizeiarbeit auf die Literatur: »Coleridge hatte ein Drogenproblem«, sagte er. »Vermutlich war er der erste berühmte Süchtige.« Er schwieg einen Augenblick und wirkte zum ersten Mal in dieser Nacht niedergeschlagen und in sich gekehrt. »Die Zeiten haben sich verändert, soviel ist sicher. Coleridge in Alphabet City – stellen Sie sich das mal vor!«

Ich stellte es mir vor: der nervöse, unglückliche, weltfremde, redselige Coleridge da draußen auf den heruntergekommenen, gefährlichen Straßen, mit seinen nächtlichen Ängsten und seiner Sucht und ohne Schußwaffe. Von Xanadu war der Weg dahin sehr weit.

6 *Nachteulen*

Die Nacht läßt Sterne und Frauen in einem besseren Licht erscheinen.

Byron

Ich begann in der Dunkelheit, und ich würde ohne Zweifel auch so enden. Aber irgendwo zwischen dem Anfang und dem Ende müßte ein Versuch unternommen werden, die Dunkelheit zu erklären, und sei es nur mir selbst, ganz gleich, welche seltsame Form die Erklärung annehmen würde, und unabhängig von den Konsequenzen.

Don DeLillo, Americana

Wenn man in einer Großstadt lebt, vergißt man die Nacht. Es gibt Dinge, die man nach Einbruch der Dunkelheit nicht tut – mit der Brieftasche herumwedeln, das Auto stehenlassen, ohne die Türen abzuschließen –, und Leute, denen man aus dem Weg geht – den Betrunkenen, den Verrückten, den herumlungernden Beutegeiern –, und jede Stadt hat ihre Dschungelzonen, in denen man nachts nicht herumspaziert. Aber viele dieser Regeln gelten auch tagsüber, und auf eine merkwürdige Weise geht es in vielen Städten nachts entspannter und gelassener zu als bei Tag. Die Dimensionen Zeit und Raum scheinen sich nachts auszudehnen; die Menschenmengen sind ausgedünnt, der Rhythmus ist verlangsamt, man findet leichter einen Parkplatz. Und nach einem gewissen Umschlagpunkt – wenn die Abendbummler den Nachtschwärmern Platz gemacht haben – sind die Menschen sogar freundlicher, vielleicht weil sie dünner gestreut sind oder weil die Schlaflosen ihre eigene freimaurerische Geheimgesellschaft bilden und sich eine Art Gemeinschaftsgefühl unter jenen einstellt, die wach und auf den Beinen sind, während der Rest der Welt schläft. In den Londoner U-Bahn-Stationen halten die Züge länger, um nächtlichen Bummlern die Chance zur Heimfahrt zu geben; die Stimmen sind lauter und lebhafter, gelegentlich hört man sogar Gelächter, was tagsüber nie passiert, wenn alle in Eile und nur darauf bedacht sind, an ihrem Ziel anzukommen und zu erledigen, was sie zu erledigen haben.

Nach Einbruch der Dunkelheit beginnt in der Großstadt die ungebundene Zeit – die Zeit für Muße und Intimität, Familie und Freunde, Hobbys und Zeitvertreib, Lesen, Musikhören, Fernsehen. Abend und Nacht sind auch die Zeit der Feste und Vergnügungen: Theater, Kino, Konzerte und Partys, essen gehen, Wein trinken, tanzen, Karten spielen. Für Leute, die an langweilige oder unbefriedigende Jobs gebunden sind, ist die Nacht die Zeit, in der sie das Gefühl haben, ihr wirkliches Leben zu leben. Vor rund hundert Jahren definierten die Pioniere der amerikanischen Arbeiterbewegung ein anständiges, befriedigendes Leben als »acht Stunden Arbeit, acht Stunden Schlaf und acht Stunden, um zu tun, was man will«. Jetzt gehen die Zeit für den Schlaf und die Zeit, in der man tun kann, was man will, ineinander über; die Arbeitszeit ist in mehr Berufen denn je nicht mehr auf die Stunden des Tages beschränkt, und die Nacht ist zur Fortsetzung des Tages mit anderen (elektrischen) Mitteln geworden.

Jede Stadt hat ihre eigenen nächtlichen Rhythmen, aber in allen Städten beginnt der Abend mit einem Aufbranden, einer plötzlichen Welle von Geräuschen – Getrappel von Füßen, Stimmengewirr und Autohupen; die Läden und Büros schließen, die Busse füllen sich, auf den Straßen, die zu den Vororten führen, staut sich der Verkehr. Dickens sprach über die Ruhelosigkeit der Großstadt, ihr Wogen und Aufwallen, bevor sie in den Schlaf finden kann. Aber die Ruhelosigkeit manifestiert sich in vielen Formen, und das angenehme Gefühl der Befreiung hält nie lange an. Nach dem anfänglichen Tumult breitet sich in den überfüllten Bussen und den Autos, die im Stau stecken, eine mürrische Stimmung aus. Die Menschenmenge, die im Stoßverkehr in den U-Bahn-Wagen zusammengepfercht ist, Schulter an Schulter, Rücken an Rücken, versinkt in Schweigen; man hört nur den Lärm der Züge. Erleichterung verwandelt sich in Müdigkeit, Ungeduld und simple schlechte Laune, ausgelöst durch das überwältigende Bedürfnis, nach Haus zu kommen, die Schuhe von den Füßen zu streifen, sich schlapp in den Sessel vor dem Fernseher fallen zu lassen und ein Gläschen zu trinken.

Dann fängt die Stadt erneut an zu wogen und aufzuwallen; ein neuer Verkehrsstau baut sich auf, in Richtung Innenstadt, wenn die abendlichen Menschenmengen zu den Theatern, Kinos und Restaurants aufbrechen. Danach tritt eine Flaute ein, und die Jugendlichen übernehmen die Straßen; sie wandern zwischen den Kneipen und Fast-food-Restaurants hin und her, stehen herum, beäugen die Passanten, warten auf etwas Unbestimmtes. Gegen elf Uhr abends fangen die Lokale und Kinos an, sich zu leeren, und eine dritte Rush-hour beginnt, diesmal entspannter und gelassener, denn die Leute, die heimwärts streben, haben gegessen und etwas Abstand zum Arbeitsalltag gewonnen. Das Tempo steigert sich kurzfristig und nimmt dann allmählich ab, bis die langsame, ruhige Phase zwischen Mitternacht und Morgengrauen beginnt. Wie der Schlaf des Gehirns ist der Schlaf der Stadt jedoch nur Schein. Über ihren verdunkelten Cortex verstreut flammen Punkte auf, die vor Aktivität summen. In den Polizeirevieren, Krankenhäusern, Zeitungsredaktionen, Fernsehstudios und Bordellen sind die Nachtschichten am Werk. Feuerwehrleute, ärztliche Notdienste und Rettungsmannschaften warten auf Notrufe, Discjockeys halten von ihren verglasten Hochsitzen aus die Tanzenden in Schwung, Bäcker kneten den Teig für die morgendlichen Brötchen, auf den Großmärkten herrscht hektische Betriebsamkeit, und die Kneipen und Cafés in ihrer Umgebung sind voll. Die Augen und Ohren der Nacht, Leute in zivilen und militärischen Organisationen, deren Lebensunterhalt von Computern, Radarschirmen und Satelliten abhängt, sitzen vor ihren

Bildschirmen, und die jungen Tigerinnen und Tiger der Finanz- und Börsenwelt reden abwechselnd in zwei Telefone, ohne den Blick von den Zahlen des Nikkei und des Hang Seng abzuwenden, die auf ihren Terminals erscheinen.

In den Spielkasinos sind nur noch die harten Fälle übriggeblieben. Für die Verlierer beginnt jetzt die Zeit der Träume: Ein letztes Mal die Würfel rollen lassen, ein letzter Einsatz beim Roulette, und es ist geschafft, sagen sie sich; das Defizit ist ausgeglichen. Die Gauner, Trickbetrüger und Profispieler driften an den Pokertischen vorbei, charmant und unbeirrbar gut gelaunt, wenn den Amateuren, die schon einen harten Arbeitstag hinter sich haben, allmählich die Luft ausgeht. Ich kenne einen Profispieler, der frühmorgens aufsteht wie der Rest der Welt, bis zum frühen Nachmittag in seinem Büro arbeitet, einen späten Lunch einnimmt und darauf nach Haus geht und bis zehn Uhr abends schläft. Dann duscht er, rasiert sich und fährt zum Kasino, um seine Nachtschicht anzutreten. Um die Tatsache zu verschleiern, daß er frisch und hellwach ist, während alle anderen anfangen schlappzumachen, läßt er die Bartstoppeln manchmal stehen, um einen angemessen übernächtigten Eindruck zu erwecken, aber oft vergißt er es und verrät sich durch den Duft seines Rasierwassers.

Wenn die Spielkasinos um vier Uhr morgens schließen, sind die Straßen leer, und die Stadt ist geschrumpft. Eine Fahrt mit dem Auto quer durch die Stadt – während des Berufsverkehrs eine Stunde Schwitzen und Fluchen – wird zu einer angenehmen fünfzehnminütigen Spritztour. Die Wartungsarmeen setzen sich in Bewegung, die Büroreinigungs- und Reparaturdienste, aber sie bleiben unsichtbar; draußen auf den Straßen herrscht die unheimliche, unnatürliche Stille der Übergangsphase, die Sky Masterson in *Guys and Dolls* mit den Worten »meine bevorzugte Tageszeit – einige Pokerrunden vor Morgengrauen« umschrieb, die Zeit, wenn das Schweigen sich über den großen, hallenden Raum der Stadt herabsenkt und man Geräusche selbst über größere Entfernungen hinweg identifizieren kann: das Anlassen eines Autos in einer anderen Straße, Schritte auf dem Pflaster, einen fernen Ruf, Hundegebell und das hohe Jaulen rolliger Katzen, leises Blätterrauschen und die ersten, zögernden Vogelrufe. Dann setzt das Orchester der Morgendämmerung ein; man hört das Röhren der ersten Flugzeuge auf dem Weg nach Heathrow, die Frühschicht-Arbeiter erscheinen auf den Straßen, die Postautos und Fernlaster, und die Straßenbeleuchtung verblaßt.

Aber in dem dämmrigen Intervall zwischen Tag und Nacht, zwischen Schlafen und Wachen scheint man frei im Raum zu schweben, frei von Menschenmengen und Lärm und Störungen, frei von dem Druck, dem Tempo, den Strukturen und Details, die das Tageslicht mit sich bringt. »Wenn etwas in der wachen Welt dem Traumzustand nahekommt«, sagt Tania Blixen, »so ist es eine große Stadt, in der man niemanden kennt, oder die afrikanische Nacht. Auch da ist unermeßliche Freiheit, auch da geschehen ringsum Dinge, bilden sich Schicksale; überall wird etwas getan, doch es geht einen nichts an.« Die Freiheit der Stunden vor Tagesanbruch ist auch von dieser Art – rein und sehr einsam, wie die Einsamkeit des Fernfahrers.

Selbst in der Nachtarbeit liegt eine gewisse Freiheit, obwohl sie manchmal verrückt und unnatürlich erscheint. Menschen, die nachts arbeiten, fallen aus dem Rhythmus der normalen Welt heraus; sie schlafen und wachen zu den falschen Zeiten, sie entfremden sich ihren Kindern, die sie selten zu sehen bekommen, ihre Lebenspartner sind verärgert, weil sie nie da sind, wenn sie gebraucht werden – weder bei den häuslichen und sozialen Ritualen noch in Krisenzei-

Edward Hopper, Night Windows, 1928

ten; sie sind vom üblichen Kodex der Sitten und Gebräuche ausgenommen. Für Paare, die gern zusammen sind, ist das katastrophal, aber in schlechten Ehen ist es ein Segen: keine Auseinandersetzungen und Konfrontationen, kein Nörgeln und keine Vorwürfe. »Nachtarbeiter müssen sich nicht nach der Familienstechuhr richten«, sagte ein Drucker, der immer nachts arbeitet.[1] Wenn sexuell nichts mehr läuft, ist die Nachtschicht die bessere Lösung – weniger endgültig und weniger beleidigend als getrennte Schlafzimmer.

Dennoch geht selbst in den stillsten Stunden vor Morgengrauen das Leben weiter, und nicht nur an Orten, wo gearbeitet wird. Es gab eine Zeit, in der es so schien, als würden in London die Bürgersteige hochgeklappt, wenn die Pubs geschlossen hatten; schon vor Mitternacht war die ganze Stadt wie ausgestorben. Aber das ist vorbei. Vielleicht ist London immer noch nicht wie New York oder Los Angeles, wo man zu jeder Tages- und Nachtzeit essen gehen und einkaufen und sich amüsieren kann, aber es gibt mittlerweile über die ganze Stadt verstreut Läden und Cafés, die die ganze Nacht geöffnet sind, obwohl es immer noch absurd schwierig ist, nach elf Uhr abends irgendwo ein alkoholisches Getränk zu bekommen. Selbst in London ist die Nacht kein abgeschlossenes, verbotenes Territorium mehr, kein undurchdringlicher Dschungel außerhalb der sicheren Palisaden. Die archaischen Ängste und Schrecken sind verschwunden, durch das Umlegen eines Lichtschalters gebannt. Städte wie New York oder Detroit oder Rio de Janeiro sind vermutlich gefährlicher, als London oder Paris oder Rom es je waren, aber das gilt für den Tag ebensosehr wie für die Nacht; es kommt darauf an, *wo* in der Stadt man sich befindet, und nicht, zu welcher Tageszeit. Der Alltag der Großstädte ist überall mehr oder weniger der gleiche, bei Tag und bei Nacht, und ob man sein Leben tagsüber oder bei

Nacht lebt, ist eine Frage der persönlichen Entscheidung.
Sobald man diese Entscheidung getroffen hat, ist es wie bei
langen Flugreisen: Man muß nur seine biologische Uhr um-
stellen.

Nachdem ich meine Kindheitsängste vor der Dunkelheit
überwunden hatte, verlor die Nacht nicht nur ihre Macht
über mich; sie verlor auch ihre Andersartigkeit, ihre Besonderheit, und ich schenkte ihr keine Beachtung mehr. Sie
stellte höchstens eine kleinere Unannehmlichkeit dar, und
das auch nur selten. Vor zwanzig Jahren, in einem Bauern-
haus in Italien, entdeckte ich die Nacht jedoch wieder. Das
Haus ist in der Toskana, aber nicht um Chianti-Gebiet, der
teuren, hügeligen Gegend südlich von Florenz mit ihren
Weingärten, Zypressen und Swimmingpools. Es liegt oben in
den Bergen, am Rand der wilden Garfagnana, im nördlich-
sten Teil der Toskana, an einem steilen, mit Kastanienbäumen bewachsenen Abhang, neben einem Maultierpfad, der
einmal eine römische Straße war. Dahinter erheben sich die
Apenninen, sanft ansteigend zuerst und dicht bewaldet,
dann steil und kahl und felsig. Unterhalb des Hauses liegt
das Flußtal des Serchio mit der kleinen Renaissancestadt
Barga; auf ihrem höchsten Hügel erhebt sich eine kleine
romanische Kathedrale, die über der Stadt zu schweben
scheint. Jenseits des Tals beginnen die Apuanischen Alpen
mit den Marmorsteinbrüchen oberhalb von Carrara, wo der
Stein für Michelangelos Statuen geschlagen wurde; sie tür-
men sich auf, Gesteinsfalte um Gesteinsfalte, bis zum kahlen
Kegel des Pania della Croce. Es ist eine historische Landschaft, aber die Geschichte ist mittlerweile an ihr vorbeige-
zogen, weil sie zu rauh und zu abgeschieden ist, um geglättet
und assimiliert zu werden.

Im Sommer spielt sich das Leben draußen auf der engen kleinen Terrasse ab; dort essen die Leute, lesen, liegen in der Sonne oder werkeln in dem darunterliegenden, terrassenförmig angelegten Garten herum. Meistens aber sitzen sie nur da und schauen zu den Apuanischen Alpen hinüber, hypnotisiert vom Wechsel des Lichts, dem Nebel, der morgens vom Serchio aufsteigt, und den Wolken, die nachmittags über die Gipfel hinwegziehen.

Aber da es sich um Italien handelt, ist die Szenerie nicht ganz so friedlich, wie sie dieser Schilderung nach erscheint. Die Italiener sind süchtig nach Lärm und für die Erzeugung von Lärm geradezu genial begabt. Ihre Motorräder haben keine Schalldämmung, ihre Automotoren sind kraftvoll, und die Straße unten im Tal stellt die Art von Versuchung dar, der sie nicht widerstehen können: eine sportliche Serie scharfer Kurven, die ihnen den idealen Vorwand liefert, mit ihren Hupen Arien zu intonieren und ihre Reifen zum Quietschen zu bringen. Der Lärm hallt von den Hügeln wider, vermischt mit dem Pfeifen des Windes in den Kastanienbäumen und dem trockenen Rascheln der Blätter des Walnußbaums am Rand der Terrasse. Das Getöse ist gerade so weit entfernt, daß es eine eher beruhigende als enervierende Wirkung hat; es erinnert daran, daß das Leben trotz der Trägheit und Isolation weitergeht.

Vor zwanzig Jahren hatte das Haus keine Stromversorgung; vom Tal aus mußte ein Kabel den Berg hinauf verlegt werden, um es an das Stromnetz anzuschließen. Auch in manchen der anderen Häuser gab es zu diesem Zeitpunkt noch keine Elektrizität. In den Bergen lebten noch *contadini*, die sich mit Kerzen und Öllampen behalfen und ihren Tageslauf nach der Sonne einteilten; sie standen bei Sonnenaufgang auf, arbeiteten bis Sonnenuntergang, aßen beim Licht der Öllampen und gingen dann zu Bett. Die *contadini* sterben so langsam aus; ihre Kinder sind in die Welt hinausgegangen, und die meisten haben sich in den größeren Städten – Lucca, Viareggio, Pisa, Florenz – angesiedelt. Auf dem Berg wird es leer. Aber dieser primitive Tagesrhythmus scheint ein Teil der Landschaft zu sein, und wenn ich dort bin, passe ich mich ihm automatisch an.

In nördlichen Städten ist die Nacht etwas, das man ausschließt. Man schaltet das Licht an, schließt die Türen, zieht die Vorhänge zu und ignoriert die Dunkelheit. Aber draußen auf dem Land ist die Nacht eine Präsenz, mit der man zu rechnen hat, und ihr allmähliches Herannahen ist ein subtiles Vergnügen. Die Abenddämmerung – besonders das sommerliche Zwielicht – ist in Italien immer die beste Zeit des Tages. In den Städten kommen die Leute heraus auf die Straßen, genießen die kühlere Abendluft und schauen sich die *passeggiata* an. Oben in den Bergen gibt es keine *passeggiata*; also setzt man sich auf die Terrasse und schaut zu, wie die Nacht sich über die Landschaft herabsenkt.

Ende August beginnt das Wetter sich zu verändern. Die Tage sind immer noch schwül und stickig, Dunst liegt über den Bergen, und dann und wann hört man fernes Donnergrollen, das von Norden heranzieht. Aber bei Sonnenuntergang klart der Himmel gewöhnlich auf, und die Hitze läßt nach. Die Berge scheinen aus Schichten transparenten Blaus zu bestehen, und jeder Blauton geht unmerklich in den anderen über. Die Luft ist voller Mauersegler, die ihre eleganten Bögen, Kehren und Wenden fliegen. Weit über ihnen gleitet ein einsamer Falke langsam und ohne die Schwingen zu bewegen auf die Apuanischen Alpen zu, auf einer Luftströmung dahinschwebend. Im Tal dröhnt der Autoverkehr. Die letzten Sonnenstrahlen lassen die weißen Fassaden und rosa Dächer der Häuser von Barga und die honigfarbene Kathedrale, die sich über ihnen erhebt, aufleuchten. Wenn das Licht langsam abnimmt, scheinen die Bäume in der Nähe um eine Dimension schwerer und grüner zu werden. Jeden Abend warte ich auf den spannenden Moment, in dem die Mauersegler von den Fledermäusen abgelöst werden – ein kurzer Augenblick des Chaos und der Verwirrung, immer erwartet und doch immer wieder erstaunlich, ein gedämpftes Schwirren von Flügeln und kleine, hohe Schreie. Dann sammeln die Mauersegler sich wieder und fliegen mit schnellen Flügelschlägen in Richtung der Apenninen davon. Mit ihren schmalen Köpfchen und gebogenen Flügeln sind Mauersegler die perfekten Flieger, schnell, präzise und aerodynamisch makellos; sie fliegen wie Akrobaten auf dem Trapez, ihre Bewegungen sind ein Wunder an Grazie und Eleganz. Im Vergleich dazu ist der Flug der Fledermäuse die reine Anarchie. In der Dämmerung schwirren sie plötzlich aus den sich verdunkelnden Bäumen hervor, flatternd, taumelnd, unvoraussagbare Bahnen ziehend. Mitten im Flug scheinen sie anzuhalten und den Rückwärtsgang einzulegen; sie kommen im Sturzflug auf das Haus zu, wenden um hundertachtzig Grad und fliegen in eine ganz andere Richtung davon. Ihr Flug folgt den Regeln der Chaostheorie – verwirrende Fraktale statt klarer Linien und Zielgerichtetheit. Fledermäuse wirken nicht wie Geschöpfe aus Fleisch und Blut, sondern wie Emanationen der Nacht, Flecken von Dunkelheit mit unscharfen Rändern; wenn man versuchte, eine von ihnen zu greifen, würde die Hand vermutlich direkt durch sie hindurchgehen.

Gegen acht Uhr ist das Licht rosigviolett und färbt sich bald intensiver, zu einem tiefen Purpur. Über dem Bergrücken, der dem Haus gegenüberliegt, steigt der Mond auf, rotgesichtig zuerst, so als sei es ihm etwas unangenehm, so früh schon sichtbar zu sein. Er stürmt so schnell zum Himmel hinauf, daß einem die Erde unter den Füßen wegzukippen scheint, fünf Minuten vom ersten gebogenen Lichtrand bis zur vollen, leuchtenden Scheibe. Wenn er die äußeren Zweige des Walnußbaums berührt, scheint der Baum zu wachsen; seine Umrisse werden schärfer und klarer, er gewinnt eine neue, machtvolle nächtliche Präsenz.

Im Tal und auf dem gegenüberliegenden Hang gehen allmählich die Lichter an, vier in einer Reihe entlang der Häuser, die an die Straße am Fuß des Berges angrenzen, ein aufsteigendes Lichtergewirr, das die Stelle markiert, an der Barga sich an den Flanken des Hügels ausdehnt, zwei Perlenschnüre, die sich durch Dörfer in den fernen Vorbergen der Apuanischen Alpen schlingen. Autos sind Lichtpunkte, die sich unten auf der Straße bewegen, weiß oder rot, kommend oder gehend. Die Nacht breitet ihre schwarzen Röcke aus und läßt sich langsam, fast formell, nieder.

Die Sterne erscheinen am Himmel, einzeln zuerst, dann plötzlich zu Tausenden. Die Milchstraße ist eine dicke Spur ausgegossenen Lichts, die sich zu den Apenninen hinzieht, so hell, daß sie wie künstlich wirkt. Hin und wieder ruft jemand: »Oh, seht mal, eine Sternschnuppe!«, aber nie sehen zwei Leute gleichzeitig denselben Stern. Aber die Satelliten sind für alle sichtbar, winzige Lichtpunkte, die sich mit unnatürlicher Schnelligkeit von einem Horizont zum anderen bewegen, und die blinkenden roten und grünen Lichter der Flugzeuge, die in Richtung Süden fliegen, nach Rom. Gelegentlich fliegt in großer Höhe auch ein Flugzeug mit einem fernen Flugziel vorüber und zieht einen grau-weißen, mondbeschienenen Kondensstreifen hinter sich her.

Gegen neun Uhr ist das Tal von Lichtern gesprenkelt; die Kathedrale von Barga ist in geisterhaftes grünes Flutlicht getaucht, und sogar die örtliche Dorfkirche ist durch einen gelblichen Scheinwerfer illuminiert. Vor zwanzig Jahren, als noch nicht alle an das Stromnetz angeschlossen waren, betrachteten die Leute hier Elektrizität als einen teuren Luxus und gingen sparsam damit um. Damals waren die Nächte dunkler, und das Tal war wie ein großer, schwarzer See, an dessen Oberfläche sich sporadisch Lichttüpfelchen zeigten, die zu schwach und unglaubwürdig wirkten, um sich lange zu halten. Jahr um Jahr hat der See sich immer mehr gefüllt. Aber es gibt noch große Flächen von Dunkelheit da draußen, Nacht, so wie sie in dieser Gegend immer war, und die schwärzeste Masse ist der dem Haus gegenüberliegende Bergrücken. Er ist ein Ausläufer des hohen Apennin, unbewohnt und unbebaut bis auf zwei Schäferhütten, die weit oben auf dem Berg liegen, außerhalb der Sichtweite. Der Rest ist unberührter Wald – Kastanien, Eichen und Kiefern –, so steil ansteigend und so dicht, daß man ihn in Ruhe läßt, selbst in diesem Teil des Landes, wo jeder Quadratmeter nutzbaren Bodens terrassiert und kultiviert wird und jemandem gehört. Bei Tag ist der Berg still und dräuend; bei Nacht ist er ein massives Stück Dunkelheit, eine Nacht innerhalb der Nacht, im unmittelbaren, realen Sinn. Er läßt alle Illuminationsversuche sowohl aufdringlich als auch erbärmlich erscheinen; also lassen die Hausbewohner aus Achtung vor ihm und der Nacht und den Mücken die Außenbeleuchtung des Hauses ausgeschaltet, wenn sie das Abendessen draußen einnehmen, und essen bei Kerzenlicht.

In der Garfagnana gehen die Leute früh zu Bett, und wenn die Lichter erlöschen, kommen die Nachtgeschöpfe zum Vorschein. Eines Abends ließ jemand Speisereste auf dem Terrassentisch liegen; morgens waren sie verschwunden, und auf der weißen Plastikoberfläche zeichneten sich die Pfotenabdrücke eines Fuchses ab. Das alles war völlig lautlos geschehen, und niemand hat in der Umgebung des Hauses je Füchse gesehen, weder vorher noch nachher. Aber die

Nacht ist voll von kleinen Geräuschen, von leisem Kratzen und Rascheln – eine merkwürdige Unruhe, die jede Viertelstunde durch das Glockenläuten der Kirchturmuhr im Dorf unterbrochen wird. Bei jedem Aufenthalt im Haus bin ich von Wesen umgeben, die ich nie zu sehen bekomme.

Vor allem teile ich die Umgebung mit einem *assiolo*, einer Schleiereule. Sie lebt in den Wäldern hinter dem Haus und geht jede Nacht in den Stunden vor Morgengrauen auf Nahrungssuche. Schleiereulen stoßen schrille Schreie aus und ihre Beutetiere auch, wiederholt und mit wachsender Verzweiflung und manchmal so laut, daß ich wach werde, aus dem Bett taumele und ans Fenster trete, weil die Jagd in unmittelbarer Nähe des Hauses ihr Ende gefunden zu haben scheint. Aber selbst bei Vollmond ist draußen nie etwas zu sehen – keine Eule, kein Beutetier, nur bläuliches, kaltes Licht und schwarze Schatten, die dräuende dunkle Masse des Bergrückens und im Tal die wenigen, verstreuten Lichter der Straßenlaternen, die in Barga noch brennen, wenn das Flutlicht der Kathedrale ausgeschaltet ist. Wenn ich bei ihrem unheimlichen Schrei nicht jedesmal hellwach wäre, könnte die Schleiereule ein Teil meines Traumlebens sein, mysteriös und körperlos.

Es gab Tauben in der Umgebung des Hauses, behäbige, liebenswerte Geschöpfe, die auf dem Parkplatz herumstolzierten, sich unentwegt paarten, emsig ihre Küken bewachten und die Tage mit ihrem angenehmen Gurren erfüllten. Manchmal schwang sich der ganze Schwarm in die Lüfte und flog in Formation über das Tal hinweg, Kurven ziehend und gleitend. Mit dem Sonnenlicht auf ihren weißen Flügeln sahen sie aus wie eine Engelsschar. Aber die Schleiereule schnappte sie sich, eine nach der anderen, ganz gleich, wie sorgfältig ich darauf achtete, sie nach Sonnenuntergang in ihrem Taubenschlag einzuschließen, und wie oft ich sie durch neue ersetzte.

Schließlich gab ich den Versuch auf. Ich zerhackte den Taubenschlag, benutzte die Holzstücke zum Feueranzünden und
überließ der Schleiereule das Reich der Nacht.

Jetzt sehe ich, daß es eine Art Wunschdenken war, Tauben
in dieser Umgebung ansiedeln zu wollen, die Geste eines
Jungen aus der Stadt, gut gemeint, aber eigentlich absurd
und aus dem leichtfertigen Glauben geboren, daß die Nacht
und ihre Geschöpfe dadurch eliminiert werden könnten, daß
man das Licht anmacht. Und es scheint auch ein Sinn darin
zu liegen, daß ich die Eule nie zu Gesicht bekommen habe.
Shakespeare hielt Eulen für ein böses Vorzeichen, für die
kreischenden Boten des Leibhaftigen. Aus heutiger Sicht
sind sie vermutlich nur eine weitere scheue, vom Aussterben
bedrohte Art. Aber so hören sie sich nicht an, wenn sie auf
Jagd sind, und ich bin froh, daß ich die Schleiereule nie
gesehen habe. Sie ist geheimnisvoll und räuberisch, und sie
gehört zum Reich jener anderen Dunkelheit, der Dunkelheit
des Todes, der Nacht, die uns am Ende alle einholt und die
alles elektrische Licht der Welt nicht beleuchten kann.

Nach Mitternacht. Nie gekannte Stille. Die Erde könnte unbewohnt sein … Vielleicht sind meine besten Jahre vorbei
… Aber ich würde sie nicht zurückhaben wollen. Nicht jetzt
mit dem Feuer in mir. Nein, ich würde sie nicht zurückhaben
wollen.

Samuel Beckett, Krapp's Last Tape

Anmerkungen

1 *Einleitung: Es werde Licht*

1 William T. O'Dea, *The Social History of Lighting*, London 1958, S. 223. Viele der wissenschaftlichen und historischen Einzelheiten in diesem Kapitel sind dieser klassischen Studie entnommen.

2 James Hamilton-Paterson, *Seven-Tenth*, London 1992, S. 174.

3 O'Dea, a.a.O., S. 220.

4 James Boswells *London Journey*, 1762–63, hg. von Frank A. Pottle, London 1950, zit. in: O'Dea, a.a.O., S. 4.

5 Witold Rybczinski, *Home*, Harmondsworth 1987, S. 142.

6 Rayner Banham, *The Architecture of the Well-Tempered Environment*, London 1969, S. 55.

7 Zit. in: O'Dea, a.a.O., S. 94.

8 Siehe W. Schivelbusch, *Disenchanted Night*, Oxford 1988, S. 81–82.

9 Das geschah in dem neuerbauten Holborn-Viaduct-Viertel in London, wo ein von Edison entworfenes kombiniertes Straßenbeleuchtungs- und Hausstromversorgungssystem installiert wurde. In den USA wurden die ersten an das öffentliche Stromnetz angeschlossenen Gebiete einige Monate später, im August und September 1882, etabliert. In England blockierte die parlamentarische Lobby der Gasindustrie jedoch die notwendigen gesetzlichen Genehmigungen für eine Stromversorgung mittels Kabeln, die in öffentlichen Straßen in Gräben verlegt werden sollten. Holborn Viaduct war eine legale Anomalie – bis 1887, als in Kensington Hausstromversorgung etabliert wurde. Siehe Rayner Banham, a.a.O., S. 64.

10 Später, als die Elektrizität zum Alltagsleben gehörte und die Kolonisierung der Nacht in vollem Gang war, machte die Bewunderung einer verächtlicheren Haltung Platz. Die Futuristen erfaßten den

Zeitgeist mit ihrem Schlachtruf »Erschlagen wir das Mondlicht!«. Wie viele andere Vertreter der frühen Moderne – wenn auch streit-lustiger – stellten die Futuristen sich auf die Seite der neuen Tech-nologie; ihr Credo war eine Reaktion gegen das Dämmerlicht der Spätromantik, ihre Vagheit und ihre düstere Schwülstigkeit.

11 Murray Melbin, *Night as a Frontier*, New York 1987.

12 Siehe Witold Rybczinski, a.a.O., S.138, 142.

2 Das Dunkel am oberen Ende der Treppe

1 W. R. Bion, *Learning from Experience*, London 1962, S.99.

2 Bruce Chatwin, *Traumpfade*, Frankfurt a. M. 1992, S. 342–44.

3 A. A. Mason, »The Suffocating Super-Ego, Psychotic Break and Claustrophobia«; in: *Do I Dare Disturb the Universe?*, hg. von James S. Grotstein, Beverly Hills 1981, S.143.

4 Melanie Klein, »Early development of conscience in the child«, in: *Contributions to Psychoanalysis*, London 1933, S.267–277.

5 S. Isaacs, »The Nature and Function of Phantasy«, in: *Developments in Psychoanalysis*, Joan Riviere (ed.), London 1952, S.90–91.

6 John Cheever, *The Journals*, London 1991, S.106–107.

7 Frederick Snyder, »Towards an Evolutionary Theory of Dreaming«, in: *American Journal of Psychiatry*, August 1966, zit. in: Hilary Rubinstein, *The Complete Insomniac*, London 1976, S.24–25.

3 Das Schlaflabor

1 J. Allan Hobson, *The Dreaming Brain*, New York 1988, S.289.

2 William C. Dement zufolge berichten Menschen, die zu Haus Traumtagebücher führen, gewöhnlich nur von einem Traum, wenn sie morgens befragt werden, während Versuchspersonen im Schlaf-labor, die während der REM-Phasen geweckt werden, sich an vier von fünf Träumen erinnern und nur zwanzig Prozent vergessen. Siehe William C. Dement, *Some Must Watch While Some Must Dream*, New York 1976.

4 Träumen

1 Charles Sherrington, *Man on His Nature*, New York 1955, S.183, zit. in: Hobson, a.a.O., S.159.

2 Guido Almansi und Claude Béguin (Hg.), (übers. von C. Scott): *Theatre of Sleep*, London 1986, S. 42.

3 Hobson, a.a.O., S. 160.

4 Gerald M. Edelman, *Bright Air, Brilliant Fire*, London 1992, S. 17.

5 Hobson, a.a.O., S. 132–133.

6 ebenda, S. 131.

7 Gerald D. Fischbach, »Mind and Brain«, in: *Scientific American*, 267, Nr. 3, September 1992, S. 24–25.

8 R. R. Llinàs und D. Paré, »Of Dreaming and Wakefulness«, in: *Neuroscience*, 44, Nr. 3, 1991, S. 521–531.

9 Edelman, a.a.O., S. 114.

10 ebenda, S. 66.

11 »Im organisierten Bewußtsein jedes Menschen wird ein ›virtueller anderer‹ gebildet, der dazu da ist, eine Reihe von ›virtuellen Bindungen‹ mit dem ›Selbst‹ einzugehen. Diese duale Beschaffenheit des menschlichen Geistes, ›virtueller anderer‹ und ›Selbst‹, ist angeboren und äußerst bedeutsam. Sie wird aktualisiert und entwikkelt sich, wenn ein realer anderer dem Selbst begegnet.« (Colwyn Trevarthen und Katerina Logotheti, »Child and Culture: Genesis of Cooperative Knowing«, in: *Cognition and Social Worlds*, hg. von Angus Gellaty, Don Rogers und John A. Sloboda, Oxford 1989, S. 40).

12 Hobson, a.a.O., S. 9; Llinàs und Paré kommen auf eine eher technische Weise zu derselben Aussage, a.a.O., S. 531.

13 Charles Dickens, »Night Walks«, »The Uncommercial Traveller«, in: *The Charles Dickens Library*, VIII, London n. d., S. 127.

14 Sigmund Freud, *The Interpretation of Dreams*; The Standard Edition, 1964, Bd. IV, S. 34 (Die Traumdeutung [1900]; *Gesammelte Werke*, Frankfurt a. M. 1968, S. 36).

15 Liam Hudson, *Night Life*, London 1985, S. 6.

16 Zit. in: G. Almansi und C. Béguin (Hg.), a.a.O., S. 244–245.

17 Suetonius, *The Twelve Caesars*, zit. in: *The Oxford Book of Dreams*, hg. von Stephen Brook, Oxford 1983, S. 157.

18 Freud, a.a.O., S. 98 ff (S. 102–103).

19 ebenda, Bd. V, S. 682–684 (S. 697).

20 ebenda, S. 359–360 (S. 365).

21 C. G. Jung, *Selected Writings*, selected and introduced by Anthony Storr, London 1983, S. 184.

22 Morton Schatzman, »The Meaning of Dreaming«, in: *New Scientist*, 25. Dezember 1986, S. 184.

23 C. G. Jung, *Memories, Dreams, Reflections*, London 1983, S. 182 (*Erinnerungen, Gedanken, Träume* [1961], Olten 1971, S. 163). Liam Hudson zitiert diesen Traum und analysiert ihn – und die Folgen – auf sehr subtile Weise; a.a.O., S. 36.

24 Freud, a.a.O., S. 169 (S. 175).

25 Erich Fromm, *The Forgotten Language*, London 1979, S. 86–87 (*Märchen, Mythen, Träume* [1951], Reinbek 1981, S. 66–67).

26 Freud, a.a.O., S. 546, 567 (S. 552, 572, 573).

27 Charles Rycroft, *The Innocence of Dreams*, London 1979, S. 4.

28 Hobson ist der Ansicht, daß der REM-Schlaf u. a. dazu dient, grundlegende Schaltkreise des Gehirns funktionsfähig zu halten. »Der REM-Schlaf gibt uns die Möglichkeit, unseren zerebralen Motor zu drosseln und alle unsere Schaltkreise in einer zuverlässig strukturierten Weise zu testen.« Ein anderer Hirnforscher stellte die Hypothese auf, daß der Fötus im Mutterleib vermutlich deshalb einen so unverhältnismäßig großen Teil der Zeit im REM-Schlaf verbringt, weil »der REM-Schlaf bei der strukturellen Entwicklung des Gehirns eine aktive Rolle spielt«. (Hobson, a.a.O., S. 291–292).

29 Die gründlichste Analyse des Projekts findet sich in: Richard Wollheim, *Freud*, London 1971, S. 31–58.

30 Lionel Trilling, *Freud and Literature, The Liberal Imagination*, New York 1950, S. 44.

31 Freud, The Standard Edition, a.a.O., Bd. II, S. 160. Dieser Konflikt zwischen Freud, dem Autor, und Freud, dem Wissenschaftler, wird von Janet Malcolm aufgegriffen, in: »Dora«, *The Purloined Clinic*, New York 1992, S. 21–22.

32 Freud, a.a.O., S. 311–312 (S. 316–317).

33 R. D. Lewin, *Dreams and the Uses of Regression*, New York 1958, S. 11, zit. in: Rycroft, a.a.O., S. 2.

34 Freud, The Standard Edition, a.a.O., Bd. X, S. 207–208.

35 William McGrath, »How Jewish Was Freud?«, in: *New York Review of Books*, 38, Nr. 20, Dez. 1991, S. 29.

36 Freud, The Standard Edition, a.a.O., Bd.11, S.41.
37 Donald Meltzer, *Dream-Life*, Reading 1984, S.38, 88.
38 Freud, a.a.O., S.467 (S.470).
39 Michal G. Moran, »Chaos Theory and Psychoanalysis«, in: *International Review of Psychoanalysis*, 18, Teil 2, 1991, S.211–221.
40 Wissenschaftler drücken es natürlich anders aus: »Das Muster in einem chaotischen Attraktor ist gebunden, aber nach einer gewissen Anzahl von Wiederholungen innerhalb des Systems wird es sehr irregulär. Diese Irregularität führt zu Unvoraussagbarkeit, trotz der Tatsache, daß sie aus einem völlig deterministischen System stammt. Diese Unvoraussagbarkeit hängt mit einer Eigenschaft von chaotischen Systemen zusammen, die man als ›sensible Abhängigkeit von Ausgangsbedingungen‹ bezeichnet. Das heißt: wenn zwei Komplexe von Ausgangsbedingungen zu Anfang auch nur minimale, zufällige Unterschiede aufweisen, werden ihre spezifischen Lösungen auf lange Sicht drastisch voneinander abweichen. (...) Wenn wir davon ausgehen, daß es kein völlig fehlerloses Meßsystem geben kann, wird deutlich, daß – wenn ein System chaotisch ist – generelle Muster seines zukünftigen Verhaltens vielleicht voraussagbar sein werden, nicht aber spezifische, langfristige Verhaltensmuster.« (Scott Barton, »Chaos, Self-Organization, and Psychology«, in: *American Psychologist*, 29, Nr. 1, Januar 1994, S.6).
41 Claude Bonnefoy, *Conversations with Ionesco*, New York 1971, S.10.
42 Hobson, a.a.O., S.297.
43 Don DeLillo, *Americana*, London 1990, S.220 (*Americana*, Reinbek 1995, S.243).
44 Hervey de Saint-Denys, *Dreams and How to Guide Them*, übers. von Nicholas Fry, hg. von Morton Schatzman, London 1982, S.19.
45 ebenda, S.72.
46 ebenda, S.158–159.
47 ebenda, S.140–141.
48 ebenda, S.45.
49 ebenda, S.63.
50 Siehe dazu: Harry T. Hunt, *The Multiplicity of Dreams*, Yale 1989, S.180–188.

51 Freud, The Standard Edition, a.a.O., Bd.V, S.534.

52 »Natürlich unterscheidet sich das Bewußtsein des REM-Schlafs [vom wachen Tagesbewußtsein], und dieser Unterschied liegt in der relativen Vorherrschaft der rechten Hirnhemisphäre, insbesondere in den früheren Phasen der Nacht. (...) So überwiegt also die analoge Codierung gegenüber der digitalen; die symbolische Repräsentation derselben im Traumbewußtsein tendiert zum Räumlichen und Bildlichen statt zum Verbalen und Numerischen, und der Prozeß wird gewöhnlich eher passiv erlebt als aktiv und bewußt kontrolliert. Außerdem ist das Ich-Bewußtsein im Traum weitgehend ausgeschaltet. Später in der Nacht kommen jedoch luzide Träume vor, (...) und das stimmt mit wissenschaftlichen Ergebnissen überein, die nachweisen, daß a) Ich-Bewußtsein und kontrollierte Metaphorik eher das Produkt der linken Hirnhemisphäre sind und b) daß in den späteren Phasen der Nacht die Tendenz zu einem relativ größeren Einfluß der linken Hemisphäre besteht.« (David B. Cohen, *Sleep and Dreaming. Origins, Nature and Functions*, Oxford 1979, S.133–134).

53 *The Oxford Book of Dreams*, hg. von Stephen Brook, a.a.O., S.139.

54 Schatzman, a.a.O., S.37–38.

55 Zit. in: Roger Penrose, *The Emperors New Mind*, London 1990, S.548.

56 Morton Schatzman, »Hypermnesic Dreams«, unveröffentlichter Vortrag anläßlich der Ninth Annual International Conference of the Association for the Study of Dreams, University of California, Santa Cruz, am 24. Juni 1992.

57 Isaac Bashevis Singer, »The Letter-Writer«, in: *Collected Stories*, London 1988, S.265.

58 Penrose, a.a.O., S.544.

59 Christopher Frayling, *Vampyres*, London 1991, S.3–4.

60 *The Notebooks of Samuel Taylor Coleridge*, hg. von Kathleen Coburn, London 1957–1973 [Januar 1805].

61 *Collected Letters*, 6 Bde., hg. von E. L. Griggs, 1956–71, II, S.986.

62 Kathleen Coburn (Hg.): a.a.O. [May 1819].

63 *The Poems of Samuel Taylor Coleridge*, hg. von E. H. Coleridge, Oxford 1912, 1957, S.296.

64 Siehe John Livingstone Lowes, *The Road to Xanadu*, Boston 1927.

65 *Biographia Literaria*, Kap. 15, London 1952, S. 157.

66 Siehe Hobson, a.a.O., S. 257–269.

67 Kathleen Coburn (Hg.): a.a.O. [1815].

68 Gérard de Nerval, *Selected Writings*, translated with a critical introduction by Geoffrey Wagner, London 1968, S. 138 (Gérard de Nerval, *Aurelia oder der Traum und das Leben*; München 1910, Reprint
1992, S. 46–49).

69 Zit. in: David Daiches, *Robert Louis Stevenson and his World*, London 1973, S. 68.

70 Robert Louis Stevenson, *The Lantern-Bearers and Other Essays*,
selected with an introduction by Jeremy Treglown, London 1988,
S. 216–225.

71 Ernest Hartmann, *The Nightmare*, New York 1984. Siehe insbesondere Kap. 5 und 6, S. 110–170.

72 Sarah Whitfield, *Magritte* (Katalog), Hayward Gallery, The South
Bank Centre, London 1992, S. 11.

5 *Den Frieden bewahren*

1 Charles Dickens, *Reprinted Pieces*, The Charles Dickens Library;
London n. d., Bd. XIV, S. 140 (Dickens, *Detektivgeschichten*, Frankfurt a. M. 1986, S. 89).

2 »Le bois le plus funeste et le moins frequenté / Est au prix de
Paris, un lieu de sureté«, zit. in: Wolfgang Schivelbusch, a.a.O.,
S. 84.

3 ebenda, S. 83–85 und 98–104.

4 William C. Sidney, *England and the English in the 18th Century*,
Bd. 1; London 1892, S. 17, zit. in: Schivelbusch, a.a.O., S. 88.

5 Dickens, *Reprinted Pieces*, a.a.O., S. 146–147 (a.a.O., S. 89–90).

6 William T. O'Dea, a.a.O., S. 100.

7 Jane Jacobs, *The Death and Life of Great American Cities*, London
1962, S. 30.

8 ebenda, S. 42.

6 *Nachteulen*

1 Murray Melbin, *Night as a Frontier*, New York 1987, S. 60.

Originalfassungen der im Text übersetzten Gedichte

S. 7   Robert Frost, »Acquainted with the Night«

I have been one acquainted with the night.
I have walked out in rain – and back in rain.
I have outwalked the furthest city light.

I have looked down the saddest city lane.
I have passed by the watchman on his beat.
And dropped my eyes, unwilling to explain.

I have stood still and stopped the sound of feet
When far away an interrupted cry
Came over houses from another street,

But not to call me back or say goodbye;
And further still at an unearthly height,
One luminary clock against the sky
Proclaimed the time was neither wrong nor right.
I have been one acquainted with the night.
[Übertragung ins Deutsche: Kurt Erich Meurer]

S. 76   Robert Graves, »Gratitude for a Nightmare«

His appearances are incalculable,
His strength terrible,
I do not know his name.

Huddling pensive for weeks on end, he
Gives only random hints of life, such as
Strokes of uncomfortable coincidence.

To eat heartily, dress warmly, lie snugly
And earn respect as a leading citizen
Granted long credit at all shops and inns –

How dangerous! I had feared this shag demon
Would not conform with my conformity
And in some leaner belly make his lair.

But now in dream he suddenly bestrides me...
»All's well«, I groan, and fumble for a light,
Brow bathed in sweat, heart pounding.

S. 143   D. H. Lawrence, »Red Geranium and Godly Mignonette«

Imagine that any mind ever *thought* a red geranium!
As if the redness of a red geranium could be anything but a sensual experience,
and as if sensual experience could take place before there were any senses.
We know that even God could not imagine the redness of a red geranium
nor the smell of mignonette
when geraniums were not, and mignonette neither.
You can't imagine the Holy Ghost sniffing at cherry-pie heliotrope.
Or the Most High, during the coal age, cudgelling his mighty brains
even if he had any brains: straining his mighty mind
to think, among the moss and mud of lizards and mastodons
to think out, in the abstract, when all was twilit green and muddy:
»Now there shall be tum-tiddly-um, and tum-tiddly-um,
hey-presto! scarlet geranium!«

We know it couldn't be done...

S. 161   Robert Frost, »After Apple-picking«

My long two-pointed ladder's sticking through a tree
Toward heaven still,
And there's a barrel that I didn't fill
Beside it, and there may be two or three
Apples I didn't pick upon some bough.
But I am done with apple-picking now.
Essence of winter sleep is on the night,
The scent of apples: I am drowsing off.
I cannot rub the strangeness from my sight
I got from looking through a pane of glass
I skimmed this morning from the drinking trough
And held against the world of hoary grass.
It melted, and I let it fall and break.
But I was well
Upon my way to sleep before it fell,
And I could tell
What form my dreaming was about to take.
Magnified apples appear and disappear,
Stem end and blossom end,
And every fleck of russet showing clear.
My instep arch not only keeps the ache,
It keeps the pressure of a ladder-round.
I feel the ladder sway as the boughs bend.
And I keep hearing from the cellar bin
The rumbling sound
Of load on load of apples coming in.
For I have had too much
Of apple-picking: I am overtired
Of the great harvest I myself desired.
There were ten thousand thousand fruit to touch,
Cherish in hand, lift down, and not let fall.
For all
That struck the earth,
No matter if not bruised or spiked with stubble,

Went sure to the cider-apple heap
As of no worth.
One can see what will trouble
This sleep of mine, whatever sleep it is.
Were he not gone,
The woodchuck could say whether it's like his
Long sleep, as I describe its coming on,
Or just some human sleep.
[Übertragung ins Deutsche: Kurt Erich Meurer]

Abbildungsnachweis

S. 59 © The Art Institute of Chicago
S. 82 © J-P Kernot
S. 127 Abdruck mit frdl. Genehmigung der Trustees, National
        Gallery, London
S. 176 © RMN
S. 287 Abdruck mit frdl. Genehmigung von Berenice Abbott/
        Commerce Graphics Ltd. Inc.
S. 332 © The Museum of Modern Art, New York